Christa Kanitz

Das Haus am Feenteich

Roman

Knaur Taschenbuch Verlag

Besuchen Sie uns im Internet:
www.knaur.de

Vollständige Taschenbuchausgabe Februar 2006
Knaur Taschenbuch.
Ein Unternehmen der Droemerschen Verlagsanstalt
Th. Knaur Nachf. GmbH & Co. KG, München

Umschlaggestaltung: ZERO Werbeagentur, München
Umschlagabbildung: AKG-Images, Berlin
Reproduktion, Druck und Bindung: Clausen & Bosse, Leck
Printed in Germany
ISBN-13: 978-3-426-62897-3
ISBN-10: 3-426-62897-X

2 4 5 3 1

Erstes Kapitel

Die Nacht war kalt und ungemütlich, diese letzte Nacht des alten Jahres. Seit Tagen wechselten sich Schneeschauer und Regen mit Nebelschwaden und Sturmböen ab. Das Wetter kam aus Nordwest von der Nordsee herein, unberechenbar wie immer, wenn die Wolken vom Meer her wehten. Fußgänger wärmten sich mit heißen Getränken, die an Straßenecken auf primitiven Kochstellen aus Kesseln voller Glühwein angeboten wurden. Aber wer nicht unbedingt nach draußen musste, blieb in der warmen Stube – wenn er eine hatte. Viele Menschen in den alten Gängevierteln hatten keine Öfen oder nichts Brennbares und so manches Kleinkind und viele alte Menschen erkrankten in den Tagen zwischen Weihnachten und dem Jahreswechsel. Die Kirchen richteten Suppenküchen ein, um die Ärmsten der Armen wenigstens einmal am Tage mit einer heißen Mahlzeit zu versorgen. Aber viele Menschen waren so geschwächt, dass sie ihre Stuben nicht verlassen konnten, um Suppe zu holen.

Das Leben in Hamburg war in dieser Silvesternacht fast zum Erliegen gekommen. Nur wenige unverdrossene Bürger versuchten an den Ufern der Binnenalster mit Feuerwerk und Straßenmusik ein Fest zu feiern, meist aber herrschte Schweigen auf den Straßen, wo nur vereinzelte Gaslaternen mit schwachem gelben Licht die leeren Gassen beleuchteten. Die Automobile blieben stehen, weil das Wasser in den Kühlern gefroren war. Die Droschkenkutscher ließen die Pferde im Stall und viele von ihnen schliefen mit der ganzen Familie in den Verschlägen, weil die Tiere wenigstens eine geringe Wärme abgaben. Auch die Ringbahn verkehrte nicht mehr, die meisten Weichen waren vereist.

Doch im Haus der Bramfelds herrschte reges Treiben. In allen Räumen brannte Licht und warf Bündel voller Helligkeit auf den Vorhof und in den Garten. Hinter den Fenstern mit den kleinen Butzenscheiben eilten Menschen geschäftig hin und her: Hausangestellte, Pflegerinnen, eine Hebamme und Doktor Wallner, der Arzt.

Sophie Bramfeld bekam ihr erstes Kind. Sie war achtunddreißig Jahre alt und es grenzte an ein Wunder, dass ihre Gebete nach einem Kind doch noch erhört wurden. So war die Aufregung verständlich, die in dieser Nacht in der Villa am Feenteich herrschte und sogar den besonnenen Hausherrn ergriffen hatte. Angespannt saß Kommerzienrat Ferdinand Bramfeld, Eigentürmer der Bramfeld-Bank am Hopfenmarkt und angesehener Repräsentant des Hamburger Geldadels, im Herrenzimmer, in einer Hand ein Glas Portwein, in der anderen eine erkaltete Zigarre, und lauschte auf die Geräusche im Hause.

Seit vielen Jahren hatten Ferdinand Bramfeld und seine Frau Sophie auf ein Kind gewartet und nun, beinahe zu spät, hatte Gott ihre Ehe gesegnet.

Er dachte zurück an die glücklichen Jahre, die er und Sophie erlebt hatten und an den ersten Augenblick, als er ihr im Bankhaus begegnete. Sie kam in Begleitung eines älteren Herren und wurde ihm als Fräulein Maienberg vorgestellt. Es gehörte zu seinen Aufgaben als Juniorpartner, Kunden zu begleiten, sie nach ihren Wünschen zu fragen und in die entsprechenden Kontore zu geleiten. Eine solche Begrüßung überließ man in dem traditionsbewussten Bankhaus nicht dem Portier. So hatte er Gelegenheit, die schlanke, hochgewachsene junge Frau zu beobachten, die ihn in ihrem taubenblauen Maßkostüm mit dem seidenblumengeschmückten Hut und den passenden Handschuhen freundlich anlächelte. Welch ein Lächeln, dachte er entzückt, und diese Augen, in denen sich das Blaugrau des Kleides so wundervoll widerspiegelte.

Er hatte sich sofort in sie verliebt, aber es dauerte noch ein halbes Jahr, bis er sie wiedersah und zum ersten Mal mit ihr sprechen konnte. Natürlich hatte er sich damals nach der jungen Dame erkundigt, hatte erfahren, dass sie sehr zurückgezogen lebte und viel auf Reisen war, um ihre kränkelnde Mutter in die Kurbäder von Baden-Baden und Bad Pyrmont zu begleiten. Außerdem war es in den Kreisen des Hamburger Geldadels nicht üblich, öffentliche Veranstaltungen zu besuchen. Ausnahmen bildeten lediglich Gottesdienste, ehrenhafte Theatervorstellungen oder Konzerte berühmter Komponisten.

Wer in Hamburg zu den Reichen zählte, blieb unter sich. Man verkehrte nur mit Gleichgestellten, heiratete in die passenden Kreise und hielt sich der Öffentlichkeit gegenüber verschlossen. Nicht, dass die namhaften Familien arrogant und intolerant waren, im Gegenteil, caritatives Engagement gehörte zu den Hauptanliegen der Begüterten, man engagierte sich in kirchlichen Hilfsorganisationen, im Johanniter-Orden und bei den Maltesern, aber gesellschaftlich zog man strenge Grenzen.

Obwohl die Familie Bramfeld eine der tragenden Säulen dieser Gesellschaft war, gelang es Ferdinand nicht, Sophie Maienberg näher zu kommen. Sie lebte mit ihrer Familie in Blankenese, einem kleinen Dorf an der Elbe, in dem vor allem Lotsen und Kapitäne wohnten, das sich aber seit einigen Jahren zu einem bevorzugten Wohngebiet wohlsituierter Hamburger Familien entwickelte. Erst als er anlässlich der Hochzeit seines besten Freundes Martin Brandner Tischherr der heimlich angebeteten jungen Dame wurde, gelang es ihm, den ersten Kontakt zu knüpfen.

Ferdinand, damals fünfunddreißig Jahre alt und selbstsicher genug, um Hemmungen zu ignorieren, wusste, dass er die Gelegenheit nutzen musste. Er sah gut aus, war Juniorpartner in einem der angesehensten Bankhäuser, war gebildet und liebenswürdig und im Blickfeld vieler Mütter, die einen Mann für ihre Töchter suchten. Jetzt setzte er seinen ganzen Charme ein, um der Dame an seiner Seite den Hof zu machen. Und wie er sehr schnell feststellen konnte, war Sophie Maienberg beeindruckt von ihrem Tischherrn und seinen vortrefflichen Manieren.

Er lächelte bei der Erinnerung an dieses behutsame Vortasten während der höflichen Gespräche. Und er hatte Erfolg, denn der Unterhaltung am Tisch folgte wenig später ein wohlgesitteter Spaziergang durch den zum Haus gehörenden Park. Dann tanzten sie zu Walzermusik und am Abend, als es bereits dunkelte, suchten sie in wortloser Übereinstimmung die intime Abgeschiedenheit im Rosengarten, wo Bänke zum Verweilen einluden und diskrete Gäste einen anderen Weg einschlugen, um nicht zu stören.

Als Sophie sich wenig später verabschiedete, um mit den Eltern nach Hause zu fahren, bat Ferdinand sehr korrekt Daniel Maienberg um ein Wiedersehen mit seiner Tochter. Die Eltern, die wachsamen Augen stets auf die Tochter gerichtet, waren, nachdem was sie an diesem Nachmittag beobachtet hatten, kaum überrascht.

»Ich würde mich freuen, Sie in der nächsten Woche zum Tee bei uns begrüßen zu dürfen«, erwiderte Sophies Mutter anstelle ihres Mannes und nickte zustimmend. Und Ferdinand, wohl wissend, dass in diesen Familien Tradition und Etikette das Verhalten bestimmten, sagte höflich: »Es ist mir eine große Ehre, gnädige Frau.« Er hätte sich ein

Wiedersehen in einer anderen Atmosphäre gewünscht, aber er wusste, was von ihm erwartet wurde.

Ein halbes Jahr später hatten sie in der St. Michaeliskirche geheiratet.

Ja, so hatte vor zwanzig Jahren alles angefangen. Ferdinand löste sich aus seinen Träumen und sah auf die Uhr über dem Kamin. Gleich Mitternacht, sinnierte er und nahm einen Schluck Portwein aus einem Glas, das in seiner Hand längst viel zu warm geworden war. Aber bevor er sich entschließen konnte, kühleren Wein nachzuschenken, begannen die Glocken der St. Johanniskirche am gegenüberliegenden Ufer des großen Alstersees das alte Jahr auszuläuten und das neue zu begrüßen. Er zählte im Stillen die Schläge und gemeinsam mit dem zwölften Schlag hörte Ferdinand den ersten Schrei seines Kindes. Er stellte das Glas zur Seite, denn seine Hand zitterte plötzlich unkontrolliert, legte die erkaltete Zigarre in den Aschenbecher und trat hinaus in die Halle. Von oben, wo die Schlafräume lagen, kam ihm Doktor Wallner entgegen.

»Ich gratuliere Ihnen, Herr Kommerzienrat«, rief er nach unten, »Sie sind Vater einer wunderschönen Tochter geworden. Mutter und Kind sind wohlauf.«

Für einen kurzen Augenblick erlitt der Hausherr einen kleinen Schwächeanfall und musste sich an dem schweren geschnitzten Treppengeländer festhalten, dann durchströmte ihn ein maßloses Glücksgefühl. Er drückte dem Arzt wortlos die Hand und wollte hinaufeilen. Aber der Doktor hielt ihn zurück.

»Nicht so schnell, lieber Kommerzienrat, gönnen Sie Ihrer Frau eine Atempause. Sie wird glücklich sein, Sie zu sehen, aber sie wird sich wohler fühlen, wenn die Zofe sie frisch gemacht und umgekleidet hat. Bitte, geben Sie ihr zehn Minuten.«

Ferdinand lachte, »Sie haben Recht, aber das Warten fällt mir schwer. Wie sieht sie aus, meine Tochter, wem sieht sie ähnlich, wird sie mich schon erkennen? Auf jeden Fall hat sie eine kräftige Stimme, sie hat den letzten Glockenschlag übertönt.«

Der Arzt lächelte bewegt, er kannte die Glücksgefühle später Väter. »Sie ist ein wunderschönes Mädchen und sie ist mit Sicherheit das erste Baby des neuen Jahres in dieser Stadt. Ich werde sie morgen in der Registratur eintragen lassen, die Ehre wird ihr keiner nehmen. Ich müsste dann nur noch ihren Namen erfahren.« Doktor Wallner nahm einen Notizblock aus der Tasche, trug Datum und Uhrzeit ein und wartete.

»Das erste Baby des neuen Jahres, welch ein großes Glück.« Ferdinand schwieg einen Augenblick bewegt, dann sagte er nachdenklich: »Wenn meine Frau einverstanden ist, soll sie Friederike heißen, der Name muss dem Ereignis angepasst sein.«

»Ein königlicher Name für ein kleines Mädchen, Herr Kommerzienrat.«

»Der passende Name für meine kleine Prinzessin, Doktor, und jetzt gehe ich hinauf, ich kann nicht mehr warten.«

Zaghaft klopfte er an die Tür und als ihm eine Pflegerin öffnete, fragte er bescheiden: »Darf ich eintreten?«

Im Zimmer roch es nach Desinfektionsmitteln und Seife, nach frischem Bettzeug, aber auch nach Blut und Schweiß. Bei dem nasskalten Wetter wagte niemand, das Fenster zu öffnen. Aber das alles nahm Ferdinand nicht wahr. Er sah nur seine Frau, in Kissen gebettet und, in weiße Tücher gehüllt, das Kind in ihrem Arm.

Verlegen und auf Zehenspitzen näherte er sich dem Bett, kniete nieder und umschlang Frau und Kind. »Du hast mich zum glücklichsten Menschen gemacht, meine liebe Sophie. Ich danke dir von ganzem Herzen.« Seine Stimme zitterte und es gelang ihm kaum, die Tränen der Freude zurückzuhalten. Zärtlich küsste er seine Frau auf die Stirn und berührte mit bebenden Lippen die Wange seines Kindes. Und als er sich etwas gefasst hatte und seiner Stimme wieder mächtig war, fragte er bescheiden: »Ist es dir Recht, wenn wir unseren kleinen Liebling Friederike nennen? Ich kann mir keinen schöneren Namen für unser Kind vorstellen.«

Sophie lächelte, sie kannte ihren Mann, der so überschwänglich reagierte, wenn die Gefühle Besitz von ihm ergriffen. Sie überlegte einen Augenblick und sah ihn nachdenklich an. »Es ist ein sehr anspruchsvoller Name, Ferdinand. Eine Verpflichtung beinahe. Darf man ein Kind damit belasten?«

»Ein kleines Kind vielleicht nicht, liebste Sophie, aber eine junge Frau bestimmt. Unsere Tochter wird einmal das Bankhaus erben, sie wird die künftige Patriarchin der Familie sein, dann soll ein guter, großer Name sie begleiten.«

Eine leichte Hand legte sich auf seine Schulter. »Ihre Frau muss jetzt ruhen, Herr Kommerzienrat.« Die Pflegerin sah ihn freundlich, aber bestimmt an. Er erhob sich und strich liebevoll über die Wangen seiner Frau. »Schlaf gut, mein Liebling.« Noch immer sehr gerührt, drehte er sich um und folgte der Pflegerin aus dem Zimmer.

Sophie schloss die Augen. Die Schmerzen der vergangenen Stunden waren vergessen. Zärtlich drückte sie das kleine Bündel in ihrem Arm an sich. Von dir erwartet man viel, mein Schatz, hoffentlich kannst du diese Erwartungen erfüllen. Sie wusste, dass die kleine Friederike ihr einziges Kind sein würde, und sie wusste auch, welche Hoffnungen ihr Mann an dieses Kind knüpfte, denn er lebte und arbeitete nur noch für die Zukunft seiner Familie, nachdem er erfahren hatte, dass sie ein Kind haben würden. Früher hatte er oft, und oft auch verzweifelt, gefragt: »Was wird einmal aus unserem Bankhaus, wenn ich nicht mehr arbeiten kann? Was wird aus dieser Familie, wenn niemand da ist, der unseren Namen weiterträgt?«

Sie hatten die besten Ärzte konsultiert, Kurorte aufgesucht, Heilwasser und Medikamente zu sich genommen und immer wieder erfahren, dass sie zwei gesunde Menschen seien. Und dann waren doch zwanzig Jahre vergangen bis zu dieser Stunde.

Zwanzig glückliche, wundervolle Jahre, dachte sie dankbar. Ihre große Liebe hatte sich bewährt, wenn sie Tiefen durchschreiten mussten und Höhen erklimmen durften. Hand in Hand sind wir gewandert, dachte sie beglückt und erinnerte sich an die Bilder ihres Lebens, die wie eine Fotofolge an ihr vorüberzogen.

Wie eine Märchenbraut in schimmerndem Weiß war sie am Arm ihres Vaters durch die festlich geschmückte St. Michaeliskirche geschritten. Zwei kleine Pagen führten sie durch die Bankreihen, in denen dicht beieinander die Freunde und Verwandten der Familien Maienberg und Bramfeld saßen. Vier Brautjungfern trugen die Schleppe ihres Kleides, das die Mutter in Paris gekauft hatte. Und als sie den Altarraum betraten, stellte sich Ferdinand neben sie und ergriff zärtlich ihre Hand, und sie wusste: Mit diesem Mann an meiner Seite will ich durchs Leben gehen und nichts und niemand wird mich daran hindern.

In einer von vier Schimmeln gezogenen Hochzeitskutsche waren sie nach der Zeremonie in ihr Elternhaus zum großen Empfang gefahren und danach in ihr neues Heim am Feenteich. Ferdinand hatte die weiße Villa mit den taubenblauen Säulen neben der Eingangstür und den gleichfarbigen Fensterläden – eine Erinnerung an das Kleid, in dem ich dich zum ersten Mal gesehen habe, hatte er gesagt –

während der Verlobungszeit bauen lassen und sie durfte bei der Einrichtung ihre Wünsche äußern. Nun wollten sie das neue Heim in Besitz nehmen. Die Hochzeitsnacht sollte ihre lange Wartezeit besiegeln und auf eine Reise verzichteten sie, weil ihr neuer, gemeinsamer Lebensweg durch nichts mehr verzögert werden sollte. Es folgten die ersten wundervollen Wochen des Miteinanders, das Gewöhnen an den anderen, das gegenseitige tiefe Kennenlernen und das einzigartige Verstehen, das es nur zwischen Menschen gibt, die ineinander Geborgenheit gefunden haben. Sie dachte an Feste, die sie gefeiert, und Reisen, die sie unternommen hatten, sie erinnerte sich an Probleme, die gelöst, und an Schwierigkeiten, die überwunden werden mussten – und dann war sie trotz der großen Freude, die sie erfüllte, mit dem Kind in ihrem Arm eingeschlafen.

Die kleine Friederike war ein zierliches, lebhaftes Baby und die Kinderschwester hatte alle Hände voll mit ihr zu tun. Am Ostersonntag wurde die Kleine auf den Namen Friederike Sophia Bramfeld getauft. Zu Ehren des Festtages und zum Gedenken an die feierliche Handlung, die im großen Saal des Hauses stattfand, hatte Ferdinand auf der Rasenfläche seines Gartens eine Sonnenuhr installieren lassen. Auf einem quadratischen Sockel aus weiß gestrichenen Backsteinen mit taubenblau abgesetzten Ecksteinen ruhte eine runde, gehämmerte Bronzeschale von einem Meter Durchmesser. Ein schlanker Stundenzeiger offenbarte dem Betrachter die Zeit.

Friederike konnte kaum krabbeln, als sie sich bereits zu dieser Sonnenuhr im Garten hingezogen fühlte, und wann immer das Kind gesucht wurde, man fand es bei den weißen Steinen. Später, als sie sich aufrichten und laufen konnte, kletterte sie auf den kleinen Sockel und legte sich in die Schale, den kleinen Körper vorsichtig um den Zeiger geschmiegt. Oft fand Sophie sie schlafend in der flachen Schale.

Friederike Bramfeld wuchs als glückliches, fröhliches Kind heran, umsorgt von der Mutter, vergöttert vom Vater und erzogen von Kinderschwestern und später von Gouvernanten. Mit dem Ernst des Lebens wurde sie konfrontiert, als sie mit zwölf Jahren in dem renommierten Internat von Schloss Wolfenhagen an der Ostsee angemeldet wurde. Die Eltern hatten sich diesen Entschluss nicht leicht gemacht, aber sie wussten, dass ihre Tochter eine erstklassige Schulausbildung, verknüpft mit dem Lernen tadelloser Manieren, brauchte, um in der Hamburger Gesellschaft anerkannt zu werden.

Sophie und Ferdinand hatten lange überlegt, ob sie ihr geliebtes Kind in ein Schweizer Internat geben sollten, wie es seit ein paar Jahren in ihren Kreisen üblich war, oder Frankreich bevorzugen sollten, weil die französische Sprache wie die französischen Umgangsformen comme il faut und mit nichts zu vergleichen waren. Aber zum großen Glück der kleinen Friederike und zur persönlichen Erleichterung der Eltern entschlossen sie sich dann für Schloss Wolfenhagen. Sie brachten es nicht über sich, so weit entfernten Häusern ihr einziges Kind anzuvertrauen.

Zweites Kapitel

Schloss Wolfenhagen, ehemaliger Sitz der dänischen Fürsten zu Baltenburg, war ein gewaltiger Bau und nach dem deutsch-dänischen Krieg, als Schleswig-Holstein Preußen zugesprochen wurde, als staatlicher Besitz gemeinnützigen Zwecken zugeführt worden. Es diente nach den Schlachten von 1864 und 1866 und nach dem Krieg mit den Franzosen als Erholungsheim für verletzte Soldaten, war eine Zeit lang Waisenhaus und wurde in den ersten Jahren des neuen Jahrhunderts zu einer finanziell einträglichen Lehranstalt mit angegliedertem Pensionat für junge Damen der feinen preußischen Gesellschaft eingerichtet. Die Leitung rühmte sich einer strengen Erziehung und die Einrichtung wie auch die Lebensweise waren spartanisch einfach. Harte Kriterien sorgten bei der Aufnahmeprüfung dafür, dass nur die besten Schülerinnen den Eintritt schafften. Dabei wurde nicht so sehr auf Reichtum und Einfluss der Eltern, sondern auf Herkunft und Tradition der Familien geachtet. Man wollte die Elite und man bekam die Elite.

Diese Einstellung und die Beschreibung des Schlosses durch Bekannte wie etwa die Familien Buderus, Stelling oder Nienhagen, gaben schließlich den Ausschlag für den Entschluss der Familie Bramfeld, Friederike nach Wolfenhagen zu schicken. Das imposante Anwesen in der Nähe der alten Hansestadt Lübeck machte seinem Ruhm, ein Fürstensitz gewesen zu sein, alle Ehre. Dem dreigeschossigen Mittelteil mit der Kuppel schlossen sich rechts und links gleich hohe Flügel an. Das aus rotem Backstein gebaute Schloss öffnete sich U-förmig nach Osten. Der große Park reichte bis an den Strand der Ostsee. Im Erdgeschoss des Hauses waren die Unterrichtsräume und in dem von einer Kuppel gekrönten turmartigen Mittelteil befand sich der Festsaal. In der ersten Etage waren die Wohn- und Gemeinschaftsräume sowie ein Andachtssaal untergebracht. In der zweiten Etage schliefen die Schülerinnen in Zwei- und Vier-Bett-Zimmern. Wobei man die jungen Damen dem Alter entsprechend in den einzelnen Teilen des Schlosses getrennt unterbrachte. Auf der gleichen Etage wohnten die Lehrerinnen, die zugleich die Aufsicht führten. In den Mansardenräumen des Dachgeschosses war das Hauspersonal untergebracht und im Keller befanden sich die Wirtschaftsräume. Am Rande des Parks gab es einen Gutshof, eine Gärtnerei, eine Fischzucht und eine Baumschule. Man lebte in Wolfenhagen wirtschaftlich unabhängig.

Sophie und Ferdinand, von der Richtigkeit einer Fortbildung in einem solchen Internat überzeugt, wollten dennoch nicht ohne die Zustimmung ihrer Tochter handeln und beschlossen, eine Besichtigungsfahrt nach Wolfenhagen zu unternehmen.

»Wir möchten, dass du dich wohl fühlst«, versicherte Sophie und griff nach der Hand ihrer Tochter, die nicht nur erschrocken war bei dem Gedanken an die Trennung von den Eltern, sondern auch die Notwendigkeit einer solchen Trennung nicht begriff. Sie war in der Einsamkeit eines wohl behüteten Einzelkindes aufgewachsen, kannte kaum andere Kinder und konnte sich ein Leben in einer so großen Gemeinschaft überhaupt nicht vorstellen.

»Aber Mami, was soll ich denn in einem Pensionat? Miss Danny bringt mir doch hier alles bei, was ich wissen muss. Sie sagt immer, ich besitze eine sehr gute Erziehung, bin gut ausgebildet und weiß viel mehr als andere Kinder meines Alters.«

»Liebling, es geht darum, dass du lernst, mit anderen Mädchen zusammenzuleben, dich fremden Anordnungen anzupassen, dich einzuordnen und dich auch hin und wieder unterzuordnen.«

»Und das heißt dann, ich kann nicht tun, was ich möchte, ich muss immer nur gehorchen.« Die Worte schnürten ihr fast die Kehle zu und in ihrem Gesicht zeigte sich der Ausdruck tiefster Enttäuschung. »Ich glaube, ihr wollt mich los sein, ich glaube, ihr habt mich gar nicht mehr lieb. Papa«, sie sah ihren Vater traurig an, »bin ich euch so sehr im Wege?«

Entsetzt richtete er sich auf. »Gütiger Himmel, Kind, du bist das Liebste, was wir haben.« Er stand auf und ging zu ihr. »Liebling, alle kleinen Mädchen in deinem Alter besuchen eine Schule. Manche haben nicht die Möglichkeit, in ihrer Schule auch zu wohnen, aber die, die es dürfen, haben großen Spaß dabei.«

Friederike schüttelte entsetzt den Kopf. »Spaß, wie kann man in einer Masse von Mädchen noch Spaß haben. Papi, wo hast du denn so etwas gehört?« Sie wandte sich unwillig ab und kauerte sich in der Ecke des Kanapees zusammen. »Bitte, ich möchte dort wirklich nicht hin.«

Ferdinand sah seine Frau unschlüssig an. Widerspruch von ihrer Tochter hatten sie noch nie erlebt. Sophie setzte sich neben ihr Kind und legte ihr den Arm um die Schultern. »Auch ich war in einem Internat, mein Liebes, in einem sehr strengen Haus, das von Klosterschwestern geführt wurde und wo es fast verboten war zu lachen. Aber glaube mir, wir Mädchen hatten trotzdem einen ungeheuren Spaß und mit einigen von ihnen bin ich noch heute befreundet. Ich mache dir einen Vorschlag, mein Kleines. Wir fahren morgen in das Schloss, du schaust dir alles genau an, fragst die Mädchen, die schon dort wohnen, wie es ihnen gefällt, und dann entscheiden wir uns gemeinsam. Einverstanden?«

Friederike nickte, wischte eine heimliche Träne ab und fragte: »Und wenn ich fort bin, habt ihr mich dann trotzdem noch sehr lieb?«

»Aber natürlich«, lächelte Sophie erleichtert. »Nichts und niemand könnte unsere Liebe zu dir schmälern, Kind. Du bist das Wunderbarste, was es auf der Welt für uns gibt.« Sie sah ihren Mann fragend an. »Wann könnten wir fahren?«

Ferdinand glättete zufrieden seinen vollen Bart, Sophie hatte das wieder einmal sehr gut geregelt. »Morgen früh, denke ich, im Morgengrauen, damit wir abends wieder hier sind.«

»Dann wird es Zeit, dass wir uns zur Ruhe begeben.« Sophie stand auf. »Komm, meine Kleine, ich begleite dich in dein Zimmer. Ich bin sicher, die Reise wird das reinste Vergnügen.«

Ferdinand ordnete an, dass Willi Wilde, der Chauffeur, am nächsten Morgen mit dem Automobil um sieben Uhr vor der Tür stand. Er bevorzugte den Horch mit seinem aufklappbaren Lederverdeck. Bei sonnigem Wetter konnten sie dann im offenen Wagen fahren, was seine Frau und seine Tochter besonders liebten.

Die Fahrt war sehr abwechslungsreich. Die Köchin hatte einen Picknickkorb vorbereitet, der Chauffeur Decken in den Wagen gelegt und Ferdinand hatte sich mit Landkarten und einem Fernglas ausgerüstet. Von Hamburg aus ging es durch die kleine preußische Stadt Wandsbek und dann auf einer viel befahrenen Landstraße durch die mittelalterliche Stadt Ahrensburg mit dem weißen Wasserschloss und durch Oldesloe, das nach dem verheerenden Feuer von 1798 ganz neu aufgebaut worden war, nach Lübeck. Als man die alte Hansestadt hinter sich hatte und die höher steigende Sonne das Land wärmte, suchte Ferdinand am Ufer der Trave nach einem geeigneten Rastplatz.

»Wir werden hier unsere Stärkung zu uns nehmen, dann sind wir wohl gerüstet für alles, was uns in Wolfenhagen begegnet.«

Willi Wilde breitete die Decken aus, Sophie servierte die Speisen und Friederike, viel zu aufgewühlt, um essen zu können, lief am Traveufer entlang und pflückte ein paar Sumpfdotterblumen und ein paar Stängel von dem zartvioletten Wiesenschaumkraut. Hin und wieder blickte sie zurück auf die Silhouette der Stadt mit den sieben Kirchtürmen und versuchte, sich ihr Leben in der Fremde vorzustellen. Schließlich kauerte sie sich an den Rand des Wassers und weinte. Sie dachte an ihr schönes Zimmer, das ganz allein ihr gehörte und an dessen Tür jeder anklopfen musste, der zu ihr wollte. Sie dachte an die vielen Bücher in den Regalen, die sie bestimmt nicht mitnehmen durfte, an ihren Schrank voller zauberhafter Kleider, an ihre Wiege, in der jetzt ihre Puppen schliefen, mit denen sie schon längst nicht mehr spielte, und an die geliebte Sonnenuhr im Garten, die ihr bald nicht mehr die Zeit ansagen würde. Denn eines war ganz sicher, sie würde in diese Lehranstalt gehen müssen, ob sie wollte oder nicht. Wenn der Besuch kleiner Mädchen in einem Pensionat Tradition war, würden sich Vater und Mutter nicht umstimmen lassen. Sie kannte ihre Eltern und was die einmal für richtig hielten und beschlossen hatten, das wurde durchgeführt. Da mochte die Mutter noch so verständnisvoll reden und sagen: »Wir entscheiden uns gemeinsam.« Diese Entscheidung war längst gefallen.

Sie sah zurück zu der Wiese, auf der die Eltern tafelten, und dachte an die vielen wundervollen Jahre, die sie gemeinsam verbracht hatten. Freilich, der Vater war oft abwesend, die Bank, Geschäftsreisen, Konferenzen in anderen Städten – er war eben Bankier und ein erfolgreicher Mann, das hörte sie immer wieder, wenn die Erwachsenen miteinander sprachen. Aber die Mutter war immer für sie da, und wenn sie Besuche machte, in der Stadt einkaufte oder in einem Caféhaus Freundinnen traf, durfte sie sie begleiten. Und das alles sollte nun vorbei sein? Sie wischte die Tränen vom Gesicht und putzte sich die Nase. Niemand sollte sehen, dass sie weinte, niemand brauchte zu wissen, wie weh das alles tat. Wenn diese Schule eine beschlossene Sache war, dann würde sie dorthin gehen, aber dann brauchte auch niemand zu wissen, wie sehr sie leiden würde.

Friederike sah, dass der Vater winkte. Er wollte weiterfahren. Langsam schlenderte sie zum Auto am Straßenrand zurück und beobachtete, wie der Vater am Arm der Mutter den leichten Abhang hinaufging. Er ist älter geworden, dachte sie, ein grauhaariger Mann, der einen Gehstock benutzt, wenn er sich unbeobachtet glaubt. Wann hat er eigentlich zuletzt mit mir im Garten Ringewerfen gespielt, überlegte sie, und wann war das, als er mit mir über die Alster ruderte? Das ist bestimmt viele Jahre her, grübelte sie erschrocken und beeilte sich, um die Eltern nicht warten zu lassen.

Das Land wurde leicht hügelig, Felder, Wiesen und Wälder wechselten sich ab. Auf vielen Weiden standen die berühmten schwarzbunten Holsteiner Kühe im ersten saftigen Futter des Jahres. Als der Vater feststellte, dass sie das Gebiet von Wolfenhagen erreicht hatten, kamen sie an Pferdeweiden vorbei, die säuberlich mit weiß gestrichenen Weidezäunen eingegrenzt waren. Einige übermütige Fohlen rannten mit dem Automobil um die Wette und Friederike lachte laut, wenn sie übermütige Bocksprünge machten.

Der Park war von einer zwei Meter hohen Mauer umgeben. Wilde musste hupen, damit das Tor geöffnet wurde, und Friederike dachte: Hier werden kleine Mädchen also richtig eingesperrt.

Sie fuhren durch eine lange Allee direkt auf das Schloss zu. Ein Hausmädchen öffnete ihnen die Tür und führte sie in einen Salon, in dem sie kurze Zeit warten mussten. Irgendwo sang ein Mädchenchor mehrstimmig Frühlingslieder. Es hört sich schön an, ich muss immer allein zur Klavierbegleitung von Miss Danny singen, dachte Friederike, das macht überhaupt keinen Spaß.

Dann trat eine gut aussehende Frau von etwa fünfzig Jahren ein und stellte sich als Vorsteherin Fräulein Berlinghoff vor. Friederike machte einen wohlerzogenen Knicks, als sie ihr die Hand reichte, und zog sich wieder hinter die Eltern zurück. Eigentlich sieht sie ganz nett aus, dachte sie, aber wer weiß, wie sie ist, wenn die Eltern nicht mehr da sind. Sie folgte der Unterhaltung kaum, sie lauschte auf die Geräusche, die von draußen zu hören waren: Die Schulglocke läutete, auf den Fluren schwatzten und lachten Mädchen in jeder Lautstärke, mahnende Stimmen von Erwachsenen versuchten, Ruhe zu schaffen, dann klingelte wieder eine Glocke, Türen wurden zugeschlagen, in einem Sprechchor deklamierten Mädchen ein Gedicht, dann war es wieder still im Schloss.

Die Eltern unterhielten sich noch immer und von Zeit zu Zeit versuchte Fräulein Berlinghoff Friederike in das Gespräch mit einzubeziehen, fragte sie nach dem Verlauf der Fahrt, nach ihren Vorlieben und nach ihren ersten Eindrücken vom Schloss und der Umgebung. Friederike antwortete sehr zurückhaltend, sie wollte keine Fehler machen und die Eltern nicht verärgern. Dann lud die Vorsteherin sie zu einer Besichtigung des Hauses ein und Friederike war entsetzt über die Einrichtung. Schlichte, grob zusammengenagelte Betten mit Strohmatratzen auf lose liegenden Brettern, einfache Schränke, von denen jede Schülerin nur einen halben Schrank benutzen durfte, und ein roh gezimmerter Tisch mit Stühlen, das war die ganze Zimmereinrichtung. Dann gab es ein paar große Waschräume mit aneinander gereihten Becken aus Eisen und auf jeder Etage einen Toilettenraum, in dem nur halbhohe Holzwände die Becken voneinander trennten. Im Speisesaal saßen die Mädchen an langen Tischen, an deren Enden die Lehrerinnen über die jungen Damen wachten. Wie Friederike erfuhr, durfte nicht gesprochen werden und alle zwei Tage wurden die Stühle gewechselt: Man rutschte einen Sitz weiter und damit im Laufe des Schuljahres einmal um alle Tische herum.

Nach einem gemeinsamen Mittagessen mit der Vorsteherin, musste sich Friederike einer schulischen Prüfung unterziehen. Die Fragen waren leicht, viele Themen hatte sie schon vor ein oder zwei Jahren mit Miss Danny durchgenommen. Sie beantwortete die Fragen in Deutsch, Französisch und Englisch, je nachdem, in welcher Sprache gefragt wurde, und baumelte nicht ein einziges Mal mit den Beinen, was ihr sehr schwer fiel. Die Lehrerinnen, die sie in einem unbenutzten Klassenzimmer prüften, waren sehr zufrieden. Aber dann kamen Fragen, bei deren Beantwortung Friederike fassungslos blieb, Fragen wie: Was benutzt du zum Waschen von schwarzen Strümpfen? Wie kochst du eine Haferflockensuppe? Wieviel Maschen nimmst du auf, wenn du einen Strumpf stricken willst? Wie arbeitest du in einer Abwaschküche? Wie spänt man einen Holzfußboden? Wie viele Instrumente spielst du? Kannst du reiten, tanzen, töpfern, malen und Blumen binden? Was weißt du von der Gartenarbeit und wie putzt man Waschbecken? Friederike schüttelte immer wieder den Kopf, von solchen Schulaufgaben hatte sie noch nie etwas gehört. Dafür gab es Hausangestellte, denen man die Arbeit nicht wegnehmen durfte, weil sie sonst keinen Verdienst hatten und hungern mussten.

Als die Prüfung beendet war, hörte sie, wie die Lehrerinnen den Eltern und der Vorsteherin sagten: »Die junge Dame ist in den Wissensfächern hochbegabt und bei den häuslichen Aufgaben mit einem absoluten Mangelhaft zu beurteilen. Entsetzt sahen die Eltern zu ihr hinüber, niemand der Familie Bramfeld hatte geahnt, dass man in diesem Schloss Hausarbeiten leisten musste.

Aber Fräulein Berlinghoff lächelte nur: »Man kann alles lernen, und ich garantiere Ihnen eine perfekte Hausfrau, wenn Ihre Tochter diese Lehranstalt verlässt. Damit stand fest, dass Friederike trotz allem die Aufnahmeprüfung bestanden hatte. Etwas still und nachdenklich trat die Familie die Rückfahrt an, die Mutter mit einer langen Liste in der Hand, auf der vermerkt war, was Friederike mitbringen musste, was nicht erwünscht war, wie oft Besuch erlaubt war und wann sie einmal im halben Jahr die Eltern daheim besuchen durfte. Ferien wie in anderen Schulen gab es nicht.

Auch Sophie Bramfeld war leicht entsetzt, als sie die Liste studierte. Die Kinder mussten eine Schuluniform tragen, deren Stoffqualität, Farbe und Schnitt genau vorgeschrieben waren. Dazu kamen passende Hüte, Handschuhe und Schuhe. Alles musste für den Sommer und für den Winter angeschafft werden. Dann waren Hauskleider und Schürzen in bestimmten Farben notwendig. Die Anzahl der Wäschestücke und Nachthemden, der Strümpfe und sogar der Taschentücher war vorgeschrieben. Und jedes Stück musste mit dem vollen Namen der Besitzerin ausgezeichnet sein. Dazu kamen mehrfache Bettwäsche von schlichter Baumwollqualität und grobe, weiße Leinenhandtücher. Kleidung für Garten- und Stallarbeit war ebenso erwünscht wie Sport und Badebekleidung. Sogar die Seifensorten waren vorgeschrieben.

Wie es in der Liste hieß, dienten alle diese Anordnungen der Gleichstellung der Mädchen, die aus begüterten, aber auch aus verarmten namhaften Familien stammten. Sophie hatte dafür zwar Verständnis, lehnte aber die Strenge, die in den Vorschriften deutlich wurde, ab. Sie würde mit Ferdinand darüber sprechen, sobald das Kind im Bett war. Schließlich würde ihr Mann monatlich ein Vermögen für die Unterbringung in dieser Lehranstalt bezahlen.

Ferdinand, der die Schlossbesichtigung nicht mitgemacht, sondern sich auf einer Parkbank ausgeruht hatte, musste außerdem erfahren, wie primitiv die Unterbringung war.

Aber Ferdinand, wohl wissend, dass das Pensionat für seine spartanische Lebensweise bekannt war, beruhigte seine Frau. »Nichts wird so schlimm sein, wie es zuerst erscheint, mein Schatz. Wenn all die anderen Mädchen dort fröhlich und zufrieden sind, wird sich auch Friederike eingewöhnen.«

Aber Sophie war noch nicht beruhigt. Sie griff über den Tisch und nahm seine Hand: »Unser kleiner Liebling und so viel ungewohnte Strenge, ob das gut geht?«

Ferdinand schwieg einen Augenblick. Dann sagte er sehr bestimmt: »Sie muss das schaffen, Sophie, sie muss lernen, mit dem Leben da draußen fertig zu werden. Sie kann nicht immer dieses umsorgte Kind bleiben. Das Dasein besteht nicht nur aus Liebe und Fürsorge, sie muss ganz einfach auch den Ernst und die Härte des Lebens erfahren.«

Und Sophie wusste, dass sie ihren Mann nicht mehr umstimmen konnte.

Um seinen Entschluss den beiden Damen etwas schmackhafter zu machen, lud Ferdinand sie zu einem Bummel durch das berühmte neue Kaufhaus der Firma Rudolph Karstadt ein, das an der Mönckebergstraße viel Aufsehen erregt. Die Firma, 1881 in Wismar gegründet, will den Hamburger Bürgern nicht nur einen Konsumtempel offerieren, in dem sie vom Kochtopf bis zur Seidenwäsche alles unter einem Dach erstehen können, sondern ein ganz neues Einkaufsgefühl vermitteln. Die weniger angenehme Seite des Geldausgebens soll zu einem Erlebnis ganz besonderer Art werden. Die breiten, reich geschmückten Treppenaufgänge, die schon beim Betreten der ersten Stufen einen Rundblick in die vielfältigen Auslagen gestatten, sind mit einer großzügigen elektrischen Beleuchtung ausgestattet, sodass der Besucher die Tageszeit vergisst und mit Muße durch die Etagen streifen kann, ohne auf die Uhr zu schauen.

Ferdinand war freigiebig an diesem Tag. »Ihr könnt euch etwas kaufen, der Preis spielt keine Rolle«, versicherte er galant, »ich möchte, dass ihr euch eine Freude macht.«

Sophie, begeistert von diesem neuen Einkaufsgefühl, besuchte die Etage mit den Stoffen und konnte sich nicht satt sehen an der reichen Auswahl. Sie, die nur die eingeschränkten Angebote ihrer Schneiderin kannte, schwelgte in Samt und Seide, in Blütenmustern und strengen, unifarbenen Stoffen bester Qualität. »Ich schwanke zwischen diesem zarten Musselin für ein duftiges Sommerkleid und diesem Goldlamé für ein neues Abendkleid.« Fragend sah sie ihren Mann an. »So nimm doch beides, heute wollen wir den Kaufrausch genießen.«

Friederike, noch immer geschockt von dem Gedanken, Vater und Mutter und die Stadt verlassen zu müssen, lief unschlüssig hinter ihren Eltern her. Erst als der Vater sie bedrängte: »Nun such dir doch endlich aus, was dir Freude macht«, nahm sie zwei Bücher aus einem Regal und gab sie dem Vater.

»Das ist alles? Zwei Bücher über Haushaltsführung und Gartenarbeit? Das ist doch nicht dein Ernst, mein Kind.«

»Doch, in diesen Fächern habe ich die Prüfung nicht bestanden, da muss ich mein Wissen aufbessern. Für hübsche Abenteuerromane oder nette Liebesgeschichten haben wir sowieso keine Zeit in dieser Lehranstalt«, erklärte sie schlecht gelaunt und ließ die Eltern spüren, was sie über den Verlauf der letzten Tage dachte.

Nach dem Besuch dieses ersten Großstadt-Kaufhauses der Firma Karstadt befahl Ferdinand dem Chauffeur, durch die Mönckebergstraße zu fahren, die in den letzten Jahren deutlich ihr Aussehen verändert hatte und zu beiden Seiten von großen Geschäfts- und Kontorhäusern begrenzt wurde. Von außen mussten die Gebäude sich strengen baulichen Auflagen beugen und dem Charakter der traditionellen Hamburger Kontorhäuser entsprechen. Um die dreißig Meter breite Straße zwischen Bahnhof und Rathaus modern gestalten zu können, wurde ein dicht bebautes Altstadtquartier der St. Jacobikirche abgerissen. Kleine Handwerksbetriebe, Arbeiter und zahlreiche Stifte für Alte, Kranke und Arme verloren ihr Zuhause.

Ferdinand bemühte sich, seine beiden Damen zu unterhalten, und erklärte ihnen, dass die Straße ihren Namen vom verstorbenen Bürgermeister Johann Georg Mönckeberg bekommen hätte. Aber Sophie und Friederike waren müde von den ungewohnten Eindrücken und folgten seinen Ausführungen nur noch mit Anstrengung. So befahl er schließlich Willi Wilde, den Wagen zu wenden und nach Hause zu fahren.

Am ersten Juli brachten die Eltern ihre Tochter nach Wolfenhagen. Am Morgen vor der Abfahrt lief Friederike noch einmal in den Garten, um Abschied von der Sonnenuhr zu nehmen, die sie erst zu Weihnachten wiedersehen würde. Und als sie so davorstand, sah sie, wie ein Schatten über die bronzene Fläche zog und der geliebten Schale allen Glanz nahm. Aber dann, ganz schnell, war der Eindruck vorüber und die Uhr erstrahlte im gewohnten Glanz.

Drittes Kapitel

Ferdinand saß im Fond des Wagens. Willi Wilde fuhr ihn in die Stadt. Er hatte eine Konferenz im Bankhaus vor sich und ein Essen mit seinem besten Freund. Martin Brandner hatte finanzielle Probleme mit seiner Kaffeerösterei in Altona und Ferdinand um Rat gebeten.

Sie fuhren am Ostufer der Außenalster entlang und Ferdinand genoss den Blick über das Wasser und hinüber zu den Villen am anderen Ufer. Das ganze Gebiet zwischen dem Wasser und den höher gelegenen Straßen war jetzt eng bebaut und er war froh, hier am ruhigeren Ostufer mit dem Feenteich seinen behaglichen Besitz zu haben.

Er dachte einen Augenblick an sein Haus. Still ist es geworden, nachdem Friederike ins Pensionat gereist ist. Kein fröhliches Lachen, wenn sie mit den Nachbarskindern durch den Garten tobte, den jungen Gärtnergehilfen einen Streich spielte oder sich kichernd vor der Gouvernante versteckte.

Ach ja, Friederike, überlegte er. Nun ist sie schon seit drei Monaten in Wolfenhagen und noch immer nicht mit uns versöhnt. Ihre Briefe kommen so selten und sind so kurz, als wolle sie uns strafen und dabei meinen wir es doch nur gut mit ihr. Sie ist noch zu jung, um zu erkennen, wie wichtig die Erziehung in einer Gemeinschaft ist. Zum Glück sind die Meldungen aus dem Büro der Vorsteherin etwas ausführlicher und häufiger. Frau Berlinghoff betont immer wieder, dass Friederike sich gut eingelebt hat, fröhlich und fleißig ist und keinen Anlass zu irgendeiner Sorge gibt. Nun ja, überlegte er, noch knapp drei Monate, dann können wir sie für die Weihnachtstage nach Hause holen. Dann ist für kurze Zeit alles so, wie es früher war.

Er wusste, dass seine Frau diesen Tagen entgegenfieberte und bereits jetzt und in aller Heimlichkeit mit den Vorbereitungen für den Besuch begonnen hatte. Ich muss ihr das noch ausreden, dachte er, der Unterschied zwischen dem Feenteich mit seinen Annehmlichkeiten und Wolfenhagen mit der dortigen Einfachheit ist sowieso schon groß genug, da dürfen wir die Unterschiede nicht noch betonen. Das muss ich Sophie ganz ernsthaft plausibel machen.

Er sah auf seine Uhr. Der Verkehr wird mit jedem Tag dichter, überlegte er. Wenn das so weitergeht, müssen wir morgens früher abfahren, und er beschloss, den Chauffeur vom nächsten Tag an eine viertel Stunde früher zu bestellen. Sophie wird das nicht gefallen, er schmunzelte verständnisvoll, ihr fehlt dann die Zeit zum geruhsamen Morgenkaffee. Wir werden also auch etwas zeitiger aufstehen, um gemütlich frühstücken zu können.

Bei dem Gedanken an seine Frau nickte er zufrieden. Sie versteht es immer wieder, mich morgens zu überraschen. Ein besonders hübsch gedeckter Tisch, ein neues Parfum, mit dem sie sich umgibt, oder ein attraktives Morgenkleid, das mir den Abschied schwer machen soll. Er lächelte bei dem Gedanken an seine hübsche, noch immer reizvolle Frau, sie hat es eben nicht gern, wenn ich sie allein lasse. Wenn es nach ihr ginge, könnten wir gemeinsam den ganzen Tag vertrödeln, aber das geht nun einmal nicht. Und schon dachte er wieder an seine Bank, an die Aufgaben, die ihn erwarteten, und an die Verantwortung, die er trug.

Vorsichtig bahnte sich Wilde seinen Weg durch das Gewirr der Pferde, Kutschen, Ringbahnen, Fußgänger und Omnibusse. Hier an der Kreuzung zur Lombardsbrücke und kurz vor dem Bahnhof war der Verkehr besonders lebhaft. Dann fuhren sie über den neuen Damm an der Binnenalster entlang, links über den Berg und dann nach rechts am neuen Rathaus vorbei zum Hopfenmarkt. Zahlreiche Straßen waren nach dem verheerenden Brand von 1842 dem wachsenden Verkehr angemessen entstanden.

Auf dem Hopfenmarkt vor der neuen Nikolaikirche herrschte reger Marktbetrieb. Vor allem die Vierländer Bauern mit Obst, Gemüse und Blumen beherrschten mehrere Male in der Woche den Platz vor dem Bankhaus. Ferdinand liebte den bunten Marktbetrieb, Willi Wilde weniger, denn an diesen Tagen hatte er besondere Schwierigkeiten, den großen Wagen durch das Gewühl von Pferdegespannen, Handkarren, Marktbuden, Hunden, Straßenmusikanten und kauffreudigen Menschen zu lenken.

Endlich hatte er seinen Halteplatz erreicht, stieg aus und öffnete für seinen Herrn die Wagentür. Ferdinand bedankte sich und blieb einen Augenblick vor dem backsteinroten Bankgebäude stehen. Die Zahl 1730 wies auf den Gründungstermin hin, denn seit fünf Generationen war das Bankhaus im Besitz der Familie Bramfeld. Eine neue, vergoldete Zahl aber wies auf den Wiederaufbau des Hauses nach dem großen Brand, als sein Vater schon 1846 das Haus neu einweihen konnte. Ferdinand war sich seiner großen Verantwortung durchaus bewusst und er war stolz darauf, das Unternehmen weiter vergrößert und längst über die Grenzen der Hansestadt hinaus bekannt gemacht zu haben. Dennoch, trotz Stolz und Zufriedenheit, gab es ein großes Problem in seinem Leben. Er hatte keinen Nachfolger. Wem sollte er dieses gut florierende Haus übergeben? Würde Friederike eines Tages einen würdigen Schwiegersohn in die Familie einbringen? Einen Mann, dem er vertrauen und das Lebenswerk seiner Vorfahren übergeben konnte?

Ferdinand stieg die zwei Stufen zum Eingang hinauf, der Pförtner begrüßte ihn höflich und er erwiderte den Gruß freundlich, wie es seine Art war. Er warf einen Blick auf die Porträts seiner Ahnen in der großen Halle und dachte mit Wehmut an die Zukunft. In solchen Augenblicken beneidete er seinen Freund Martin Brandner, dem Gott drei wohlgeratene Söhne geschenkt hatte.

Bei aller Liebe zu meinem zauberhaften Mädchen, dachte er, ein Sohn wäre so wichtig für den Fortbestand des Bankhauses gewesen. Die jungen Frauen von heute haben ihre eigene Art, mit der Zukunft umzugehen und sehen ihr Leben schon lange nicht mehr zwischen Kindern, Küche und Kirche eingegrenzt. Sie streben, und zwar mit Recht, dachte er bekümmert, wie die jungen Burschen nach einem beruflichen Leben, und, nachdem 1850 die Frauenhochschule gegründet wurde, gibt es viele junge Damen, die eine berufliche Ausbildung dem Dasein als Hausfrau vorziehen. Weiß Gott, dachte er, mit welchen Plänen uns Friederike eines Tages überrascht. Ich bin wirklich kein rückständig denkender Mann, aber der Fortschritt in der Frauenbewegung kommt viel zu schnell und behagt mir wenig.

Mit Martin Brandner war er im Ratsweinkeller zum Essen verabredet. Die Küche dort war berühmt für ihre internationalen Speisenangebote, der Weinkeller der bestsortierte in der Stadt und die Bedienung von ausgesuchter Höflichkeit und Diskretion.

Nach der langwierigen und ermüdenden Konferenz ging Ferdinand, beschwingt und die spätsommerliche Wärme der ersten Oktobertage genießend, zu Fuß durch die Straßen zum Rathaus. An den Kreuzungen sorgten uniformierte Schupos, wie die Polizisten respektlos genannt wurden, für einen reibungslosen Verkehr und auf dem Rathausplatz wurden Tribünen errichtet. Vielleicht ein hoher

Staatsgast, der unsere Stadt besucht, dachte Ferdinand. Der große Platz vor dem neuen Rathaus eignet sich vorzüglich für Paraden, Aufmärsche und pompöse Begrüßungen. Ich muss heute Abend die Zeitung studieren, dachte er, für meine Geschäfte ist es wichtig zu wissen, wer die Stadt besucht und mit welchem Gefolge. Nach dem Aufschwung Hamburgs zur Welthandelsmetropole kommen immer öfter ausländische Delegationen zu uns. Diese Ereignisse darf ich nicht aus den Augen verlieren.

Er hatte den Eingang zum Ratsweinkeller erreicht und stieg die Stufen hinunter. Hinter der schweren Tür war ein schmaler Gang mit roten Teppichen ausgelegt und von künstlichen Kerzen in Wandhaltern erhellt. Ein Diener kam, nahm ihm Hut und Gehrock ab und führte ihn zu dem bestellten Tisch in einer Nische. Das Kellergewölbe war in zahlreiche kleine Räume unterteilt, die dem Gast den Charakter von Intimität und Ungestörtheit vermittelten. Darauf legte Ferdinand großen Wert, denn er traf sich oft hier mit Kunden der Bank und die Gespräche waren meist nicht für Fremde bestimmt.

Martin Brandner saß bereits am Tisch. Er stand auf und begrüßte seinen Freund. »Danke, dass du gekommen bist. Ich hoffe, du hast einen guten Appetit mitgebracht, der Oberkellner hat mir Salzwiesenlamm von der Nordseeküste mit farcierten Kartoffelscheiben empfohlen.« Er reichte dem Freund die ledergebundene Speisekarte mit dem goldgeprägten Hamburger Wappen auf dem Einband. Aber Ferdinand gab die Karte zurück: »Ich schließe mich dir an. Wenn die Empfehlung vom Oberkellner kommt, sollte man zugreifen. Aber auf Wein werde ich verzichten.« Er legte die Weinkarte zur Seite. »Er macht mich müde und ich denke, zu einem Lamm passt auch ein gut gezapftes Bier vom Fass.«

Während des Essens wurde wenig gesprochen, ein paar Fragen nach den Familien, nach gemeinsamen Freunden – über Geschäfte sprach man niemals, wenn man speiste, es hätte den Genuss geschmälert und den Koch beleidigt. Doch Ferdinand spürte, dass der Freund unruhig war. Er kannte die finanziellen Probleme der Firma Brandner, die wiederholt mit unbekannten Kaffeesorten experimentiert, neue Röstmaschinen gekauft hatte und mit der Bonität in Verzug geraten war. Er wusste aber auch, dass man mit etwas Geschick ein offizielles Insolvenzverfahren abwenden konnte. Weshalb also war der Freund so beunruhigt?

Nach dem Essen wählten die Herren mit Bedacht ihre Zigarren aus dem reichhaltig angebotenen Sortiment, bestellten ihren Cognac und warteten, bis der Tisch geräumt war. Dann beugte sich Ferdinand vor, legte dem Freund vertraulich die Hand auf den Arm und fragte: »Was ist los, Martin?«

Brandner streifte die Asche von der Zigarre, nahm einen Schluck aus seinem Glas und erwiderte: »Ich habe große Probleme in der Firma und nicht nur auf finanziellem Gebiet. Mir laufen die Arbeiter weg. Und die, die bleiben, murren, sind unzufrieden, drohen mit Streiks und widersetzen sich den Anordnungen.«

Ferdinand hörte aufmerksam zu. Er wusste, dass in vielen Betrieben Arbeiter aufständisch wurden und mit dem Boykott der Arbeit drohten. Aber bei seinem Freund hatte er nicht damit gerechnet. Die Firma galt als mustergültig im Umgang mit den Arbeitern und als besonders fortschrittlich in Bezug auf die Arbeitsbedingungen und die Freizeitregelungen. Was war da passiert?

»Hast du Gründe dafür?«

»Man hört von allgemeiner Unzufriedenheit der Arbeiter. Vor allem in Altona kommt es immer wieder zu kleinen Aufständen. Ich nehme an, ein paar Unzufriedene hetzen die anderen auf, ich habe auch davon gehört, dass diese neumodischen Gewerkschaftsvereine an diesen Boykotts beteiligt sein sollen. Sie versprechen den Männern wirtschaftliche, soziale und kulturelle Vorteile und mehr Lohn. Bei uns in Altona sind sie bereits fest involviert.«

»Und was bedeutet das für deine Firma?«

»Wir müssten mehr arbeiten, schneller und effizienter sein, einfach mehr schaffen, um mit den finanziellen Schwierigkeiten fertig zu werden, dann kann man auch über mehr Lohn reden. Stattdessen laufen mir die Männer weg und die Arbeit bleibt liegen. Meine Lagerhäuser sind voll mit teurer Rohware, aber ich kann sie nicht verarbeiten. Die Kunden murren und mir verderben die kostbaren Bohnen.«

»Und was würde Abhilfe schaffen?«

»Geld, viel Geld, um die Lohnforderungen zu bezahlen. Geld, das ich nicht habe, weil ich es nicht verdienen kann. Weil, verdammt noch mal, mir die Arbeiter dafür weglaufen. Du siehst, die Katze beißt sich in den Schwanz und ich drehe mich dabei im Kreise.«

Ferdinand war konsterniert. So aufgebracht hatte er seinen besonnenen Freund noch nie erlebt. Es dauerte eine gewisse Zeit, bis er antwortete, dann war höchste Wut aus seiner Stimme zu hören. »Diese Schweine. Wenn es ein Trost für dich ist, kann ich dir sagen, dass du nicht der Einzige bist, der unter diesen Streiks leidet. Immer mehr meiner Kunden haben ähnliche Probleme. Aber wenn es um einen finanziellen Engpass geht, Martin, dann musst du dir keine Sorgen machen. Das kann geregelt werden.«

»Ich weiß, dass du mir helfen würdest. Aber das kann ich nicht annehmen, denn aus meiner Firma ist ein Fass ohne Boden geworden. Leider muss man das so sehen«, versicherte er mit erstickter Stimme.

»Was sagen deine Söhne zu der Situation? Sie arbeiten doch inzwischen alle drei in der Rösterei.«

Brandner zuckte mit den Schultern. »Sebastian, der Älteste, sympathisiert mit den Gewerkschaftsvereinen. Er ist seit langem sozialistisch engagiert und steht dem Kapitalismus seit Jahren kritisch gegenüber. Bruno, der Zweite, ist das genaue Gegenteil. Er will, dass ich Geld in die Firma stecke, ganz gleich, woher es kommt, Hauptsache, sein Wohlstand ist gesichert. Und der Jüngste, Heinrich, will von dem ganzen Dilemma nichts wissen. Er macht seine Lehre bei mir und will dann so schnell wie möglich auf Kaffeeplantagen in Übersee arbeiten.«

Ferdinand hörte erschrocken zu, so war das also mit den Söhnen und für einen Augenblick war er dankbar für seine kleine, unkomplizierte Tochter. »Und was sagt deine Frau dazu? Sie kommt doch aus einer vermögenden Familie.«

»Um ehrlich zu sein, Ferdinand, sie ist mit ihrem Vermögen sehr zurückhaltend. Es ist nie nach Hamburg überwiesen worden. Um unser Ansehen zu bewahren, hat sie mir einen kleinen Teil zur Verfügung gestellt.«

»Und du hast es angenommen?«

»Ich musste, sonst hätten wir unser Haus an der Palmaille verkaufen müssen und alle hätten von unserem Fiasko erfahren, das wollte sie unbedingt vermeiden.«

Ferdinand nickte. Ja, so war das mit dem hanseatischen Geldadel, das Ansehen musste um jeden Preis erhalten bleiben. Auf der Palmaille wohnte eine kleine, privilegierte Elite in sehr exquisiten Häusern hoch über dem Hafen und repräsentierte das Image des Reichtums. Da durfte es einfach nicht zum Bankrott einer Firma kommen. »Wir werden einen Weg aus deiner Misere finden, Martin. Ich werde mich darum kümmern.«

»Du wirst dich nur selbst in Schwierigkeiten bringen. Das Geld deiner Bank gehört dir schließlich nicht.«

»Das brauchst du mir nicht zu sagen. Ich hatte an eine persönliche Bürgschaft gedacht. Mit meinem Namen im Hintergrund bekommst du Darlehen in jeder Höhe und auch die Zahlungsaufschübe, die du brauchst, um wieder solvent zu werden. Wir werden eine schwierige Phase überbrücken und in einem Jahr denkst du nicht mehr an dieses Problem.«

»In einem Jahr! Was kann in einem Jahr alles passieren, Ferdinand. Ich spüre, dass diese Streiks zunehmen, das wir ganz am Anfang einer Entwicklung stehen, die uns allen über den Kopf wächst.« Er schüttelte den Kopf. »Nein, ich kann deine Hilfe nicht annehmen. Und außerdem, zwischen Freunden sollte man nie über Geld verhandeln, das zerstört jede Freundschaft.«

»So ein Unsinn!« Jetzt war Ferdinand spürbar verärgert: »Wozu hat man denn Freunde, wenn man in der Not nicht mit ihnen rechnen kann. Wie willst du denn aus diesem Dilemma ohne Hilfe herauskommen, mach mir einen akzeptablen Vorschlag.«

»Genau dafür brauche ich deinen Rat. Ich möchte die Firma verkaufen, aber ich weiß nicht an wen. Du als Bankier kennst die Geschäfte deiner Kunden, ihre Solvenz und ihre Interessen. Hilf mir beim Verkauf.«

Ferdinand sah den Freund verständnislos an. »Verkaufen? Du willst deine renommierte und im ganzen Land bekannte Kaffeerösterei verkaufen, das Lebenswerk deiner Vorfahren, die Zukunft deiner Söhne? Die Hamburger schwören auf deinen Kaffee und deine Versandabteilung schickt eure Pakete bis an die Oder, bis an den Rhein und bis in die Alpen. Du kannst doch deine Kunden nicht dermaßen enttäuschen.«

Brandner nickte verzweifelt. »Ich sehe keinen anderen Ausweg.«

Aber Ferdinand schüttelte den Kopf. »Das kann ich nicht zulassen. Und, um ehrlich zu sein, ich sehe auch keinen potenziellen Käufer. Die Händler sind in letzter Zeit sehr zurückhaltend mit ihren Investitionen, vielleicht wegen der

Streiks und der damit verbundenen Unsicherheiten. Nein Martin, diese Zeit ist für einen Verkauf nicht geeignet. Wir überbrücken sie und dann geht es wieder aufwärts.«

Als die Herren am späten Nachmittag den Weinkeller verließen, hatte Ferdinand sich durchgesetzt. Er war sehr zuversichtlich, als er zu seiner Bank zurückging. Alles wird sich zum Besten wenden, überlegte er, wirtschaftliche Engpässe gibt es immer wieder und aufmüpfige Arbeiter auch. Seine gute Laune wurde noch verstärkt, als er in seinem Büro einen elegant bedruckten Briefumschlag aus cremefarbenem Büttenpapier vorfand, der ein eindrucksvolles Billett mit einer Einladung enthielt.

Kirchenvorstand und Hauptpastor der St. Michaeliskirche gaben sich die Ehre, ihn und seine Frau Gemahlin zur Einweihung des neugebauten Gotteshauses in der Neustadt und im Anschluss daran zu einem Empfang im Kaisersaal des Rathauses am 19. Oktober einzuladen.

Ferdinand war hocherfreut. Seit Jahren hatte die Familie auf die Fertigstellung des ›Michel‹, wie die Kirche liebevoll von den Hamburgern genannt wurde, gewartet. Hier hatten er und seine Sophie geheiratet, hier fühlten sie sich bei allen festlichen Anlässen und an vielen Sonntagen im Jahr wohl. Und plötzlich war sie sechs Jahre zuvor bei Lötarbeiten am Turm abgebrannt. Ein langer Streit zwischen Stadt und Bauherren folgte. Sollte die Kirche als gewohnter, historischer Barockbau oder als modernes Gotteshaus aufgebaut werden? Er hatte, wie die Mehrheit der Bevölkerung, für die Rekonstruktion des historischen Gebäudes gestimmt und den Bau, als 1907 endlich damit begonnen wurde, durch zahlreiche Spenden unterstützt. Er schmunzelte, man hat meine Spenden nicht vergessen, wir gehören zu den geladenen Gästen und wir werden die feierliche Kirchweihe in Anwesenheit von Kaiser Wilhelm II. erleben. Er ließ sich von Willi

Wilde nach Hause an den Feenteich fahren und, noch immer hochgestimmt, überreichte er Sophie das Billett.

»Liebling, ich habe eine wunderbare Überraschung für dich.«

Auch Sophie war höchst erfreut, dachte aber sofort an die praktische Seite der Einladung. »Ferdinand, wir brauchen eine neue Garderobe. Hier steht klein gedruckt: Frack und Zylinder für den Herren, festliche Bekleidung mit Hut für die Dame.«

»Selbstverständlich, meine Liebe. Ich überlasse alles dir. Mein Schneider und der Hutmacher haben meine Maße und bei dir wird es auch so sein. Nimm die beste Stoffqualität und lass dich in der Modefrage beraten und bitte denke daran, wir haben nur eine Woche Zeit.«

Festlich und gewaltig ertönte das Geläut von St. Michaelis am 19. Oktober. Leider ließ das Wetter zu wünschen übrig, aber alle Gäste fuhren in ihren geschlossenen Limousinen vor und Kirchendiener mit Regenschirmen geleiteten die Ankommenden von der Autotür bis zum Kirchenportal. Ferdinand nahm ergriffen Sophies Arm. »Hörst du, Liebes, die kleine, feine Glocke, einen Teil davon haben wir gestiftet. Möge sie uns recht oft einladen herzukommen.«

Drinnen wurden sie von Helfern zu ihren Plätzen geführt, und Sophie war glücklich, einen guten Blick auf den Kaiser zu haben, der als Letzter seinen Platz einnahm. Die Predigt hielt Hauptpastor August Wilhelm Hunzinger, ein beliebter Prediger in der Stadt. Er weihte und segnete das Gotteshaus und führte neue kirchliche Mitarbeiter ein. Unter ihnen auch Carsten Splitt, den Turmbläser, dessen Aufgabe es war, zweimal täglich einen Choral vom Turm aus über die Stadt hinweg zu spielen. Sein Vorgänger, der getreue Beuerle, war bei dem Brand damals ums Leben gekommen, als er versuchte, das Feuer zu löschen. Ihm widmete die Gemeinde eine stille Gedenkminute.

Nach dem Festgottesdienst begaben sich die geladenen Gäste ins Rathaus. Fahnen und Girlanden und Hunderte von Schaulustigen säumten die Straßen und die Plätze vor der Kirche und vor dem Rathaus. Kinder schwenkten trotz des schlechten Wetters bunte Papierfähnchen, Straßenhändler boten Souveniers an und alle Hamburger Zeitungen hatten dem Ereignis im Beisein des Kaisers ihre ersten Seiten gewidmet.

Sophie und Ferdinand waren glücklich. Sie trafen zahlreiche Bekannte aus dem Hamburger Geldadel. Komplimente, Eindrücke, Beobachtungen und hinter vorgehaltener Hand auch ein paar Bemerkungen über das Aussehen des Kaisers wurden ausgetauscht und lächelnd verabschiedete man sich, um mit dem nächsten Anwesenden einen kleinen Plausch zu beginnen.

Ferdinand organisierte ein paar Gläser Hamburger Rotspon und Sophie gelang es, einige exquisit belegte Schnittchen zu bekommen, und so prostete man sich zufrieden zu und wünschte einander eine glückliche Zukunft, bevor man beschwingt auseinander ging.

An die Bürgschaft dachte Ferdinand erst wieder zwei Tage später, als sein Justiziar ihm die Papiere für die Unterschrift vorlegte. Auch er verwies auf das hohe Risiko, aber Ferdinand wischte alle Bedenken mit einer Handbewegung beiseite. »Keine Diskussion«, erklärte er unwirsch, »einen Freundesdienst diskutiere ich nicht.«

Er ahnte nicht, welche Folgen dieses Arrangement für seine eigene Firma haben sollte. Sophie war die Erste, die ratlos die Hände zusammenschlug, als sie von der Bürgschaft und dem damit verbundenen finanziellen Wagnis hörte. Sie, die eigentlich immer und bedenkenlos den Vorhaben ihres Mannes zustimmte, erklärte ganz offen: »Das war falsch. Du hättest mich fragen müssen.«

Viertes Kapitel

Zum ersten Mal in ihrer langjährigen Ehe kam es zwischen Ferdinand und Sophie zu einem ernsthaften Streit. Noch nie hatte Sophie ihrem Mann so temperamentvoll und direkt erklärt, dass sie mit seiner Bürgschaft für den Freund nicht einverstanden war. Die Stimmung war seit Wochen sehr getrübt, man sprach miteinander, aber immer mit einer gewissen Zurückhaltung. Trotzdem hatte Ferdinand sich durchgesetzt und die Bürgschaft für Martin Brandner war mit Stempeln und Unterschriften besiegelt worden. In seine privaten und finanziellen Unternehmungen ließ er sich nicht hineinreden. Dabei berücksichtigte er nicht, dass seine privaten Gelder auch seiner Frau gehörten, denn bei der Eheschließung hatten sie beide, gegen den Willen von Sophies Eltern, darauf bestanden, ein gemeinsames Vermögen getrennten Konten vorzuziehen. Sophie hätte also ihre Zustimmung zu dieser Bürgschaft geben müssen, doch Ferdinand hatte sie nicht einmal gefragt, nachdem sie ihre abfällige Meinung geäußert hatte.

Sie mochte Martin Brandner, sie kannten sich seit Jahrzehnten und sie war immer wieder froh, dass ihr Mann einen so vertrauensvollen Freund besaß. Aber in finanziellen Fragen hörte für sie die Freundschaft auf. Außerdem mochte sie Margarete Brandner nicht. Die Frau war ihr zu oberflächlich, zu eingebildet und zu geistlos. Und bei jeder Gelegenheit kokettierte sie hemmungslos mit Ferdinand.

Sophie war eine liebevolle, treue und verständnisvolle Ehefrau. Nie war es in den vielen Jahren ihrer Ehe zu Missverständnissen zwischen ihr und Ferdinand gekommen. Sie wusste, wie ein hart arbeitender Mann zu behandeln und zu verwöhnen war, sie liebte ihn und sie stellte eigene Wünsche gern in den Hintergrund, wenn sie einsah, dass ihr Mann Recht hatte. Und er hatte fast immer Recht. Jetzt aber ging es ihrer Meinung nach nicht nur um eine Frage der Hilfsbereitschaft oder der Freundschaft, sondern um ihre persönliche Existenz. Denn, sollte diese Bürgschaft jemals fällig werden, verloren sie ihr gesamtes privates Vermögen. Und das konnte sie, auch im Namen ihres Kindes, nicht zulassen. Und dennoch hatte Ferdinand über ihren Kopf hinweg diese Bürgschaft geleistet.

Sophie war nicht die geistlose Ehefrau, das Heimchen am Herde, das Männer gern ihr Eigen nannten, Sophie war eine vielseitig gebildete Frau, die als junges Mädchen gelernt hatte, worauf es im Leben einer Frau ankommt. Neben ihrer hausfraulichen Lehre hatten die Eltern streng darauf geachtet, dass sie sich im Leben bewähren konnte, eigene, für richtig empfundene Ansichten konsequent vertrat, sich nicht unterdrücken ließ und mutig für die persönliche Einstellung kämpfte. Sie wusste zu rechnen und zu kalkulieren, abzuwägen und zu kritisieren – sie war die Tochter eines sehr vermögenden Kaufmanns und der Vater hatte dafür gesorgt, dass sie Einblick in die Arbeit eines erfolgreichen Mannes bekam und die Machenschaften unseriöser Menschen durchschauen konnte.

Nun hielt Sophie die Bürgschaft zwar nicht für eine unseriöse Machenschaft, aber für einen leichtsinnigen Irrtum und dieser Leichtsinn war es, mit dem sie nicht fertig werden konnte.

Weihnachten stand vor der Tür und Friederike wurde erwartet. Wie sollte man dem Kind gegenüber die Atmosphäre im Hause verbergen? Alle Vorbereitungen waren wie in den vergangenen Jahren abgeschlossen, der geschmückte Baum stand in der Halle, die bunt verpackten Geschenke lagen darunter, die Küchendüfte zogen wie immer durchs Haus, aber die Stimmung fehlte. Niemand summte ein Weihnachtslied, das Grammofon schwieg, Türen, die sonst immer weit offen standen, waren geschlossen und niemand rief sich fröhliche Grüße zu, denn die Stimmung hatte sich längst auf die Dienerschaft übertragen.

Sophie und Ferdinand hatten in einem knappen Wortwechsel beschlossen, dass Sophie die Tochter allein in Wolfenhagen abholen sollte. Die Abwesenheit des Vaters auf dieser Fahrt konnte mit dringender Arbeit entschuldigt werden, die Abwesenheit der Mutter hätte das Kind nicht verstanden. Und außerdem gab es noch immer diese Verstimmung zwischen Eltern und Tochter.

Sophie war zeitig aufgebrochen. Je näher sie der Ostseeküste kamen, umso verschneiter wurde das Land. Hin und wieder hatte Wilde mit Schneewehen auf der Straße zu kämpfen und einmal drohten sie fast mit dem schweren Wagen stecken zu bleiben.

Wolfenhagen bot das Bild eines verschneiten Wintermärchens. Je näher sie dem Schloss kamen, umso häufiger begegneten sie anderen schweren Limousinen, die den gleichen Weg hatten. Heute war Ferienbeginn und die meisten Eltern holten ihre Töchter ab. Freilich, es gab auch Kinder, das wusste Sophie aus der eigenen Internatszeit, die nicht nach Hause fahren konnten, weil die Eltern im Ausland lebten oder weil Kinder keine Angehörigen mehr hatten. Aber die meisten durften sich auf eine Ferienwoche daheim freuen. Sophie hatte sogar kurz überlegt, ob sie nicht ein solches Kind einladen sollte, mit nach

Hamburg zu kommen, aber dann hatte sich der Streit mit Ferdinand so zugespitzt, dass sie keinen fremden Menschen in ihrem Haus haben wollte.

Auf dem weiß verschneiten Platz vor dem Schloss parkten zahlreiche Autos. Wilde hielt und öffnete ihr die Tür. Kaum war sie ausgestiegen, sah sie Friederike, die ihr mit ausgebreiteten Armen entgegenkam. Mein Gott, wie groß das Kind inzwischen war. In ihrem knöchellangen Wintermantel mit dem Pelzbesatz und der Pelzkappe sah sie wirklich schon wie eine junge Dame aus. Die Schuluniform stand ihr sehr gut. Sophie breitete die Arme aus und umfing ihr Kind, das so fröhlich lachte und sich offensichtlich über ihre Ankunft freute. Dann aber las sie Enttäuschung in den Augen ihrer Tochter.

»Wo ist Papa? Ist er nicht mitgekommen, um mich abzuholen? Er hat es mir im Sommer versprochen.«

»Dein Vater ist ein vielbeschäftigter Mann, mein Liebling, gerade in diesen Tagen vor dem Fest, in denen alle Menschen viel Geld ausgeben wollen, wird er dringend in der Bank gebraucht.«

»Ach was«, unwillig schüttelte Friederike ihren Kopf unter der kecken Kappe. »Er muss doch nicht selbst am Schalter sitzen und anderen Leuten Goldstücke hinzählen. Dazu hat er doch seine Leute. Nein, nein, ich weiß schon, er ist mir böse, weil ich so selten geschrieben habe. Er denkt sicher, ich mag ihn nicht.« »Unsinn, mein Liebling, er liebt dich und er kann es kaum erwarten, dich zu Hause zu begrüßen, aber die Fahrt hierher hätte ihm einen ganzen Arbeitstag genommen und das konnte er im Augenblick nicht zulassen.«

Während der Heimfahrt erzählte Friederike begeistert von ihrem Leben in Wolfenhagen. »Weißt du, Mami, es ist einfach großartig. Du glaubst nicht, wie viele Freundinnen ich habe und wie viel Spaß wir uns machen, wenn wir den Erwachsenen einen Streich spielen können.«

»Liebling, warum hast du uns nie geschrieben, dass es dir so gut gefällt. Es wäre so beruhigend für uns gewesen.«

»Na ja, zuerst musste ich mich eingewöhnen und das war gar nicht so einfach. Stell dir vor, wir müssen neben dem Lernen alle Hausarbeiten selbst machen. Jede Woche werden die Aufgaben gewechselt. Letzte Woche musste ich die Toiletten schrubben, das war vielleicht blöd, davor hatte ich Küchendienst und davor musste ich Lampen putzen. Und selbstverständlich müssen wir nebenbei auch immer unsere Zimmer sauber halten. Die werden täglich kontrolliert. Wenn Staub unter den Betten liegt oder die Schränke nicht aufgeräumt sind, gibt es gleich Strafarbeiten, das war am Anfang ganz schön hart.«

Sophie war erschrocken. »Meine Güte, davon hatte ich ja keine Ahnung.«

»Ach, du weißt vieles nicht.«

»Was sollte ich denn noch wissen?«

»Na ja, also immer an den Enden des Flures wohnt eine Lehrerin, die auf uns aufpasst, wenn wir in unseren Zimmern sind. Unsere Türen müssen immer weit offen stehen. Man darf nicht bei anderen Mädchen auf dem Bettrand sitzen. Um zehn Uhr muss das Licht gelöscht werden und dann darf man auch nicht mehr sprechen oder gar auf die Toilette gehen.« Sie kicherte: »Stell dir vor, man muss glatt ins Bett machen, wenn man vor dem Wecken am nächsten Morgen auf die Toilette müsste.«

»Das ist ja unglaublich.« Sophie schlug die Hände zusammen: »Was macht ihr denn dann?«

»Wir schleichen uns hin. Das macht so viel Spaß und ist in der Dunkelheit so unheimlich, dass wir immer alle andauernd müssen. Mit Wasser spülen dürfen wir natürlich nicht, das wäre viel zu laut. Aber wir treffen uns dort im

Dunkeln, flüstern, kichern und verschwinden wieder, bevor eine Lehrerin wach wird. Die haben nämlich nachts ihre Türen geschlossen.«

»Und wenn ihr erwischt werdet?«

»Dann gibt's Ermahnungen oder eine besonders blöde Hausarbeit zur Strafe. Zum Beispiel mit Drahtbürsten Fußböden spänen, das hassen wir. Aber nun erzähle mir von zu Hause.«

Sophie zögerte einen Augenblick, dann begann sie vorsichtig: »Also Miss Danny ist zurück nach England gereist. Was sollte sie ohne ihre Schülerin auch bei uns. Aber das weißt du ja, ich hab dir geschrieben, dass sie dich sehr herzlich grüßt und nun ein Mädchen in London unterrichtet. Statt Miss Danny gibt es jetzt Fräulein Constanze bei uns.«

»Wer ist Fräulein Constanze? Was macht sie?«

»Sie leistet mir Gesellschaft.«

»Eine Gesellschafterin für dich? Aber Mami, seit wann brauchst du eine Gesellschafterin?«, fragte Friederike verblüfft.

»Weißt du, ich bin viel allein. Dein Vater ist den ganzen Tag und oft auch abends abwesend und dann langweile ich mich. Ich bin älter geworden, ich kann nicht mehr so oft ausgehen und mich mit Freundinnen treffen. Da ist es sehr schön, mit einer anderen Frau zu sprechen und sich auszutauschen.«

»Worüber sprecht ihr denn, wenn ihr euch austauscht?« Sie sah ihre Mutter verständnislos an. »Du bist doch nicht wirklich älter geworden, Mami?«

»Ach, Liebling, mir fällt das Laufen manchmal schwer und dann seh ich meine Freundinnen so selten. Und mit Fräulein Constanze zu reden tut richtig gut, sie ist so verständnisvoll. Es sind einfach die kleinen Geheimnisse unter Frauen, die man mit Ehemännern oder Kindern nicht besprechen kann, über die reden wir dann.«

Wie ein schriller Schrei durchzuckte eine unerklärliche Eifersucht das junge Mädchen. »Aber jetzt hast du mich. Ich werde dir Gesellschaft leisten, du kannst dieses Fräulein getrost nach Hause schicken.«

»Liebling, du bist nur wenige Tage bei mir und dann bin ich wieder allein.«

»Das verstehe ich überhaupt nicht, du hast doch Papi. Früher hast du dich den ganzen Tag auf seine Heimkehr gefreut und alles vorbereitet, damit er es schön hat, wenn er kommt, genügt dir das nicht mehr?«

Sophie war erschüttert, sie hatte nicht geahnt, wie feinfühlig und hellhörig ihr Kind geworden war. Sollte sie über die veränderte Situation im Hause Bramfeld sprechen oder sollte sie warten, bis Friederike von sich aus fragte?

Sie hatten die Hamburger Vororte bereits erreicht, als die Tochter sehr leise sagte: »Stimmt etwas nicht zu Hause?«

Sophie holte tief Luft, dann antwortete sie: »Dein Vater und ich haben uns gestritten. Es geht dabei um Geld, um viel Geld.«

Friederike sah die Mutter sprachlos an. »Um Geld, Mami, ihr habt um Geld gestritten? Wie kann man denn um Gottes willen um Geld streiten? Viele Leute haben überhaupt kein Geld und streiten nie und wir sind reich und ihr streitet euch um Geld?«

»Aber wenn wir dieses Geld verlieren, ist unsere Existenz bedroht.«

»Und wenn schon, Mami, wir haben doch uns. Was kann uns denn passieren, wenn wir drei zusammenhalten?«

»Das weiß ich auch, mein Schatz, aber ich kann nicht akzeptieren, dass dein Vater mit unserem Geld auf eine sehr leichtsinnige Weise umgegangen ist.«

»Hat er es denn verloren, oder hat er damit gespielt?«

»Er hat eine Bürgschaft für seinen Freund übernommen.«

»Was ist das, eine Bürgschaft?«

»Wenn sein Freund zahlungsunfähig wird, muss dein Vater an seiner Stelle alles bezahlen.«

»Aber das ist doch ehrenhaft, wenn ein Freund für den anderen einspringt.«

»Aber nicht, wenn er damit die eigene Existenz gefährdet, denn wenn diese Bürgschaft zur Auszahlung kommt, sind wir unser gesamtes Vermögen los.«

»Ja, aber Mami, wenn man einem Freund helfen kann, dann tut man das doch. Wozu sind Freunde da?«

»Er hätte diese Bürgschaft mit mir besprechen müssen, es ist auch mein Geld und dein Vermögen, das du einmal erben sollst, das er so leichtsinnig auf's Spiel setzt.«

Friederike war ein kluges Kind und sie spürte sofort, der Ärger, den die Mutter mit dieser Bürgschaft hatte, kam nicht daher, dass sie eventuell viel Geld verlieren konnten, sondern, dass der Vater sie nicht gefragt hatte. Es war verletzte Eitelkeit, die die Mutter erzürnte, die Tatsache, dass der Vater sie übergangen hatte. Friederike war direkt erleichtert, denn verletzte Eitelkeit war nur eine Kränkung, mit der man fertig werden konnte, schamloser Egoismus, mit dem man einem Freund die Hilfe verwehrte, wäre viel schlimmer gewesen. »Wird Vater diese Bürgschaft einlösen müssen?«

»Ich weiß es nicht. Aber wir haben große Probleme in der Wirtschaft. Du musst deinen Vater fragen, er kann es dir besser erklären.«

Aber Ferdinand Bramfeld war nicht im Hause, um seine Tochter zu begrüßen. Enttäuscht ging Friederike zu ihrer geliebten Sonnenuhr in den Garten und sah mit Schrecken, dass ein tiefer Schatten auf der bronzenen Schale lag. Morgen werde ich dich putzen, nahm sie sich vor, damit du wieder glänzt wie am ersten Tag.

Auf den Vater musste sie noch immer warten und die Stimmung im Hause erschien ihr wie der Schatten auf der Sonnenuhr, dunkel und bedrohlich.

Die Mutter drängte immer wieder, ins Bett zu gehen, aber Friederike wehrte ab. »Nein, Mami, ich warte. Ich bin kein kleines Kind mehr, in wenigen Tagen werde ich dreizehn, mir braucht niemand zu sagen, wann ich schlafen gehen muss.«

So wartete sie allein in dem großen Salon bis gegen Mitternacht. Als Wilde mit dem Wagen endlich vorfuhr und der Vater das Haus betrat, stand sie auf, richtete ihr Haar und zog Rock und Bluse glatt. Niemand sollte sehen, dass sie im Sessel eingeschlafen war.

Ferdinand, der mit Recht annahm, dass Sophie die Tochter informiert hatte, wusste nicht, wie er seinem Kind begegnen sollte. War Friederike beeinflusst? Kam es nun auch zu einer Verstimmung mit seinem kleinen Mädchen? Der Butler hatte ihm gesagt, dass Friederike im Salon auf ihn wartete und so trat er zögernd ein. Aber vor ihm stand nicht das Kind, das er im Sommer in Wolfenhagen zurückgelassen hatte, sondern eine junge Dame in einer strengen Schuluniform, die ihn mit großen Augen erwartungsvoll ansah. Sie kam nicht auf ihn zugeflogen, wie sie es früher immer tat, sondern wartete in der Mitte des Salons, dass er näher kam. So ging er auf sie zu, murmelte in ihr Haar »mein geliebtes Mädchen« und nahm sie in die Arme.

Friederike löste sich schnell wieder. Er sollte spüren, dass sie von seiner Begrüßung enttäuscht war. Weshalb hatte er sie nicht abgeholt, nicht im Hause erwartet, sie so lange hier allein gelassen?

»Papi, du kommst so spät, warum?«

»Liebling, ich hatte eine Wirtschaftskonferenz in der Börse, ich konnte nicht zeitiger kommen.«

»Früher kamst du nie so spät nach Hause, ich habe so auf dich gewartet.«

»Wir, damit meine ich die Banken und meine Kollegen, haben Ärger mit dem Handel, mit der Industrie und auch mit der Regierung. Da kommen private Probleme leicht einmal zu kurz.«

»Bin ich ein privates Problem für dich, Papi?«

»Nein, meine Kleine, niemals.« Er sah sie prüfend an. »Meine Kleine darf ich gar nicht mehr sagen. Du bist so groß geworden, mein Schatz.«

»Und klug, Papa. Mich darfst du nicht mehr unterschätzen.«

»Nein, wahrscheinlich nicht. Aber jetzt ist es spät, wäre es dir recht, wenn wir morgen weiterdiskutieren würden?«

»Es gibt etwas, was heute noch erledigt werden muss.«

Also doch, dachte Ferdinand. Sophie hat alles erzählt und wahrscheinlich alles verdorben. Ich wollte so gern Frieden schließen, aber wer weiß, was Friederike nun von mir denkt.

Aber die Tochter nahm ihn an die Hand und führte ihn zum Sofa vor dem Kamin, wo noch immer ein wärmendes Feuer brannte. »Papi, ich will, dass hier im Hause wieder Frieden herrscht.«

Er seufzte. »Es ist verdammt schwer geworden, mit deiner Mutter zu reden. Sie nimmt mir übel, dass ich meinem Freund helfen will.«

»Aber nein, Papi, die Hilfe nimmt sie dir nicht übel, sie ist eine großzügige Frau und sie würde nicht anders handeln, wenn irgendjemand irgendeine Hilfe brauchte. Sie ist traurig, dass du hinter ihrem Rücken gehandelt hast, du hättest sie fragen müssen.«

»Es war so eine spontane Hilfe, alles ging so schnell, ich hatte ja selbst kaum Zeit, um alles gründlich zu überlegen.«

»Tut es dir Leid?«

»Nein, auf gar keinen Fall, aber du hast Recht, ich hätte mit ihr sprechen müssen.«

»Dann musst du das jetzt nachholen, Papi.«

»Jetzt?«

»Nein«, Friederike kicherte, »so schnell nun auch wieder nicht, aber spätestens morgen beim Frühstück.«

»Wir essen schon lange nicht mehr zur gleichen Zeit.«

»Dann werdet ihr das ab morgen wieder tun und ich bin dabei und passe auf. Einverstanden?«

»Ja.«

»Dann lass uns jetzt schlafen gehen, Papi.« Und es war das letzte Mal, dass sie ihren Vater Papi nannte. Sie musste jetzt erwachsen werden, und zwar schnell, das spürte sie genau.

Fünftes Kapitel

Marianne Kruse war die große Liebe von Martin Brandner. Der junge Mann, der 1881 zum ersten Mal Hamburg hinter sich ließ, um in Bremen auswärtige Erfahrungen zu sammeln, begegnete ihr auf dem Ball der Hanseatischen Kaffee-Importeure und war von der jungen Dame aufs Höchste fasziniert. Sie bewegte sich elegant, redete weltgewandt, lächelte auf eine sehr anrührende Weise und hatte, im Gegensatz zu den eher spröden jungen Damen der Hamburger Gesellschaft, ein so fröhliches Temperament, dass er gar nicht anders konnte, als sich in sie zu verlieben. Sehr schnell hatte er Namen und Adresse herausgefunden und begann, ihr den Hof zu machen. Er, der bisher nur firmeneigene Kontorräume, staubige Büroarbeit und väterliche Strenge kannte, nutzte die Freiheit auswärtiger Lehrwochen und kam nach Hamburg zurück mit einer Verlobten an der Hand, um sie den Eltern vorzustellen.

Die Eltern Brandner, zunächst schockiert, weil sie den Sohn für viel zu jung hielten, willigten schließlich in die Verbindung ein. Der Name Kruse war unter Kaffee-Importeuren gut bekannt. Die Firma galt als solvent, war etabliert und gehörte zum Bremer Großbürgertum; die junge Dame war höflich, gut erzogen, charmant, klug und vermögend. Von diesem Vermögen brachte sie aber nur einen kleinen Teil in die Ehe ein, der größte Teil blieb als ihr Erbe im Besitz der Eltern und in Bremen. Bereits ein halbes Jahr später wurde die Hochzeit gefeiert und im Jahr darauf wurde

Sebastian geboren. Doch mit der Geburt des ersten Sohnes änderte sich das Wesen der jungen Frau rapide. Sie wurde anspruchsvoll und eigensinnig. Als Erstes bestand sie auf einem eigenen Haus. Sie wollte aus der engen, bürgerlichen Stadtvilla der Brandners ausziehen und verlangte ein modernes Haus auf dem Altonaer Balkon, einer Gegend über dem Hafen, die bei der feinen Hamburger Gesellschaft gerade sehr en vogue war.

Martin, aber auch sein Vater, überglücklich, durch den Jungen den Fortbestand der Familie und der renommierten Firma gesichert zu wissen, entnahmen der Firmenkasse das nötige Geld, um der jungen Mutter den Wunsch des eigenen Hauses an der eleganten Palmaille zu erfüllen. Dem kostspieligen Baustil entsprechend, folgte eine kostbare Inneneinrichtung. Der jungen Frau war kaum etwas gut genug und sie entwickelte einen recht intensiven Zorn, wenn Wünsche nicht in Erfüllung gingen, und überzeugte ihren Mann und seine Eltern von der Bedeutung, ein exklusives Haus zu führen. »Wenn wir nicht etwas Neues, etwas Einmaliges bieten, wird niemand unsere Einladungen annehmen. Die Hamburger Highsociety ist verwöhnt«, erklärte sie, »darauf müssen wir uns einstellen, wenn wir in diesen Kreisen mitreden wollen.«

Die Brandners, eher bescheiden im Lebensstil und zurückhaltend im bisherigen Umgang mit der so genannten Society, waren erschrocken und verunsichert und stimmten schließlich den exquisiten Wünschen der jungen Mutter zu. Alles musste vom Feinsten sein: Von der Stuckverzierung der Decke über die Wandbespannungen aus Straußenleder bis zu den Fußbodenintarsien aus tropischen Edelhölzern kam nur das Beste infrage. Möbel wurden in Frankreich gekauft, Stoffe in Italien, Lampen in London – Marianne wusste, was sie wollte, und holte sich ihr Wissen aus zahllosen Magazinen, die seit einiger Zeit den Markt überschwemmten. Und wieder musste das Firmenkapital angegriffen werden. Die Brandner-Männer verschoben den Ankauf von modernen Maschinen und stellten den Bau eines neuen, vollklimatisierten Speichers zurück, um die Villa an der Palmaille hochherrschaftlich auszustatten. Als Marianne auch noch ein eigenes Automobil forderte, schob Brandner Senior einen Riegel vor und erklärte: »Jetzt ist Schluss. In den nächsten Jahren wird nur noch in die Firma investiert. Wir brauchen neue Röstmaschinen und bessere Kaffeesorten, wir müssen mit schnelleren Dampfschiffen zusammenarbeiten und eine bessere Verkaufsstrategie entwickeln. Das alles kostet Geld, Firmengeld.«

Aber wenige Wochen nach diesem energischen Ausspruch war Marianne wieder schwanger, und als sie den zweiten Sohn gebar, bekam sie ihr Auto, neues Tafelsilber aus England und neues Geschirr aus Meißen.

Zwölf Monate später, auf den Tag genau ein Jahr nach dem Tod seiner Frau, starb Maximilian Brandner und es war niemand mehr da, der Marianne Einhalt gebieten konnte.

Ferdinand Bramfeld, der die Entwicklung in der Firma und in der Familie seines besten Freundes mit Sorge beobachtete, versuchte einzugreifen. »Martin, du weiß, wie gern wir zu euch kommen, wie sehr wir den Luxus in deinem Haus genießen, aber muss es denn immer Kaviar sein und Schaumwein aus der Champagne?«

»Es ist Mariannes Stil, du weißt, welche Ansprüche sie stellt, um als Gastgeberin anerkannt und geliebt zu werden.«

»Aber ich fühle mich als dein Bankier verpflichtet, dir zu sagen, dass deine Firmeneinkünfte nicht mehr lange die Großzügigkeit in den privaten Ausgaben decken können. Wenn wir zu euch kommen, dann nicht wegen des luxuriösen Lebensstils, mir schmecken auch Bratkartoffel und Bauernsülze, ich muss weder Kaviar noch Island-Austern essen.«

Martin widersprach und es kam fast zum Streit zwischen den Freunden und Ferdinand beschloss, sich in Zukunft nicht mehr einzumischen. Er hatte gesagt, was nötig war, jetzt musste der Freund selbst reagieren, allzu häufig besuchten die Bramfelds das Haus an der Palmaille jedoch nicht mehr.

Aber Martin liebte seine Frau, er war ihr vollkommen ergeben, und als sich die dritte Schwangerschaft ankündigte, vergaß er alle guten Vorsätze und plünderte die Firmenkonten bis an den Rand des Bankrotts. Marianne aber hatte herausgefunden, dass ihr Mann und seine Firma durch Schwangerschaften erpressbar waren. Sie beschloss, so oft schwanger zu werden, bis sich auch ihre ausgefallendsten Wünsche erfüllt hatten. Die Leibesfülle während der neun Monate war zwar unangenehm und lästig, die Geburten aber verliefen komplikationslos und die Schmerzen waren schnell vergessen, wenn sie an die Erfüllung ihrer Wünsche dachte: Ein Chalet in den Schweizer Bergen stand jetzt auf der Liste ganz obenan. Sie hatte von Hamburger Patrizierfamilien gehört, die ein solches Landhaus als Winterdomizil besaßen und dort die feinste europäische Gesellschaft bewirteten. Das war es, was sie wollte, aufsteigen in die Highsociety Europas. Und auch an der Côte d'Azur sollte es sich wunderbar leben lassen, wenn Hamburgs Schmuddelwetter das Leben zur Strapaze machte.

Diese Überheblichkeit war es, die letzten Endes den Zusammenbruch der renommierten Firma Brandner auslöste, und nicht die modernen Maschinen, die Brandner auf Kredit kaufte.

Und nun bürgte Ferdinand für den Luxus dieser Frau, deren Wünsche keine Grenze kannten.

Sophie Bramfeld mochte Marianne nicht. So sympathisch ihr der Freund ihres Mannes war, so unsympathisch war ihr seine Frau. Sie selbst kam aus einer traditionsbewussten Familie, in der Hochmut verpönt und Eitelkeit unverzeihlich waren. In den ersten Jahren der Bekanntschaft hatte sie die junge, selbstbewusste Frau aus Bremen bewundert und schließlich beneidet, denn ihr wurde zuteil, was sie selbst so sehnlichst erwünschte: Kinder. Aber sie kam schnell dahinter, wie oberflächlich diese Marianne war und wie gut sie es verstand, mit der Geburt der Söhne auf den Ehemann Zwang auszuüben. Bei den Besuchen auf der Palmaille wurden die Kinder regelrecht vorgeführt und die Gespräche drehten sich nur um Wohlstand, gesellschaftliche Anerkennung und kostbare Anschaffungen.

Sophie aber vertrat die Meinung, Wohlstand besitzt man, aber man redet nicht darüber, und gesellschaftliche Anerkennung gewinnt man nicht durch Protz, sondern durch Bescheidenheit. Sie lehnte es alsbald ab, ihren Mann zu diesen Einladungen zu begleiten, und so blieb auch Ferdinand lieber daheim am Feenteich, als sich dem von der Gastgeberin so geschätzten gesellschaftlichen Zwang zu stellen. Er traf seinen Freund lieber im Ratsweinkeller oder im Büro und genoss einen Hamburger Rotspon bei einem freundschaftlichen Gespräch mehr als den Schaumwein aus Frankreich auf der Palmaille. Ein Jahr später kam es im März zum Bankrott der Firma Brandner, und Ferdinands Bürgschaft wurde eingefordert.

Ferdinand wusste, und nicht erst durch die deutlichen Worte seiner Tochter, dass Sophie Recht hatte, als sie so zornig auf die Bürgschaft reagierte. Dennoch fiel es ihm schwer, den ersten Schritt zu tun und sie um Verzeihung zu bitten. Als es dann aber zu dieser Aussprache kam, war alles viel leichter, als er gedacht hatte. Sophie, schon lange verzweifelt über die Stimmung in ihrem Hause, nahm nur zu bereitwillig seine Entschuldigung an und als sie sich versöhnt hatten, setzten sie sich hin und diskutierten die finanzielle

Lage. Leider mussten sie feststellen, dass sie zum ersten Mal in den langen Jahren ihrer Ehe einen finanziellen Engpass erlebten. Martin hatte den Bankrott erklärt, und Ferdinand wurde für die Verluste mit seinem ehelichen Privatvermögen zur Schuldenbegleichung gezwungen.

Sophie weinte, als sie davon erfuhr. »Und wie geht es nun mit uns weiter?«, fragte sie.

»Wir haben die Bank, sie wurde in keiner Weise angetastet, wir haben dieses Haus und das Grundstück und wir haben meine monatlichen Einkünfte.«

»Aber uns fehlen die Zinsen aus dem Vermögen, wir werden uns sehr einschränken müssen.«

»Wir werden etwas sparsamer mit Geld umgehen, das muss wohl sein, Sophie. Es tut mir unendlich Leid.«

»Und wie sieht das in der Praxis aus?«, fragte sie mit tonloser Stimme.

»Vielleicht könnten wir auf den Chauffeur, auf den Gärtner und die Gesellschafterin verzichten?« Ferdinand, zutiefst beunruhigt, wollte keine Entscheidungen ohne das Einverständnis seiner Frau treffen.

»Aber wer soll dich fahren und wer versorgt den Garten?«

»Ich könnte selbst den Fahrschein machen, andere Männer fahren auch ihre Automobile selbst und ein Gartenarbeiter kann einmal in der Woche für ein paar Stunden kommen.«

»Nein«, erklärte Sophie erschrocken, »ich möchte nicht, dass du selbst in dem Auto fährst, es ist viel zu gefährlich, und wenn man ein gewisses Alter erreicht hat, kann man in gefährlichen Situationen nicht mehr schnell genug reagieren.«

Ferdinand nickte, ihm war selbst nicht ganz wohl bei dem Gedanken, persönlich hinter einem Steuerrad zu sitzen. »Wir könnten einen Mann als stundenweisen Chauffeur mieten. Er fährt mich dann nur morgens und abends und du müsstest für deine Besorgungen eine Autodroschke benutzen.«

»Ja, das wäre möglich.« Zaghaft und besorgt fragte sie dann: »Können wir Friederikes Aufenthalt in Wolfenhagen weiterhin bezahlen?«

»Auf jeden Fall, sie darf in keiner Weise unter meinem Leichtsinn leiden, das verspreche ich. Und wenn du sie besuchen willst, nimmst du das Automobil, und ich fahre mit einer Droschke.«

Es gab noch viele andere Einschränkungen, denen sie sich beugen mussten. Doch mit großer Zurückhaltung bei allen Ausgaben konnten sie es schaffen. Sie stellten gemeinsam einen Haushaltsplan auf, vermittelten den Butler und ein Zimmermädchen in die Häuser von Freunden und baten die Köchin um sparsame Einkäufe und einfachere Speisen.

Umso verärgerter war Sophie, als sie von Freundinnen erfuhr, dass Marianne Brandner sich von ihrem Mann getrennt hatte und an die Côte d'Azur abgereist war. Von Scheidung wurde nie gesprochen, sie wollte auf jeden Fall den Schein wahren, aber auf das Leben mit ihren wohlhabenden Freunden mochte sie nicht verzichten. Sie war dank des Bremer Vermögens eine wohlhabende Frau und ihren zweiundzwanzig Jahre alten Sohn Bruno, der schon immer den Wohlstand einer harten Arbeit vorgezogen hatte, nahm sie mit. Das Haus an der Palmaille fiel unter die Bankrottmasse und dem Insolvenzverfahren zum Opfer, die Firma Brandner wurde verkauft, und Martin zog mit den beiden verbliebenen Söhnen vorübergehend zu einem früheren Angestellten.

Ferdinand erfuhr durch einen Brief von dieser Entwicklung. Martins Zeilen an ihn waren eine traurige Bilanz seines Lebens und auch Eingeständnis seiner Schuld.

Mein treuer Freund,
ich bin zutiefst betroffen, beschämt und traurig. Ich habe dich und deine Familie durch Leichtgläubigkeit und Leichtsinn in eine furchtbare Lage gebracht. Es ist mir nicht möglich, dir von Angesicht zu Angesicht gegenüberzutreten, deshalb betrachte diesen Brief als Zeichen meiner großen Reue. Du hast mich gewarnt, und ich habe deine Warnung in den Wind geschlagen und dich mit hineingerissen in meinen Untergang. Ich wollte nicht, dass du für mich bürgst, bitte erinnere dich, aber du hast es als deine freundschaftliche Pflicht angesehen, und nun habe ich meinen besten Freund so schwer enttäuscht. Das werde ich mir nie verzeihen.

Ich verlasse Hamburg. Es ist mir nicht mehr möglich, den Menschen hier in die Augen zu schauen. Meine Söhne Heinrich und Sebastian werden mich begleiten. Wären sie nicht, ich würde auch diese Welt verlassen. Aber sie sind jung und haben ein Anrecht auf das Leben, auf ein besseres Leben, als ich ihnen jetzt bieten kann, und dafür will ich meine ganze Kraft einsetzen. Ich kann bei einem Kaffeeröster in Lübeck, einem früheren Konkurrenten, als Lagerverwalter arbeiten, die Jungen hoffen, dort im Hafen Arbeit zu finden.

So trennen sich nun unsere Wege. Sei versichert, dass ich mein ganzes restliches Leben lang versuchen werde, dir dein Geld zurückzuzahlen.

Dein Martin Brandner

Der Brief hatte Ferdinand in der Bank erreicht. Abends nahm er ihn mit nach Hause und zeigte ihn seiner Frau. Und wie immer zeigte sich Sophie sehr großzügig. »Willst du ihn ziehen lassen ohne ein versöhnliches Wort?«

»Er scheint es so zu wollen, das muss ich respektieren.«

»Er ist verzweifelt und er schämt sich. Er trägt jetzt eine schwere Last, du könntest ihm wenigstens die Last der Scham abnehmen.«

»Hältst du es für richtig, mich noch einmal in sein Leben einzumischen?«

»Du musst dich nicht einmischen, du sollst ihm auch nicht verzeihen, Ferdinand, du sollst ihm nur helfen, ein bisschen aufrechter in die Zukunft zu blicken.«

»Und wie stellst du dir das vor?«

»Sprich mit ihm und sag ihm, dass ihr Freunde bleibt.«

»Ich werde es versuchen.«

Es gelang Ferdinand, die Adresse Martins herauszufinden. Noch war er in Hamburg und so schickte er einen Boten zu dem Freund und bat ihn zu einem letzten Treffen im Ratsweinkeller. Das Billett, das er ihm schickte, war kurz:

Mein lieber Freund,
ich möchte dich nicht ohne einen herzlichen Händedruck gehen lassen. Lass uns ein Glas Rotspon trinken und eine gute Zigarre rauchen, wie wir es immer getan haben, wenn freundschaftliche Gespräche uns zusammengeführt haben. Ich erwarte dich, denn ich möchte von dir hören, dass nichts unsere Beziehung verändern kann.

Dein Freund Ferdinand

Sechstes Kapitel

Ferdinand litt unter der Trennung von seinem besten Freund. Sie hatten sich noch einmal ausgesprochen, in Erinnerungen geschwelgt, die Gegenwart diskutiert, die Zukunft aber kaum berührt. Zu schmerzlich war den Männern der Gedanke an die Trennung nach mehr als sechzig Jahren der Freundschaft. Während Martin Brandner alle Kraft zusammennahm, um den Söhnen auf dem Weg in eine ungewisse Zukunft zu helfen, blieb Ferdinand Bramfeld mutlos zurück. Er verspürte nichts weiter als eine große Leere, die er nicht zu füllen wusste. Dieses undefinierbare Vakuum in seinem Leben machte ihm seit einiger Zeit zu schaffen, nicht erst seit dem Fortgang seines Freundes. Woher es kam, wohin es trieb, wusste er nicht, er wusste nur, dass er in letzter Zeit oft müde, lustlos und mit Widerwillen jedem neuen Tag entgegensah.

Sophie, die ihn beobachtete, machte sich große Sorgen. Sie versuchte ihren Mann zu verwöhnen, konnte aber die allgemeine Müdigkeit nicht vertreiben.

Heute war es wieder besonders schlimm. Ferdinand hatte sich weniger sorgfältig angekleidet, nachlässig rasiert, zu schwarzen Schuhen einen braunen Gürtel gewählt und eine Krawatte nachlässig geknotet, die überhaupt nicht zu seinem Anzug passte. So etwas wäre früher nie vorgekommen. Er war der akkurateste Mann, den sie kannte, aber seit einiger Zeit ließ er sich gehen.

»Guten Morgen, Liebling«, begrüßte sie ihn betont fröhlich. »Hast du schon einen Blick in den Garten geworfen? Die ersten Tulpen sind erblüht.«

»Ich sehe nur die Laubhaufen, die in diesem Jahr nicht beseitigt wurden.«

»Nicht doch, Liebling. Der Gärtner wird sie in der nächsten Woche entfernen, sie bieten den Igeln noch Schutz vor den Nachtfrösten.«

»Und den Ratten. So viele Ratten wie in diesem Jahr hatten wir noch nie.«

»Wir wohnen am Wasser, Ferdinand, da bleibt der Besuch von Ratten nicht aus.«

»Ich hatte angeordnet, Gift auszulegen. Warum werden meine Anordnungen nicht befolgt?«, fragte er verärgert.

»Der Gärtner war besorgt, dass die Igel das Gift fressen könnten, das wäre doch schade gewesen.«

»Dieser Zirkus mit den Igeln, ich will die Rattenplage loswerden.«

Sophie merkte, dass ihr Mann an diesem Morgen besonders schlecht aufgelegt war, und wählte ein anderes Thema.

»Hast du heute wichtige Gäste in der Bank?« Vielleicht konnte sie ihn doch noch zu einer anderen Krawatte überreden.

»Ich hatte schon lange keine wichtigen Besucher in der Bank.«

»Aber Ferdinand, woran liegt das denn?« Jetzt war sie doch erschrocken.

»An der Konjunktur natürlich.«

»Das verstehe ich nicht, überall wird die Konjunktur hoch gelobt. In allen Zeitungen steht, wie gut es der Stadt zur Zeit geht.«

»Der Stadt vielleicht, den kleinen Banken weniger.«

»Seit wann zählst du die Bramfeld-Bank zu den kleinen Instituten?«

»Seitdem die Großunternehmer ihre eigenen Banken gründen und uns nur noch die kleinen Unternehmen, die mittelständischen Betriebe bleiben«, erklärte er unwirsch und setzte sich an den Frühstückstisch. Sophie beeilte sich, ihm Kaffee einzuschenken und stellte den Brotkorb in seine Nähe.

Ferdinand griff zu und bestrich die Scheibe Schwarzbrot, die er morgens bevorzugte, mit Butter. Dann ließ er vorsichtig etwas Honig darüber laufen.

Sophie wartete, bis er die ersten Bissen genommen hatte, bevor sie weiterfragte. »Befürchtest du ernsthafte Schwierigkeiten?«

»Die brauche ich nicht zu befürchten, die habe ich schon.«

»Kannst du mir das erklären?«

»Nein. Du brauchst dich damit nicht zu belasten.«

»Aber ich möchte mich damit belasten, ich möchte wissen, was los ist, warum du so verändert bist, so mutlos – «

»Ich habe Probleme und ich versuche sie zu lösen. Die Sievekings haben ihre Konten bei einer internationalen Bank, die Möringers haben Konten bei der Schweizer Filiale am Rathausmarkt und die Stellings mit ihrem großen Vermögen in Amerika arbeiten mit der Warburgbank zusammen. Das wären die Kunden, die ich brauche. Aber wer bin ich für die Möringers oder die Sievekings oder einen Patrick Stelling?«

Er dachte an diesen Patrick Stelling, den man hinter vorgehaltener Hand den ›illegitimen Amerikaner‹ nannte und der allein durch sein Aussehen Aufsehen erregte, denn wer in Hamburg trug die gelockten Haare schon ohne Scheitel und kragenlang? Und dann das viele Geld! Ein schier unerschöpfliches Vermögen stand ihm in Amerika zur Verfügung. Und dabei war er ein wirklich bescheidener Mann, der auf seiner Werft mit eigenen Händen arbeitete, wenn

Not am Mann war. Und seine Arbeiter behandelte er so korrekt, dass er nie einen Streik befürchten musste.

»Du siehst«, fuhr er an Sophie gewandt fort, »der Sumpf, in dem ich stecke, ist mehr als zäh.«

Es dauerte ein paar Minuten, bis sie leise antwortete: »Und ich kann dir dabei nicht helfen? Früher haben wir immer alle Probleme zusammen gelöst, warum beziehst du mich plötzlich nicht mehr mit ein?«

Aber Ferdinand zuckte nur mit den Schultern, stand auf, gab seiner Frau einen flüchtigen Kuss auf die Wange und ging nach draußen. Wenn er pünktlich kam, was leider nicht immer der Fall war, musste der Chauffeur inzwischen eingetroffen sein. Höchste Zeit, dass ich in die Bank komme, dachte er, denn er hasste diese Diskussionen am frühen Morgen. Sie erinnerten ihn an die eigene Unzufriedenheit, an die Schwierigkeiten auf der Bank und an seine Lustlosigkeit, die mit jedem Tag erdrückender wurde.

Ob ich mal zum Arzt gehe, überlegte er, ach was, der lacht mich aus, erklärt mir, dass ich an mein Alter denken soll und kürzer treten muss. Kürzer treten, dass ich nicht lache. Ausgerechnet jetzt, wo die Geschäfte beinahe täglich schlechter gehen, wo so viele kleine Firmen ums Überleben kämpfen und damit drohen, mich mit in den Abgrund zu ziehen, soll ich kürzer treten? Ich will und ich muss die Bank erhalten, ich will sie eines Tages weitergeben, sie gehört Friederike, sie ist ein Familienbesitz.

Er nahm im Fond des Wagens Platz. Woher kommt nur diese Misere, überlegte er. Na ja, wir haben diese Arbeiterunruhen, alle wollen mehr Geld und keiner will zahlen. Dann die Streiks, unter denen die kleinen Betriebe am meisten leiden. Und dann das Gerede vom Krieg. Ausländische Firmen wagen bei all den Prognosen nicht mehr in Deutschland zu investieren. Der Kaiser baut die größten Passagierschiffe der Welt hier bei Blohm & Voss, er baut aber auch die größten Schlachtschiffe auf den Werften in Norddeutschland, das bleibt keinem verborgen. Da fließen die Gelder in Strömen, nur leider fließen sie an uns vorbei. Da leben die Neureichen in Saus und Braus und ich muss überlegen, wie lange ich noch die Köchin bezahlen kann. Das kann ich doch der Sophie nicht erklären, sie sieht sofort den Bankrott unserer Firma und das Ende unseres guten Namens. Sie würde alles für mich tun, sie würde mir aber auch die Hölle heiß machen, wenn sie wüsste, dass ich zu müde zum Kämpfen bin.

Sophie schüttelte resigniert den Kopf. Heute war mit ihrem Mann einfach nicht zu reden. Sie wollte sich am Nachmittag mit Clara Wuttke treffen. Vielleicht wusste ihre Freundin Rat. Immerhin hatte auch sie einen Mann in Ferdinands Alter, und wenn diese Veränderungen eine Frage des Älterwerdens bei Männern waren, dann würde sie vielleicht wissen, wie man damit umgehen sollte.

Sie kleidete sich sorgfältig an, denn die Freundinnen wollten sich im Tearoom vom Grandhotel Vier Jahreszeiten treffen, wo man besonderen Wert auf elegante Kleidung legte. Für Sophie war es angenehm, dorthin zu kommen, sie brauchte keine Droschke, sondern konnte mit einem Alsterdampfer beinahe von Tür zu Tür fahren. Sie hatte sich für ein eng tailliertes, knöchellanges Wollkostüm entschieden, das in seinem dezenten Blaugrau zu ihrer Augenfarbe passte. Dazu wählte sie einen kleinen Hut mit gerafftem Schleier. Welch ein Glück, dachte sie, dass diese wagenradgroßen, spitzenbeladenen und tüllverhängten Hüte nicht mehr in der Mode waren. Man kam in letzter Zeit kaum noch damit durch eine der modernen Drehtüren, und wenn ein wenig Wind herrschte, musste man befürchten, dass der Hut mit seiner ganzen Dekoration davonflog.

Clara war bereits eingetroffen und hatte einen Tisch am Fenster für sie reserviert. Die Tische mit dem Blick auf das Wasser und auf das elegante Hotel-Entrée waren besonders beliebt, denn man konnte nicht nur die Sportler auf der Binnenalster sehen, sondern hatte einen guten Blick auf die berühmten Gäste, die hier ein- und ausgingen. Das Vier Jahreszeiten war in den letzten Jahren zu dem renommiertesten Hotel der Stadt aufgestiegen. Hier nächtigten Kaiserliche Hoheiten und ausländische Würdenträger und nicht selten sah man weltberühmte Künstler hier ankommen oder abreisen. Und selbst in einem Tearoom wie diesem traf man bekannte Kaufleute, Bankiers, Reeder oder Schiffsmakler, die das geschmackvolle Ambiente dieses Salons für ihre Geschäftsgespräche bevorzugten. Während sie den Raum durchschritt, dachte Sophie an ihren letzten Besuch hier, als am Nebentisch Prinz Heinrich einen Tee trank.

Sophie war sehr erfreut, ihre Freundin wiederzusehen, denn Clara hatte den Winter in dem schweizerischen Kurort Davos verbracht, weil sie ein Lungenleiden auskurieren und dem nasskalten Winterwetter in Hamburg entfliehen wollte. Die Freundinnen bestellten Tee und Gebäck, schwatzten sehr ausführlich über die Vorzüge eines weltberühmten Badeortes und seine Gäste, sprachen über gesundheitliche Probleme und kamen schließlich zu dem Thema, das Sophie so sehr am Herzen lag.

»Du siehst so bedrückt aus, Sophie, so kenne ich dich gar nicht.« Clara griff über den Tisch hinweg nach der Hand ihrer Freundin.

»Ich mache mir Sorgen um Ferdinand. Er ist so lethargisch in letzter Zeit.« Sie schüttelte den Kopf. »Man kann kaum noch mit ihm sprechen und irgendwie lässt er sich gehen. Ich brauche deinen Rat.«

Clara strich ihr über die Hand. Die Andeutung eines Lächelns huschte über ihre Lippen. »Das kommt vor, da brauchst du dir doch keine Sorgen zu machen.« Sie nickte aufmunternd: »Dein Mann ist der korrekteste Mensch, den ich kenne, gönne ihm doch eine Verschnaufpause, kein Mann kann immer unter Hochspannung stehen.«

»Das weiß ich alles, Clara, aber wenn ein im Grunde eitler Mann anfängt, nachlässig in seiner Kleidung zu werden, keinen Wert auf ein korrektes Aussehen legt und immer müde wirkt, dann stimmt da etwas nicht. Davon bin ich überzeugt.«

Ein Kellner kam und servierte unaufgefordert frischen Tee. Das Gespräch stockte einen Augenblick, dann fragte Clara: »Gibt es etwas, was ihn bedrückt? Was ihm die Lust nimmt, auf sich zu achten? Hattet ihr Streit?«

»Vor ein paar Monaten, aber das ist lange geregelt.«

»Ihr und Streit, das kann ich mir überhaupt nicht vorstellen. Um was ging es denn? Ich will ja keine intimen Fragen stellen, aber wenn ich dich beraten soll, muss ich schon wissen, was das für Probleme waren. »

Sophie seufzte: »Es ging um Geld, um eine private Bürgschaft, die schließlich unsere ganzen persönlichen Geldreserven gekostet hat.«

Clara schwieg einen Augenblick. Dann fragte sie: »Und du denkst, die Angelegenheit ist vorbei?«

»Es ist so lange her.«

»Aber das Geld fehlt euch immer noch? Ihr müsst plötzlich sparen?« Sie sah die Freundin eindringlich an.

»Du sagst es.«

»Ja, Sophie, aber das wird der Grund sein. Ein Mann vergisst das nicht und wahrscheinlich wird er täglich daran erinnert. Irgendwie sieht das ganze Leben plötzlich aussichtslos aus und er findet keinen Weg, um herauszukommen.«

»Aber ich habe ihm nie mehr Vorwürfe gemacht. Ich war verletzt, weil er nicht vorher mit mir darüber gesprochen hat, denn es war ja auch mein Geld, das in diese Bürgschaft floss. Aber dann haben wir offen darüber gesprochen und der Streit war vorbei. Ich unterstütze ihn jetzt, wo ich kann. Ich habe den ganzen Haushalt umorganisiert und er hat nach wie vor sein komfortables Zuhause.«

»Und du lässt ihn nicht spüren, dass du ihm Vorhaltungen machst, denn das tust du. So wie du darüber sprichst, bist du selbst noch nicht damit fertig.«

»Das kann ich nicht ändern. Immer wenn ich eine Droschke benutzen muss statt des schönen eigenen Autos, immer wenn ich mit der Köchin den günstigsten Speiseplan errechnen muss, immer wenn ich in einem Geschäft etwas Schönes sehe und schnell den Kopf abwenden muss, immer dann, hundert Mal am Tag werde ich daran erinnert. Wie soll ich da etwas ändern?« Die Worte schnürten ihr die Kehle zu, als sie sagte: »Ich gebe mir solche Mühe, aber ich bin keine gute Schauspielerin.«

Clara empfand tiefes Mitleid mit der Freundin. Sie hatte wirklich Probleme, aber wie konnte man ihr helfen? »Sophie, es tut mir wirklich Leid, aber ihr müsst aus dieser Krise heraus, sonst geht ihr daran zugrunde. Könntet ihr nicht zusammen verreisen? Ein anderes Land, andere Luft, andere Eindrücke, so etwas wirkt Wunder.« Clara winkte dem Kellner und bestellte zwei Sherry.

»Wir können nicht weg. Zum einen, weil das eine sehr kostspielige Sache ist, und zum anderen, weil Ferdinand sich zurzeit nicht von der Bank entfernen kann. Ich glaube, da gibt es auch Schwierigkeiten.«

»Da hast du Recht. Wilhelm stöhnt auch. Er hat zwar keine Bank zu verwalten, aber seine Im- und Exportgeschäfte gehen auch nicht besonders gut.«

»Woran liegt das denn bloß?«

»Die Arbeiter machen Schwierigkeiten. Alles wird teurer, nur ihre Löhne steigen nicht, das macht sie wütend, unzufrieden und renitent. Bist du einmal an diesem neuen Deichtormarkt gewesen? Da kannst du Waren aus aller Herren Länder kaufen, da gibt es eine riesige Halle für Obst und Gemüse und eine andere nur für Blumen. Da wurde ein ganzer Platz unterkellert, um die Waren vor dem Verderben zu schützen. So was sehen die Arbeiter auch und dann stehen sie davor und können nichts davon kaufen und zu Hause hungern ihre Kinder und wohnen in erbärmlichen Behausungen. Kein Wunder, wenn sie dann fast explodieren. Es ist diese Unzufriedenheit oder besser ausgedrückt, diese Ungerechtigkeit, unter der wir alle leiden müssen. Auch dein Mann, glaube mir, Sophie.« Sie warf den Kopf zurück und erklärte sichtlich verärgert: »Diese Ungerechtigkeit wird Folgen haben. Und dann das Gerede vom Krieg, wir haben sicher eine harte Zeit vor uns.«

»Glaubst du wirklich, es kommt zum Krieg?«

»Jeder redet davon und der Kaiser rüstet auf, wo er nur kann.«

»Nur gut, dass wir beide keine Söhne haben, sondern Töchter.«

»Aber ich habe zwei Schwiegersöhne, ich kann mir gar nicht vorstellen, einen von ihnen zu verlieren.«

»Ach, Clara«, tröstete Sophie, »daran wollen wir überhaupt nicht denken, vielleicht wird noch alles gut. Wir haben einen starken Kaiser und ein mächtiges Heer und all die neuen Schlachtschiffe, niemand wird mit uns Krieg führen wollen.« Und allmählich spürten beide, dass die persönlichen Fragen unwichtig wurden.

Plötzlich sah Clara wie gebannt aus dem Fenster. »Ich glaube, wir bekommen Besuch, schau mal.«

Sophie wandte sich um und erkannte Prinzessin Irene, die Enkelin von Queen Victoria und Gattin von Prinz Heinrich von Preußen. »Wusstest du, dass die Kaiserlichen Hoheiten zurzeit in Hamburg sind?«

»Nein, aber ich weiß, dass die Prinzessin häufig einen Zahnarzt in der Rothenbaumchaussee aufsucht. Prinz Heinrich als Chef der kaiserlichen Hochseeflotte und seine Gemahlin kommen oft von Kiel nach Hamburg herüber und steigen hier ab.«

Hinter vorgehaltener Hand flüsterte Clara: »Der Prinz ist ein passionierter Segler und trifft hier oft Sportsfreunde. Er ist ja auch der Erfinder der dunkelblauen Seglermütze, die jetzt ganz groß in Mode gekommen ist.« Sie sah sich um, ob sie belauscht würden, und flüsterte: »Die Herrschaften bewohnen immer den Fürstensalon in der ersten Etage. Die Räume sollen ganz edel mit Samt und Seide, Perserteppichen und täglich frischen Blumensträußen in allen Zimmern eingerichtet sein. Stell dir diesen Luxus vor.«

Aber die Kaiserlichen Hoheiten gingen nicht die teppichbelegte Treppe in den ersten Stock hinauf, sondern kamen mit kleinem Gefolge in den Tearoom. Ein Oberkellner geleitete sie an einen eingedeckten Tisch in einer abgelegenen Ecke und rückte den Hoheiten die Stühle zurecht. Als alle Platz genommen hatten, kamen sofort Hotelbedienstete und servierten Tee und Gebäck.

»Wie schnell das geht, wenn so illustre Gäste hier Platz nehmen«, flüsterte Sophie beeindruckt. Clara sah wieder nach draußen, wo eine Kutsche mit sehr gepflegten Braunen vorfuhr. »Da kommt noch jemand, den ich kenne.«

Sophie folgte ihrem Blick. »Und wer ist das?« Aus der Kutsche wurde ein Rollstuhl gehoben und mitsamt der Dame, die darin saß, die Stufen zum Hotel-Foyer hinaufgetragen. »Das ist Regina Stelling, sie hat ein schweres Los, man sagt, sie sei vor vielen Jahren, hochschwanger, angegriffen und niedergeschlagen worden, als sie sich bei einer Kundgebung für Frauenrechte einsetzte. Seitdem sitzt sie im Rollstuhl.«

»Wie schrecklich. Von dem furchtbaren Vorfall wusste ich nichts.«

Zum Erstaunen der beiden Frauen wurde der Rollstuhl ebenfalls in den Tearoom und dann neben den Tisch der Kaiserlichen Hoheiten gefahren. Beide, Prinz Heinrich und seine Gattin, standen auf und begrüßten Regina Stelling auf das Herzlichste.

»Die Herrschaften kennen sich anscheinend sehr gut«, flüsterte Sophie gerührt. »Diese Herzlichkeit –.«

»Patrick Stelling baut neuerdings kleine Kriegsschiffe für den Kaiser, das verbindet. Und die Prinzessin ist sehr beeindruckt von dem Mut Reginas. Sie kämpft ja auch für die Rechte der Frauen und für eine angemessene Lebensart aller Untertanen, für geregelte Arbeitszeiten und höhere Löhne und mehr soziale Anerkennung.«

»Die Damen haben also die gleichen Interessen.«

»So ist es. Man hatte Regina Stelling sogar für einen Orden vorgeschlagen, aber den hat sie damals abgelehnt, sie wolle nicht für etwas geehrt werden, was selbstverständlich sei, hat sie betont.«

Die Unterhaltung am entfernten Tisch war sehr rege, aber die beiden Frauen am Fenster konnten nichts verstehen. Hin und wieder wurde sogar gelacht und man spürte, dass sich die Gesellschaft an dem separierten Tisch ausgezeichnet unterhielt.

Nach einer knappen Stunde erhoben sich alle bis auf Regina. Draußen fuhr die Kutsche wieder vor und Prinzessin Irene ließ es sich nicht nehmen, den Rollstuhl von Regina Stelling eigenhändig ins Foyer zu fahren. Den herzlichen Abschied konnten die beiden Damen im Tearoom nicht beobachten, aber sie waren von dem Erlebten so beeindruckt, dass sie eine Weile sprachlos einander gegenübersaßen und an dem längst erkalteten Tee nippten.

Und als sie sich später verabschiedeten, umarmte Sophie die Freundin mit den Worten: »Du hast mir sehr geholfen, Clara, du hast mir gezeigt, dass es schwerwiegendere Probleme gibt als die Krise, die wir gerade durchleben. Ich werde meinen Mann noch mehr unterstützen, werde ganz besonders lieb zu ihm sein. Liebe soll ja Berge versetzen können, vielleicht bewirkt sie auch, dass Ferdinand wieder zuversichlicher wird und seine alte Kämpfernatur zurückgewinnt.« Jetzt lachten beide, umarmten sich noch einmal und gingen fröhlich winkend davon.

Ferdinand Bramfeld stand in der geöffneten Terrassentür und sah mit Bestürzung, wie schnell das Wasser näher kam. Durch den Kanal, der die Außenalster mit dem Feenteich verband, schwappten kleine Wellen in genauer Regelmäßigkeit in diesen separaten See und bedrohten die Grundstücke mit ihren eleganten Häusern. Von seinem Bootsanleger war nichts mehr zu sehen, jetzt überfluteten die Wellen bereits die Rasenkante und spülten die Erde und die Pflanzen von Sophies geliebten Rosenbeeten. Nervös strich er durch sein Haar. Nur gut, dass das Haus etwas erhöht liegt, vielleicht steigt das Wasser nicht bis hier hinauf. Zu dumm, dass ich noch einmal fort muss, dachte er ungehalten, aber die Bank am Hopfenmarkt ist noch stärker gefährdet und ich muss mich um das Gebäude kümmern, schließlich birgt es unsere Existenz.

Er drehte sich um, schloss die Tür sorgfältig und legte den Arm um die Schultern seiner Frau, die besorgt neben ihm stand. »Ich bin in einer Stunde zurück, mein Liebes, mach dir keine Sorgen, du bist hier nicht in Gefahr.« Er küsste sie zärtlich auf die Stirn, strich ihr über die Wange und verließ den Salon. Vor dem Gartentor wartete das Auto, das er bestellt hatte. Den eigenen Wagen wollte er auf dieser riskanten Fahrt nicht benutzen. Er stieg ein.

»Fahren Sie schnell, aber vermeiden Sie Straßen, die vielleicht schon unter Wasser stehen.«

Während der Fahrt dachte er an die letzten aufregenden Tage.

Seit einer Woche regnete es ohne Unterlass in den Quellgebieten von Elbe und Oder. Hinzu kam die Schneeschmelze in den Mittelgebirgen. Schlesien, Böhmen und Sachsen meldeten ›Land unter‹. Eger, Moldau und Saale führten ein Hochwasser, wie es seit Menschengedenken nicht vorgekommen war. In Hamburg häuften sich die Schreckensmeldungen. Flussschiffer kehrten zurück und warnten Hafenbehörden und Schleusenwärter. Reisende, die mit der Eisenbahn unterwegs waren, mussten umkehren, weil Brücken eingestürzt waren, und flüchtende Bauern, die ihr Hab und Gut auf Pferdewagen geladen hatten und versuchten, vor den Fluten zu fliehen, erzählten erschreckende Geschichten über die Höhe und die Schnelligkeit und die Brutalität, mit der das Wasser das Land überspülte. Viele von ihnen verloren nicht nur Haus und Hof, sie verloren auf dem mühsamen Weg auch die Pferdegespanne mit ihrer letzten Habe und nicht selten verloren sie auch noch ihr Leben.

Diejenigen, denen die Flucht glückte, die Hügel oder Berge erreichten oder von einem Kahn oder einem Schleppfahrzeug flussabwärts mitgenommen wurden, waren verzweifelt und sprachen von einer zweiten Sintflut, vor der es kein Entrinnen gab.

Hamburg war gewarnt. Die Zeitungen druckten Notfallblätter, die kostenlos verteilt wurden, die Bürgerwehr und die Polizei verhängten eine Urlaubssperre, und die Soldaten in den Garnisonen an der Bundesstraße, in Altona und Wandsbek bekamen sogar eine Ausgangssperre, um schnell einsatzbereit zu sein.

Die wichtigsten Aufgaben aber fielen dem 1872 gegründeten Feuerlöschkorps zu. Ferdinand nickte zufrieden bei dem Gedanken an die Hilfsmannschaften, die stets zur Rettung bereit waren. In der Hauptstation am Schweinemarkt und in zwei Nebenstationen waren ständig Männer im Schichtdienst auf ihren Posten. Alle achtundvierzig Stunden wurden sie vom Wachdienst abgelöst und hatten dann vierundzwanzig Stunden frei. Jetzt aber entfiel die Freizeit. Alle waren in Alarmbereitschaft. Eine moderne Feuer- und Telegrafenleitung mit Sprech- und Meldestationen war Garant für schnelle Einsätze. Als sie eingerichtet wurde, hatte auch er durch eine Spende dazu beigetragen, die modernsten Geräte anzuschaffen.

Heute, bei der drohenden Wasserkatastrophe, brauchen die Männer allerdings weder ihre Handdruckspritzen mit den Schlauchkarren noch ihre Wasserwagen und Dampfspritzen, überlegte er. Sie brauchen Boote und sie requirieren in der ganzen Stadt private Kähne, Boote, Schuten und sonstige Wasserfahrzeuge. Leider musste ich mich auch von meinem kleinen Segelboot trennen. Aber man hat mir versichert, dass ich es unversehrt zurückbekomme, wenn die Katastrophe das erlaubt. Wenn ..., dachte er besorgt. Da sein Haus am Feenteich einen direkten Wasseranschluss zur Außenalster hatte, wurde das Segeln in dem kleinen Einmaster zu seiner Lieblingsbeschäftigung am Abend, auf die er nicht gern verzichten würde.

Doch – im Augenblick hatte er ganz andere Sorgen. Seine Bank am Hopfenmarkt war unmittelbar vom Hochwasser bedroht, sobald die Flut die Stadt erreichte. Wenn die beiden Hamburger Flüsse, die Alster und die Bille, nicht mehr in die Elbe einfließen konnten, staute sich das Wasser bis weit ins Hinterland. Das hatte er gerade zu Hause am Feenteich beobachtet. Außerdem: Die vielen Fleete im Zentrum waren schon immer eine Gefahrenquelle. Wenn ihr Wasser nicht in den Hafen abfließen konnte, drückte es von unten hoch und überstieg schonungslos die kleinen Kaimauern, die das Wasser zu Straßen und Plätzen hin eingrenzen sollten.

Für Ferdinand und die Bramfeld-Bank herrschte also höchste Alarmstufe. In schnell eingerichteten Hilfstrupps mussten alle Angestellten helfen, Sandsäcke zu füllen und vor den Hausmauern aufzustapeln. Aber Ferdinand wusste, dass die eigentliche Gefahr im Inneren des Hauses drohte, denn das Wasser, so wusste er, kommt nicht nur von außen, sondern von unten, und dem ist kaum etwas entgegenzusetzen. Wie alle Gebäude in diesem Teil der Stadt, war auch sein Haus auf Hunderten von Eichenpfählen errichtet, die als Fundament der Gebäude in den moorigen Boden gerammt wurden, um darauf dann die Häuser zu errichten. Er dachte einen Augenblick an den Bau des neuen Rathauses, viertausend Pfähle wurden in den sumpfigen Boden gerammt, bevor 1886 mit dem Bau begonnen werden konnte.

Am Hopfenmarkt angekommen, ließ Bramfeld als Erstes die Keller und das Erdgeschoss räumen. Alles was beweglich war, Möbel, Maschinen, Tresore und Akten wurden in die höheren Etagen transportiert. Dann richtete er mehrere Wachmannschaften ein, die im Wechsel Tag und Nacht die Wasserstände beobachten, die Warnungen abhören und die Belegschaft alarmieren sollten, wenn es zur Katastrophe kam.

Aber bei aller Umsicht, seine Probleme waren damit nicht erschöpft. Bramfeld nahm seinen Oberbuchhalter zur Seite und erklärte ihm: »Baumann, ich muss nach Hause. Meine Villa am Feenteich liegt zwar etwas erhöht, aber keinesfalls gesichert, und meine Frau ist krank. Mein Platz ist jetzt an ihrer Seite, die Bank muss ich Ihnen überlassen.«

»Selbstverständlich, Herr Kommerzienrat. Ich werde alles in meinen Kräften Stehende tun, um dieses Haus zu schützen. Und wir haben gute Männer hier, die mir helfen werden, denn sie wissen, wenn die Bank untergeht, gehen auch ihre Arbeitsplätze verloren. Und das will kein Mensch.«

»Passen Sie auf, dass die Leute gut versorgt werden. Bestellen Sie Mahlzeiten und Getränke und achten Sie ausnahmsweise nicht auf die Kosten.«

»Jawohl, Herr Kommerzienrat. Wenn das Wasser es zulässt, werde ich für alles sorgen.«

Und während die Angestellten Sandsäcke füllten und Möbel schleppten, ließ Ferdinand seinen Wagen vorfahren, um wieder nach Hause zu eilen. Er war müde, er fühlte seine beinahe siebzig Jahre. Diese ganzen Aufregungen, dachte er besorgt, übersteigen meine Kräfte, wie lange kann ich das alles noch durchhalten? Und dann die Sorge um Sophie, sie kränkelt und ich weiß nicht, was ihr fehlt. Wir sollten eine lange, wunderbare Reise unternehmen, nur leider fehlt nun das Geld dafür.

Hoffentlich erholt sie sich, wenn jetzt der Sommer kommt. Friederike soll im Sommer unbeschwerte Ferien genießen und sich nicht um einen alternden Vater und eine kränkelnde Mutter kümmern müssen.

Sophie, trotz ihres Unwohlseins von morgens bis abends im Haus unterwegs, überwachte die Rettungsaktion von Hab und Gut. In Küche und Keller hatte Minna das Sagen, denn die Räume im Souterrain unterstanden ihrem Kommando. Laura als Hausdame war für das Erdgeschoss und die übrigen Wohnräume zuständig und Sophie als Herrin verteilte die Helfer. Die Gärtner, die ja nur noch stundenweise kamen, mussten mit Minna den Keller räumen, die beiden verbliebenen Hausmädchen sollten Möbel, Teppiche und Wertgegenstände aus dem Erdgeschoss in die obere Etage bringen.

»Madame, bitte, setzen Sie sich doch«, flehte Laura ihre Herrin an. »Bitte, wenn Sie sich aufregen, werden Sie nur noch kränker und kein Mensch ist hier, um uns dann zu helfen.«

Sophie, die sich mit heftigen Kopfschmerzen für einen Augenblick in einem Sessel ausruhte, schüttelte den Kopf. »Ich pass' schon auf, aber wenn ich oben irgendwo tatenlos herumsitze, mache ich mir nur Sorgen, und das ist vielleicht schädlicher als ein bisschen Bewegung.«

Laura hörte, dass draußen ein Automobil vorfuhr. »Ich glaube, jetzt kommt der gnädige Herr zurück.« Aufatmend eilte sie zur Tür, um den Hausherrn hereinzulassen. Er nimmt mir wenigstens die Sorge um seine Frau ab, dachte sie erleichtert und wandte sich wieder der Arbeit zu, denn die Dienstmädchen waren unbeholfen und unsicher und brauchten für jeden Handgriff eine Anleitung.

Sophie sah ihrem Mann besorgt entgegen. »Wie sieht es in der Bank aus, Liebling? Hat die Flut schon den Hopfenmarkt erreicht?«

Ferdinand sah mit Bestürzung, wie blass und müde seine Frau in ihrem Sessel saß. »Komm, meine Liebe, wir gehen jetzt erst einmal nach oben, damit du aus diesem Trubel herauskommst. Du legst dich hin und ich berichte.« Dann befahl er der Köchin, dafür zu sorgen, dass seine Frau mit warmen und stärkenden Getränken versorgt werden konnte.

Er dachte an das Gespräch mit dem Arzt, der ihn zu beruhigen versuchte. »Ihre Frau, lieber Kommerzienrat, befindet sich in einer Phase, in der sich der Körper umstellt. Sie muss wie alle anderen diese Zeit des Klimakteriums durchleben, die einen leiden kaum darunter, andere leiden lange und intensiv. Ihre Frau gehört zu denen, die es schwer haben. Aber diese Zeit geht vorbei. Schonen Sie Ihre Frau in jeder Beziehung und zeigen Sie Verständnis, das wird ihr am besten helfen.«

Ferdinand sah wieder hinaus in den Garten. Das Wasser hatte fast die gesamte Rasenfläche bedeckt. Sogar der Sockel der Sonnenuhr war überspült. Nur die Bronzeschale ragte mit ihrem Zeiger aus der schwappenden Wassermasse heraus. Er versuchte mit dem Wasserschutzamt zu telefonieren, bekam aber keinen Anschluss. Dann hörte er von der Straße her einen Ausrufer, der die neuesten Meldungen auf einem Zeitungsblatt verteilte. Er eilte nach draußen und las entsetzt, dass zu dem Hochwasser der Elbe nun auch noch eine schwere Flut von der Nordsee her drohte. Mein Gott, dachte er, wenn die Wassermassen in Hamburg zusammentreffen, geht die ganze Stadt unter.

Aber die Flut ging mit der Stadt an der Elbe glimpflich um. Das Wasser, das vom Meer her elbeaufwärts drängte, verteilte sich auf der mehr als einhundert Kilometer langen Strecke von der Mündung bis zur Stadtgrenze rechts und links auf dem flachen Land. Zum Entsetzen der dort lebenden Menschen waren Deiche gebrochen und die Flut überschwemmte ihre Dörfer, ihre Äcker, ihre Obstplantagen und vernichtete damit die Grundlage ihrer Existenz. Das war entsetzlich für die Menschen dort, aber die Gewalt der Flut war damit gebrochen und in Hamburg mussten die Rettungstrupps nur gegen das Elbehochwasser kämpfen.

Fast die gesamte innere Stadt wurde überschwemmt und was zurückblieb, als das Wasser endlich wieder ablief, waren Schlamm und Unrat. Jetzt hieß es, so schnell wie möglich Straßen und Plätze von dem Schlamm zu reinigen, bevor die stinkende Masse festtrocknete. Alle Männer wurden einberufen und mussten mit Schippen und Schaufeln den Dreck beseitigen.

Auch der Bankier Bramfeld stellte sich zur Verfügung. Er sah es als seine Pflicht an, neben seinen Angestellten gegen den Morast anzukämpfen. Da das Wohnhaus und auch das Bankgebäude nicht beschädigt worden waren, stellte er sich Seite an Seite mit den anderen auf den Hopfenmarkt und schob Schlamm und Unrat in Bottiche, die dann mit den Pferdegespannen der Müllabfuhr zum Stadtrand gebracht und dort entleert wurden.

Nach einer Woche waren die Folgen der Flut auf Straßen und Plätzen beseitigt. Nicht zu ersetzen waren dreiundvierzig Todesopfer und vierundsechzig Häuser am Hafenrand, die das Wasser einfach weggeschwemmt hatte.

In Hamburg wurde für die Opfer gesammelt und wie immer zeigten sich die Hanseaten von ihrer großzügigsten Seite. Ferdinand Bramfeld allerdings schämte sich über die kleine Summe, die er nur zur Verfügung stellen konnte. Wann, um Himmels willen, ist diese finanzielle Misere endlich überwunden, dachte er verzweifelt und verkaufte sein zurückerhaltenes Segelboot, um die Spende aufzustocken.

Siebtes Kapitel

Im Frühjahr nach dem vierzehnten Geburtstag von Friederike änderte sich der Lehrplan in Wolfenhagen drastisch. Aus den Schulmädchen ihrer Altersgruppe waren junge Damen geworden und entsprechend mussten sie geschult werden. Hauptfächer blieben Fremdsprachen, Geschichte, Musik und Literatur, aber gleichrangig stand Benimmunterricht auf dem Stundenplan. So lernten die Vierzehnjährigen jetzt, wie sie sich als zukünftige Damen der Gesellschaft zu verhalten haben. Dazu gehörte auch ein gewisser Lebensstil, womit guter Geschmack in allen weiblichen Bereichen gemeint war.

Zu diesen Fächern, die die Vormittagsstunden ausfüllten, kam neuer Sportunterricht zwecks Leibesertüchtigung in weiblichem Rahmen nachmittags zwischen sechzehn und achtzehn Uhr. Weitsprung und Hochsprung, Wettrennen und Ballspiele wurden abgesagt, an ihre Stelle traten Tennis, Tanzen, Reiten und Segeln in kleinen Gruppen, denn Wolfenhagen verfügte nur über zwei Tennisplätze, fünf Reitpferde, zwei Boote und einen kleinen Tanzsaal.

Friederike war begeistert von dem neuen Stundenplan. Sie war ein hübsches junges Mädchen geworden. Ihr schulterlanges blondes Haar wurde mit einer Schleife zusammengehalten, die blauen Augen blitzten vor Übermut und der Mund zeigte bereits jetzt Formen, die nur als verführerisch bezeichnet werden konnten.

Elsa Berlinghoff hatte stets ein besonderes Auge auf Friederike, denn sie ahnte, dass sich hinter dieser jungen Dame ein kleiner Vulkan verbarg, der nur ein winziges Ventil brauchte, um zu explodieren. Bei einem der Besuche von Sophie Bramfeld nahm sie die Mutter zur Seite und erklärte: »Ich mag Ihre Tochter, sie ist ein reizendes Kind, liebe Frau Bramfeld, aber ich weiß nicht, wie lange ich sie noch hier behalten kann.«

»Um Himmels willen, was hat sie angestellt? Ich werde sofort mit ihr reden.«

»Das ist ja das Problem, sie hat, abgesehen von kleinen Streichen, wie sie täglich vorkommen und von allen Schülerinnen praktiziert werden, gar nichts angestellt. Sie ist im Unterricht fleißig und im Benehmen vorbildlich, aber sie hat ein Wesen, das bald nicht mehr zu zügeln ist.«

»Das verstehe ich nicht, was meinen Sie damit?«

»Sie ist wirklich nicht zu bändigen. Beim Reiten ist sie die Schnellste, beim Segeln die Mutigste, beim Tennis die Beste und beim Tanzen kommt keiner mit ihrem Schwung mit.«

Sophie hörte interessiert zu, aber im Stillen lachte sie vor sich hin. Typisch meine kleine Wilde, dachte sie und nickte der Vorsteherin zu. »Ich verstehe Sie, Fräulein Berlinghoff, aber das alles sind doch keine Gründe, ein Kind von der Schule zu verweisen. Es ist doch löblich, wenn sie ehrgeizig ist und in allem die Beste sein möchte.«

Aber die Vorsteherin schüttelte den Kopf. »Freilich ist das löblich, aber es ist bei Friederike anders. Sie will nicht die Beste sein, aber sie ist es und das macht sie übermütig und zu einer Gefahr für die anderen Mädchen. Die kommen nämlich mit dem Elan Friederikes nicht mit und fühlen sich zurückgesetzt, unbeachtet. Das ist für eine Klasseneinheit unverträglich.«

»Ich werde mit meiner Tochter sprechen, ich werde sie bitten, sich zurückzuhalten, aber wenn es ihre Wesensart ist, werden meine Worte nicht viel bewirken.«

»Das fürchte ich leider auch, ich habe ja selbst mehrmals mit ihr gesprochen. Sie schaut mich dann zerknirscht und reumütig an, verspricht Besserung und läuft nach draußen, um auf dem Platz ein nächstes Tennisturnier zu gewinnen und im Reitsport zu zeigen, wie hoch ein Pferd springen kann, wenn man es nur lässt.«

Langsam wurde Sophie ärgerlich und zeigte das auch. »Ich weiß wirklich nicht, wie Sie mit einer Schülerin unzufrieden sein können, die als eine der Besten gilt, höflich und fleißig ist und in allen Fächern ihr Bestes zu geben versucht. Ich kann ihre Bedenken nicht teilen, Fräulein Berlinghoff.«

Mit diesen Worten verabschiedete sie sich von der Vorsteherin und suchte im Besucherzimmer ihre Tochter auf, die dort auf sie wartete. »Hallo Schatz, es hat etwas länger gedauert.«

»Sie hat sich beschwert, ich weiß schon, immer will sie mich bremsen. Dabei mache ich doch nichts Unrechtes.«

»Du bist ihr zu temperamentvoll, mein Liebes. Eigentlich dürfte ich das nicht sagen, aber ich denke, sie befürchtet, mit dir nicht fertig zu werden. Also halte dich zurück, wenn du hier bleiben willst.«

»Natürlich will ich das, ich bin so gern hier und wir sind in der Klasse eine verschworene Gemeinschaft, jeder steht für jeden gerade und wenn sie denkt, ich schüchtere die anderen ein, dann ist das ganz einfach falsch. Im Gegenteil, ich helfe allen, wo ich nur kann.«

»Ich weiß das, Friederike, aber du musst dich zurücknehmen, sonst schickt sie dich nach Hause.«

»Kann sie das so einfach?«

»Sie kann das.«

»Gut, Mami, du wirst keine Klagen mehr hören, ich verspreche es.«

Friederike gab sich große Mühe, das Versprechen einzuhalten. Sie ließ andere beim Tennis gewinnen, zog sich den Zorn des Reitlehrers zu, als sie sich plötzlich weigerte, höher als einen Meter fünfzig zu springen, und verlor absichtlich den Rhythmus in der Tanzstunde, wobei sie alle durcheinander brachte. Ihre schulischen Noten wurden schlechter und Fräulein Berlinghoff war noch ratloser als zuvor.

Aber Friederike war ein kluges Mädchen, sie pendelte sich genau dort ein, wo man ihr keine Vorwürfe mehr machen konnte. Sie war nicht mehr die Beste, sie war aber auch nie die Schlechteste. Sie praktizierte Mittelmaß und genoss weiterhin das Leben in Wolfenhagen. Vor allem, nachdem sie Rainer Hansen kennen gelernt hatte.

Es war ein beinahe tragisches Ereignis, dieses erste Treffen. Wie an jedem Mittwoch Nachmittag stand für Friederike und drei Freundinnen Reitunterricht auf dem Stundenplan. Bert Randolf, von seinen Schülerinnen kurz Randy genannt, schlug vor, statt Dressuraufgaben auf dem kleinen Viereck zu üben, das schöne Maiwetter für einen Ausritt in die Umgebung zu nutzen. Die vier Mädchen waren begeistert, putzten und sattelten ihre Pferde und ritten hinter Randy in vorgeschriebener Reihenfolge vom Wirtschaftshof. Randy übernahm den Anfang, Friederike als seine beste Schülerin machte das Schlusslicht.

»Du wirst aufpassen, dass niemand den Anschluss verliert, und dafür sorgen, dass keiner das Pferd vor sich überholt.«

Friederike nickte, sie kannte ihre Aufgabe von anderen Ausflügen, bedauerte nur, dass immer die gleiche Reihenfolge eingehalten wurde. Ich möchte so gern einmal vorne reiten, dachte sie, ich möchte so schrecklich gern einmal um die Wette mit Randy reiten, so schnell, dass einem der Wind die Tränen in die Augen treibt, aber immer muss man Rücksicht auf die Schwächeren nehmen.

Sie waren schon eine gute Stunde unterwegs, als neben dem Feldweg, auf dem sie ritten, eine Schar Rebhühner aufflog. Die Pferde erschraken, gerieten in Panik und rasten los. Friederike, die das als Schlussreiterin beobachtete, konnte ihr Pferd halten, aber der Schimmel von Rena, die vor ihr ritt, sprang plötzlich über die niedrige Wegbegrenzung und in hohem Bogen flog Rena auf den harten Boden, wo sie bewusstlos liegen blieb. Auch Randy konnte sein Pferd zügeln, aber zwei Pferde rasten querfeldein davon, die Reiterinnen auf ihrem Rücken.

Friederike fing Renas Schimmel ein und sprang dann ab, um nach der Freundin zu sehen. Die überaus nervösen Pferde machten es ihr unmöglich, in die Nähe der Bewusstlosen zu kommen. Dann kam Randy, sprang ab und drückte ihr auch die Zügel seines Pferdes in die Hand. »Halt sie gut fest, nicht dass sie davontraben«, rief er ihr zu und kniete neben Rena nieder. Er versuchte mit ihr zu sprechen, tätschelte vorsichtig ihre Hand und stand wieder auf. »Sie ist ohnmächtig, Friederike, ich muss Hilfe holen und du solltest hier bei ihr bleiben. Beruhige sie, wenn sie zu sich kommt, aber sie darf sich nicht bewegen. Ich beeile mich und reite querfeldein zurück. Hoffentlich sind die anderen nicht auch gestürzt.« Er zog seine Reiterjacke aus, rollte sie zusammen und legte sie vorsichtig unter Renas Kopf. »Sie muss ganz still liegen, hörst du?«

»Ja, natürlich. Aber könntest du nicht den nervösen Schimmel mitnehmen?«

»Nein, ich muss wahrscheinlich über Zäune und Gräben springen, das geht nicht mit einem Handpferd. Ich beeile mich. Sprich mit den Pferden, dann werden sie ruhiger. Und sollten die anderen beiden hierher zurückkommen, dann sollen sie unbedingt hier warten.«

Bert Randolf galoppierte über das große Feld davon. Besorgt sah sie ihm nach. Ob er wirklich so schnell wiederkommt, dachte sie, immerhin sind wir eine ganze Stunde geritten, bis wir hier ankamen. Sie drehte sich um und sah auf den Weg zurück. Mit Rebhühnern konnte man hier wirklich nicht rechnen. Und dass sie uns im vollen Galopp überrascht haben, darauf war keiner vorbereitet. Einen Augenblick dachte sie an die beiden anderen Freundinnen, die die erschrockenen Pferde nicht halten konnten. Wo sie wohl gelandet sind?

Dann sah sie einen Reiter quer über das Feld auf sich zukommen. Gott sei Dank, überlegte sie, dann bin ich nicht ganz allein. Und dann sprach sie wieder mit den beiden Pferden, die erneut unruhig wurden, weil sie ein fremdes Tier witterten.

Endlich war der Reiter neben ihr und sprang ab. »Was ist passiert? Ist schon Hilfe unterwegs?«

»Der Reitlehrer holt einen Arzt, aber das wird noch eine Weile dauern.« Ihre Stimme bebte. Sie war den Tränen nahe und konnte ihren Schmerz und ihre Angst nur schwer verbergen.

»Ganz ruhig bleiben«, erklärte der junge Mann, zog sein Jackett aus und deckte Rena damit zu. »Geben Sie mir mal Ihre Pferde, ich werde sie halten. Und Sie setzen sich da drüben auf die Böschung, Sie sind ganz blass und ich möchte nicht, dass Sie noch ohnmächtig werden.«

Friederike setzte sich und wischte heimlich eine Träne ab, die nun doch über die Wange rollte.

»Woher kommen Sie eigentlich?«, versuchte der Fremde sie abzulenken.

»Aus Wolfenhagen. Wir hatten heute Reitunterricht.«

»Aus dem Pensionat? Ganz schöne Entfernung bis hierher.«

Er setzte sich neben sie, die Pferde hatten sich beruhigt und rupften an dem Gras der Böschung. »Ich bin Rainer Hansen, unser Hof liegt da hinten jenseits des Waldes. Ist aber auch ziemlich weit weg, da lohnt es nicht, sich auf den Weg zu machen. Ich bleibe lieber hier. Wie heißen Sie denn?«

»Ich bin Friederike Bramfeld aus Hamburg und seit zwei Jahren hier in der Lehranstalt.«

»Feines Haus für feine junge Damen, hab' ich mir sagen lassen.«

Friederike grinste: »So fein nun auch wieder nicht. Sie sollten uns mal bei der Gartenarbeit oder beim Stallausmisten sehen, knietief stehen wir dann im Dreck.«

Er sah sie zum ersten Mal richtig an. Dass sie so offen und frei redete, gefiel ihm. Und auch sonst, das Mädchen sieht gut aus, dachte er, gar nicht eingebildet. Er versuchte, das Gespräch fortzuführen: »Wie ist es denn zu dem Unfall gekommen?«

»Rebhühner sind aufgeflogen, als wir vorbeigaloppierten. Zwei andere Pferde sind mit den Reiterinnen durchgegangen, ich weiß gar nicht, wie es denen geht. Wir haben noch nicht lange Reitunterricht und richtig sattelfest ist noch niemand von uns.«

»Dann finde ich es ein bisschen leichtsinnig von Ihrem Lehrer, hier in vollem Galopp entlangzureiten.«

»Ehrlich gesagt, wir haben ihn immer bedrängt, mal richtig Tempo zu machen. Wenn man schon draußen ist, soll sich das auch lohnen. Sonst drehen wir uns nur im Dressurviereck. Das macht nicht gerade Spaß.«

»Soll ich losreiten und die beiden suchen?« Der Gedanke gefiel ihm nicht besonders, aber er hielt das Angebot für seine Pflicht.

»Bitte nicht. Ich weiß doch nicht, was ich machen soll, wenn Rena zu sich kommt. Sie darf sich nicht bewegen, hat der Reitlehrer gesagt.«

»Das ist richtig, ich werde bleiben. Der Mann wird schon eine Suchaktion starten, wenn die Pferde nicht zurückkommen. Aber meistens laufen sie sofort in den Stall. Sie haben ein gutes Gespür für den Weg nach Hause.«

Friederike sah ihn dankbar an. Gut sieht er aus, dachte sie, vielleicht zwei Jahre älter als ich. Ist ja albern, dass wir ›Sie‹ zueinander sagen. Sie reichte ihm die Hand. »Sie können ruhig ›du‹ zu mir sagen.«

»Einverstanden, aber dann musst du das auch.«

Sie lächelten sich an und hofften beide, ohne es zu ahnen, dass es der Anfang einer dauerhaften Bekanntschaft sein könnte.

»Was machst du so, wenn du nicht reitest?«

»Ich arbeite mit meinem Vater zusammen auf dem Gutshof. Er hat die Vieh- und Weidewirtschaft unter sich, ich kümmere mich um die Wälder und die Fischteiche. Meine beiden älteren Brüder studieren in Kiel, aber dazu habe ich keine Lust. Mich zieht es auf's Land.«

»Schön, wenn man so ein eigenes Land hat. Ich bin in der Stadt groß geworden. Ich könnte gar nicht sagen, ob mir das Land oder die Stadt besser gefallen, ich habe gar keine Vergleiche.«

»Aber du lebst doch jetzt hier draußen.«

»Außer Gartenarbeit und einem Ausritt alle paar Wochen habe ich noch nicht viel vom Land gesehen.«

»Dann würde ich dir gern etwas mehr zeigen.«

Friederike lachte. »Keine Aussicht auf Verwirklichung, du kennst die strengen Regeln im Internat nicht. Zweimal im Jahr ein Kurzurlaub zu Hause, einmal im Monat Besuch von den Eltern und sonst Zucht und Ordnung und frühe Schlafenszeiten.«

»Das wäre nichts für mich. Du hast ja keine Ahnung, wie schön die Nächte hier sind. Gerade jetzt im Frühling wird es nachts erst richtig lebendig.«

Friederike legte den Kopf zurück und blinzelte in die untergehende Sonne. »Schön muss das sein. Erzähl mir mehr von deinen nächtlichen Streifzügen.«

»Da sind die Tiere auf den Weiden. Die Schafe und die Rinder bleiben ab Mai nachts draußen, und wenn man sie sieht, sind sie oft bis zum Bauch in Nebel gehüllt. Sie stehen wie Gespenster in der Gegend herum und kauen ihr Gras noch einmal durch. Es sieht zu komisch aus, und wenn sie einen bemerken, dann schauen sie mit ihren großen Augen ganz verdattert auf den nächtlichen Störer.«

»Und was machst du dann?« Es war nicht zu überhören, dass eine leichte Sehnsucht in Friederikes Stimme zu vernehmen war.

»Ich geh' dann zu den Teichen, so ein Froschkonzert kannst du dir nicht vorstellen. Tiefe Quaker, blubbernde Töne, dumpfes Prusten, lustiges Quieken – unglaublich, ganze Sinfonien hört man da.«

Jetzt lachte Friederike hell und herzlich und Rainer war zufrieden, endlich wich die Angst aus ihrem hübschen Gesicht. »Jetzt machst du dich über mich lustig. Dumpfes Prusten, das gibt es doch gar nicht.«

»Klar gibt's das. Ich beweise's dir, du musst nur mal nachts rauskommen, dann nehme ich dich mit an den See.«

»Du hast leicht reden, wie soll ich denn rauskommen? Alle Türen sind nachts verschlossen.«

»Habt ihr keine Fenster im Erdgeschoss?«

»Klar haben wir Fenster.«

»Wo ist dann das Problem?«

»Wenn ich erwischt werde, fliege ich von der Schule. Und das nur, um ein paar Frösche quaken zu hören? Nein, das Risiko ist mir zu groß.«

Rainer sah sie ernsthaft an. »War ja auch nur ein Spaß. So ein nächticher Ausflug muss sich schon lohnen, wenn das Risiko so groß ist.«

Friederike sah ihn verwirrt an. In seinem Gesicht konnte sie keine Reaktion auf ihre spaßigen Worte entdecken, in den braunen Augen, die sie nun so ernsthaft ansahen, war etwas, was sie nicht erklären konnte, was ihr aber gut gefiel. Hastig wandte sie sich ab.

In der Ferne war ein Motor zu hören. Rainer stand auf. »Ich glaube, jetzt kommt Hilfe.« Noch immer lag Rena wie leblos auf dem Weg.

Randolf kam mit dem klapprigen Lieferwagen des Schlosses, hatte einen Arzt und eine Krankentrage dabei und war ausgesprochen bedrückt, als er ausstieg und Rena auf dem Weg liegen sah. Der Arzt trat hinzu. »Ist sie immer noch bewusstlos oder hat sie sich mal bewegt?«

»Nein, sie hat ganz still gelegen.« Friederikes Stimme bebte und Rainer drückte ihr heimlich die Hand. »Alles wird gut«, flüsterte er ihr ins Ohr, nahm sein Jackett wieder auf und zog es an. Doktor Schmidt, Friederike kannte ihn von Krankenbesuchen im Internat, kniete neben Rena und horchte sie ab. Dann richtete er sich auf und sah die Umstehenden an. »Sie atmet regelmäßig, das Herz schlägt kräftig, aber sie muss sehr stark mit dem Kopf aufgeprallt sein, daher die Bewusstlosigkeit. Ich muss sie in meiner Praxis gründlich untersuchen, hier auf dem Weg geht das nicht. Vielleicht«, er stand auf und klopfte den Sand von seinen Hosenbeinen, »ist es nur eine Gehirnerschütterung, vielleicht aber auch ein Schädelbruch, das wäre dann sehr schlimm.«

Er sah die beiden Männer an. »Helfen Sie mir bitte, die junge Dame auf die Trage zu legen und in den Lieferwagen zu schieben.«

Randolf holte die Trage und gemeinsam hoben sie Rena auf das Segeltuch. Den Kopf hielt der Arzt mit besonderer Vorsicht. Als die Trage im Wagen und die Türen geschlossen waren, sah Randolf Friederike an. »Was machen wir bloß mit den Pferden? Es wird dunkel, du kennst den Weg nicht und kannst nicht mit zwei Pferden zurückreiten. Leider konnte ich in der Eile keinen Stallknecht finden.«

Rainer Hansen trat vor und versicherte: »Machen Sie sich keine Sorge, ich bringe die junge Dame und die Pferde zurück. Ich kenne den Weg.«

Sehr erleichtert nickte Randolf: »Das wäre sehr liebenswürdig«, und auf Friederikes besorgte Frage nach den anderen Reiterinnen versicherte er ihr: »Sie sind wohlbehalten, wenn auch total aufgelöst im Stall eingetroffen. Die Pferde kannten den Weg.«

Im flackernden Licht der Glühlampen setzte sich das Fahrzeug in Bewegung, behutsam um jedes Loch und jeden Stein einen Bogen machend. Rainer nahm Friederike die Pferde ab, half ihr beim Aufsitzen und nahm den Schimmel als Handpferd an seine Seite.

»Wenn du möchtest, reiten wir ganz ruhig im Schritt zurück. Es dauert dann zwar länger, aber du hast einen Abendausflug und darfst die Sinfonie der Frösche hören.« Er hatte sich fest vorgenommen, einen kleinen Umweg zu machen, um länger mit diesem hübschen Mädchen aus Hamburg zusammen zu sein und zu beweisen, dass er mit seiner Erzählung nicht übertrieben hatte. Sie ritten sehr langsam und genossen die Stille der dunklen Stunde. Ab und zu, wenn ein Hufeisen einen Stein berührte, sprühten ein paar flüchtige Funken auf.

Dann begann Rainer zu erzählen: »Meine Familie lebt schon seit Hunderten von Jahren hier an der Ostsee. Irgendein Vorfahre war ein dänischer Wikinger und hieß Johanssen von Hemmelsdorf. Dann gab es immer wieder Kriege zwischen Deutschen und Dänen und aus dem Namen wurde im Laufe vieler Jahre Hansen. Oft haben wir Land verloren, dann dazugewonnen und jetzt fühlen wir uns schon lange als Deutsche und haben keine Verbindung mehr zu Dänemark.«

Friederike ritt still neben ihm her. Sie genoss das Zusammensein. Er hatte so eine angenehme Stimme und es war das erste Mal in ihrem Leben, dass sie ganz allein mit einem Mann unterwegs war. Plötzlich hielt er unvermittelt an. »Hörst du das?«

Friederike nickte. »Was ist das für ein Gezeter in allen Höhen und Tiefen?«

»Das ist die Sinfonie der Frösche, vor uns ist ein Teich.«

Sie lachte leise: »Eine Sinfonie nennst du das?«

»Freilich, komm nur näher, dann kannst du die Töne unterscheiden.«

Sie ritten näher an das Wasser heran. Dann blieben die Pferde stehen, vor sich sah Friederike wie in einem riesigen Spiegel den Himmel mit Tausenden von Sternen und einer Mondsichel ganz am Rande. »Wie schön das ist«, flüsterte sie fasziniert, »ein Himmel über mir und einer unter mir«, und nach einer Pause: »Jetzt höre ich auch die Frösche. Wirklich, ein richtiges Konzert ist das.«

Rainer ritt so dicht neben sie, dass sich die Steigbügel berührten und leise klirrten. Dann legte er seine Hand auf ihren Arm. »Habe ich zu viel versprochen?«

Sie schüttelte den Kopf und lauschte nun nicht mehr auf das Konzert der Frösche, sondern auf ihr Herz, das plötzlich schnell und heftig klopfte. Sie saß ganz still, um diese Hand auf ihrem Arm nicht zu verlieren, sie spürte, sie hatte soeben ein kostbares Geschenk bekommen. Neben ihr flüsterte Rainer: »Du bist ein zauberhaftes Mädchen, Friederike, aber jetzt müssen wir wirklich weiterreiten, damit du keinen Ärger bekommst.«

Sie wendeten die Pferde und ritten nach Wolfenhagen. Kurz vor dem Tor bat Rainer: »Ich möchte dich unbedingt wiedersehen. Kannst du das einrichten?«

»Ich weiß es nicht. Wir dürfen das Telefon nicht benutzen und unsere Post wird kontrolliert. Mittwochs haben wir immer diesen Reitunterricht, aber ich fürchte, Randy reitet nicht so schnell mit uns wieder nach draußen. Einziger Treffpunkt wäre das Dressurviereck, es liegt abseits im Park und ist vom Schloss aus nicht zu sehen. Randy hat vielleicht nichts dagegen, wenn wir kurz miteinander sprechen, weil du uns heute so sehr geholfen hast.«

»Kleine Friederike, ein Gespräch am Rande der Reitbahn ist nicht gerade das, was ich mir wünsche. Ich möchte dich gern richtig kennen lernen. Mit dir allein sein, so wie heute Abend. Aber ich verstehe deine Probleme. Also abgemacht, am nächsten Mittwoch bin ich am Reitplatz. Und mit dem Randy werde ich dann schon fertig.«

Sie hatten die Stallungen erreicht und übergaben die Pferde dem Knecht. Dann gingen sie, Rainers Pferd am Zügel führend, zum Schloss.

»Willst du wirklich mitkommen«, fragte Friederike besorgt, »ich weiß nicht, wie die Vorsteherin auf einen Herrenbesuch am späten Abend reagiert.«

»Das ist mir egal, ich habe versprochen, dich wohlbehalten zurückzubringen, und ich halte mein Versprechen.« Er lächelte sie an: »Friederike, ich bin ein verantwortungsvoller Mann, der seine Versprechen hält.«

Sie nickte nur und er nahm noch einmal ihre Hand. »Spaß beiseite, ich meine es ernst, und ich möchte dich wiedersehen. Und in einer Woche treffen wir uns, das verspreche ich.«

Achtes Kapitel

Im Mai bekamen Ferdinand und Sophie den ersten glücklichen und ausführlichen Brief von Friederike. Beinahe zwei Jahre war die Tochter nun schon in Wolfenhagen und immer hatte sie die Eltern durchblicken lassen, dass sie mit dem Leben im Pensionat eigentlich nicht einverstanden gewesen war. Jetzt endlich schien sich Friederike daran gewöhnt zu haben.

Ganz beglückt und sichtlich erleichtert überreichte Sophie ihrem Mann den Brief, als er abends müde und verdrossen aus der Bank heimkehrte. Sie sah ihm an, dass er einen Tag voller Sorgen hinter sich hatte. Immer öfter tauchte in den Gesprächen mit Freunden jetzt das Wort ›Krieg‹ auf und ein Krieg war das Letzte, was er zur Zeit der finanziellen Komplikationen in seiner Bank gebrauchen konnte. Die Wirtschaft triumphiert, dachte sie, man hegt große Hoffnungen für einen enormen wirtschaftlichen Aufschwung, wenn es zum Krieg kommt, aber für uns ist die Zeit völlig ungeeignet. Umso mehr freut er sich, wenn er erfährt, dass es dem Kind gut geht, überlegte Sophie und überreichte ihm die eng beschriebenen Seiten.

»Was ist das?« Ferdinand war misstrauisch, zu selten hatte es in letzter Zeit erfreuliche Momente in seinem Leben gegeben.

»Friederike hat geschrieben. Sie ist nun anscheinend glücklich in Wolfenhagen, aber lies selbst, was sie schreibt.«

Ferdinand nahm die Brille aus der Jacketttasche, setzte sich in seinen Lieblingssessel und begann zu lesen:

Liebe Mami, lieber Vater, heute möchte ich euch schreiben, dass es mir gut geht. Wir haben seit sechs Wochen einen geänderten Stundenplan mit Unterrichtsfächern wie Reiten, Tennisspielen, Tanzen und anderen körperlichen Betätigungen. Das gefällt mir sehr. Vor allem im Reitunterricht mache ich große Fortschritte. Neulich hatten wir leider einen Unfall und eine Mitschülerin hatte eine schwere Gehirnerschütterung, aber inzwischen hat sie sich in ihrem Elternhaus in Berlin erholt und wird bald zurückkommen.

Aber es gibt noch andere Veränderungen in dem Stundenplan. Stellt euch vor, Fräulein Berlinghoff ist der Meinung, wir müssten jetzt mehr für unser Leben lernen. Viele junge Damen strebten heute eine berufliche Laufbahn an und darauf sollen wir vorbereitet werden. Wir üben das Schreiben von geschäftlichen Briefen, die in Stil, Aufbau, Sprache und schöner Schrift hervorragend sein müssen. Und wir müssen Buchhaltung erlernen, damit wir bei Geldgeschäften Bescheid wissen und mitreden können. Mir kommt das alles ja sehr fremd vor, denn zum Glück regelt Vater unsere Geldangelegenheiten, aber, wie Fräulein Berlinghoff sagt, man könne nie wissen, was auf einen zukommt, und die Zeit, in der sich junge Damen nur um die Haushaltsführung und die Kindererziehung kümmerten, sei vorbei.

Und noch eine Veränderung: Ich habe hier eine neue Freundin gefunden. Sie ist seit zwei Wochen im Pensionat und wir verstehen uns sehr gut. Sie heißt Viktoria Stelling und kommt auch aus Hamburg. Und stellt euch vor, in Hamburg wohnen wir gar nicht weit voneinander getrennt, sie am westlichen Ufer der Alster und ich am östlichen. Ist das nicht wunderbar? Wir verbringen hier jede freie Minute miteinander und erzählen uns gegenseitig von Hamburg. Kennt ihr die Familie Stelling?

Ferdinand sah seine Frau an. »Eine alte Familiendynastie mit Werften, Reederei, Import und Export. Alte Hanseaten, soviel ich weiß, aber kennen gelernt habe ich sie nie.«

»Die Stellings an der Alster, das müssen die mit den Werften sein. Die Frau war vor vielen Jahren eine engagierte Frauenrechtlerin, aber dann hatte sie einen schweren Unfall und seitdem hat sie ihr Haus nicht mehr verlassen. Man sagt, sie schreibt aufrührerische Artikel über Missstände in Hamburg.«

Ferdinand zuckte mit den Schultern. »Leider sind sie keine Bankkunden von mir, ich glaube, sie arbeiten mit der Warburgbank zusammen.«

Sophie lächelte und strich ihm über das schütter gewordene Haar. »Liebling, du kannst die Leute doch nicht nur in Kunden und Nichtkunden unterteilen.«

Er sah sie an: »Hätte ich sie als Kunden, hätte ich keine finanziellen Probleme.«

Aber Sophie war ungeduldig, sie wollte sich jetzt nicht über Bankprobleme unterhalten: »Komm, lies weiter.«

Ferdinand lächelte. Mit dem Brief von Friederike schien Freude in Sophies Leben zurückgekehrt zu sein. Ihre Augen hatten die Müdigkeit verloren und wieder jenen Glanz, den er immer so geliebt hatte. Für einige Zeit waren Sorgen und Niedergeschlagenheit vergessen. Gott sei Dank, dachte er, was so ein Brief alles vermag. Er las weiter:

Mit dieser Viktoria ist ein ganz neuer Wind hier eingezogen. Sie lässt sich überhaupt nichts gefallen und sagt genau, was sie denkt. Ich habe mich ja damals gebeugt, als Fräulein Berlinghoff so unzufrieden mit mir war, aber die Viktoria steht auf dem Standpunkt, alte Leute haben auch nicht immer Recht, und das imponiert mir sehr. Zum Beispiel geht sie nachts ganz offiziell auf die Toilette, ganz gleich, was die Hausordnung vorschreibt, und sie macht sogar überall Licht an. Und sie wechselt auch nicht ihren Platz am Esstisch mit anderen. Wenn sie jemand gefunden hat, den sie mag, bleibt sie einfach daneben sitzen. Im Augenblick bin ich diejenige und alle müssen um uns herumrutschen. Ich glaube, Fräulein Berlinghoff hat sich bei dem Herrn Stelling beschwert, aber das hat gar nichts genutzt.

»Du meine Güte, dieses Kind wird Friederike in Schwierigkeiten bringen.« Ferdinand war erschrocken. »Probleme im Pensionat können wir nicht auch noch gebrauchen.«

»Das glaube ich nicht, unsere Tochter ist alt genug, um zu wissen, was für sie gut und für sie schlecht ist. Aber lies nur weiter.«

Wir haben schon Pläne für unsere Ferien in Hamburg gemacht. Ich brauche mich nur in Vaters Segelboot zu setzen und über die Alster zu segeln, und schon sind wir beieinander. Ich freue mich schon darauf!

Herzlichst Friederike

Ferdinand ließ erschrocken das Blatt sinken. »Das wird nun nicht mehr gehen. Ich muss dem Kind erklären, warum ich das Boot verkauft habe. Sie wird schrecklich enttäuscht sein.«

»Sie wird Verständnis dafür haben. Liebling, unsere Tochter ist ein sehr tolerantes Mädchen und wenn sie erfährt, dass du damit Not leidenden Menschen geholfen hast, wird sie dir zustimmen.«

Ferdinand schüttelte betrübt den Kopf. »Wenn ich überlege, wie sich unser Leben in diesem letzten Jahr verändert hat, bekomme ich Angst vor der Zukunft.«

Sophie setzte sich auf die Lehne seines Sessels und legte liebevoll den Arm um seine Schulter. »Nicht doch, Ferdinand. Wir gehen zurzeit durch ein Tal, aber wir gehen gemeinsam da durch, und es wird gar nicht lange dauern, und wir haben es durchquert, und es geht wieder bergauf. Du musst nicht so viel auf schlechte Nachrichten hören und dich von anderen Pessimisten beeinflussen lassen. Geh wie immer deinen Weg, denn der war immer richtig.«

Ferdinand umschlang seine Frau mit beiden Armen und legte sein Gesicht in ihren Schoß. »Wenn ich dich nicht hätte, meine geliebte Sophie. Ich glaube, ich hätte längst aufgegeben.«

»Aber niemals.« Sie richtete sich auf und sah ihn ernsthaft an. »Du bist ein Kämpfer, Liebling, du warst es immer und du wirst es bleiben. Ein finanzieller Engpass wird uns niemals aus der Bahn werfen. Ich bin so stolz auf dich und in einem Jahr werden wir über unsere jetzigen Probleme lachen.«

Ferdinand stand auf und nahm sie in die Arme. Und die Art, wie er sie ansah, gab ihr das Gefühl, geliebt und gebraucht zu werden. Mit mädchenhafter Anmut strich sie sich die Haare aus ihrem Gesicht und lächelte ihn an. »Habe ich dich endlich überzeugt, mein lieber Mann?«

»Du hast Recht, wir werden kämpfen, aber, meine Liebste, wir werden in aller Muße damit anfangen. Ich gehe jetzt in den Weinkeller und werde uns ein wunderbares Getränk heraufholen, und dann fangen wir den gemeinsamen Kampf mit einem gemeinsamen Genuss an.«

Sophie sah ihm nach, als er aufrecht und zielbewusst dem Kellereingang zustrebte. Vor einem Jahr hatten wir nach dem Butler geklingelt und der Wein wäre uns serviert worden. Heute muss er allein in den Keller gehen und nach der Flasche suchen, dachte sie gelassen, aber es ist gut für ihn, auch die kleinen Dinge persönlich zu erledigen.

Als Ferdinand mit einer Flasche Dom Pérignon zurückkam, lächelte er. »Eigentlich finde ich es schön, das Leben wieder selbst in die Hand zu nehmen. Selbst die kleinen Resultate garantieren ein Erfolgserlebnis.«

Sophie reichte ihm die Gläser und nach einigem Bemühen hatte er die Flasche geöffnet und schenkte ein. »Worauf trinken wir?«

»Auf die Zukunft natürlich und auf die starke Familie Bramfeld am Feenteich, die sich nicht unterkriegen lässt.«

Friederike hatte sich ernsthaft verliebt. Rainer Hansen ging ihr nicht mehr aus dem Sinn, ihre Gedanken waren bei ihm. Eine Woche nach dem Unfall hatte er einen Weg gefunden, Friederike regelmäßig zu sehen.

An diesen Rendezvous war Randy, der dankbare Reitlehrer, beteiligt.

»Hör zu«, sagte Rainer zu dem Mann in der Mitte des Dressurvierecks, das er einfach während des Unterrichts betreten hatte. »Ich habe dir geholfen, jetzt hilfst du mir. Ich möchte mich regelmäßig mit Friederike Bramfeld treffen und das geht nur während deiner Reitstunden. Wir gehen im Wald spazieren und du verrätst uns nicht.« Mit diesen Worten drückte er ihm einen Geldbetrag in die Hand und nickte ihm zu.

Randy, beglückt von dem unverhofften Geld, hatte dennoch Bedenken. »Die anderen Mädchen werden sie verraten.«

»Nein, Friederike wird dafür sorgen, dass dies nicht geschieht.«

»Na, wenn Sie meinen, Herr.«

»Ja, das meine ich. Und jetzt nimm ihr das Pferd ab und binde es irgendwo fest. Am Ende des Unterrichtes sind wir zurück und sie kann zusammen mit den anderen zum Stall reiten.«

Randy rief Friedrike in die Mitte: »Steigen Sie ab, Fräulein, der Herr will mit Ihnen reden.«

Friederike, die die beiden beobachtet hatte, befolgte seine Anweisung und trat zu Rainer, der am Rand des Parcours auf sie wartete.

»Was hast du vor?«

»Komm mit, ich sagte dir doch, ich finde einen Weg für uns und nun führt er direkt dort drüben in den Wald.«

Sie lachte verhalten. »Ich werde Ärger bekommen.«

»Nicht, wenn du klug bist. Mit dem Reitlehrer ist die Sache geregelt, die Mädchen musst du überzeugen.«

»Himmel, das wird schwierig. Und alles wegen ein paar Froschsinfonien?«

Rainer lachte. »Doch nicht am hellen Nachmittag. Ich weiß etwas viel Besseres.« Er führte sie in eine lichte Tannenschonung, in der die hellen Maitriebe der Bäume einen würzigen Geruch verbreiteten und wo auf der sonnengewärmten Erde das Heidekraut erste Triebe in das frühlingshafte Licht schickte.

»Komm, setzen wir uns. Ich möchte mit dir reden, dich kennen lernen. Seit gestern musste ich ständig an dich denken, ich habe hunderttausend Fragen.«

Friederike setzte sich auf die Joppe, die er ausgebreitet hatte. »Dann fang an.«

Und er fragte nach ihren Vorlieben und ihren Eltern, nach ihren Problemen und ihren Wünschen, er wollte wissen, welche Pläne sie für die Zukunft hätte und wie ihr dieses Land hier an der Ostsee gefiele. Nur einmal unterbrach sie ihn fröhlich und erklärte streng: »Aber bei unserem nächsten Treffen bin ich mit dem Fragen dran, versprochen?«

»Versprochen«, versicherte Rainer Hansen ernsthaft und fragte weiter. Dann sah er auf die Uhr. »Wir müssen zurück, die Reitstunde ist gleich um.«

Und als Friederike mit einem »Schade« antwortete, legte er den Arm um ihre Schultern und zog sie langsam an sich, bis sich ihre Lippen berührten. Er küsste sie, zuerst sanft und dann mit wachsender Leidenschaft. Und als er sich von ihr löste, flüsterte er in ihr Haar: »Willkommen in meinem Leben.«

Sie öffnete die Augen, sah ihn an und wusste, dass sich in diesem Augenblick ihr Leben vollkommen verändert hatte. Alles, was bisher wichtig war, verlor an Bedeutung und Rainer, den sie erst seit kurzem kannte und schon lieb gewonnen hatte, wurde zum Mittelpunkt ihres Lebens. Ihr Herz schlug laut und schnell und während sie Hand in Hand durch den Wald zurückgingen, war sie sicher, dass alle Menschen die Veränderung sehen würden, die mit ihr geschehen war. Sie atmete tief ein und aus, um das Herz zu beruhigen und die Röte aus dem Gesicht zu vertreiben. Vorsichtig strich sie ihren Reitrock glatt und schüttelte kleine Nadeln und winzige Blättchen ab, ohne die Hand loszulassen, die sie führte.

Als sie den Platz erreichten, auf dem die Reiterinnen die letzten Kommandos befolgten, gab Rainer ihre Hand frei. »Nächste Woche zur gleichen Zeit, bist du einverstanden?«

Und Friederike, unfähig etwas zu sagen, nickte nur. Dann bestieg sie ihr Pferd und reihte sich zwischen die anderen, um mit ihnen gemeinsam zum Stall zu reiten. Mit fragenden Augen und wissendem Lächeln sahen die Mädchen sie an, und als sie die Pferde versorgt hatten und zum Schloss zurückgingen, erklärte Friederike: »Also, damit ihr es wisst, ich habe mich verliebt, aber das muss unter uns bleiben. Wenn ihr dieses Geheimnis mit mir hütet, revanchiere ich mich. Dir, Charlotte, helfe ich bei der Buchführung und dir, Lisel, beim Formulieren der Briefe, mit denen du solche Schwierigkeiten hast. Und wenn du willst, übernehme ich für dich grässliche Hausarbeiten, Bärbel.

Aber wenn ihr mich verpetzt, räche ich mich fürchterlich.« Jetzt musste sie lachen: »Wirklich, ich tue dann alles, um euch den Aufenthalt hier unerträglich zu machen.«

Die Einzige, die sie in ihr Geheimnis einweihte, war Viktoria Stelling. Ihr erzählte sie alles, vom Kuss bis zum Herzklopfen, vom Rauschen ihres Blutes bis zur Hitze im Gesicht.

»Was meinst du, Vicki, ist das jetzt die große Liebe?«

»Keine Ahnung, Friederike, ich habe so etwas noch nicht erlebt. Aber ich habe gelesen, wenn es weh tut, weil man sich trennen muss, und wenn es kribbelt, sobald man sich sieht, dann könnte man dieses Gefühl als Liebe bezeichnen. Aber ich rate dir, vorsichtig zu sein, Männer sind unberechenbar und du kennst ihn doch kaum.«

»Ich weiß, aber ich kann nichts gegen dieses Gefühl tun.«

»Dann genieße es, aber pass auf, dass niemand dahinter kommt.«

Und Friederike Bramfeld genoss die kleinen, heimlichen Treffen im Wald einen kurzen Sommer lang. Keine Freundin verriet sie, denn auch sie hielt ihr Versprechen und verhalf den anderen zu guten Zeugnissen.

Neuntes Kapitel

Bereits in den letzten Julitagen 1914 stand fest, dass es zu einem Krieg kommen würde. Der eskalierende Konflikt zwischen Österreich und Serbien und die Mobilmachung in Russland führten dazu, dass Deutschland am 1. August Russland und am 3. August Frankreich den Krieg erklärte. Nachdem deutsche Soldaten am 4. August in das neutrale Belgien einmarschierten, trat auch England in den Krieg gegen Deutschland ein. Die langen Monate der Ungewissheit waren vorüber. Auf den Straßen und Plätzen versammelten sich Menschenmassen und jubelten sich euphorisch zu, von Siegeszuversicht erfasst. Die Leute rissen sich um die noch druckfrischen Extrablätter und in den Geschäften, in den Cafés, in den Büros, in den Fabriken und im Hafen gab es nur ein Thema: den Krieg.

Ferdinand war hin- und hergerissen. Er musste seiner Pflicht in der Bank nachkommen, wo er jetzt mehr denn je gebraucht wurde, er wollte aber auch Sophie in diesen unruhigen, von Turbulenzen und Ausschreitungen geprägten Tagen nicht allein lassen. Da erschien ihm Willi Wilde, sein ehemaliger Chauffeur, wie ein Rettungsanker in der Not.

Sophie und Ferdinand saßen am zweiten Kriegstag beim Frühstück, diskutierten die Meldungen der Extrablätter und befürchteten tiefgreifende wirtschaftliche, soziale und politische Veränderungen in der Stadt, als es an der Haustür klingelte. Da Luise, die Haushälterin, zusammen mit der Köchin zum Einkaufen unterwegs war, Sophie hatte angeordnet, dass die Frauen in diesen ›wilden Tagen‹, wie sie die Situation auf den Straßen nannte, immer zu zweit aus dem Haus gehen sollten, musste Ferdinand die Tür öffnen.

Vor ihm stand Willi Wilde, den er damals, als sie den häuslichen Sparplan entwickelten, an einen Geschäftsfreund vermittelt hatte.

Wilde, verlegen und befangen, drehte seine Mütze in den Händen und fand nicht die Worte, die er eigentlich sagen wollte.

Ferdinand half ihm. »Nanu, Wilde, was führt Sie her?«

Sophie, die hinzugekommen war, half dem gehemmten Mann. »Schön, Sie mal wieder zu sehen! Wie geht es Ihnen denn, was macht die neue Arbeit?«

»Das is es ja, deshalb bin ich hier, gnädige Frau. Mein neuer Herr is gleich gestern zu den Soldaten geeilt und braucht mich nicht mehr. ›Wilde, du musst dir was andres suchen. Für die Soldaten biste zu alt, aber fahren kannste prima, du wirst schon was findn‹, hat er gesagt. Und nu steh' ich hier und weiß nich wohin.«

Ferdinand öffnete die Haustüre weit und sagte: »Kommen Sie erst einmal herein. Wir werden uns etwas einfallen lassen.«

Wilde machte einen Schritt, dann zögerte er. »Ich hab' noch'n Koffer dabei.«

»Dann bringen Sie ihn herein.«

Ferdinand hatte eine Idee und da er sicher war, dass seine Frau nichts dagegen haben würde, erklärte er: »Sie könnten wieder für uns fahren, doch Sie müssten mit einem sehr geringen Lohn auskommen. Dafür hätten Sie aber Bett und Brot umsonst.« Er sah seine Frau an, die ihm zunickte. »Ein Taschengeld und kostenloses Wohnen, das hört sich doch in dieser unsicheren Zeit gut an.«

Wilde nickte. »Das hört sich prima an, gnädige Frau. Ich könnte auch gleich anfangen, denn wie ich mich erinnere, muss der Herr Kommerzienrat jetzt direkt zur Bank.«

Ferdinand nickte. »Sie haben Recht, trotzdem, nicht so eilig, Wilde. Es gibt da noch etwas zu besprechen. Ich möchte, dass Sie, wenn Sie mich gefahren haben, hierher zurückkommen und bei meiner Frau bleiben. Vielleicht braucht sie den Wagen und wenn nicht, könnten Sie sich in Haus und Garten betätigen. Wir wissen nicht, ob das Auto oder das Benzin für den Krieg beschlagnahmt werden, aber Sie hätten dann trotzdem noch Ihre Arbeit hier. Was denken Sie?«

»Das wäre für mich prima, ich hab' mich ja immer hier zu Hause gefühlt.«

Sophie nickte. »Ihr altes Zimmer oben ist frei. Bringen Sie Ihren Koffer hinauf und dann meinen Mann in die Bank. Und wenn Sie zurück sind, wird die Köchin eine Mahlzeit für Sie gerichtet haben.«

Ferdinand und Sophie gingen in das Frühstückszimmer zurück. Zufrieden setzte sich Ferdinand wieder auf seinen Stuhl und entfaltete die Serviette. »Ich bin richtig erleichtert, Liebling. Hier ist wieder ein Mann im Hause und ich habe einen zuverlässigen Fahrer.«

Sophie nickte lächelnd. »Ich bin auch froh über diese Lösung. Dieser Mietfahrer war nie pünktlich und immer wenn man ihn unerwartet einmal brauchte, war er nicht zu bekommen. Welchen Lohn geben wir Wilde?«

Ferdinand putzte sich sorgfältig den Bart ab und trank den letzten Schluck Kaffee. »Ich denke, er bekommt das, was ich dem Mietfahrer gegeben habe, und wenn er sich im Garten nützlich macht, verzichten wir auf den Gärtnergehilfen und dessen Lohn bekommt er dann auch. So ist ihm und uns geholfen.«

»Wie schnell das alles geht«, sinnierte Sophie. »Gestern begann dieser Krieg und heute sind die Männer schon bei den Soldaten.

Wir werden viele Freunde vermissen.«

Aber Ferdinand schüttelte den Kopf. »Unsere Freunde sind zu alt, Liebling, aber meine jungen Mitarbeiter in der Bank, die wird es treffen. Ich muss die ganzen Aufgabenbereiche umorganisieren und womöglich alte entlassene Mitarbeiter wieder einstellen. Hoffentlich geht das reibungslos vonstatten.«

Draußen hörten sie Schritte. Ferdinand stand auf. »Wilde ist fertig, ich muss gehen. Ich schicke ihn zurück, sobald er mich abgesetzt hat. Und sollte ich ihn zwischendurch brauchen, rufe ich dich an.« Er gab seiner Frau, mit den Gedanken schon in der Bank, einen flüchtigen Kuss und ließ sich von Wilde in den leichten Sommer-Gehrock helfen, nahm seinen Stock und die moderne englische Mütze und verließ das Haus.

Sophie sah ihm nach. Seltsam, dachte sie, plötzlich ist er wieder ein Kämpfer. Seine Augen sind lebendig wie eh und je, seine Wangen gerötet, die Schultern gestrafft, die Haltung aufrecht und stolz. Was hat ihn so verändert? Der Krieg, die neuen Probleme oder der gute Willi Wilde, der zu uns zurückgefunden hat?

Zufrieden ging sie durch den Salon und öffnete die Glastüren zum Garten. Kühle, sommerlich duftende Luft empfing sie. Auf dem Rasen lag noch der leichte Tau der Nacht. Millionen Tröpfchen funkelten bunten Brillanten gleich im ersten Sonnenlicht. Über der großen Alster lag noch leichter Nachtnebel. Aber man hörte bereits die Kommandos der ersten Ruderboote, die auf dem Wasser trainierten. Die jungen Leute, dachte Sophie, wann werden sie zu den Soldaten gerufen? Wie schnell werden sie die Ruderblätter mit den Gewehren vertauschen müssen? Noch sind sie

Schüler, noch wohl versorgt, aber wie lange noch? Und dann hatte der Krieg wieder ihre Gedanken erfasst und sie dachte an Friederike. Wir müssen sie nach Hause holen, überlegte sie. Am besten schon morgen. In diesen gefährlichen Zeiten muss die Familie zusammen sein.

Ferdinand fand seine Sorgen bestätigt, als er in die Bank kam. Elf junge Männer standen, die Einberufungsbefehle in den Händen, in der Halle und warteten auf ihn. Ihre Augen blitzten vor Begeisterung, sie konnten es kaum erwarten, Uniformen anzuziehen und den Krieg endlich zu erleben. Sie sind überzeugt, das Abenteuer ihres Lebens vor sich zu haben und von Sieg zu Sieg zu marschieren, dachte Ferdinand, gab allen persönlich die Hand und wünschte ihnen eine glückliche Heimkehr und Gottes Schutz.

In seinem Büro wartete der Prokurist auf ihn. An der sorgenvollen Miene des alten Mannes sah er, dass ihn keine guten Nachrichten erwarteten. »Löbel, was gibt es?«

Der Prokurist reichte ihm ein Schriftstück. »Ein Spendenaufruf an alle Hamburger Mitbürger, Herr Kommerzienrat, morgen wird er in den ›Hamburger Nachrichten‹ unter dem Titel ›Hamburgische Kriegshilfe‹ veröffentlicht.«

»Und um was geht es genau?«

»Nach euphorischen Lobliedern auf unsere säbelschwingenden Soldaten wird darauf hingewiesen, dass die Hamburger Wirtschaft unter ihrer Abwesenheit leiden wird und den Familien die Ernährer fehlen. Nun haben sich verschiedene Verbände zusammengeschlossen und diese ›Hamburger Kriegshilfe‹ gegründet und die braucht sofort ungewöhnlich viel Geld.

Alle sollen spenden und vor allem die Banken sollen mitmachen.«

Ferdinand überlegte einen Augenblick, dann sagte er entschlossen: »Wir werden uns dem Aufruf anschließen,

Löbel. Es ist selbstverständlich, dass wir uns in der Heimat bewähren müssen, wenn unsere Männer an der Front für uns kämpfen.« Er setzte sich an seinen Schreibtisch, ein Erbstück seines Großvaters, und strich mit beiden Händen über die leicht zerkratzte Eichenplatte, als wolle er Kraft daraus schöpfen. »Ich befürworte diesen Krieg nicht, Löbel, aber ich werde um den Sieg genauso kämpfen wie die Männer im Schützengraben. Also, veranlassen Sie alles, was nötig ist, damit wir dem Aufruf folgen. Die Bramfeld-Bank wird den Hamburgern mit gutem Beispiel vorangehen.« Er nickte Löbel zu, er war für diesen Morgen entlassen.

Wieder fuhr er über die alte Eichenplatte seines Sekretärs und dachte an den Vater und den Großvater. Beides willensstarke Männer, die unbeirrt ihr Ziel verfolgten und niemals zögerten, den Weg zu beschreiten, der ihnen richtig und wichtig erschien. Auch sie hatten Kriege erlebt, die Franzosenzeit, die Hamburg so viele Verluste beschert und die Stadt so erniedrigt hatte – selbst die Kirchen hatten die Besatzer zu Pferdeställen degradiert – dann der Krieg 70/71, in dem zwei Brüder des Vaters umgekommen waren, der eine in Loigny, der andere, kaum achtzehn Jahre alt, in Orléans. Doch aus allen Schlägen waren diese Männer gestärkt hervorgegangen, hatten in allem große Zuversicht gezeigt und an ihrem Leben, an ihrer Familie festgehalten und in ihrer Bank weitergearbeitet. Ihnen gegenüber will ich mich als würdig erweisen. Mag dieser Krieg auch Rückschläge bringen, ich werde, wenn auch ohne Hurra-Geschrei, aber mit eisernem Willen für meine Bank, für meine Familie und für die Zukunft Friederikes kämpfen.

Friederike hatte keine Ahnung von all dem, was in Hamburg geschah. Sie kannte nicht die Pläne der Mutter, die sie nach Hause holen wollte, und sie wusste nicht, dass der Vater sich zum Kampf entschlossen hatte. Sie hatte ganz andere Sorgen. In Wolfenhagen wurden die Reitpferde eingezogen und die Reitstunden fielen aus. Friederike und Rainer mussten eine andere Lösung für ihre Treffen finden.

Schließlich hatte Viktoria die Idee. »Du steigst nachts aus dem Fenster im Erdgeschoss und ich schließe es hinter dir. Du musst nur pünktlich zurückkommen, damit ich das Fenster öffnen kann und nicht endlos in der Nacht auf dich warten muss.«

Die beiden Liebenden trafen sich drei Mal in der Woche. Alles klappte vorzüglich.

Und dann plötzlich stand Sophie Bramfeld vor Friederike und erklärte: »Kind, ich will dich holen. Du musst nach Hause kommen.«

»Aber weshalb, was ist denn passiert?« Fassungslos sah das Mädel die Mutter an.

»Wir haben Krieg, mein Kind, in einem Krieg müssen die Familien zusammen sein, man weiß doch nie, was passiert.«

»Aber Mami, hier ist es völlig friedlich, von Krieg keine Spur. Ich will hier nicht fort, ich will meine Ausbildung nicht unterbrechen, denn wenn ich jetzt fortgehe, kann ich keine Abschlussprüfung machen und all das Lernen wäre umsonst gewesen.«

»So ein Unsinn, mein Liebling. Man lernt doch nicht für eine Abschlussprüfung, sondern für sein Leben.«

»Trotzdem, Mama, ich komme nicht mit nach Hamburg. Fräulein Berlinghoff hat gesagt, wir seien hier weit weg vom Krieg und absolut in Sicherheit. Nicht einmal die Eltern von Mädchen, die in fremden Ländern leben, haben ihre Töchter abgeholt. Was sagt Vater denn dazu?«

»Er hat es mir überlassen. Er hält Wolfenhagen auch für einen sicheren Ort, aber er hätte dich auch gern in seiner Nähe.«

Wütend erwiderte Friederike: »Das hätte er vor drei Jahren überlegen sollen, als ihr mich gegen meinen Willen hergebracht habt. Jetzt bleibe ich, Mutter.« Und von dieser Stunde an sagte sie nie mehr Mama.

Sophie konnte sich nicht durchsetzen, denn auch Fräulein Berlinghoff war der Meinung, dass die jungen Mädchen in Wolfenhagen bestens aufgehoben seien. Sie dachte natürlich in erster Linie an die Einnahmen, die dem Pensionat verloren gingen, wenn die Eltern ihre Töchter abholten.

Sophie musste allein zurückfahren. Dieser Weg hat sich wirklich nicht gelohnt, dachte sie verärgert und erinnerte sich, wie schwer es für Ferdinand gewesen war, die Genehmigung für die Fahrt zu bekommen. Seit Tagen wurde das Benzin eingeteilt, und wer die Stadt mit dem Automobil verlassen wollte, brauchte eine Genehmigung für die Fahrt. Ferdinand hat fast zwei Wochen für diese Genehmigung gebraucht und nun komme ich unverrichteter Dinge zurück. Er wird sich sehr ärgern.

Aber der Krieg war auch in Wolfenhagen zu spüren. Kaum waren die Pferde fort, wurde Bert Randolf eingezogen, wenige Tage später die beiden Gärtner und alle drei Knechte. Die Schülerinnen mussten die Gartenarbeit und die Stallarbeit mit übernehmen. Aber darüber waren sie nicht traurig, denn gleichzeitig wurde die strenge Führung lockerer. In den Ställen bei den Schweinen und Kühen und in den weitläufigen Gartenanlagen konnten sie nicht mehr rund um die Uhr beaufsichtigt werden. Da sich das Anwesen selbst versorgte, mussten diese Arbeiten erledigt werden, denn die Tiere oder den Gemüseanbau abzuschaffen hielt der Vorstand in Berlin für verfehlt. Die Versorgung wäre zusammengebrochen.

Friederike und Rainer trafen sich dank der Hilfe von Viktoria drei Mal in der Woche nachts im Park. Dann wurde es zu kalt für die nächtlichen Tête-à-têtes im Freien.

Diesmal hatte Rainer die Lösung. »Ich komme mit der kleinen Kutsche, die hat ein Dach, und Decken bringe ich genügend mit. Wir haben ja unsere Pferde noch, weil wir sie für die Landwirtschaft brauchen.«

Die nächtlichen Stunden voller Zärtlichkeit und Glück wurden intensiver und köstlicher, niemals aber kam es zu Intimitäten, die nicht statthaft gewesen wären. Die beiden Liebenden sprachen oft und ohne Hemmungen über ihre Sehnsucht, dem anderen ganz zu gehören, aber es blieb bei Worten, denn Rainer war ein Mann, der die Regeln von Sitte und Moral einzuhalten wusste, und Friederike, obwohl noch nicht fünfzehn Jahre alt, erahnte die Grenzen, die nicht überschritten werden durften.

Und dann wurden diese Stunden des Glücks brutal vom Krieg beendet. Rainers Brüder wurden gleich in den ersten Augusttagen zum Militär eingezogen und kämpften nun unter Generaloberst von Hindenburg in der Nähe von Memel und Friederike hatte entsetzliche Angst, dass auch Rainer Soldat werden müsste. Jede gemeinsame Stunde konnte die letzte sein und beide litten unter dem ständig drohenden Abschied.

Und plötzlich, wenige Tage vor dem Weihnachtsfest, das Friederike bei den Eltern verbringen sollte, war es so weit. Blass und traurig trat ihr Rainer entgegen, als sie sich am Parktor trafen. Trotz der Dunkelheit konnte Friederike die Trauer erkennen, die das Gesicht des geliebten Mannes bedeckte.

»Es ist so weit«, flüsterte er, »heute Mittag kam der Bescheid. Ich muss morgen zur Ausbildung nach Flensburg. Mein Vater hat seit Wochen versucht, dagegen zu protestieren, weil ja meine Brüder schon draußen kämpfen und er mich zur Hilfe auf dem Gut braucht, aber er hatte keinen Erfolg.«

»Und du? Gehst du gern in den Krieg?«, schluchzte Friederike fassungslos.

»Es ist meine Pflicht. Nur der Abschied von dir fällt mir unendlich schwer. Das musst du mir glauben.«

»Werden wir uns jemals wiedersehen?« Jetzt weinte sie.

Rainer nahm sie in die Arme. »Natürlich, mein kleiner Liebling. Ich beeile mich mit dem Krieg und dann bin ich der Erste, der hier wieder vor dir steht«, versuchte er zu scherzen.

Aber Friederike ließ sich nicht trösten. »Was soll ich denn bloß ohne dich machen? Wir sind noch so jung, wir kennen uns kaum, man kann uns doch jetzt nicht trennen?«

»Man kann, leider. Aber schau, wir haben doch das ganze Leben vor uns und der Krieg wird nicht lange dauern, dafür werde ich schon sorgen.« Rainer nahm sie in die Arme, küsste sie und flüsterte: »Darf ich dich etwas fragen? Es ist sehr wichtig für mich, wenn ich jetzt gehen muss.«

»Natürlich.«

»Ich hab' dich sehr lieb, Friederike, und du bedeutest mir mehr, als ich sagen kann und ich weiß nicht, wann ich hier wieder vor dir stehe, aber bitte, würdest du auf mich warten, bis ich wiederkomme? Es bedeutet mir so viel, das zu wissen.«

Sie nickte in die Dunkelheit hinein und flüstere: »Ich werde immer auf dich warten, ein ganzes Leben lang. Du kannst dich auf mich verlassen. Ich habe dich sehr lieb, Rainer.«

Stumm nahm er sie in die Arme und hielt sie ganz fest. Dann hatte er sich wieder gefasst und versuchte, die Schwere des Augenblicks zu lindern. »Ich werde dir so oft wie möglich schreiben. Dann weißt du immer, wo ich bin und wie es mir geht.«

Aber Friederike schüttelte verzagt den Kopf. »Das geht nicht, unsere Post wird kontrolliert und keine Schülerin darf Briefe von einem fremden Mann bekommen.«

Rainer überlegte einen Augenblick. Dann sagte er zuversichtlich: »Ich werde als dein Cousin schreiben, das kann man nicht verbieten und ich bin sehr vorsichtig in der Wortwahl.«

Jetzt musste Friederike lachen. »Du glaubst gar nicht, wie viele Cousins hier plötzlich bei den Mädchen auftauchen. Das hat Fräulein Berlinghoff doch längst durchschaut.«

»Wer käme dann infrage?«

»Du könntest mein Onkel sein. Gegen ältere Herren wird man nichts einzuwenden haben.«

»Und du glaubst, ich könnte die Briefe an dich im Stil eines älteren Herrn schreiben? Unmöglich.« Jetzt lachten sie beide und Rainer war froh, Friederike abgelenkt zu haben.

»Nein, nein, ich schreibe als Cousin und ich werde meine Wortwahl genau überdenken. Aber immer wenn ich ›Froschkonzert‹ erwähne, bedeutet das ›Ich liebe dich‹.«

Jetzt lachte Friederike. »Die Frösche haben es dir tatsächlich angetan. Dann werde ich auch ein solches Wort gebrauchen. Ich werde«, sie überlegte einen Augenblick, »ja, ich werde dir immer von meiner ›Sonnenuhr‹ erzählen und dann weißt du, wie sehr ich auf dich warte.«

Rainer nahm sie noch einmal in die Arme und küsste die letzten Tränen von ihren Wangen. »Adieu, mein Liebling. Nun lauf zurück, es wird Zeit für dich.«

Friederike weigerte sich, das Weihnachtsfest in Hamburg zu verbringen. Dort würde sie niemals ein Brief von Rainer erreichen. Außerdem wollte sie, wenn schon nicht in seiner Nähe, so doch in der Nähe seines Hofes und der kleinen, geheimen Orte sein, an denen sie sich getroffen hatten. Sie schob die dringende Stallarbeit vor und Fräulein Berlinghoff bekundete den Bramfelds gegenüber großen Dank für die freiwillige Hilfe, denn ohne die Mitarbeit der jungen Damen sei der Fortbestand all der Tiere und des Wirtschaftshofes und damit die Ernährung aller gefährdet. Sie bekundete allerdings nicht ihr Befremden darüber, dass Friederike seit einiger Zeit Briefe eines Cousins bekam, in denen auffallend oft von Froschkonzerten die Rede war. Sie schwieg und sie fand auch keinen Grund, die Korrespondenz zu verbieten, denn die junge Dame war eine musterhafte Schülerin, zeigte sich freundlich und hilfsbereit und gab nie Anlass, an ihrer Ehrenhaftigkeit zu zweifeln. Obwohl der Einfluss, den die vorlaute Viktoria Stelling auf sie ausübte, Fräulein Berlinghoff missfiel, sah sie keinen wirklichen Grund, die Mädchen zu trennen, zumal auch Viktoria sich entschlossen hatte, in den Weihnachtsferien auf dem Wirtschaftshof zu arbeiten. Sie tat dies lieber, als in Hamburg, stellvertretend für die kränkelnde Mutter, am Arm ihres Vaters an den vielen Feierlichkeiten teilzunehmen, die den Siegesmeldungen folgten.

Viktoria sah die Liebesentwicklung zwischen Friederike und Rainer mit gemischten Gefühlen. Einerseits freute sie sich für Friederike, die einen Menschen zum Liebhaben gefunden hatte und sehr glücklich zu sein schien, auf der anderen Seite missfiel ihr die Beziehung. Was will so eine reizende, gebildete Bankierstochter mit einem Bauernsohn? Das kann doch gar nicht gut gehen, dachte sie und sah im Geiste ihren wohlgeratenen, eleganten Bruder vor sich, der so ein passender Mann für die hübsche Friederike sein könnte.

Martin, überlegte sie, ist zwar ein bisschen wild und wenn er es darauf anlegt, weil er jemanden nicht mag, ist er sogar arrogant und rücksichtslos, aber warum sollten die zwei sich nicht arrangieren? Sie wären das hübscheste Paar von ganz Hamburg. Ich muss unbedingt versuchen, die beiden so schnell wie möglich zusammenzuführen. Das wird zwar nicht ganz einfach, weil Friederike dem Bauern anscheinend ewige Treue geschworen hat und mein Bruder irgendwo in fremden Ländern mit den Soldaten herumreitet, aber wo ein Wille ist, ist auch ein Weg und den werde ich finden. Weihnachten wäre so eine gute Gelegenheit gewesen, aber der Krieg macht mir einfach einen Strich durch diese Rechnung. Und, das ist leider dumm, ich weiß nicht, ob mein Bruder schon liiert ist. So wie ich den Hallodri kenne, hat er an jedem Finger ein fesches Fräulein, fragt sich nur, ob eine ernsthafte Anwärterin auf den Stelling-Thron darunter ist. Aber auch das werde ich in Erfahrung bringen und zu vereiteln versuchen.

Zehntes Kapitel

Die Hamburger Bevölkerung trifft der erste Kriegswinter bereits sehr hart. Hunger und Elend vertreiben die Kriegsbegeisterung. Fehlende Arbeitskräfte durch die Einberufung der Männer an die Front, Arbeitslosigkeit durch die Krise in der Wirtschaft und steigende Preise führen in vielen Haushalten die Menschen an den Rand der Verelendung. Schuld daran ist vor allem die britische Seeblockade, die den Hamburger Handel lahm legt. Die Engländer erklären die gesamte Nordsee zum Kriegsgebiet und blockieren durch Minengürtel und Patrouillen den Seeverkehr der deutschen, niederländischen und skandinavischen Häfen, um Deutschland von jeder Zufuhr von Rohstoffen für die Rüstung und anderen Wirtschaftsgütern abzuriegeln. Gleichzeitig werden fast alle deutsche Handelsschiffe, auf den Weltmeeren unterwegs und vom Krieg überrascht, zum Einlaufen in neutrale Häfen gezwungen, in denen sie bis Kriegsende interniert werden.

Die ›Hamburgische Kriegshilfe‹, auch von Ferdinand Bramfeld emphatisch begrüßt und gefördert, reicht nicht aus, die Bevölkerung durch Lebensmittelzuteilungen und Wärmehallen im Winter zu unterstützen. Viele Familien können das Geld für Lebensmittel und Mieten nicht mehr aufbringen, die meisten Frauen der eingezogenen Männer suchen nach Arbeit, um die größte Not zu lindern. So übernehmen immer mehr Frauen Funktionen, die bisher Männern vorbehalten waren, und arbeiten als Schaffnerinnen bei der Ringbahn, als Kutscherinnen, als Hafenarbeiterinnen, als Schornsteinfegerinnen und sogar in Rüstungsbetrieben.

Ferdinand beobachtete die Entwicklung mit steigendem Entsetzen, denn die Banken waren die Ersten, die die wachsende Armut zu spüren bekamen. Konten wurden aufgelöst, um schnell verfügbares Geld in den Händen zu haben, Neuinvestitionen fielen fort, weil die Wirtschaft brachlag, das eingelagerte Geld verlor fast täglich an Wert und die Löhne seiner Angestellten stiegen mit dem wachsenden Werteverlust so schnell, dass er seit Tagen überlegte, wen er entlassen konnte, ohne dass es die Familie zu schwer traf. Zum ersten Mal begann Ferdinand Bramfeld um das Überleben seiner Bank zu fürchten, denn, und daran wurde er nun beinahe täglich erinnert, sein privates Vermögen, mit dem er früher Ausgleich schaffen konnte, bis sich die Lage wieder relativierte, gab es nicht mehr. Er hatte sein Geld durch die Bürgschaft verloren. So sah er auch kaum eine Möglichkeit, seine niederdrückenden Sorgen mit Sophie zu besprechen. Diese Aussprachen ängstigten ihn und fehlten ihm in dieser schweren und ungewissen Zeit doch am meisten.

Dann dachte er an Friederike. Sie widersetzte sich konsequent dem elterlichen Verlangen, nach Hamburg zurückzukehren. Nach der vergeblichen Hoffnung auf einen Sohn und Erben galt sein ganzes Streben, einen Nachfolger für sein Bankhaus zu finden. Was lag näher, als die Hoffnung, dass die Tochter ihm einen passablen Schwiegersohn präsentierte? Aber wie sollte Friederike in diesem abgelegenen Schloss einen Mann finden, der sich den Hamburger Gepflogenheiten und dem diffizilen Bankwesen anpasste und an den vielfachen Aufgaben eines Geldinstitutes interessiert wäre?

Wenigstens darüber konnte er mit seiner Frau sprechen und es wurde Zeit, dass sie sich gemeinsam zu einem Machtwort entschlossen. So nutzte er an diesem Tag die geruhsamen Stunden nach dem Abendessen, um das Thema zur Sprache zu bringen.

»Wir sollten uns überlegen, wie wir Friederike überreden können, nach Hamburg zurückzukehren. Seit beinahe einem Jahr besteht die Ausbildung der Mädchen nur noch aus Gartenarbeit und Stallausmisten, so kann das nicht weitergehen.«

Sophie nickte zustimmend. »Sie kann nicht endlos in Wolfenhagen Gemüse anbauen und Schweine füttern, dafür ist der Unterhalt zu teuer. Von regulären Unterrichtsstunden ist schon lange keine Rede mehr.«

Ferdinand schüttelte den Kopf. »Ich will nicht an die Unkosten denken. Sie hat ein Recht auf eine gute Ausbildung und ich werde immer dafür aufkommen. Aber was versteht die Schule eigentlich noch unter guter Ausbildung?«

»Ich bezweifle auch den Sinn dieser jetzigen Erziehung«, erklärte Sophie energisch. »Friederike gehört nach Hamburg. Sie muss in die Gesellschaft eingeführt werden, wenn man heute auch kaum noch von Gesellschaft reden kann. Aber sie braucht die Kontakte dieser Stadt, schließlich soll sie hier einmal leben.«

»Wir könnten sie in Sportclubs anmelden, in Konzerte schicken, mit ihr Gesellschaften aufsuchen, in denen sie junge Männer kennen lernt. Sie ist in einem Alter, in dem junge Damen die ersten Fühler ausstrecken. Wer weiß, wie lange noch Männer in ihrem Alter hier sind. Immer jünger werden die Soldaten, die zu den Fahnen laufen. Und kein Mensch ahnt, wann sie zurückkommen.«

Sophie sah ihren Mann erschrocken an. »Aber Ferdinand, du denkst doch nicht an eine Heirat. Das wäre in diesen Kriegszeiten höchst unklug, dafür ist sie wirklich noch zu jung. Stell dir vor, sie könnte ja mit achtzehn schon Witwe sein!«

Ferdinand beugte sich über ihre Hand und küsste sie. »Nein, natürlich nicht, Liebling, aber ich denke, erste Brücken können nicht schaden. Weißt du, ich muss auch an den Fortbestand der Bank denken. Irgendwann muss ein anderer die Führung übernehmen und wer wäre geeigneter als ein Schwiegersohn?«

»Aber nein, mein Lieber, daran darfst du gar nicht denken. Du bist so rüstig, du wirst noch lange das Bankhaus leiten, daran zweifle ich keinen Augenblick.« Zärtlich, im Geheimen aber stark betroffen, strich sie ihm über die dünn gewordenen, ergrauten Haare.

Doch er schüttelte den Kopf. »Sophie, in ein paar Wochen werde ich zweiundsiebzig und diese Kriegszeit zählt doppelt. Ich sehne mich nach Ruhe, aber ich kann erst aufhören, wenn ich die Nachfolge geregelt habe, das verstehst du doch?«

»Natürlich, mein Lieber.«

Friederike dachte nicht an Hamburg, an Gesellschaften, an Konzerte, an Sportveranstaltungen, an Jünglinge oder gar an die Bank und deren Fortbestand. Ihre Gedanken kreisten allein um den Mann, den sie liebte, um den sie Angst hatte, nach dem sie sich sehnte. Aber er war so weit fort. Im Januar war seine Ausbildung in Flensburg abgeschlossen, er wurde nach Frankreich beordert und war zu einer Feldpostnummer degradiert. Immer seltener wurden seine Briefe und von fröhlichen Fröschen war schon lange keine Rede mehr. Er durfte nicht schreiben, wie es ihm ging, nicht wo er sich aufhielt, nicht wann er mit einem Urlaub rechnen konnte, nichts über Ängste, Sehnsüchte und Liebe. Das Militär hatte ihn mit Haut und Haaren gefressen, zensierte seine Briefe und Fräulein Berlinghoff beäugte sie zusätzlich mit Argusaugen. So wurden die seltenen Briefe zu einem Gekritzel auf schlechtem Papier, unleserlich oft und selbst da, wo Friederike versuchte, zwischen den Zeilen zu lesen, waren sie nichts sagend.

Friederike, zutiefst enttäuscht und traurig, zehrte von den Erinnerungen, die ihr keiner nehmen konnte. Sie dachte an die zärtlichen Hände, die sie so oft liebkost hatten, an die weichen Lippen, die nicht nur ihren Mund und ihr Gesicht erkundeten, an die sehnsüchtigen Worte, die er ihr ins Ohr flüsterte, und an die Geborgenheit, die sie in seinen Armen gefunden hatte. So manche Nacht weinte sie sich in den Schlaf. Ein Schlaf, der oft von schrecklichen Träumen beherrscht wurde. Dann sah sie den zerfetzten Körper ihres Liebsten in aufgewühlter Erde liegen, sie suchte vergebens sein Gesicht in der Masse mausgrauer Uniformen oder sie rannte vergebens einem Zug hinterher, um die ausgestreckte Hand des Geliebten zu erreichen, die letztlich in grauen Rauchschwaden zerfloss.

So vergingen die Frühlingswochen, die Sommermonate und der Herbst. Einzige Abwechslung bot die Arbeit, sie ließ den Mädchen kaum Zeit zum Nachdenken. Viktoria machte sich große Sorgen um die Freundin.

»Liebes, nimm es nicht so schwer. Rainer kommt wieder, ich fühle es genau«, versuchte sie zu trösten. »Er darf dir nicht schreiben, wie es ihm geht, und er kann dir nicht sagen, wo er ist. Die Männer werden erschossen, wenn sie etwas verraten. Sie erleben alle das Gleiche, ich weiß es von meinem Bruder. Er war kürzlich in Hamburg, weil seine Kavallerie-Division von Frankreich nach Russland verlegt wurde und er für zwei Tage nach Hause kommen konnte.«

Gleichzeitig begann sie von ihrem Bruder zu schwärmen. Es war eine günstige Gelegenheit und wenn das Gespräch sich schon um Freunde und Brüder drehte, konnte sie ein paar beziehungsreiche Worte einfließen lassen. »Er ist ein richtig fescher Mann geworden, der Martin. Die Mädchen verdrehen sich die Hälse nach ihm und er weiß das ganz genau. Aber er ist kein flatterhafter Mann«, schränkte sie sofort ein. Friederike sollte nicht denken, dass er ein Casanova sei. »Er ist sehr ernsthaft geworden und sehr nachdenklich«, fügte sie hinzu. »Er hat eine große Verantwortung als Offizier und die spürt man sogar zu Hause. Zum ersten Mal hat er sich mit meinem Vater über die Zukunft der Familie unterhalten, über die Probleme mit der Seeblockade und den Schwierigkeiten auf der Werft. Dabei interessiert er sich weniger für den Schiffsbau als für die Geschäfte.« Sie lächelte in Gedanken. »Einmal hat er sogar gesagt: Gute Schiffsbauer kann man für gutes Geld finden, aber einen vertrauensvollen Mann für die Geschäfte gibt es nicht, da muss man sich auf die eigene Familie verlassen können.« Sie hakte sich bei Friederike unter und fuhr fort: »Vater war entsetzt, als er merkte, dass Martin sich gar nicht für Schiffe interessierte, aber dann hat er ihm doch Recht gegeben. Vater ist das genaue Gegenteil, er ist der Schiffsbauer und versteht von Geschäften überhaupt nichts. Aber dann haben sie sich geeinigt. Ich glaube, in Zukunft baut der Vater die Schiffe und Martin macht die Geschäfte.«

Die Mädchen waren auf dem Weg vom Schloss in den Wirtschaftshof, wo in diesen letzten Novembertagen der Schlachter mit seinen Gehilfen erwartet wurde, um die schlachtreifen Schweine zu töten. Das meiste Fleisch würde sofort beschlagnahmt werden, doch für die Lehranstalt blieb genug übrig, vor allem von dem minderwertigen Fleisch, um den Winter zu überbrücken. Für die Mädchen standen heute Wursterei, Einpökeln, Räuchern sowie das Reinigen der Schweinemägen und der Gedärme auf dem Beschäftigungsplan. Anschließend mussten die Därme und

Mägen dann mit Wurstmasse oder Hirnhack gefüllt werden. Und nach stundenlangem Kochen mussten sie das Fleisch von Knochen, Schnauzen, Pfoten, Ohren, Schwänzen und Kniestücken für Sülze, Presskopf und Ragout lösen und in kleine Stückchen schneiden.

Viktoria kicherte. »Meine Eltern sollten wissen, womit wir hier unsere Zeit verbringen. Sie würden mich sofort nach Hamburg holen.«

»Mir geht es genauso, ständig kriege ich Briefe, in denen meine Eltern mich auffordern heimzukommen. Aber bevor ich nicht schreibe ›Ich bin einverstanden‹, kommen sie nicht, um mich zu holen. Mein Vater kann seinen Wagen kaum noch benutzen, weil es kein Benzin mehr gibt, und eine erfolglose Fahrt wie im vorigen Jahr können sie sich nicht mehr leisten. Sonst wären sie schon längst hier.«

»Ich habe neulich in der Zeitung gelesen, Fräulein Berlinghoff hatte sie in der Halle vergessen, dass unsere Soldaten im Osten sehr erfolgreich sind und die Russen aus Ostpreußen vertrieben haben. Aber in Frankreich haben sie die Schlacht an der Marne verloren, da geht es weder vorwärts noch zurück. Auf den Fotografien waren total schmutzige Soldaten zu sehen, die in tiefen Erdgräben hockten und sich die Ohren zuhielten. Und weiter hinten gab es eine Seite, die war voll mit Todesanzeigen. ›Für Kaiser und Vaterland auf dem Feld der Ehre gefallen‹ stand immer zuerst und dann folgten die Namen und die Orte waren durch Pünktchen ersetzt, damit niemand herausfinden konnte, wo gekämpft und gestorben wurde. Ich glaube, der Krieg ist bald zu Ende, es wird schon von Verhandlungen geschrieben.«

»Ich wünschte, du hättest Recht. Du hast sicherlich auch Angst um deinen Bruder.«

»Ja, vor allem, weil Martin so ein Draufgänger ist. Immer will er der Erste und der Beste sein, das war schon in der Schule so, dann im Sportclub und jetzt eben bei den Soldaten. Bloß an die Gewehrkugeln, die ihn treffen könnten, an die denkt er nicht.«

»Ich glaube, so wild ist Rainer nicht«, Friederike wischte sich die fettigen, verklebten Hände an der Schürze ab und sah sich um. »Ich glaube, wir sind hier fertig. Die Jüngeren können aufräumen, sauber machen und die Kisten mit den fertigen Sachen zum Schloss bringen. Ich werde jetzt einen Spaziergang machen, ich muss diesen Dunst von Fleisch und Fett und Gewürzen aus der Nase kriegen.«

»Wo willst du hin? In einer halben Stunde ist es dunkel und man wird dich beim Abendessen vermissen.«

»Das ist mir egal. Ich werde Rainers Vater aufsuchen, ich muss wissen, ob er Nachrichten von Rainer hat. Seit acht Wochen habe ich nichts mehr von ihm gehört. Du hast von diesen Todesanzeigen gesprochen, ich werde nie eine Nachricht bekommen, wenn ihm wirklich etwas passiert ist. Dann werden nur die Eltern informiert. Ich halte diese Ungewissheit nicht länger aus. Ich will nicht in einer Zeitung seinen Namen lesen.«

»Dann komme ich mit.«

»Du riskierst Hausarrest oder Schlimmeres.«

»Das glaube ich nicht, sie sind auf unsere Arbeit angewiesen. Keiner wird uns bestrafen.«

Die beiden banden ihre Schürzen ab, wuschen die Hände im Wassertrog, aus dem die Kühe tranken, wenn sie von der Weide kamen, und liefen schnell davon, bevor sie angehalten oder ausgefragt wurden.

»Hast du eine Ahnung von dem Weg?«

»Natürlich. Rainer hat mir damals eine Abkürzung gezeigt. Wir laufen quer über die Felder und sparen dadurch viel Zeit.«

»Seinen Vater kennst du aber nicht?«

»Nein, wir wollten alles geheim halten, weil ich so jung war.«

Es dunkelte schneller, als sie befürchtet hatten. Hin und wieder fiel etwas Licht von dem schwach schimmernden Meer zu ihrer Rechten herüber, dann machte der Weg eine Biegung oder er ging steilauf, sodass sie die Wasserfläche nicht mehr sehen konnten.

»Glaubst du, wir sind hier richtig?«, flüsterte Viktoria, der die ganze Unternehmung unheimlich wurde.

»Natürlich, ein oder zwei Kilometer rechts muss immer das Meer sein, dann können wir das Haus nicht verfehlen.«

Nach einiger Zeit sahen sie einen schwachen Lichtschein vor sich. »Ob dort das Haus ist?«

»Ich glaube nicht, so ein schwaches Licht kommt nicht von einem großen Haus. Rainer hat mir erzählt, dass sie allein im oberen Stockwerk zehn Schlafzimmer haben.«

»So groß ist das?«

»Irgendwann war es mal ein Schloss, heute bezeichnen sie es nur als Gutshaus.«

»Komm, wir sehen nach, woher der helle Schein kommt.«

Sie gingen quer über das Feld auf das Licht zu. An dem aufgewühlten Boden unter ihren Füßen merkten sie, dass es ein frisch umgepflügter Acker sein musste. Endlich hatten sie das Licht direkt vor sich. Ein alter Mann, das Gesicht voller Bartstoppeln und eine gebogene Pfeife im Mund, stand neben einem Schimmel und verschloss eine kleine Laterne, die am Geschirr neben dem Pferdehals befestigt war.

»Guten Abend«, sagte Friederike, »dürfen wir Sie etwas fragen?«

Der Mann zuckte zusammen. »Meine Güte, jetzt bin ich aber erschrocken, ich habe Sie gar nicht gehört.«

»Daran ist der weiche Boden schuld. Wir möchten zum Gutshof von Herrn Hansen.«

»Der Hof ist noch eine Ecke entfernt, aber der Hansen steht vor Ihnen.«

Friederike war sprachlos. So hatte sie sich Rainers Vater nicht vorgestellt. Sie dachte an einen sportlichen Mann in Schaftstiefeln und Reitjackett, hochgewachsen und ihrem Rainer wie aus dem Gesicht geschnitten. Stattdessen stand ein alter Mann mit grauen Bartstoppeln, einem Schlapphut auf dem Kopf, einer Lodenjoppe und Manchesterhosen, die in Gummistiefeln steckten, vor ihr. Mit schmutzigen Fingern schloss er die kleine Tür an der Laterne, deren Licht gerade ausreichte, das Gesicht des Mannes und den Kopf des Schimmels zu beleuchten. »Ich brauche den Kumtlampenschein, damit ich die Furche sehen kann, in die der Schimmel treten muss, dann kann ich weiterpflügen. Da erst sah Friederike, dass neben dem Schimmel noch ein Brauner mit müde herunterhängendem Kopf stand.

Viktoria fasste sich als Erste. »Warum pflügen Sie denn in der Dunkelheit?«

»Die Saat muss rein, bevor der erste Frost kommt. Und da ich allein bin, muss ich mich beeilen.«

Friederike räusperte sich. »Entschuldigen Sie bitte, dass wir Sie hier so überfallen. Wir kommen aus Schloss Wolfenhagen. Das ist Viktoria Stelling«, sie zeigte auf die Freundin, »und ich bin Friederike Bramfeld.«

»Nett«, murmelte Rainers Vater mit der Pfeife im Mund. »Und, kann ich Ihnen irgendwie helfen?«

»Ja, bitte«, flüsterte Friederike. »Ich bin mit Ihrem Sohn Rainer befreundet. Wir kennen uns schon lange und er hat mir öfter einmal geschrieben. Aber nun habe ich seit acht Wochen nichts mehr von ihm gehört und ich habe Angst, es könnte ihm etwas zugestoßen sein.«

Jetzt nahm der alte Mann die Pfeife aus dem Mund und sah sie mit großen Augen an. »Sie sind also die Friederike aus Hamburg, der Rainer hat mir, als es ans Abschiednehmen ging, von Ihnen erzählt, mein Fräulein.« Er wischte sich die Hand an der Hose ab, bevor er sie ihr reichte.

»Willkommen auf Hemmelsburg.« Dann begrüßte er auch Viktoria. »Leider kann ich Sie hier draußen nicht bewirten. Ich kann Sie auch nicht ins Haus bitten oder zurückbegleiten, ich muss ganz einfach diesen Acker umpflügen. Wir haben zunehmenden Mond und das bedeutet Kälte. Tut mir Leid, können Sie nicht an einem anderen Tag wiederkommen?«

»Leider nicht«, erklärte Viktoria. »Wir dürfen Wolfenhagen nicht verlassen. Wir sind heute Abend weggelaufen, weil die Gelegenheit günstig war und meine Freundin so gern erfahren wollte, wie es Ihrem Sohn geht.«

Der alte Hansen sah sie traurig an. »Tut mir Leid, aber ich weiß es nicht. Ich habe drei Söhne bei den Soldaten und ich warte täglich auf Post. Und dann sage ich mir, wenn ihnen etwas zustößt, wird man mich schon benachrichtigen. Also ist es auch ganz gut, wenn keine Post ankommt.«

Friederike hielt nur mühsam ihre Tränen zurück. »Würden Sie mich bitte benachrichtigen, wenn Sie etwas von Rainer hören?«

»Das mache ich, Fräulein Friederike, ich verspreche es. Aber nun muss ich weiterarbeiten. Finden Sie den Weg zurück?«

»Ja, ich kenne die Gegend, Ihr Sohn hat mir einmal die Abkürzung gezeigt.«

Und während die Mädchen zögerten und nicht wussten, ob sie ihm die Hand reichen sollten, sortierte er bereits die Zügel, kontrollierte noch einmal den Kumtlampenschein, stellte sich hinter die Pferde, ergriff die Handstützen des Pfluges und zog mit einem »Hü, los geht's« davon.

Im Sommer 1916 wurde Wolfenhagen geschlossen. Die Lehranstalt musste den Anforderungen des Krieges weichen. Das Schloss wurde zum Lazarett umfunktioniert. Die

Schülerinnen und das Lehrpersonal kehrten heim zu ihren Familien. Nur Friederike und dann auch Viktoria aus Solidarität zu ihrer Freundin wollten bleiben. Sie boten sich für den Pflegedienst an, und, obwohl sie keine Ausbildung hatten und eigentlich zu jung waren, nahm man ihre Hilfe an. Voraussetzung war die Einverständniserklärung der Eltern.

Patrick Stelling holte sie persönlich in Wolfenhagen ab. Er hatte, da seine Werft statt wie vor dem Krieg Bagger jetzt kleine Minensuchboote baute, genügend Benzin für seinen Wagen und sich erboten, Friederike mitzubringen. Beide Eltern kannten den Grund der Rückkehr nicht. Sie dachten, dass sie ihre Töchter nach der Schließung der Lehranstalt nun endgültig zu Hause hätten. Aber während man Viktorias Wunsch tolerierte und vor allem der Vater ihr Vorhaben unterstützte, auf eine sehr weibliche Weise zum Gelingen des Krieges beizutragen, brachten die Bramfelds keinerlei Verständnis für ihre Tochter auf.

Friederike, die mit dem Widerstand rechnete, wollte die Diskussion so schnell wie möglich hinter sich bringen. Sie war zu einer attraktiven jungen Dame herangereift, deren Haltung nicht nur Selbständigkeit und ein hohes Maß an Selbstbewusstsein ausdrückte, sondern auch einen eigenwilligen Stolz, der aus der heimlichen Liebe zu einem Mann erwachsen war. Noch während der freudigen Begrüßung durch Vater und Mutter erklärte sie: »Ich habe eine dringende Angelegenheit mit euch zu besprechen, habt ihr einen Augenblick Zeit?«

»Aber Kind«, protestierte Sophie, »nun komm doch erst einmal herein, bring deine Sachen in dein Zimmer und mach dich frisch, wir können in wenigen Minuten essen.«

»Ach, Mutter, das alles kann warten. Wenn mein Anliegen nicht so dringend wäre, würde ich nicht um diese Aussprache bitten.« Aber nun griff Ferdinand ein. »Nichts da, Friederike. Wir freuen uns, dass du endlich nach Hause gekommen bist, nun wollen wir deine Ankunft genießen.« Er legte ihr den Arm um die Schulter: »Du bist größer geworden, größer als ich, das muss ich auch erst einmal begreifen lernen.« Erstaunt und dann erschrocken sah Friederike ihren Vater genauer an, sein Gesicht war alt geworden und der Körper wirkte schmaler, aber die Augen blickten hellwach. »Du hast dich wirklich sehr verändert.«

Leicht ungeduldig sah sie den Vater an. »Wir haben uns zwei Jahre lang nicht gesehen, da verändert man sich, und«, fügte sie energisch hinzu, »man verändert sich nicht nur äußerlich, sondern auch innerlich.« Dann erklärte sie versöhnlicher: »Also gut, ich geh' in mein Zimmer und ziehe mich um. Aber vor dem Essen möchte ich mit euch sprechen.«

Als Friederike etwas später zurückkam, hörte sie die Eltern im Salon lachen. Dann sah sie die geöffnete Terrassentür und ging nach draußen. Meine geliebte Sonnenuhr, dachte sie, wie groß sie war, als ich klein gewesen bin und wie klein sie mir jetzt vorkommt. Langsam ging sie näher und sah mit Trauer, wie stumpf und matt die Bronzeschale aussah. Sie setzte sich auf den Rand des Sockels und begann mit ihrem Taschentuch die dumpfen Schatten fortzureiben. Und dabei dachte sie an ihre Briefe an Rainer, in denen sie die Uhr als strahlend schön, glänzend und als Spiegel ihres Glückes beschrieben hatte. Wo sind diese glücklichen Gefühle geblieben, dachte sie traurig, grau und dumpf, wie die Schatten in der Schale, sind sie geworden. Sie stand auf und steckte das Taschentuch wieder ein. Morgen muss ich mir ein Putzmittel besorgen und dann werde ich sie wegwischen, diese Schatten, die mir die ganze Stimmung verderben.

Die Eltern standen in der Tür und beobachteten sie. Der Vater kam ihr ein paar Schritte entgegen. »Deine Sonnenuhr hat Stürme und Hitze überstanden, eine Flut hat sie überspült und einmal war sie voller Hagelkörner bis oben an den Rand, aber die Zeit zeigt sie noch immer an, pünktlich wie am ersten Tag.« Sophie sah ihren Mann lächelnd an, »man muss natürlich im richtigen Winkel zur Sonne stehen, das vergisst dein Vater immer zu erwähnen. Aber nun kommt, Minna wartet mit dem Essen.«

Friederike schüttelte den Kopf. »Bitte, ich möchte zuerst mit euch sprechen.«

»Aber Kind, du kannst doch Minna nicht warten lassen, sie hat sich so viel Mühe gegeben, eines deiner Lieblingsgerichte zu kochen, was in dieser Zeit nicht gerade leicht ist.«

Resigniert gab Friederike nach. Minna hatte Birnen und Bohnen zubereitet, Speck allerdings gab es nicht, doch mit allerlei Kräutern und Gewürzen gekocht, schmeckte es Friederike ausgezeichnet. Statt eines Desserts hatte Ferdinand eine Flasche Madeira aus seinen alten Beständen im Keller geholt und Sophie schlug vor, den Abend auf der Terrasse ausklingen zu lassen und auf das Wiedersehen anzustoßen.

Bevor Friederike etwas sagen konnte, nahm der Vater das Wort. »Liebes Kind, wir sind sehr froh, dich wieder hier bei uns zu haben. Du weißt, wir hätten dich schon längst geholt, aber du wolltest deine Ausbildung nicht unterbrechen und wir haben das akzeptiert. Aber nun hat sich alles geändert, die Schule gibt es nicht mehr und wir haben vor, dich so schnell wie möglich in die Hamburger Gesellschaft einzuführen.«

Friederike wollte aufspringen, um ihrem Widerspruch mehr Nachdruck zu verleihen, aber die Mutter hob beschwichtigend die Hand. »Kind, du musst auch einmal an uns denken. Wir möchten dich wohl versorgt wissen und dir von Herzen gern ein komfortables Leben bieten. Leider sind die Zeiten sehr schwer geworden und alles hat sich verändert. Aber was wir tun können, soll geschehen, dafür wird dein Vater sorgen.«

Doch bevor der Vater die Vergnügungen aufzählen konnte, die auf seiner Liste ganz oben standen, unterbrach ihn Friederike energisch. »Vater, Mutter, ich bin nicht mehr das kleine Mädchen, das ihr gegen seinen Willen in ein Internat gesteckt habt. Ich bin zwar noch nicht volljährig, aber ich bin ein erwachsener Mensch geworden. Ich ganz allein weiß, was gut für mich ist und was ich nicht will. Zu dem Letzteren gehören Festivitäten und all dieser Schnickschnack, für den ich in diesen harten Kriegszeiten kein Verständnis habe. Ich werde einen Helferkursus machen und dann als Hilfsschwester im Lazarett von Wolfenhagen arbeiten. Das ist es, was ich sagen möchte und von dem ich nicht abweichen werde.«

Fassungslos sahen die Eltern ihre Tochter an. »Das kommt überhaupt nicht infrage!« Der Vater hatte als Erster die Sprache wiedergefunden. »Du wirst genau das tun, was wir für dich planen, und du wirst auf keinen Fall nach Wolfenhagen zurückkehren.«

Aber Friederike schüttelte den Kopf, dass die blonden Locken nur so flogen. »Ihr versteht mich immer noch nicht. Niemand und nichts kann mich daran hindern, das zu tun, was ich mir vorgenommen habe. Und, Vater, ihr habt mich einmal gezwungen, euch zu gehorchen. Heute geht das nicht mehr. Ich gehe nach Wolfenhagen zurück, ganz gleich ob mit oder ohne euren Einverständnis. Wolfenhagen ist mir zur Heimat geworden. Dort will ich leben und arbeiten, solange man mich dort braucht.«

»Ach Kind«, Sophie schluchzte, »wir lieben dich doch, wir möchten dich hier bei uns haben, für dich sorgen, dir deinen Lebensweg ebnen. Wie kannst du Wolfenhagen als Heimat bezeichnen.«

»Ich liebe das Land und die Menschen, die dort leben.«

»Aber die Schule ist geschlossen, Fremde ziehen ein, ein Lazarett wird eröffnet, da kennst du doch keinen Menschen.«

»Nein, aber ich werde diesen Verwundeten das Gefühl geben, daheim zu sein und geliebt zu werden. Das ist so viel mehr, als hier im Konzert zu sitzen oder eine Dichterlesung anzuhören oder einen komfortablen Lebensweg anzusteuern.«

»Und die Bank? Denkst du auch einmal an unsere Bank?« Ferdinand war aufgestanden und lief erregt auf der Terrasse hin und her. »Was soll aus der Bank werden, wenn ich nicht mehr bin?« Er blieb vor ihr stehen. »Ich brauche einen Nachfolger und du brauchst einen Mann, der dieser Nachfolger sein wird. So einfach ist das und so klar muss ich das einmal ausdrücken, damit du weißt, wie ernst es mir mit meinem Verbot ist, dich nach Wolfenhagen gehen zu lassen.«

Friederike war blass geworden. So war das also. Sie sollte sich einen Mann suchen, der die Bank führen konnte. Da wurde überhaupt nicht nach Gefühlen gefragt. Dieses ganze Geschwätz von dem bequemen Leben in Hamburg, von dem Besten, was man für sie wollte, war nichts weiter als die Sorge um den Fortbestand der Familiendynastie mit dem Bankhaus als Podest. Sie konnte den Vater fast verstehen, dem die Bank wichtiger war als die Tochter, so etwas passierte immer wieder und vor allem in alten Familien. Sie musste also sehr überlegt vorgehen, wenn sie ihren Willen durchsetzen wollte. Schließlich erklärte sie: »Ich verstehe euch, obwohl ich erschüttert bin über diesen Mangel an Gefühlen. Ich mache euch einen Vorschlag: Ihr erlaubt mir nach Wolfenhagen zu gehen und ich garantiere euch den Nachfolger für die Bank, sobald der Krieg zu Ende ist.«

»Und wie willst du das machen?«

»Ich komme zurück und übernehme die Bank.«

»Ausgeschlossen, eine Frau als Bankdirektor. Nein, das gibt es nicht.«

»Oh doch, Vater, liest du keine Zeitung? Weißt du nicht, was Frauen heute alles tun und alles können? Die Zeiten haben sich geändert und ich werde nicht tatenlos zusehen, wie

Männer die Frauen wieder an den Rand ihrer Existenz drängen, wenn sie als Helden vom Kriegsschauplatz heimkehren.«

Friederike setzte ihren Willen durch. Als sie abends im Bett lag und das wohl vertraute Gefühl ihres alten Zimmers sich langsam in ihrem Bewusstsein ausbreitete, beruhigte sie sich ein wenig. Mein Gott, dachte sie, worauf habe ich mich da eingelassen. Es war selbstverständlich für sie, dass sie ihr Versprechen einlösen würde, aber unter welchen Bedingungen? Und hatte sie nicht bereits ein anderes Versprechen gegeben? Wenn Rainer aus dem Krieg zurückkommt, wird er niemals bereit sein, mit mir nach Hamburg zu gehen. Er liebt sein Land. Der Wald und die Fischzucht, das ist sein Leben, er hat es mir oft genug gesagt. Und er wird auch niemals seinen alten Vater verlassen, wenn schon seine Brüder städtische Berufe ergreifen. Er in Holstein, ich in Hamburg, wie soll das je zusammenpassen? Unruhig warf sie sich von einer Seite auf die andere. Zum Glück muss ich mich nicht heute entscheiden, dachte sie. Ich wünschte, der Krieg wäre morgen zu Ende, und dann wieder hoffe ich, er dauert noch eine Weile, damit ich in Ruhe nach einer Lösung suchen kann. Und dann die Bank, diese alte Familienbank, die Generationen von Bramfelds aufgebaut haben. Es würde mir Spaß machen, sie weiterzuführen. Nach diesem ganzen Kriegsfiasko könnte man mit einer renommierten Bank eine Menge bewegen, beim Aufbau der Wirtschaft helfen, Not leidende Menschen unterstützen, ein Mitspracherecht bei der Stadtplanung erreichen und eine Menge Gutes tun. Friederike warf sich auf die andere Seite. Gütiger Himmel, wohin wandern meine Gedanken? Morgen auf jeden Fall fahre ich zu Viktoria und dann suchen wir uns in einem der Krankenhäuser eine Stelle, wo man uns ganz schnell etwas Pflegearbeit zeigen wird. Und außerdem brauchen wir Schwesternkleider und weiße Schürzen. Aber da weiß Viktoria Bescheid, sie sagte, ihre Mutter würde uns beraten.

Elftes Kapitel

Am nächsten Morgen, Ferdinand Bramfeld war gerade aus dem Haus gegangen, um mit der Straßenbahn in die Bank zu fahren, klingelte es. Sophie, die sich in der Halle aufhielt, öffnete und trat überrascht einen Schritt zurück. Vor ihr stand das hübscheste Mädchen, das sie jemals gesehen hatte. Um den Kopf ringelten sich dunkle Haare in natürlichen Locken, das klar gezeichnete Gesicht mit dem sinnlichen Mund und strahlend dunklen Augen wirkte offen und die Figur in dem knöchellangen Musselinkleid war von perfektem Gleichmaß. Weiße Handschuhe, ein weißes, keck auf dem Kopf sitzendes Hütchen und weiße Stiefeletten vervollständigten das Bild.

Die junge Dame deutete einen Knicks an und lächelte. »Entschuldigen Sie bitte die frühe Störung. Ich bin Viktoria Stelling und ich möchte gern Friederike Bramfeld besuchen.«

Sophie trat zur Seite. »Kommen Sie herein, ich bin Friederikes Mutter.« Sie reichte ihr die Hand und zeigte zum Garten. »Friederike ist dort auf der Wiese bei der Sonnenuhr. Kommen Sie, ich begleite Sie hinaus.«

Viktoria ließ einen Blick durch die Halle und den Salon schweifen und folgte der älteren Dame. Wie schön es hier ist, wie hell und sonnig, dachte sie. Alles ist voller Licht. Bei uns zu Hause ist alles dunkel. Die großen Bäume vor den Fenstern, die schweren Vorhänge, damit niemand hereinschauen kann, und die Stimmung ist auch meist dunkel und bedrückend.

Dann sah sie Friederike, die mit aller Kraft ihre Sonnenuhr polierte. »So früh und schon so fleißig?«

Friederike lachte. »Ich habe eine jahrelange Arbeit nachzuholen. Und in der Mittagshitze ist mir das zu anstrengend. Schön, dass du mich besuchst. Wie bist du denn hergekommen?« Sie umarmte die Freundin und stellte sie noch einmal der Mutter vor. »Viktoria ist meine beste Freundin, Mutter, wir werden gemeinsam in dem Lazarett arbeiten.«

Viktoria nickte. »Deshalb bin ich hier. Mein Vater hat mich auf dem Weg zur Werft bei dir abgesetzt und gestern ein bisschen herumtelefoniert. Dabei hat er zwei Ausbildungsplätze im Allgemeinen Krankenhaus auf dem Eppendorfer Feld für uns gefunden. Wir sollten uns möglichst heute noch dort vorstellen, dann können wir morgen mit dem Kursus beginnen.«

»Das ist sehr gut, so verlieren wir nicht unnötige Zeit. Ich ziehe mich nur schnell um, dann können wir gehen.«

Sophie, die mit wachsendem Erschrecken zugehört hatte, rief: »Halt, mein Liebling, wie kommt ihr denn nach Eppendorf? Es ist ein weiter Weg und du weißt, dass wir unser Auto nicht mehr benutzen können.«

Viktoria sah sie beschwichtigend an. »Mein Vater lässt uns morgens und abends mit einem Werftauto fahren. Wir haben mehrere Automobile, die täglich Material für die Werft transportieren, da kann eines ruhig so einen kleinen Umweg machen. Heute müssten wir allerdings mit der Ringbahn fahren.«

»Das gefällt mir nicht, Friederike. Ihr müsst mehrmals umsteigen. Zwei junge Damen in diesen Zeiten und dann allein unterwegs, das dulde ich nicht. Überall gibt es Randalierer und Protestierer, das ist zu gefährlich.«

»Aber Mutter, dann lass doch Willi Wilde mitgehen«, und zur Freundin gewandt, »das ist unser Chauffeur, der jetzt für die Gartenarbeit und Hausreparaturen zuständig ist.«

»Wie praktisch«, lachte Viktoria, »sind Sie damit einverstanden, Frau Bramfeld?«

Sophie nickte. »Ja, das ist eine gute Idee. Soll ich vielleicht auch mitkommen? Vielleicht ist die Begleitung eines Elternteiles angebracht?«

»Aber nein, Mutter, du musst dich endlich daran gewöhnen, dass ich kein kleines Kind mehr bin.«

Sophie nickte resigniert. »Es fällt mir schwer, aber so ist es wohl.«

Sie ging zur Terrasse zurück und winkte Viktoria zu sich. »Kommen Sie, wir plaudern ein wenig, während sich Friederike umzieht«, und zu ihrer Tochter gewandt: »Sag bitte Luise, sie möchte uns Minnas selbst gemachte Limonade bringen, ein kühler Schluck wird uns gut tun. Wir bekommen wieder einen sehr heißen Tag. Und bitte, sag auch Willi Bescheid.«

Viktoria nahm mit gemischten Gefühlen Platz. Hoffentlich horcht sie mich jetzt nicht aus, dachte sie und strich das Kleid glatt, um nicht zu zeigen, dass sie leicht nervös war.

Aber Sophie war viel zu klug, um Friederikes Abwesenheit zu nutzen und die Freundin auszufragen. Die Mädchen würden ganz bestimmt darüber sprechen, sobald sie allein waren. So erzählte sie von der Flut, die einst den Garten bis hinauf zum Haus bedeckt hatte, vom Bau der Sonnenuhr als Dank für Friederikes Geburt und von den Igeln, die im Winter unter den Laubhaufen Schutz fanden und im Sommer im Gesträuch lebten.

Viktoria hörte aufmerksam zu, stellte hin und wieder eine Frage und sagte schließlich: »Ich bewundere die Helligkeit in Ihrem Haus. Alles ist sonnendurchflutet, das gefällt mir sehr.«

»Ist es bei Ihnen nicht so?«

»Nein, um unser Haus herum stehen sehr alte Bäume, die nehmen alles Licht weg. Früher war das ein großer Klosterpark und bei der Anlage des Gartens und dem Hausbau ließ man die alten Bäume stehen. Nun spenden sie uns Schatten und im Winter Berge von Laub«, sie lachte, »aber wenn ich ehrlich bin, muss ich sagen, Sonnenschein gefällt mir besser.«

Luise brachte Gläser und einen Krug mit Limonade und schenkte ein. Viktoria roch an der goldgelben Flüssigkeit. »Es riecht wunderbar und fremd, was ist das?«

Sophie lächelte. »Es ist Quittenlimonade, ein Geheimrezept der Köchin. Im Herbst macht sie aus den Früchten Gelee und im folgenden Sommer verdünnt sie die süße Speise zu Limonade. Durch die Blockade bekommt man ja keine Zitrusfrüchte mehr, da ist Minnas Erfindung ein guter Ersatz.«

Viktoria probierte. »Es schmeckt wirklich gut. Bei uns gibt es immer nur Apfelsaft, das ist langweilig. Ob mir Ihre Köchin das Rezept verrät?«

»Bestimmt. Sie ist sehr stolz, wenn ihre Einfälle gelobt werden. In der heutigen Zeit muss man wirklich erfinderisch sein, wenn man bei dem Mangel an Lebensmitteln etwas Gutes auf den Tisch stellen will.«

Viktoria nickte. »Unsere Selma ist leider schon zu alt für neue Ideen. Aber sie stammt aus dem Spreewald und manchmal kommt ein Postpaket mit Schinken und Wurst, Honig und sauren Gurken oder Leinöl von dort, das ist dann sehr willkommen. Im Schloss hatten wir keine Probleme, wir waren Selbstversorger, aber hier habe ich die Lebensmittelmarken mit den Brotzuweisungen gesehen, kein Wunder, wenn die Menschen damit beginnen, Bäckereien zu plündern, weil sie Hunger haben.«

Im Haus hörten sie Stimmen und Viktoria stand auf. »Ich glaube, wir können jetzt gehen.« Sie verabschiedete sich wohlerzogen mit einem angedeuteten Knicks und hakte sich bei der Freundin ein. Lachend gingen sie die Straße entlang, einen etwas mürrisch blickenden Willi Wilde im Gefolge. Junge Damen zu begleiten war nicht gerade seine Lieblingsbetätigung. So ging er einige Schritte hinter ihnen und betrachtete die anmutigen Bewegungen und die zierlichen Schritte in den Schnürstiefelchen, die nicht für lange Spaziergänge geeignet waren. Dann erreichten sie die Haltestelle für die Straßenbahn auf der Uhlenhorst, mit der sie in die Stadtmitte fahren und in die Ringbahn umsteigen konnten. Beide Mädchen, in der rasch wachsenden Stadt fremd geworden durch den langen Aufenthalt in Wolfenhagen, verließen sich ganz auf Willi Wilde, denn der kannte sich aus. Die Benzinknappheit hatte dafür gesorgt, dass er stets die besten Wege für seinen Herrn auskundschaftete. Dass die jungen Damen nun so auf seine Hilfe angewiesen waren, verdrängte den anfänglichen Groll und höflich führte er sie von einem Umsteigeplatz zum nächsten. Etwas skeptisch vertrauten sich Friederike und Viktoria seiner Führung an, als er sie am Barkhof in die Tiefe der Mönckebergstraße führte, wo sie in die Hochbahnlinie Richtung Eppendorf umsteigen mussten.

»Ich verstehe das nicht, Herr Wilde, warum müssen wir nach unten gehen, wenn wir eine Hochbahn benutzen wollen?«

Willi Wilde, sehr erfahren in den Dingen der neumodischen Stadtbahnen, erklärte: »Das hängt mit dem Platz und dem Verkehr auf den Straßen zusammen. Erst wollten die Ingenieure eine Schwebebahn bauen wie in Wuppertal, aber dann haben sie sich für die Hochbahn entschlossen, die aber meistens im Untergrund fährt. In Berlin gibt's auch so eine. Jetzt ist Hamburg die zweite deutsche Stadt, die solche Bahnen hat.« Er sah sich abwartend um. »Gott sei Dank, ein Schweben über der Stadt wär' mir sehr unangenehm gewesen.«

Die Mädchen lachten: »Da haben Sie Recht, der Wind hätte unsere Röcke hochgehoben und unsere Hüte fortgeweht, nein, da gefällt uns der Weg unter der Erde schon besser.«

Wilde schüttelte den Kopf: »Auch beim Schweben wär'n wir in einer festen Kabine unterwegs, aber in der Höhe wär' mir sehr übel geworden.«

Dann fuhr mit quietschenden Bremsen, lautem Geklingel und blendend hellen Scheinwerfern der elektrische Hochbahnzug in die Station. Wilde studierte den angegebenen Zielort und forderte zum Einsteigen auf. Schmale Holzbänke boten ausreichenden Platz und als die Schaffnerin kam, kaufte er die Billetts für die Fahrt nach Eppendorf. Zum ersten Mal sahen Friederike und Viktoria eine Frau in dieser schmucklosen Uniform. Der knöchellange Rock und die formlose, zweireihig geknöpfte Jacke mit dem Ledergurt um die Taille waren dunkel und unweiblich. Dazu kamen die männliche Schirmmütze und die Umhängetaschen mit dem Geld und den Fahrkarten. Zu höflich, um laut darüber zu reden, hatten beide das gleiche Gefühl des Bedauerns: Wie uncharmant! Dann dachten sie an den Ernst der Situation, der Frauen dazu zwang, Männerarbeit zu verrichten und auf weibliche Anmut zu verzichten. Beschämt sahen sie auf die eigene Kleidung und die Eleganz, die in ihren Kreisen trotz aller Kriegseinschränkungen noch immer herrschte.

Willi Wilde hatte seine eigenen Gedanken und die beschäftigten sich mit der Fahrt und dem Problem, die beiden jungen Frauen wieder wohlbehalten in ihren Elternhäusern abzuliefern. Dieses Eppendorf auf der anderen Seite der Alster ist wirklich nur auf großen Umwegen zu erreichen, dachte er und hoffte, dass ihm diese Fahrerei nicht jeden Tag bevorstand und der Werftbesitzer Stelling sein Versprechen hielt, für den Transport der jungen Damen zu sorgen.

Im Eppendorfer Krankenhaus angekommen, meldeten sich die beiden bei dem Pförtner, der in einer Loge saß und durch ein kleines Glasfenster jeden Ankömmling kritisch betrachtete. Friederike und Viktoria stellten sich vor und als er aufstand, um sie zu einem Büro zu führen, sahen sie, dass er nur noch ein Bein hatte und sich auf Krücken mühsam fortbewegte. Willi Wilde setzte sich auf eine Bank, um zu warten, und die beiden jungen Frauen folgten dem Mann, der ihnen deprimiert zunickte, mit einer Krücke auf das leere, hochgeschlagene und mit Nadeln festgesteckte Hosenbein zeigte und erklärte: »Mich hat's gleich in der ersten Woche in Belgien erwischt. Es ging so schnell, ich hab's gar nicht gemerkt. Und dann hat man mich herverfrachtet und nun habe ich hier wenigstens eine Arbeit gefunden. Wer nimmt sonst schon einen einbeinigen Mann in Lohn und Brot?« Zufrieden, seine Gedanken einmal aussprechen zu können, sagte er: »Ich spare jetzt jeden Pfennig, um mir später eine wirklich gute Prothese leisten zu können. So eine, wie die feinen Herren sie bekommen oder die hohen Offiziere, eine mit guter Polsterung und passenden Schuhen für sonntags und für die Wochentage.«

Verblüfft hörten die Freundinnen zu. »Dafür müssen Sie selbst bezahlen?«

»Ja, unsereinem steht nur eine Holzprothese mit einem Gummistöpsel am unteren Ende zu, damit man nicht ausrutscht. Oben ist dann nur Holz und etwas Leder. Peinlich, wenn man sich vor anderen Menschen auskleiden muss.«

»Und Offiziere bekommen Prothesen mit passenden Schuhen für beide Füße?«

»Ja«, lächelte er, »die können dann sogar wieder richtig tanzen. Und das will ich auch. Ich bin doch erst dreiundzwanzig.«

Bestürzt folgten sie dem Mann durch den langen Flur. Es roch nach Chloroform und Äther und Desinfektionsmitteln, altem Linoleum und nach Krankheit, und manchmal klang aus einem der Zimmer herzerweichendes Weinen.

»Meine Güte, worauf haben wir uns da eingelassen?«, flüsterte Viktoria der Freundin zu, aber Friederike war fest entschlossen: »Das werden wir schon schaffen. Die ersten Tage sind bestimmt die schlimmsten, aber dann haben wir uns an den Geruch und die Schreie gewöhnt.«

Viktoria nicke. »Meine Mutter hat vor meiner Geburt nach ihrem schweren Unfall hier gelegen. Sie sagte, man gewöhne sich an alles und nichts sei so schlimm, wie es zuerst aussieht.«

»Was war das für ein Unfall?«

»Genau weiß ich es nicht, aber bei einer Frauenversammlung hat sie eine Rede gehalten und wurde zusammengeschlagen. Seit damals ist sie schwer gehbehindert. Du siehst, es ist ein Wunder, dass es mich überhaupt gibt.«

Der Portier blieb vor einer geöffneten Tür stehen und nickte den beiden zu. »Hier ist das Büro der Krankenhausleitung. Es wird gleich jemand kommen und mit Ihnen reden. Ich muss zurück in meine Loge. Soll Ihr Begleiter auf Sie warten oder soll ich ihn wegschicken?«

»Bitte lassen Sie ihn bleiben, er muss uns wieder zurückbringen. Wir waren lange nicht mehr in der Stadt, nun ist uns alles fremd.«

Einen Tag später begannen Friederike Bramfeld und Viktoria Stelling mit ihrer Ausbildung zu Hilfsschwestern. Das Krankenhaus stellte ihnen leihweise Kleider und Schürzen zur Verfügung und beschäftigte sie zunächst mit kleinen, eher unfeinen Arbeiten. Sie mussten Bettpfannen und Urinflaschen leeren, Betten beziehen, Binden wickeln, Essen austeilen, Kissen aufschütteln, Spucknäpfe reinigen und Geschirr spülen. Und vor allem mussten sie lernen, ihren Ekel zu überwinden. In der zweiten Woche durften sie bei der Versorgung der Kranken helfen, Fieber messen, Verbände anlegen, die Schwachen füttern und die Schwerkranken trösten.

Kamen sie abends nach Hause, waren sie vollkommen erschöpft und sanken müde in ihre Betten, zu schwach, um selbst noch etwas essen zu können. Die Stellings in der Heilwigstraße und die Bramfelds am Feenteich machten sich große Sorgen, aber die Mädchen gaben nicht nach. Sie verrichteten zuverlässig und mit zusammengebissenen Zähnen, ohne zu klagen, ihre Arbeiten.

Nach drei Wochen war ihre Kurzausbildung beendet. Der leitende Arzt gab ihnen die benötigte Bescheinigung und Viktoria überreichte dem überraschten Pförtner einen Briefumschlag. »Bitte, nehmen Sie das. Meine Mutter, die selbst im Rollstuhl sitzt, möchte, dass Sie die beste Prothese bekommen, die es gibt, und auch die Schuhe, zwei für die Sonntage und zwei für die Wochentage.«

Vier Tage später brachte Patrick Stelling die Freundinnen zurück nach Wolfenhagen. Sie hatten sich von der harten Arbeit erholt, mit weißblau gestreifen Kleidern und Schwesternschürzen eingedeckt und sahen ihren neuen Aufgaben erwartungsvoll entgegen. Da Viktorias Vater von Wolfenhagen aus nach Kiel zum Marinestandort weiterfahren musste, konnte er Sophie Bramfeld nicht mitnehmen, die ihre Tochter nur zu gern in das Lazarett begleitet hätte, um zu sehen, dass Friederike trotz aller Unannehmlichkeiten standesgemäß und getrennt von männlichem Personal und den Patienten untergebracht würde.

Friederike, die im Fond des Wagens saß und die Freundin mit ihrem Vater, der selbst chauffierte, beobachtete, bewunderte die Offenheit, mit der sich Vater und Tochter unterhielten. Im Stillen dachte sie: Es muss schön sein, einen jungen Vater zu haben. Dieser Herr Stelling hat ganz andere Ansichten vom Leben als mein Vater, der noch so sehr in

Traditionen verhaftet ist, dass er sich schwer tut, mit der Gegenwart Schritt zu halten. Was sie am meisten bewunderte, war die Vertrautheit zwischen Vater und Tochter. Wann habe ich jemals ein vertrauliches Gespräch mit meinem Vater geführt, dachte sie? Ich wüsste nicht einmal ein Thema, über das ich mit ihm sprechen könnte. Dann hörte sie, wie Patrick Stelling von seinem Sohn berichtete, der als Kavallerieoffizier in diesem Sommer in der Bukowina kämpfte. Das muss der wilde Martin sein, der Hallodri, wie ihn Viktoria nennt. Nur durch die Windschutzscheibe und das flache Dach über den Köpfen vom lauten Fahrtwind geschützt, war schwer zu verstehen, was Vater und Tochter sich erzählten. Aber sie wusste, dass Viktoria ihr später alles berichten würde, denn trotz der belächelten Kritik war sie unglaublich stolz auf ihren großen Bruder.

In Wolfenhagen angekommen, wurde den Freundinnen eine Dachkammer als Unterkunft zugewiesen. Im Winter kalt, im Sommer heiß, dachte Friederike, früher haben hier die Haushaltshilfen gewohnt, na ja, wir werden uns schon daran gewöhnen. Dann zogen sie sich um und stellten sich bei der Oberschwester vor.

»Fein, dass Sie da sind. Wir können jede Hilfe gebrauchen, das Haus ist bis auf das letzte Bett belegt. Ich bin Schwester Bertha und wir sprechen uns mit Schwester und dem Vornamen an. Das ist für die Patienten leichter zu behalten.«

Viktoria reichte ihr die Hamburger Bescheinigungen und Schwester Bertha las die Beurteilungen. »Gut«, erklärte sie, »aber bei uns erwarten Sie andere Aufgaben. Wir behandeln hier nicht Schwerverletzte, die direkt von der Front kommen, die würden den Transport bis Wolfenhagen kaum überstehen, wir haben es mit Genesenden zu tun, die sich von ihren schweren Verwundungen erholen und neu lernen müssen, mit dem Leben fertig zu werden.«

Sie sah Friederike an. »Ich möchte, dass Sie sich um die Verwundeten kümmern, die Arme oder Hände verloren haben. Die müssen lernen, mit einer Hand oder mit Prothesen zu leben, Schnürsenkel zu binden, Brote zu bestreichen, Streichhölzer anzuzünden, ohne Hände zu essen, alles eben, was ein Mensch sonst mit gesunden Armen und Händen tut. Sie dürfen ihnen helfen, aber Sie müssen dafür sorgen, dass die Männer so schnell wie möglich allein fertig werden. In vier Wochen werden sie nach Hause entlassen, damit wir Platz für die Nächsten bekommen.« Friederike nickte, sie war erschrocken und unsicher. »Werden sie denn zu Hause weiter betreut?«

Schwester Bertha nickte. »In allen größeren Ortschaften werden arm- oder beinamputierte Soldaten durch Turngruppen auf das zivile Leben vorbereitet. Aber die Sorge dafür obliegt dann den Angehörigen.«

Friederike dachte: Und neben aller Fingerfertigkeit werde ich eine Menge Trost verteilen müssen, und hörte zu, welche Anweisungen Viktoria bekam. »Wir haben viele Männer mit Gesichts- und Augenverletzungen hier, viele Blinde, um es ganz deutlich zu sagen. Die müssen lernen mit dem Gefühl in den Fingern, mit dem Geruchssinn, mit dem Geschmack und mit dem Gehör zu sehen. Viele sind verzweifelt, möchten lieber sterben, als ein Leben in der Dunkelheit zu führen. Viktoria, Sie werden viel Kraft benötigen, um mit dieser Aufgabe fertig zu werden. Aber auch Sie haben leider keine unbegrenzte Zeit. Wir brauchen den Platz für neue Patienten.« Und an beide gewandt: »Ich habe nichts dagegen, wenn Sie Ihre Aufgabenbereiche tauschen möchten, weil Sie denken, mit den anderen Verwundeten besser fertig zu werden. Aber ich muss Sie darauf hinweisen, dass diese behinderten Männer sich sehr schnell an eine Hilfsperson klammern und dass eine Umgewöhnung für den seelischen Heilungsprozess nicht günstig ist. Auf jeden Fall müssen Sie einen solchen Wechsel vorher mit mir besprechen. Nun kommen Sie, ich bringe Sie auf die Stationen. Sie sind den dort arbeitenden Schwestern unterstellt. Sie sind also nicht allein.« Ein mütterliches, aufmunterndes Lächeln begleitete ihre Worte und minderte die Tragik.

Zwölftes Kapitel

Patrick Stelling hatte keine Zeit, sich in Wolfenhagen aufzuhalten. Er verabschiedete die Mädchen, wünschte Ihnen viel Erfolg bei der Arbeit und fuhr weiter. Um sechzehn Uhr hatte er einen Termin bei Admiral von Barlinghausen, bei dem es um die Erweiterung seiner Werft und um die Zufuhr von Stahl aus dem Baltikum ging. Er musste diesen Herren Offizieren endlich einmal klar machen, dass man ohne Material keine Kriegsschiffe bauen konnte. Wenn sie schon die Blockade der gesamten Nordsee nicht verhindern konnten, sollten sie wenigstens für einen offenen Transfer auf der Ostsee sorgen.

Unwillig schüttelte er den Kopf und dachte daran, wie ihm dieser Krieg seine gesamte Planung durcheinander brachte. Er wollte Bagger und Transportschuten für die notwendige Elbvertiefung bauen und nun wurde er gezwungen, Korvetten und andere kleinere Kriegsschiffe herzustellen. Die einzigen Vorteile, die ihm diese Aufträge brachten, waren genügend Arbeiter, ausreichend Treibstoff für alle Fahrzeuge und viel Geld. Er konnte trotz zunehmender Geldentwertung infolge der Finanzierung des Krieges durch die Wirtschaft und eine hemmungslose Kreditausweitung seinen Arbeitern Spitzenlöhne zahlen, sodass er keine Streiks zu befürchten hatte. Und er konnte ein persönliches Vermögen ansammeln.

Und da er ein weitblickender Mann war, der genau sah, wohin dieser Krieg Deutschland führen würde, und der die schleichende Inflation sehr genau beobachtete, legte er alles Geld in Grundbesitz an. Er kaufte Land, von dem er wusste, dass es eines Tages von größter wirtschaftlicher Bedeutung für die Stadt sein würde. Vor allem hafennahe Immobilien am südlichen Ufer der Elbe brachte er in seinen Besitz. Sollte sein Sohn unversehrt aus dem Krieg zurückkommen, dann wollte er ihm eine intakte, florierende und ausbaufähige Firma übergeben.

Patrick sah hinaus aufs Land. Verkehr gab es kaum, die Benzinknappheit hatte den Automobilverkehr lahm gelegt und die Pferde wurden fast alle für den Krieg gebraucht.

Der Sommer hüllte das Land in Wärme und in den Duft von Heu. Vom Krieg spürte man hier nichts. An den Rändern der Straße blühten weiße Schafgarbe und blaue Wegwarte, gelber Rainfarn, wilde Möhren und roter Klatschmohn. Die ersten Kornfelder waren bereits abgeerntet, aber die Kartoffeln blühten noch in ihrer weiß-violetten Pracht. Er erinnerte sich an den Mangel der wichtigsten Lebensmittel in diesem Sommer. Brot und Mehl und Kartoffeln gab es nur noch pfundweise auf Gutscheine, und als Ersatz wurden gelbe Rüben angeboten.

Dann dachte Patrick an seine Kinder. Sein Liebling, die kleine Viktoria, würde in diesem Lazarett wenigstens genug zu essen bekommen, aber Martin, da unten auf dem Balkan, der ist von jeder Unterstützung aus der Heimat abgeschnitten, der muss sehen, wie er zurechtkommt. Patrick schüttelte den Kopf. Unsinn, dachte er, der Junge weiß sich in jeder Lebenslage zu helfen. Zur Not isst er die Kräuter aus dem Straßengraben und die Beeren in den Hecken, der wird nicht verhungern, wenn ich das nur seiner Mutter begreiflich machen könnte.

Dann sah er Regina vor sich, die so schwach in ihrem Rollstuhl saß und dabei so stark und so bezaubernd war wie nie zuvor. Die Behinderung hatte ihre Schönheit auf wunderbare Weise vertieft und gleichzeitig eine willensstarke Frau aus ihr gemacht. Sie hatte eine Weile gebraucht, um sich an den Gedanken zu gewöhnen, für immer gehunfähig zu sein, dann aber hatte sie mit Energie und zähem Willen ihr Leiden angenommen und den Rollstuhl akzeptiert. Die schweren Verletzungen damals, als man befürchten musste, sie würde sterben oder ein Leben lang geistig behindert sein, hatte sie erstaunlich gut überstanden, nur die Beine konnte sie nicht mehr gebrauchen. Das liegt am Bewegungsapparat, der im Kopf sein Zentrum hat, erklärten die Ärzte damals und die Familie musste diese Diagnose annehmen. So richtig verstanden habe ich das nicht, sinnierte Patrick, ich dachte immer, Beinlähmungen hingen mit dem Rückgrat zusammen, aber der Arzt wird es besser wissen, und Regina hat sich damit abgefunden.

Er lächelte, Gedanken an seine Frau machten ihn immer optimistisch und munterten ihn auf. Sie vertritt die Ansicht, keine Stunde im Leben dürfe vergeudet werden. Er sah sie direkt vor sich: In einer Tasche, die am Rollstuhl hing, hatte sie immer Bücher, Papier und Bleistifte bei sich. Sie las vor allem abgedruckte Vorträge und Reden, die sich mit der Emanzipation befassten, machte sich Notizen, schrieb Briefe und Artikel für die Zeitungen und ließ sich von Erich zu Versammlungen und Vorlesungen in der neuen Hochschule für Frauen kutschieren. Mit besonderem Engagement nimmt sie an den Versammlungen der ›Gesellschaft der Freunde des vaterländischen Schul- und Erziehungswesens‹ teil, die sich im eigens für sie erbauten Curiohaus an der Rothenbaumchaussee treffen, erinnerte sich Patrick und lächelte. Er dachte an Reginas Aufregung, als sie erfuhr, dass die feinen Anwohner der vornehmen Chaussee verhindern wollten, dass die Lehrerorganisation, der natürlich auch einfache Volksschullehrer angehörten, hier ein Vereinshaus errichten ließ.

Und dennoch – Patrick beobachtete ein Storchenpaar, das mit langen Beinen über eine morastige Wiese stelzte, zappelnde Leckerbissen in den langen Schnäbeln, und schließlich elegant und lautlos abhob, um dem Nachwuchs im Nest Futter zu bringen. Und dennoch, dachte er, bei allem Engagement will sie nie auffallen. So wie Gärtner eine neue Grünanlage planen, so plant sie mit ihren Freundinnen eine neue Zeit, in der Frauen genau die gleichen Rechte haben wie Männer, eine Zeit, in der ihnen die gleiche Ausbildung zuteil wird und in der sie ihr Leben selbst bestimmen können. Längst hat sie bei uns im Hause damit angefangen. Jede Zofe, jedes Küchenmädchen bekommt von ihr Unterricht im Lesen, Schreiben und Rechnen. Sie diskutiert länger mit der Köchin einen Rechtschreibfehler als mit einer Dame der Gesellschaft neue Mode. Patrick lächelte. Wie sehr ich diese Frau liebe! Ich bin der glücklichste Mann der Welt, dachte er, und erinnerte sich an die zärtlichen Stunden, die er mit Regina verbrachte, an den wundervollen Körper, dem man die Behinderung nicht ansah, an das Glücksgefühl, wenn sie sich ihm hingab, und an die Momente der absoluten Erlösung, wenn sie sich vereinten.

Aus der Ferne blinkte hin und wieder die Ostsee herüber. Die Ortschaften reihten sich in kürzeren Abständen an die Landstraße. In den Bauerngarten blühten Rittersporn und Eisenhut in leuchtendem Blau, unterbrochen von üppigen Rosenhecken und meterhohen Levkojen. Die Räder seines Automobils wirbelten dicken Staub auf der sandigen Straße hoch und verhüllten nur allzu schnell die Farbenpracht. Ab und zu lief ein einzelnes Huhn über den Weg, aufgeschreckt und verstört vom ungewohnten Knattern des Motors. Im Straßengraben angepflockt grasten ein paar Ziegen. Patrick dachte an Viktoria, sie hatte ihm erzählt, dass sie im Internat zum Schluss auch nur noch Ziegen hatten, dass alle Kühe den Weg ins Schlachthaus antreten mussten. Ach ja, Viktoria. Sie ist noch so jung und nun arbeitet sie als Hilfsschwester. Dann erinnerte er sich an jüngere Kinder in Hamburg, die bereits in Suppenküchen und Wäschereien helfen mussten, damit die Soldaten versorgt werden konnten.

Patrick strich die Haare zurück, die der Wind ihm ins Gesicht geweht hatte. Ich weiß, dass die Arbeit im Lazarett meiner Viktoria nicht schadet. Sie ist zwar ein Wesen voller Widersprüche: sanft und heftig, verträumt und nüchtern, opferbereit und selbstherrlich, dachte er stolz, aber sie ist immer ehrlich und offen und nie berechnend, sie wird sich durchsetzen und genau das tun, was sie zum Wohle anderer für richtig hält. Er schmunzelte, sie ist eben meine Tochter. Und er gestand sich: Sie ist nun mal mein Liebling. Der wilde, stets fordernde Martin ist Reginas Ein und Alles, das war immer so, auch schon als Säugling, wenn er sie fast zur Verzweiflung brachte, weil er einfach keine Ruhe gab und seinen Willen durchsetzen musste. So etwas verbindet, dachte er und konzentrierte sich auf die Fahrt durch die fremde Stadt. Er kannte Kiel nicht gut und suchte sich vorsichtig den Weg zum Marinehafen an der Förde. Wenn das Gespräch nicht allzu lange dauert, fahre ich heute Abend noch zurück. Regina ist immer froh, wenn ich von einer solchen Reise bald wieder zurückkomme. Und mit Vergnügen dachte er an sein schönes, gepflegtes Haus in der Heilwigstraße, in dem sie so viele gemeinsame und glückliche Stunden verlebt hatten. Wenn nur endlich der Krieg beendet wäre und unser Leben wieder wie früher verlaufen würde. Wenn nur endlich die Kinder wieder im Hause wären und man nicht die ständige Angst um sie hätte.

Wie an jedem Morgen standen Friederike und Viktoria fertig angekleidet in Schwesterntracht und Kopftuch, eine Haube durften sie als Hilfsschwestern nicht tragen, in der Halle, um die täglichen Anweisungen entgegenzunehmen.

Leider gehörten dazu auch die Todesmeldungen, wenn Patienten die Nacht nicht überlebt hatten. Für die Nachtschicht und den Transport der Toten wurden Sanitäter eingesetzt. Der Anblick der leeren Betten, in denen am Tage zuvor noch Menschen gelegen hatten, mit denen man reden, denen man Mut zusprechen oder die man wenigstens streicheln und trösten konnte, war am schwersten zu ertragen. Die jungen Schwestern gewöhnten sich nie daran. Vor allem Viktoria war von den Todeslisten betroffen, die Soldaten mit den schweren Kopfverletzungen hatten nur selten eine Chance zum Überleben.

Nach dem Empfang der täglichen Anweisungen suchten die Pflegerinnen ihre Stationen auf. Oft sahen sich Friederike und Viktoria erst abends beim Zubettgehen wieder: müde, verzagt, deprimiert und sehr oft mutlos.

Zwei Abende vor Weihnachten fand Friederike ihre Freundin in Tränen aufgelöst in der Dachkammer. Sie beugte sich über das Bett, in dem Viktoria, von Weinkrämpfen geschüttelt, lag, und strich ihr beruhigend über das Haar. »Was ist los, Vicki, was ist denn passiert? Komm, sprich mit mir, vielleicht kann ich dir helfen.«

Viktoria schüttelte verzweifelt den Kopf. »Außer Gott kann hier keiner mehr helfen und wer weiß, was der im Augenblick zu tun hat.«

»Nicht doch, Vicki, Gott weiß immer, was richtig ist.«

»Und warum lässt er dann so junge Männer einfach sterben?«

»Vielleicht um ihnen ein qualvolles Leben zu ersparen.«

»Ich verstehe das nicht, erst schenkt er ihnen das Leben und dann nimmt er es, und dabei müssen sie auch noch so furchtbar leiden.«

Friederike legte sich neben die Freundin auf das schmale Bett und nahm sie in die Arme. »Gibt es da einen besonderen Menschen, der dich so in Verzweiflung stürzt?«

Viktoria nickte. »Ich weiß nicht einmal seinen Namen und ich weiß auch nicht, wie er aussieht, sein Kopf ist dick verbunden, Luft bekommt er nur durch zwei Röhrchen in der Nase und Nahrung durch einen Schlauch im Mund, aber seine Hände klammern sich in solcher Verzweiflung an mich, dass ich es nicht schaffe, ihn allein zu lassen.«

»Wir dürfen es nicht zulassen, Vicki, dass die Männer uns so vereinnahmen. Wir müssen Abstand halten, die anderen brauchen uns doch auch.«

»Ich weiß, ich weiß das alles, und die Oberschwester hat mich schon zweimal ermahnt, aber ich breche ihm das Herz, wenn ich ihn in seiner Verzweiflung allein lasse, und dann denke ich, vielleicht kann ich ihm helfen, wenn ich sein Herz rette.«

»Um Gottes willen, Vicki, retten können ihn nur die Ärzte, verrenn dich nicht in Hoffnungslosigkeiten.« Sie spürte, wie sich die Freundin langsam beruhigte und die Starre aus ihren Schultern wich. »Die Ärzte sind gut für seinen Körper, aber ich kann vielleicht seine Seele heilen, er ist doch so verzweifelt.«

»Soll ich dich morgen auf deine Station begleiten?«

»Morgen? Mein Gott, vielleicht steht er morgen schon auf dieser schrecklichen Liste. Ich möchte«, sie brach wieder in Tränen aus, »ich möchte heute Nacht bei ihm wachen. Er braucht mich.«

»Du weißt, dass uns das verboten ist.«

»Ich werde mit dem Pfleger sprechen. Vielleicht macht er eine Ausnahme. Und was soll schon passieren, wenn ich ein Verbot übertrete. Sie brauchen uns hier, sie werden mich deshalb nicht entlassen.«

Friederike nickte. »Gut, Vicki, aber dann komme ich mit. Ich will nicht, dass du in einer so schweren Stunde allein bist.«

Nach einigem Zögern nickte Viktoria. »Ich möchte dich da nicht hineinziehen, aber ich wäre sehr froh, wenn du mich begleiten würdest.«

Sie standen auf, nahmen die Petroleumlampe, um Licht in dem nachtdunklen Schloss zu haben – bis in die Dachkammern war keine Elektrizität verlegt worden –, und schlichen die Treppen hinunter ins Erdgeschoss, wo die Kopfverletzten in der ehemaligen Aula untergebracht waren. Am Tisch neben der Eingangstür saß ein Sanitäter und füllte im schwachen Licht einer Tischlampe Formulare aus. Erstaunt sah er auf, als die beiden Hilfsschwestern in der Tür standen. »Was wollen Sie um diese Zeit hier?«, fragte er unsicher. »Nächtlicher Besuch ist verboten.«

»Das wissen wir«, versicherte Friederike, »aber wir bitten Sie um eine Ausnahme. Wir möchten einen Patienten besuchen, dem es sehr schlecht geht.«

»Ausgeschlossen, ich bekomme Schwierigkeiten, wenn ich das erlaube.«

»Stellen Sie sich einmal vor, Sie liegen da in einem Bett und wissen nicht einmal, ob Sie morgen noch leben, und kein Mensch ist da, um Sie zu trösten. Wie dankbar wären Sie über einen Besuch, der Ihnen die Hand hält, wenn Sie aus dem Leben scheiden?«

»Na, Sie haben vielleicht Ideen.« Verwirrt schüttelte er den Kopf. »Gott sei Dank, dass ich da noch nicht liege. Um welchen Patienten handelt es sich denn?«

Viktoria zeigte in die Dunkelheit. »Der Mann im Bett Nummer fünf, den Namen kenne ich nicht.«

Der Sanitäter blickte in die Liste der Schwerstverletzten. »Na gut, es geht ihm wirklich schlecht. Ich gebe Ihnen fünf Minuten. Und bitte kein Wort, damit die anderen nicht gestört werden.«

Die beiden Freundinnen näherten sich dem Bett. Viktoria setzte sich auf den Rand und griff nach der Hand des

Verletzten, die sich sofort um ihre Finger schloss, als wollte sie die nie mehr loslassen. »Alles wird gut«, flüsterte sie dem Verzweifelten zu, »alles wird gut. Ich werde Ihnen helfen, Sie werden wieder ganz gesund, dafür werde ich sorgen. Sie brauchen keine Angst zu haben.«

Friederike legte den Arm um die Schulter der Freundin, sie hatte sofort erkannt, dass sie nicht gebraucht wurde. »Vicki, bleib du hier, ich sorge dafür, dass der Sanitäter dich bei ihm lässt. Ich setze mich im Flur auf eine Bank. Wenn du mich brauchst, hole mich.«

Aber die Nacht verging, ohne dass Viktoria kam. Ein paar Mal nickte Friederike ein, war aber bei dem leisesten Geräusch hellwach. Als draußen die Dämmerung hereinbrach, kam der Sanitäter und legte ihr die Hand auf die Schulter. »Holen Sie jetzt Ihre Freundin heraus, die anderen Pfleger kommen gleich, und sie ist dort eingeschlafen.«

»Eingeschlafen?« Friederike rieb sich übermüdet die Augen. »Wie kann sie denn an einem Krankenbett einschlafen?«

»Dem Mann geht es besser, das hat sich wohl auf die Schwester übertragen. Beide haben eine ruhige Nacht gehabt. Es grenzt an ein Wunder, aber jetzt müssen wir das Wunder stören. Beeilen Sie sich bitte.«

Noch immer verwirrt schlich Friederike in den Krankensaal und was sie dort sah, irritierte sie vollkommen: Da lag Viktoria, die Arme um den Verletzten geschmiegt, neben ihm, und beide schliefen tief und friedlich. Vor dem Krankensaal waren Schritte und Stimmen zu hören. Es wurde höchste Zeit, diese Idylle zu beenden. Sie stieß die Freundin vorsichtig an. »Komm schnell, Vicki, die Frühschicht ist vor der Tür, und deinem Patienten geht es gut. Sei vorsichtig, damit du ihn nicht weckst, und wenn du dich frisch gemacht hast, kannst du den Tagesdienst übernehmen und wieder bei ihm sein.«

Unsicher sah Viktoria sich um. »Meine Güte, ich bin eingeschlafen. Und er auch. Er atmet tief und regelmäßig, schau nur, Friederike, es geht ihm wirklich besser.«

»Ja, ja, ich habe es gesehen, jetzt komm, sonst werden die anderen noch von dem nächtlichen Besuch erfahren.«

In der zweiten Januarwoche wurden dem Patienten die Kopfverbände abgenommen. Viktoria musste dabei helfen, denn sie war neben dem Arzt die einzige Person, die der Verwundete an sich heranließ. Der Arzt untersuchte die Narben, die die Granatsplitter hinterlassen hatten, und stellte zufrieden fest, dass diese Wunden gut verheilten. Er stellte aber auch fest, dass die Sehnerven der Augen für immer zerstört waren. So ließ er neue Binden über den Augen anlegen und nahm Viktoria zur Seite. »Sie müssen es ihm behutsam sagen, er wird nie wieder sehen können.«

Viktoria holte tief Luft. Für einen Augenblick fürchtete sie, ohnmächtig zu werden. »Nie wieder?« flüsterte sie.

»Nie wieder, leider. Aber er vertraut Ihnen, sagen Sie es ihm, vielleicht nimmt er es dann nicht so schwer.«

Viktoria setzte sich zu dem Patienten und streichelte seinen Kopf. Das ›Du‹ war plötzlich selbstverständlich. »Du brauchst keine Angst zu haben, alles wird gut. Du hast Probleme mit den Augen, aber sobald du hier entlassen wirst, suche ich für dich den besten Augenarzt und der wird dir helfen.«

Vorsichtig nickte er mit dem Kopf und drückte ihre Hände. Sprechen konnte er nicht. Jetzt musste er neu lernen, die Lippen zu bewegen, zu sprechen. Dennoch, bei all den Verletzungen am Kopf, die jetzt verheilten, sah Viktoria, dass dieser Fremde ein gut aussehender Mann war mit einem sinnlichen Mund, einem ausgeprägten Kinn und einer fein gemeißelten Nase in dem hageren Gesicht. Er gefällt mir, dachte sie, er gefällt mir sogar sehr, obwohl ich nicht einmal seinen Namen kenne. Wie dumm, dass die Personalien der Verwundeten unter Verschluss gehalten werden und er noch nicht sprechen kann, aber eines Tages wird er mir verraten, wer er wirklich ist. Mein Gott, überlegte sie, ich glaube, ich bin verliebt.

Je deutlicher diese innige Beziehung zwischen Viktoria und ihrem Verwundeten wurde, desto unglücklicher war Friederike. Seit vielen Monaten hatte sie kein Lebenszeichen von Rainer bekommen. War es ein Jahr her, dass er zuletzt geschrieben hatte, oder länger? Sie würde ihre nächsten freien Stunden nutzen und den Vater besuchen, vielleicht wusste er mehr. Eltern bekamen immer Nachricht, wenn etwas mit ihren Söhnen geschehen war, Freundinnen erfuhren nie etwas. Allerdings, der alte Hansen hatte versprochen, sie zu benachrichtigen, wenn er etwas erfahren sollte, aber vielleicht hatte er dieses Versprechen vergessen?

Sorge machte ihr auch Viktoria und als sie an diesem Abend in der kalten Dachkammer in ihre Betten schlüpften, erklärte sie der Freundin ganz offen: »Ich mache mir Sorgen um dich, Vicki. Du verliebst dich in einen Mann, den du nicht kennst, von dem du nichts weißt außer, dass er bis an sein Lebensende blind sein wird.«

»Ich weiß, aber gegen Gefühle kann man nicht angehen. Er gefällt mir, er ist so anhänglich, er braucht mich so sehr. Endlich gibt es einen Menschen, dem ich helfen kann und der meine Hilfe so dankbar annimmt.«

»Um Himmels willen, du kannst dich doch nicht aus Mitleid in ihn verlieben, du musst doch auch einmal deinen Kopf gebrauchen und nicht nur dein Herz.«

»Aber genau auf das Herz kommt es an, Friederike, ich bin glücklich in seiner Nähe und ich spüre, wie sehr er sich freut, wenn ich bei ihm bin.«

»Aber du weißt, dass ein Verhältnis zwischen Patienten und Pflegerin hier nicht geduldet wird. Enge Bindungen sind verboten. Du wirst entlassen, wenn jemand dahinter kommt. Du wirst nach Hause geschickt, und was glaubst du, wie es dann deinem Patienten ergeht?«

»Wir sind sehr vorsichtig. Ein leichtes Streicheln der Hände, eine zarte Berührung seines Gesichts, wenn ich ihm etwas gebe, ein geflüstertes Wort, wenn ich ihm beim Essen helfe. Das ist doch schon alles. Wer sollte etwas dagegen haben?«

»Hast du auch schon einmal an später gedacht? Irgendwann wird er entlassen und was wird dann aus dir?«

»Ich werde dafür sorgen, dass er gut untergebracht wird, dass man sich um ihn kümmert und ihn pflegt, bis der Krieg zu Ende ist, dann kümmere ich mich wieder um ihn.«

»Aber du weißt doch gar nicht, ob er Eltern hat, die ihn erwarten. Vielleicht ist er sogar verheiratet und wartet nur darauf, zu seiner Familie zurückzukehren?«

»Sobald er sprechen kann, werde ich das alles erfahren.«

»Das kann sehr bitter für dich werden, Vicki.«

»Ich weiß, aber ich lasse es darauf ankommen. Weißt du, wenn man einen Menschen wirklich gern hat, will man nur das Beste für ihn, auch wenn es sehr schmerzhaft ist.« Dann seufzte sie tief und traurig. »Wenn ich nur in der Verwundetenkartei nachschauen könnte. Aber die wird unter Verschluss gehalten, und ich kann niemanden bitten, mir zu helfen, sonst käme unsere heimliche Beziehung sofort ans Licht.«

»Angenommen, er hat kein Zuhause. Was machst du dann?«

»Ich habe versprochen, mich um ihn zu kümmern, und genau das werde ich tun. So einen Mann kann man doch nicht allein lassen. Soll er als blinder Krüppel später an einer Straßenecke stehen und betteln? Nie und nimmer. Sollte er allein sein, nehme ich ihn mit nach Hause. Meine Eltern sind sehr sozial eingestellt, und das Haus ist groß genug. Früher hatten wir auch ältere, gebrechliche Verwandte bei uns, für einen Gast, den ich mitbringe, wird immer Platz sein.«

Friederike löschte die Petroleumlampe auf ihrem Nachttisch und zog das dicke Federbett bis ans Gesicht. »Ich wünsche dir wirklich alles Glück dieser Welt, Vicki, ich weiß nur nicht, ob dieser Mann das wahre Glück für dich ist.« Dann flüsterte sie: »Und morgen gehe ich zum alten Herrn Hansen und erkundige mich nach Rainer.« Und dann merkte sie, dass die Freundin eingeschlafen war.

Dreizehntes Kapitel

Eine Besorgnis erregende Überraschung erlebte Ferdinand Bramfeld in der ersten Februarwoche. Er hatte mit Sophie gefrühstückt und machte sich auf den Weg zur Bank. Wie an jedem Morgen benutzte er die elektrische Straßenbahn bis zum Rathaus und ging dann zu Fuß zum Hopfenmarkt. Vom Hafen herauf blies ein kalter Wind und peitschte Graupelschauer über die Straßen. Ferdinand fröstelte. Das karge Frühstück am Morgen und der Kaffee aus gebrannter Gerste trugen nicht gerade zu seinem Wohlbefinden bei. Aber es nutzte nichts, mit den schlechten Lebensbedingungen zu hadern, alle mussten in diesem dritten Kriegswinter leiden, und er wusste, wie schwer das Leben für Millionen von Deutschen geworden war. Dabei hatte er noch das Glück, in einem geheizten Haus zu leben, warme Kleidung zu besitzen und eine kluge, umsichtige Frau zu haben, die mit der Köchin gemeinsam trotz aller Knappheit der Lebensmittel geschmackvolle Gerichte auf den Tisch stellte. Für die Wärme im Haus sorgte Willi Wilde, der es immer wieder verstand, heimlich Brennholz zu besorgen. Minna hatte sich mit einigen Marktbetreibern angefreundet und zog mit ihrem Einkaufskorb von Wochenmarkt zu Wochenmarkt. Ja, und für die warme Kleidung hatte Sophie gesorgt, denn als sie noch im Wohlstand lebten und kein Mensch an einen Krieg dachte, hatte sie stets elegante Kleidung von bester Qualität für die ganze Familie anfertigen lassen.

Dennoch spürte Ferdinand die wachsende Not. Das Geld wird immer wertloser und man muss sich von Angestellten und Mitarbeitern trennen, weil man die Löhne nicht mehr bezahlen kann. Auch unsere Luise musste entlassen werden, dachte er. Sie wird zwar in der eigenen Familie gebraucht, weil die achtzigjährige Mutter ein Pflegefall geworden war, aber im Grunde sind wir froh, dass sie nicht mehr bezahlt und versorgt werden muss. Jetzt fehlt zwar die ordnende Hand und Sophie muss mit der ungewohnten Hausarbeit allein fertig werden, aber wir müssen uns alle in dieser Zeit umstellen und einschränken. Und dann die ständig wachsende Geldwertverschlechterung und die damit verbundene mangelhafte Kaufkraft. Mit größter Sorge dachte er an die Lage seiner Bank. Noch habe ich einige Goldreserven im Tresor, aber die Kunden fordern täglich mehr Geld von ihren Konten, weil es nirgendwo mehr reicht. Ich kann mir schon heute ausrechnen, wann auch das letzte Gold gegen das immer wertloser werdende Papiergeld eingetauscht werden muss.

Die Besorgnis erregende Überraschung dieses Tages aber erlebte Ferdinand in seinem Kontor. Als er im Vorzimmer seinen nassen Mantel ablegte und die Gummiüberschuhe abstreifte, flüsterte ihm sein alter Sekretär zu: »Im Kontor wartet ein Besucher auf Sie. Ich habe ihn hereingelassen, weil er ein Freund von Ihnen ist.«

»Danke. Um wen handelt es sich?«

»Er hat mir den Namen nicht gesagt, aber ich habe ihn früher hier bei Ihnen gesehen.«

Ferdinand nickte und öffnete die Tür. Einen Augenblick lang hatte er Mühe, die hagere, schlecht gekleidete, gebeugte Gestalt zu erkennen, dann ging er mit ausgestreckten Armen auf ihn zu: »Martin, wo kommst du her? Seit wann bist du in Hamburg?« Er umarmte den Freund und spürte mit Entsetzen, wie dünn dieser Mann geworden war und dass er am ganzen Körper zitterte. »Komm, gib mir deinen Mantel und setz dich. Ich besorge uns einen heißen Kamillentee.«

Er bat den Sekretär um den Tee, nahm dem Freund den nassen Mantel ab und führte ihn zu einem Sessel. »Komm, nimm Platz und erzähle.«

Martin Brandner umklammerte die Armlehnen, um das Zittern der Hände zu verbergen. »Ich bin heute früh aus Lübeck gekommen. Und nun weiß ich nicht wohin.«

»Mein Gott, was ist passiert?«

»Die Weinhandlung, in der ich gearbeitet und gewohnt habe, wurde schon vor einem Jahr wegen der Blockade geschlossen, aber ich durfte weiterhin in der Kammer wohnen und habe mich mit Aushilfearbeiten im Hafen über Wasser gehalten. Aber jetzt wurde das Haus in der Engelsgrube verkauft, und ich musste ausziehen. Und nun weiß ich nicht wohin. Ich kenne ja niemanden in Lübeck und hier in Hamburg – wenn es einem gut geht, hat man Freunde, wenn es einem aber schlecht geht –«

Tief betroffen hörte Ferdinand zu. »Und deine Söhne, was ist aus deinen Söhnen geworden?«

»Heinrich, der jüngste, wollte schon immer nach Übersee. Er heuerte als Matrose auf einem Schiff an und war auf dem Weg nach Brasilien, als der Krieg ausbrach. Und dann wurde das Schiff in Recife an die Kette gelegt. Post von dort habe ich nie bekommen.«

»Aber dort ist er wenigstens sicher«, tröstete Ferdinand den Freund. »Ja, aber Sebastian musste hier zum Militär. Im Sommer hat er zum letzten Mal geschrieben, er war im Gebiet der Somme. Dann bekam ich im Herbst das Schreiben von einem Offizier, dass er schwer verwundet sei und in ein deutsches Lazarett verlegt werde. Von dort würde ich benachrichtigt. Aber ich habe nie wieder etwas gehört, obwohl ich unzählige Briefe an ehemalige Vorgesetzte und Dienststellen geschrieben habe. Und jetzt kann ich nicht mal mehr Post erwarten, weil ich selbst keine Anschrift habe.«

Als der Tee gebracht wurde, konnte er die Tasse kaum halten, so sehr zitterten die Hände. Er umklammerte das Gefäß mit beiden Händen und trank gierig die goldgelbe Flüssigkeit. Ein angenehmer Duft nach Kamille verbreitete sich im Raum und verdrängte den Geruch von nasser Kleidung und schmutzigem Schuhwerk.

Ferdinand stand auf und nahm aus dem Schrank eine Flasche Branntwein. »Komm, so ein Schuss altbewährter Medizin wird uns beiden gut tun.« Dann setzte er sich wieder und sah den verzweifelten Freund an. Der braucht als Erstes ein Dach über dem Kopf, überlegte er. Am Feenteich ist Platz genug, aber ich kann eine solche Entscheidung nicht ohne Sophie treffen. Schon einmal hatten wir diesen Ärger, weil ich dem Freund ohne ihre Einwilligung geholfen habe, das kann ich nicht noch einmal machen. Vorsichtig fragte er: »Was hörst du eigentlich von deiner Frau und deinem dritten Sohn?«

Aber Martin Brandner schüttelte den Kopf. »Nichts. Die leben an der Côte d'Azur und wahrscheinlich wie Gott in Frankreich.«

»Und die Schwiegereltern in Bremen?«

Martin sah den Freund aufmerksam an. »Du willst mich loswerden, stimmt's?«

»Ich suche nach einer Unterkunft für dich. In meinem Haus ist eine Menge Platz, aber – ich bin ganz ehrlich – seit der Bürgschaft ist der Name Brandner für meine Frau ein Tabuthema. Wir hatten einen wochenlangen Ehestreit, weil ich ohne ihre Zustimmung gehandelt habe.«

Martin nickte. »Das hatte ich befürchtet. Ich möchte euch auch nicht zur Last fallen. Ich hatte nur überlegt, ob du hier im Haus nicht eine Ecke hättest, wo ich bleiben könnte, bis ich etwas anderes gefunden habe.«

»Aber wo willst du suchen?«

»Früher gab es hinter dem Bahnhof bei der Heiligen Dreieinigkeitskirche ein christliches Haus für Menschen ohne Dach über dem Kopf. Ich glaube, es hieß ›Jona‹, aber sicher bin ich nicht. Dorthin werde ich gehen, vielleicht nimmt man mich auf. Und Arbeit vermitteln sie auch.«

Aber Ferdinand schüttele energisch den Kopf. »Das kommt überhaupt nicht infrage. Wenn ich keine andere Lösung finde, suche ich ein Hotelzimmer für dich und bis diese Frage geklärt ist, bleibst du hier in diesem Büro. Auf der Couch dort kann man gut liegen.« Er sah auf die Uhr. »Zeit zum Mittagessen, Martin, nur in den Ratsweinkeller können wir nicht mehr gehen. Die Küche ist geschlossen. Aber drüben in der Deichstraße gibt es ein Lokal, in dem man gegen gutes Geld und ohne Lebensmittelmarken etwas Essbares bekommt. Meist ist es Fisch aus der Elbe, aber er schmeckt.« Die Männer zogen sich an, und Ferdinand sah, wie abgetragen Anzug und Mantel des Freundes waren. »Hast du kein Gepäck mitgebracht?«

»Doch, meine Reisetasche steht im Vorzimmer.«

Ferdinand holte das Gepäckstück in das Kontor. »Die kann hier stehen, bis wir wissen, wo du wohnst.«

Das ›Fässchen‹, so der Name des kleinen Lokals in der Deichstraße, machte seinem Namen alle Ehre. Als Tische dienten alte, ausgediente Rotweinfässer mit hochbeinigen Hockern zum Sitzen, und Fassbier floß in ausreichender Menge. Eine Speisekarte gab es nicht, aber Ferdinand wusste, dass man sich auf die Empfehlung des Wirtes verlassen konnte. »Eine Spezialität des Kochs ist Aal in verschiedensten Variationen. Gebacken, als Frikassee, gedampft, als Stew und aufgerollt habe ich ihn schon gegessen, aber jetzt im Winter wird kein Aal in der Elbe gefangen. Am besten warten wir auf den Wirt.« Martin Brandner erzählte nicht, dass er seit drei Tagen keine warme Mahlzeit gegessen hatte.

»Die Flussfischer haben uns heute mit frischem Zander versorgt. Sie können ihn gebacken oder gekocht bekommen«, erklärte der dicke Mann mit der grünen Schürze, der kaum zwischen seinen Tischen hindurchkam, aber sehr freundlich zu den Gästen war.

»Und was empfehlen Sie?« fragte Ferdinand.

»Nehmen Sie ihn gebacken mit Zwiebeln und getrockneter Petersilie, so hat er einen kräftigeren Geschmack.«

»Gut, dann zwei Portionen bitte und dazu zwei Bier von der Elbschloss-Brauerei.«

Das Essen war, abgesehen von dem gelben Steckrübenbrei, den es als Kartoffelersatz gab, ausgezeichnet, und als die beiden Männer das ›Fässchen‹ verließen, hatten Wind und Graupelschauer nachgelassen.

Martin Brandner beschloss, nach dem Heim ›Jona‹ zu suchen, ohne den Freund zu informieren. »Ich werde noch ein wenig durch die Stadt laufen«, erklärte er, »hier hat sich so vieles verändert, ich bin sehr gespannt, ob ich mich noch zurechtfinde.«

Ferdinand nickte. »Ich habe zu arbeiten. Komm bitte gegen fünf zurück, dann bin ich fertig, und wir planen den Abend.«

Aber als der Freund sich verabschiedet hatte und nicht mehr zu sehen war, ging Ferdinand Bramfeld zur nächsten Straßenbahnhaltestelle und fuhr zum Feenteich. Er wollte die Situation des Freundes mit Sophie besprechen. Er würde sie zwar in ihrer Mittagsruhe stören, aber sie würde ihm nicht verzeihen, wenn er sie nicht um Rat gebeten hätte.

Zu seiner Überraschung hatte Sophie sich nicht hingelegt. Sie stand im Nähzimmer, in dem früher eine Schneiderin die Weißwäsche für den Haushalt angefertigt hatte, und plättete. Auf einem kleinen Kohleofen, den Willi Wilde aufgebaut hatte, wärmte sie die Eisen und während der Chauffeur ständig frische Holzstückchen nachlegte, damit das Feuer nicht erlosch, plagte sich Sophie mit den schweren Eisen ab.

Betroffen blieb Ferdinand im Türrahmen stehen und sah zu. »Liebling, kann das nicht die Minna übernehmen?«

Sophie zuckte erschrocken zusammen. »Oh, Ferdinand, wie kommt es, dass du schon zu Hause bist?«

»Ich möchte etwas mit dir besprechen, aber sag zuerst, warum Minna nicht plättet?«

»Sie hat das Waschen übernommen, und ich plätte. Das ist eben Arbeitsteilung«, versuchte Sophie zu scherzen. »Und außerdem kann ein bisschen körperliche Beschäftigung nicht schaden. Aber nun komm mit in den Salon, was wolltest du mit mir besprechen?«

Und dann erzählte Ferdinand von der Begegnung mit dem Freund, von der ausweglosen Lage, in der sich Martin Brandner befand, und von der Verzweiflung über das ungewisse Schicksal seiner Söhne. Sophie hörte zu, ohne ihn zu unterbrechen. Dann sagte sie ganz sachlich und wohl überlegt: »Ferdinand, Martin Brandner ist dein bester Freund, und dein Freund ist auch mein Freund. Es kommt gar nicht infrage, dass er in einem Heim für Obdachlose oder in deinem Kontor übernachtet. Wir haben ein großes Haus und wir müssen uns um ihn kümmern. Er wird hier wohnen und wir werden ihm beistehen, wo immer wir können, und mit allem, was wir haben. Ich war nie verärgert über ihn, ich war nur unglücklich, weil du ohne mich gehandelt hast. Das ist nun schon viele Jahre her, und wir haben alle Probleme gelöst.«

Ferdinand zögerte. »Wenn er in diesem Haus lebt, wird er als Gast hier sein und das bedeutet, er wäre immer bei uns, wir könnten ihn nicht in sein Zimmer schicken, als Freund hat er Anspruch auf unsere Gesellschaft, hast du daran gedacht?«

»Ja, mein Lieber, ich habe daran gedacht und auch daran, dass er vielleicht eine sehr lange Zeit hier ist. Also geh und hol ihn her.«

Ferdinand nahm seine Frau wortlos in die Arme. Dann flüsterte er: »Ich danke dir, mein Liebling, du bist eine wunderbare Frau. Ich bin so glücklich und nun hole ich ihn.«

Als er in das Bankhaus am Hopfenmarkt kam, war Martin Brandner nicht da. Stattdessen übergab ihm sein Sekretär einen Brief. »Tut mir Leid, Herr Bramfeld, aber der Herr wollte nicht warten. Er hat nur seine Tasche geholt und ist wieder gegangen.«

»Hat er gesagt, wohin er wollte?«

»Nein, vielleicht steht es in dem Brief.«

»Danke.« Ferdinand war tief enttäuscht. Aber eigentlich hätte ich damit rechnen müssen, dachte er. Martin hat sofort gespürt, dass ich Probleme hatte. Ich bin ein verdammt schlechter Schauspieler. Aber ich werde das in Ordnung bringen und ihn suchen. Er ging in sein Kontor und öffnete den Umschlag. »Sei mir nicht böse« stand da, »aber ich habe einen Ausweg gefunden. Ich kann es nicht ertragen, Mitleid zu empfangen, deshalb sei unbesorgt, ich melde mich wieder, wenn ich Tritt gefasst habe. Es wird eine Weile dauern, aber Zeit ist das, was ich in ausreichendem Maße besitze. Glaube mir, ich bin nicht mutlos, ich habe Söhne und irgendwann brauchen die mich, deshalb werde ich kämpfen und ich werde den Kampf gewinnen. Martin Brandner.«

Ferdinand machte sich sofort auf die Suche. Er nahm die Straßenbahn bis zum Bahnhof und begann nach diesem

›Jona‹-Haus – oder wie immer das hieß – zu suchen. Die Heilige Dreieinigkeitskirche von St. Georg hatte er schnell erreicht, sie war berühmt für ihr soziales Engagement an Menschen, die am Rande der Gesellschaft standen, und für Chorkonzerte. Er war mit Sophie mehrmals dort und hatte die Musik und vor allem die Akustik in der von Johann Leonhard Prey erbauten Kirche genossen. Als er bei seiner Suche in den engen Straßen dieses Viertels nicht weiterkam, ging er in das Gotteshaus. Inzwischen war es dunkel. Die Straßenbeleuchtung – der Krieg zwang die Stadt zu rigorosen Sparmaßnahmen – machte es unmöglich, die Namen der Straßen zu lesen, und so erkundigte er sich beim Kirchendiener nach dem Heim.

»Tut mir Leid, mein Herr«, erwiderte der Mann, »ich bin neu in der Gemeinde und kenne mich noch nicht aus. Vielleicht kann der Pastor Ihnen helfen, er ist drüben im Pastorat.« Ferdinand sah sich in der beinahe dunklen Kirche unschlüssig um. »Ich muss mich erst etwas ausruhen. Darf ich mich hierhin setzen?«

»Natürlich.«

Durchgefroren und enttäuscht von seinem Misserfolg bei der Suche, setzte er sich auf eine Kirchenbank, hüllte sich enger in den Mantel, um sich vor der Kälte in dem ungeheizten Gebäude zu schützen, und fragte sich, was er falsch gemacht hatte. Dann hörte er Schritte auf dem Steinboden, und gleich darauf setzte sich ein Mann in einem schwarzen Lutherrock neben ihn. »Grüß Gott, ich bin Pastor Gerber, kann ich etwas für Sie tun?«

Ferdinand reichte ihm die Hand. »Ich bin Ferdinand Bramfeld, ich suche einen Freund, der hier irgendwo eine Bleibe sucht. Aber ich kenne nicht einmal den Namen des Hauses genau.«

»Wir haben hier in St. Georg eine Menge gemeinnützige Hilfseinrichtungen. Ein Stadtteil direkt hinter dem Bahnhof wird von vielen Menschen aufgesucht. Vielleicht könnten wir gemeinsam suchen?«

»Er sprach von einem Haus ›Jona‹, einem Übernachtungsheim für Wohnungslose, aber sicher war er auch nicht.«

»Das Heim kenne ich, es ist nicht weit von hier, aber in den verwinkelten Gassen schwer zu finden. Darf ich Sie begleiten?«

»Das kann ich nicht annehmen, Herr Pastor, wenn Sie mir den Weg erklären würden – «

»Es ist besser, ich gehe mit. Wissen Sie, Herr Bramfeld, die Heimleitung ist nicht berechtigt, die Namen ihrer Bewohner an Fremde weiterzugeben, aber ich bin dort bekannt, mir wird man sagen, ob der Gesuchte im Hause ist.«

»Dann wäre ich Ihnen sehr dankbar für die Begleitung.«

Auf dem Weg blieb Pastor Gerber mehrmals stehen und deutete auf einzelne Häuser, die in der Dunkelheit kaum noch zu sehen waren. »Dort drüben haben wir eine Betreuungsstelle für Auswanderer, aber da gibt es zurzeit wegen der Seeblockade wenig zu tun. In dem grauen Haus da hinten kümmern wir uns um elternlose Kinder, die hier am Bahnhof immer wieder aufgegriffen werden, und am Ende der Straße gibt es den Besenbinderhof, in dem Arbeit vermittelt wird.

Vor dem unscheinbaren Haus in der St. Georgstraße angekommen, bat der Pastor: »Warten Sie hier, ich erkundige mich erst einmal allein.« Ferdinand sah ihm nach, dann betrachtete er die Fassade des Hauses, die ein Walfisch zierte mit einem kleinen Menschen in seinem Bauch. Richtig, dachte Ferdinand, das ist die Geschichte von Jona, der von einem Fisch gerettet und später an Land gespien wurde. Dann kam Pastor Gerber wieder auf die Straße und schüttelte den Kopf. »Tut mir Leid, Herr Bramfeld, aber ein Mann Namens Brandner ist hier nicht eingetroffen. Vielleicht kommt er ja noch, das Haus ist bis gegen Mitternacht geöffnet, aber ich glaube, Sie sollten nicht so lange warten. Es ist kalt und dunkel und die Gegend ist nachts nicht sehr angenehm, fahren Sie nach Hause, ich frage später noch einmal nach, für mich sind das ja nur ein paar Schritte.«

Ferdinand nickte enttäuscht. »Ich habe alles falsch gemacht, mein Freund hat mich durchschaut, deshalb ist er fortgegangen. Mein Mitleid, meine Unschlüssigkeit, meine Trauer, ihn in einem so desolaten Zustand zu sehen, das hat er gespürt und deshalb ist er weggelaufen. Es ist alles meine Schuld.«

»Nicht doch, Herr Bramfeld, von Schuld kann man doch hier nicht sprechen. Jeder Mensch braucht etwas Zeit zum Überlegen, zum Abschätzen einer plötzlichen Situation und auch etwas Mitleid muss erlaubt sein, wenn es einem guten Freund so schlecht geht. Das hat doch nichts mit Schuld zu tun.« Er legte dem alten Mann beruhigend die Hand auf die Schulter. »Kommen Sie, ich begleite Sie zu Ihrer Straßenbahn und Sie geben mir Ihre Telefonnummer, damit ich Sie erreichen kann, wenn ich etwas in Erfahrung bringe. Aber jetzt müssen Sie nach Hause, Sie sehen sehr müde und abgespannt aus, es war ein langer, nicht gerade erfreulicher Tag für Sie.«

Ferdinand nickte. »Ein schrecklicher Tag und ich bin sehr enttäuscht, vor allem von mir selbst. Wie kann ich Ihnen danken, Pastor?«

Der Geistliche lächelte. »Irgendwann trinken wir zusammen einen Rotspon, und ich bin sicher, dass wir ihn zu dritt trinken. Hamburg ist zwar eine große Stadt, aber so schnell geht ein Mann hier nicht verloren.« Dann half er Ferdinand beim Einsteigen in die elektrische Bahn und winkte ihm zum Abschied nach.

Vierzehntes Kapitel

Der Februar 1918 neigte sich seinem Ende zu, als Friederike ihren ersten freien Tag bekam. Die Ärzte und Pflegerinnen hatten viel zu tun, das Lazarett war überfüllt und sie hatte freiwillig einen Teil von Viktorias Aufgaben übernommen, sonst hätte man die Freundin nicht entlassen. Vor vierzehn Tagen war sie mit ihrem blinden Patienten nach Hamburg zurückgekehrt. Der Vater hatte sie abgeholt. Bei genauen Untersuchungen und weil der Soldat sich an gar nichts mehr erinnern konnte, hatten die Ärzte auch eine Amnesie festgestellt, hofften aber, dass sich dieser Gedächtnisverlust im Laufe der Zeit heilen ließe. Das war der einzige Trost für diesen schwer geprüften jungen Mann, der nicht einmal seinen Namen kannte, und für Viktoria, die seine Pflege und Betreuung zu ihrer Lebensaufgabe machte.

Seit dem Abschied von der Freundin fühlte sich Friederike sehr einsam und sie litt mehr denn je unter den fehlenden Nachrichten von Rainer. So beschloss sie, diesen ersten freien Tag zu nutzen und seinen Vater auf Gut Hemmelsburg zu besuchen. Sie nahm nicht die Abkürzung über die Felder, denn die Äcker waren bestellt, und sie wollte die ersten aufkeimenden Halme nicht zertreten, lange genug hatte eine schwere Schneedecke auf ihnen gelastet. So benutzte sie die Feldwege. An den tiefen Spuren sah sie, dass der Gutsherr hier mit Wagen und Pferden unterwegs gewesen war. Teilweise waren sie verwischt, das sind wohl die

Stellen, an denen er gewendet oder die Pferde umgespannt hat, überlegte sie und folgte ihnen weiter, denn alle Spuren führten zum Gutshof.

Sie hatte ihre blonden Haare unter einer Mütze versteckt und ihren wärmsten Mantel über das Schwesternkleid gezogen. Trotzdem drang der kalte Ostseewind durch die Wolle und schnitt scharf in das schutzlose Gesicht. Dann sah sie das Gut in der Mulde vor sich liegen. Die Gehöfte duckten sich unter ihren brandroten Ziegeldächern, aus dem Schornstein des Wohnhauses quoll Rauch in die graue Februarluft und aus einem Stallgebäude drang das Wiehern eines Pferdes nach draußen. Wenigstens gibt es noch Leben hier, dachte sie und ging schneller. An der Haustür betätigte sie den schweren Türklopfer. Aber nichts rührte sich. So ging sie hinüber zu den Stallungen und hörte schließlich die Stimme eines Mannes, der beruhigend mit einem Tier sprach. Vorsichtig ging sie näher. Dann sah sie ihn wieder, diesen alten Mann mit der grünen Lodenjoppe und dem Schlapphut – Rainers Vater. Er hatte einen Eimer Wasser neben sich stehen und schrubbte mit einer Wurzelbürste die Beine der Pferde ab. Aus einer Ecke sprang ein Hund auf sie zu und bellte sie an. »Hör auf, Benjamin, komm her«, rief der Mann den Jagdhund zurück und sah sie an. »Kennen wir uns?«

»Ja, ich bin Friederike aus Hamburg, meine Freundin und ich haben Sie einmal abends auf dem Feld angesprochen.«

Der Mann nickte. »Ja, Rainers Freundin aus dem Schloss, jetzt erinnere ich mich wieder. Und was wollen Sie von mir?«

»Ich möchte mich nach Rainer erkundigen, ich habe so lange nichts mehr von ihm gehört.«

Der Mann sah sie nicht an, sondern sprach wieder mit den Pferden, während der Hund sie beschnüffelte und immer noch leise knurrte.

Er riecht das Blut aus dem Lazarett, dachte sie und versuchte sich von dem Hund zu entfernen. Aber er umkreiste sie langsam und vorsichtig und Friederike hatte Angst, mit Hunden kannte sie sich nicht aus. »Bitte, könnten Sie den Hund hier wegnehmen? Ich arbeite im Lazarett, und er riecht vielleicht das Blut.«

»Komm her, Benjamin, setzt dich in deine Ecke.« Und zu Friederike gewandt: »Er tut nichts, er verteidigt nur sein Reich. Ich muss erst die Pferde versorgen, dann können wir reden.«

Friederike schüttelte den Kopf. »Ich möchte ja nur wissen, wie es Rainer geht.« Aber der Mann wich ihr aus und ganz langsam beschlich sie ein Gefühl des Unbehagens, während er ihr wieder den Rücken zuwandte. Endlich war er fertig.

»Kommen Sie mit ins Haus, Sie sind ja ganz durchgefroren.« Er ging über den Hof, streifte neben der Haustür an einem Eisenbogen die Erde von seinen Stiefeln und hielt ihr die Tür auf. »Bitte, dort drüben ist die warme Stube, legen Sie ihre Sachen ab, ich sage nur der Magd Bescheid, sie soll uns eine heiße Bouillon bringen.«

»Bitte, ich möchte Sie nicht stören, ich möchte nur wissen, ob mit Ihrem Sohn alles in Ordnung ist.«

Der Mann nickte. »Ich komme gleich zurück.«

In der Stube war es warm und gemütlich. Friederike legte Mantel und Mütze ab und wärmte sich die Hände an den warmen Steinen des großen braunen Kachelofens. Es dauerte lange, bis der Mann zurückkam. Sie setzte sich auf die Bank, die den Ofen auf drei Seiten umgab, und war von einer ängstlichen Unruhe erfüllt. Endlich kam Rainers Vater, er hatte die Winterjoppe gegen eine Hausjacke und die Stiefel gegen Halbschuhe getauscht. In der Hand hielt er ein kleines, in braunes Packpapier gewickeltes Päckchen.

»Fräulein Friederike, ich habe keine gute Nachricht für Sie.« Blass und traurig sah er sie an. »Mein gelieber Sohn Rainer ist im Dezember gestorben.« Er unterdrückte ein Schluchzen. »Er wurde durch Gas vergiftet. Es muss ein grauenhafter Tod gewesen sein.« Jetzt rannen Tränen über sein Gesicht. »Verzeihen Sie mir, aber ich verliere immer noch die Fassung, wenn ich daran denke.«

Friederike war auf der Bank zusammengesunken. Fassungslos starrte sie den alten Mann an. »Tot?«, flüsterte sie. Sie saß, die Hände im Schoß verschränkt, sich und die Welt um sich herum vergessend, da, verlassen, verzweifelt, leer. Mit dem verzweifelten Blick eines Menschen, der sich aufgibt, sah sie schließlich den alten Mann an, der mit gefalteten Händen neben ihr saß und das abgegriffene Päckchen in den abgearbeiteten Händen hielt.

»Hier, das ist für Sie. Ihr Name steht drauf, es war beim Nachlass, den man mir geschickt hat.«

Tränenüberströmt nahm sie das Päckchen. »Was ist es?«

»Ich weiß es nicht, ich habe es nicht geöffnet.«

Mit zitternden Fingern löste Friederike den Bindfaden und streifte das schmierige, zum Teil eingerissene Packpapier, auf dem ihr Name stand, ab. Zuerst fand sie ein Bündel mit Briefen, die sie dem Freund geschrieben hatte. Sie waren zerknittert, vergilbt und fleckig, eben so, wie Briefe aussehen, die man ein ums andere Mal gelesen und in schmutzigen Händen gehalten hatte. Dann fand sie ein kleines Heft, nur halb so groß wie ein Schulheft, auf dem mit Bleistift geschrieben stand: ›Für Friederike: Briefe, die ich aus militärischen Gründen nie abschicken durfte‹. Sie blätterte durch die eng beschriebenen Seiten, viele Wörter konnte man nicht mehr lesen, weil Nässe die Schrift verwischt hatte.

Heinrich Hansen schnäuzte sich und sah sie aufmerksam an. »Hilft es Ihnen, das Päckchen?«

Friederike nickte. »Er hatte mich nicht vergessen«, flüsterte sie, »er durfte keine Briefe abschicken. Ich werde sie heute Abend in meiner Kammer lesen, wenn ich allein bin. Ich glaube, es sind sehr persönliche Briefe. Vielleicht fühle ich mich dann nicht mehr so schrecklich verlassen.«

»Ich kenne das Gefühl solcher absoluten Einsamkeit. Der Tod ist so schrecklich endgültig, man kann überhaupt nichts mehr ändern. Ich wollte dem Rainer noch so viel sagen, ihm zeigen, wie schön das Leben ist, wie gern ich ihn hatte und wie stolz ich auf ihn war, aber meine Gefühle und meine Worte sind nun genauso tot wie mein Junge. Nichts bleibt mehr, was man tun könnte. Haben Sie denn Ihre Freundin noch? Vielleicht hilft Sie Ihnen ein bisschen.«

Friederike schüttelte den Kopf. »Sie ist wieder in Hamburg. In Wolfenhagen bin ich allein, aber ich habe so viel Arbeit und kaum Zeit zum Nachdenken. Ich werde um Ihren lieben, wunderbaren Sohn trauern und mich dann um die vielen Verwundeten kümmern, die mich täglich brauchen. Sie werden mir helfen, darüber hinwegzukommen. Rainer hätte das so gewollt.«

»Besuchen Sie mich wieder einmal, wenn Sie Zeit haben? Vielleicht können wir Erinnerungen austauschen, die uns beiden ein wenig weiterhelfen.«

Die Magd kam mit einem Tablett, auf dem dampfende Suppentassen standen. Friederike erhob sich. »Ich möchte lieber gehen, ich kann jetzt nichts essen oder trinken.« Aber der alte Mann legte ihr die Hand auf den Arm. »Bitte, lassen Sie mich jetzt nicht allein. Etwas Suppe wird Ihnen gut tun, und die Magd hat sich so viel Mühe gegeben, in der Eile etwas Nahrhaftes zu kochen.«

Friederike sah die alte Frau mit dem weißen Kopftuch und der großen Schürze an. »Danke für die Suppe, dann werde ich sie essen.«

Die Frau lächelte. »Ich hatte noch Schinkenknochen vom letzten Schlachten, diese Suppe mochte auch der junge Herr Rainer am liebsten.«

Als die Tassen geleert waren, stand sie auf. »Vielen Dank, aber jetzt muss ich gehen, sonst wird es dunkel, bevor ich im Lazarett bin.« Sie zog die Mütze über ihr Haar, und Heinrich Hansen half ihr in den Mantel, dann steckte sie das Päcken in die Manteltasche und reichte dem alten Mann die Hand. »Ich danke Ihnen, vielleicht besuche ich Sie, wenn ich wieder einen freien Tag bekomme, aber es kann lange dauern. Und, es tut mir unsagbar Leid, dass Sie Ihren Sohn verloren haben, Herr Hansen. Der Tod eines eigenen Kindes muss furchtbar sein.«

Es war fast Mitternacht, als Friederike ihre Kammer aufsuchte. Trotz ihres freien Tages musste sie überall aushelfen. Ein neuer Transport war gekommen, und man musste Strohlager einrichten, auf denen die Genesenden Platz fanden, damit die neuen Patienten Platz in den vorhandenen Betten bekamen.

Müde entzündete Friederike die kleine Petroleumlampe und legte sich ins Bett. Sie hatte jetzt die Kammer für sich allein. Viktorias Bett wurde im Lazarett gebraucht, und eine neue Hilfsschwester war auch nicht zu bekommen. Einerseits war Friederike traurig, dass ihr in dieser schweren Stunde die Freundin nicht beistehen konnte, andererseits hatte sie feststellen müssen, wie sehr Viktoria mit dem Schicksal dieses Schwerverwundeten beschäftigt war. Ihr ganzes Denken, ihre Gefühle, ihr Engagement kreisten um den Mann, den sie im Stillen ›Holger‹ nannte. »Ich musste ihm doch einen Namen geben, und er hat nichts dagegen«, erklärte sie der Freundin, bevor sie mit ihm nach Hamburg abreiste.

So war Friederike in dieser Nacht mit ihrem Schmerz ganz allein. Sie dachte an die Treffen mit Rainer, an die fröhlichen und an die ernsten Gespräche. Und sie dachte auch an die gemeinsamen Pläne für die Zukunft und an den Zwiespalt, in den sie geraten war, als sie dem Vater versicherte, das Schicksal der Bank in ihre Hände zu nehmen, wenn er keinen Nachfolger für das Familienunternehmen fand. Dieser Zwiespalt blieb ihr nun erspart. Dann spürte sie, wie ihr die Augen zufielen. Der weite Weg, die Arbeit in den Krankensälen und die innere Aufregung hatten sie vollkommen erschöpft. Sie löschte das Licht und schloss die Augen. Rainers Briefe konnte sie in dieser Nacht nicht mehr lesen.

Die folgenden Wochen waren die schwersten im Leben der jungen Friederike Bramfeld. Die vielen und so schweren Aufgaben im Lazarett, der nicht enden wollende Zustrom immer neuer Verletzter, die Trauer um die Liebe ihres Lebens und die innere Einsamkeit, mit der sie fertig werden musste, raubten ihre letzten Kräfte. Wann immer sie einen Augenblick Zeit hatte, las sie in dem Heft, das Rainer ihr gewidmet hatte, so war er wenigstens in ihrer Nähe. Sie litt mit ihm, wenn sie seine Angst im Granatenhagel spürte, sie freute sich mit ihm, wenn er im Schützengraben überlebt hat, sie trauerte mit ihm, wenn er voller Verzweiflung vom Tod eines Kameraden berichtete, und sie zweifelte mit ihm, wenn er ohne Hoffnung war, diesem grauenhaften Krieg zu entkommen. Seite um Seite ließ er sie teilhaben an seinem ausweglosen Leben, um dann wieder hoffnungsfroh von einem gemeinsamen Leben mit ihr zu träumen. An dem Auf und Ab seiner Gefühle erkannte Friederike, wie verzweifelt dieser Mann im Herzen war. Er berichtete von einem geheimen Kampfstoff, den sie alle fürchteten, und von Gummimasken mit brillenähnlichen Gläsern und einem Schutz vor Mund und Nase, die sie stets bei sich tragen mussten, vom Trommelfeuer und vom Hunger, den dünne Suppen und verschimmeltes

Brot nicht stillen konnten. Und sie hörte den stummen Hilferuf auf der letzten Seite, der dann mitten in einem Wort endete.

Friederike, längst Kummer und Leid gewöhnt, wurde in dieser Zeit hart und mitleidslos. Sie verrichtete ihre Arbeit, aber sie war nicht mehr mit dem Herzen dabei. Sie sehnte sich nach dem Ende allen Elends, sie wollte nach Hause, nichts hielt sie mehr in diesem Land an der Ostsee. So kam die Nachricht der Mutter, die sie aufforderte, nach Hause zu kommen, wie gerufen. Der Vater war erkrankt, einen Bescheid des Arztes hatte die Mutter gleich beigelegt, damit Friederike entlassen wurde, und zwei Tage später war sie auf dem Weg zurück nach Hamburg. Ein Sanitätswagen, der in Lübeck Verwundete abholen sollte, nahm sie mit bis zum Bahnhof, und nach wenigen Stunden war sie zu Hause.

Die Mutter war entsetzt, als sie ihre groß gewachsene und abgemagerte Tochter in die Arme nahm, der Vater, in seinem Sessel im Salon sitzend, sah sie an und sagte nur: »Gott sei Dank, dass du wieder da bist.« Friederike kniete neben ihm. »Was fehlt dir, Vater, ich habe einen großen Schrecken bekommen, als ich Mutters Brief las.«

»Ich hatte einen Zusammenbruch in der Bank. Nun hat der Arzt Ruhe, Ruhe und noch mal Ruhe verordnet. Leider kann ich mich daran nicht halten, ich muss mich um die Geschäfte, um die Angestellten und um die wirtschaftliche Lage kümmern, wenn wir überleben wollen.«

»So schlimm ist es, Vater?«

»Schlimmer als du dir vorstellen kannst, und ich habe doch die Verantwortung.«

»Jetzt bin ich da. Ich habe dir versprochen zu helfen und ich halte mein Versprechen.«

»Ach Kind, wie stellst du dir das vor?«

»Sobald du wieder aufstehen kannst, gehen wir zusammen in die Bank, du zeigst mir alles, lehrst mich, was ich wissen muss, und nach und nach kann ich dir Teile deiner Arbeit abnehmen.«

»Ich fürchte, daraus wird nichts, Friederike. Die Bankkunden wollen keine Frau in der Direktion, die Angestellten brauchen eine starke Hand und würden eine Frau nicht respektieren, und die Aufgaben verändern sich täglich. Was ich heute erkläre, ist morgen schon überholt.« Friederike sah ihn ungläubig an, aber Ferdinand nickte bestätigend. »Wir haben schreckliche Zustände im gesamten Geldwesen. Und ich bin zu alt und zu müde, um damit fertig zu werden.«

»Aber Vater, du und alt, du bist der rüstigste Mann, den ich kenne. Wenn du einen Gehstock brauchst, dann nur, weil du viel unterwegs bist, denn wer nur noch im Sessel sitzt, braucht natürlich keine Gehhilfe.«

»Kind, ich bin dreiundsiebzig, da werden nicht nur die Kräfte, das Herz und die Knochen müde, da werden auch die Gedanken, die Ideen und die Willenskräfte müde. Da möchte man noch vieles und schafft überhaupt nichts mehr.«

»Das lasse ich nicht zu, Vater, ich bin nicht hergekommen, um dich zu bedauern, sondern um von dir zu lernen. Ob du willst oder nicht, wir beide werden mit der Bank alle Klippen umschiffen, verlass dich darauf.«

Friederike sah zu ihrer Mutter hinüber, die noch immer in der Tür stand und sie beobachtete. »Schau nicht so traurig, Mutter, wir schaffen das schon.«

»Ach, mein Liebling, deinen Mut möchte ich haben. Es sind ja nicht nur die Geldentwertung und der Hunger und die Angst vor der Zukunft, es ist die Hoffnungslosigkeit, die von allen Menschen Besitz ergreift, und die, die nicht alle Hoffnung verloren haben, die werden aggressiv und gewalttätig. Massendemonstrationen und Streiks bedrohen die Wirtschaft, Parteien bekämpfen sich gegenseitig und schüren den Hass. Da weiß man doch gar nicht mehr, wohin man gehört.«

Ferdinand mischte sich ein. »Die einen wollen die Revolution gegen den Krieg, die anderen wollen den Sieg um jeden Preis. Die Soldaten wollen nach Hause, sie haben in vier Jahren genug gelitten, aber zu Hause will man sie nicht, weil die Lebensmittel schon lange nicht mehr für alle reichen. Statt sie mit Dank und Anerkennung zu empfangen, will man sie so schnell wie möglich wieder an die Front schicken. Dabei sind schon mehr als 34 500 Hamburger Soldaten gefallen. Jetzt haben wir Sommer, aber was meinst du, wie schrecklich der Winter werden wird. Und hinter vorgehaltener Hand erzählt man sich, dass der Kaiser an eine Abdankung denkt.«

Friederike war sprachlos. Von diesen ganzen Problemen war im Lazarett nie die Rede gewesen. »Vater, vieles verstehe ich noch nicht, ich war zu lange fort, aber was betrifft uns direkt?«

»Ich denke, die Mutlosigkeit, weil man keinen Ausweg mehr sieht.«

»Das lasse ich nicht gelten. Das Leben geht weiter, immer, und damit müssen wir fertig werden. Beeile dich mit dem Gesundwerden, Vater, bitte, damit wir mit der Arbeit anfangen können.« Sie sah hinaus in den Garten, in dem bunt und üppig die Rosen blühten, in dem Willi Wilde versuchte, aus kleinen Gemüsebeeten Unkraut zu entfernen und in dem die Sonnenuhr noch immer den Mittelpunkt bildete.

Langsam ging sie hinaus, umrundete den grün bemoosten Sockel und betrachtete die stumpf gewordene Bronzeschale, einst der Mittelpunkt ihres jungen Lebens. Dir verhelfe ich auch wieder zum Hochglanz, dachte sie, drehte der Schale den Rücken zu und begrüßte den alt gewordenen Chauffeur. »Seit wann gibt es Gemüse in diesem Garten? Die Bohnen sehen prächtig aus und die Gurken auch.«

»Meinen Sie?« Willi Wilde richtete sich auf und rieb sich das Kreuz.

»Wenn man nur die Gartenarbeit ohne bücken machen könnte. Am liebsten wär' ich ein Regenwurm, dann kann man gleich unten bleiben.«

Friederike lachte laut. »Sie und ein Regenwurm. Aber das Problem kenne ich, wir mussten im Internat auch im Garten arbeiten.« Und dann fiel ihr auf, dass sie zum ersten Mal seit vielen Wochen gelacht hatte.

Fünfzehntes Kapitel

Martin Stelling steckte bis zum Hals in Schwierigkeiten. Das Kavallerie-Regiment, in dem er als Leutnant seine Aufgaben hatte, war vom Feind vollkommen zersprengt worden. Seit zwei Tagen und Nächten fehlte vom Großteil der Truppe jedes Lebenszeichen. Er hatte sich mit seinen verbliebenen zehn Reitern mühevoll über die Berge und durch die Schluchten des Erzgebirges gekämpft, irgendwo die grüne Grenze zwischen Böhmen und Sachsen passiert und dabei den Anschluss an den Heeresverband verloren. Die Verfolgung durch Truppen der Balkanländer und vor allem die Übermacht der Russen hatte einen kontrollierten Rückzug nicht ermöglicht. So teilte sich das Regiment, und er bekam den Befehl, mit seiner Reitergruppe einen Brückenkopf am rechten Ufer der Göltzsch zu errichten und zu verteidigen, bis das letzte deutsche Infanterie-Regiment das Gebiet verlassen hatte.

Fast alle Soldaten befanden sich auf der Flucht. Die Führungsspitze hatte zwar auf breiter Front den Rückzug angeordnet, aber das Chaos war vollkommen. Jeder versuchte, die eigene Haut zu retten und das nicht selten auf Kosten anderer. Nun sollte die Kavallerie mit ihren schnellen Pferden den Fußmarsch der Infanterie sichern. Dann kam der Durchbruch der Russen, die mit Übermacht und gepanzerten Fahrzeugen die deutschen Truppen zurückdrängten und die Infanterie einfach überrollten. An dem näher kommenden Kanonendonner hörte Leutnant Stelling, dass der Feind auf breiter Front im Anmarsch war. Sollte er den kleinen Brückenkopf an dem Flussübergang noch halten? Sollte er seine Truppe in Sicherheit bringen? Wurde er wegen Befehlsverweigerung erschossen, wenn er mit diesen letzten zehn Reitern auch flüchtete?

Sie hatten ihr Lager am Ostufer aufgeschlagen. Die Pferde waren an Bäumen festgebunden und blieben gesattelt, die Männer hatten sich auf dem Waldboden ausgestreckt und schliefen. Aufmerksam und unruhig ging Martin Stelling auf und ab. Er konnte und er wollte die nächtliche Wache keinem seiner Männer überlassen, er musste verhindern, dass sie kopflos und ziellos flüchteten, denn nur er besaß einen Kompass und eine Landkarte.

Der Meldereiter, den er mit weiteren Befehlen erwartete, war seit elf Stunden überfällig und einen eigenen Kurier konnte er nicht wegschicken. Stelling, müde an einen Baum gelehnt, überlegte: Ich werde bis zum Morgengrauen warten. Dann gebe ich den Befehl zum Aufbruch. Wir durchqueren den Fluss und gehen nach Norden. Wenn ich wenigstens wüsste, wo die Front verläuft und wer Feind oder Freund ist und wer überhaupt noch auf unserer Seite kämpft. Ich weiß nicht einmal, wo es diesen verdammten Krieg noch gibt. Dieser ganze hastige Rückzug – wohin sollen wir uns denn um Himmels willen zurückziehen?

Er lauschte in die Nacht. Die Pferde waren unruhig und hungrig. Sie rupften Blätter von den Bäumen, hin und wieder klirrte ein Steigbügel, wenn sie versuchten, an den Bäumen die lästigen Sättel von den schmerzenden Rücken abzustreifen. Dann hörte er, wie einer der Männer aufstand und näher kam. An der flüsternden Stimme erkannte er Unteroffizier Brosig. »Ich kann nicht schlafen, Herr Leutnant, soll ich Sie ablösen?«

»Danke, nein, ich könnte auch nicht schlafen.«

»Was machen wir denn nun, ich glaube, morgen sind die Russen oder die Bulgaren oder wer immer hinter uns her ist, hier.«

»Das fürchte ich auch.«

»Dann sollten wir abhauen, Herr Leutnant.«

»Das wäre Befehlsverweigerung, Brosig.«

»Und wo sind die, die uns den Befehl gegeben haben? Ich wette, die sind längst in Sicherheit.«

»Das denke ich auch, Brosig.«

»Worauf warten wir dann noch, Herr Leutnant?«

»Auf's Morgengrauen, Brosig. Wir müssen wenigstens die Richtung erkennen, wenn wir abreiten.«

»Soll ich die Männer schon mal wecken?«

»Nein, warten Sie noch. Der Tag wird anstrengend genug, wer weiß, wann wir die nächste Pause machen können.«

»Wenn der Feind mit seinen gepanzerten Automobilen hinter uns her ist, müssen wir uns auf eine wilde Jagd einstellen.«

»Wir müssen so schnell wie möglich in unwegsames Gelände, da kommt er mit Automobilen nicht weiter.«

»Und wo ist das?«

»Das sehen wir bei Tageslicht.«

»Und uns sehen dann die Flieger.«

»Wir müssen vorsichtig sein. Sobald ich einen Überblick habe, reiten wir nur noch nachts.« Er sah sich in der Dunkelheit um. Außer den nächsten Bäumen war nichts zu erkennen. »Ich werde ein paar Schritte laufen, achten Sie auf absolute Ruhe hier.«

Er tastete sich Schritt für Schritt von Baum zu Baum, bis er eine Lichtung erreichte, die einen Blick auf den Himmel freigab. Die Sterne funkelten in großer Klarheit. Schönes Wetter, dachte er, mir wären Nebel und Regen lieber. Dann setzte er sich mit dem Rücken an einen Baum und beobachtete die Lichtung. Am Waldrand gegenüber grasten ein paar Rehe. Rehbraten, dachte er, mein Gott, wann haben wir das letzte Mal Fleisch gegessen? Aber, ein einziger Schuss und wir verraten unsere Stellung. Wir kämen nicht einmal dazu, das Tier zu häuten und auszuweiden.

Nicht weit entfernt rauschte Wasser. Es ist nur ein kleiner Fluss, nicht breiter als die Alster in Hamburg, aber mit starkem Gefälle, überlegte er. Das Wasser geht den Pferden höchstens bis zum Bauch. Da sind wir schnell auf der anderen Seite. Er hatte die Furt, die sie verteidigen sollten, am Abend in beiden Richtungen durchritten, sie würde keine Behinderung sein. Wir müssen allerdings den Pferden Zeit geben, sich satt zu saufen, wer weiß, wann wir das nächste Wasser erreichen.

Ich bin verdammt müde, dachte er, und vielleicht ist alles falsch, was ich mache, aber es ist meine Pflicht, meine Männer in Sicherheit zu bringen. Ich werde sie nicht schutzlos der Übermacht eines Feindes ausliefern, nur weil uns irgendein Befehl, von dem ich nicht einmal weiß, ob er noch gültig ist, nicht erreicht. Die Männer vertrauen mir, ich darf sie nicht enttäuschen. Er stand auf, als er den ersten Schein einer leicht violetten Morgenröte über den Bäumen im Osten erkannte. Er tastete sich leise zurück und rief Brosig zu: »Wecken Sie jetzt die Männer. Sie sollen die Pferde ans Ufer führen und tränken und dann erst aufsitzen. Wir rasten, wenn wir irgendwo Lebensmittel gefunden haben.«

Und verärgert dachte er daran, dass seine Truppe seit drei Wochen keine Militär-Verpflegung erhalten hatte und auf Selbstversorgung angewiesen war. Das bedeutete, den Menschen, denen sie begegneten, ihre wenigen Lebensmittel wegzunehmen. ›Requirieren‹ nannte man das im Soldatenjargon, bestehlen nannte er das, und es widersprach seinem Charakter. Aber um nicht zu verhungern, musste er seinen Männern freie Hand lassen. Wenigstens finden die

Pferde noch genügend Grünzeug, bestätigte er sich selbst, strich seinem Fuchs über die Kruppe und kontrollierte den Sattelgurt. Festziehen würde er ihn erst nach der Tränke.

Müde, mürrisch und hungrig versorgten die Männer ihre Pferde. Stelling befahl absolute Stille beim Abmarsch. Dann zogen sie nacheinander und so leise wie möglich zum Fluss, tränkten die Pferde, kontrollierten Sattelzeug und Trensen und saßen auf. Einer nach dem anderen trieben sie ihre Pferde ins Wasser und ritten zum anderen Ufer. Stelling sah zurück. Noch war nichts vom Feind zu sehen. Sie hatten einen kleinen Vorsprung und den mussten sie nutzen. Jetzt bei Tageslicht konnte er seinen Kompass lesen und verglich ihn mit dem Stand der aufgehenden Sonne, dann nahm er Kurs nach Nordwest und übernahm die Spitze. Er wollte versuchen, Ortschaften zu umgehen, Waldgebiete für die Tagesritte zu nutzen und größere Flüsse und Seen zu meiden. Wenn ich die Richtung nach Nordwesten einhalten kann, treffen wir auf die Saale. Von dort geht's weiter zur Elbe. Dann können sich die Männer absetzen, ganz gleich, was aus diesem elenden Krieg inzwischen geworden war, dachte er, wütend, weil man ihm diese Verantwortung aufgeladen hatte.

Brosig war der letzte Reiter, er musste die Truppe nach hinten absichern. Sie folgten einem schmalen Weg durch den Kiefernwald. Wir werden Spuren hinterlassen, dachte Stelling, andererseits ist der Weg zu schmal für Fahrzeuge. Gefährlich wird es, wenn wir offenes Gelände erreichen, Straßen überqueren müssen oder Ortschaften nicht umgehen können. Dennoch, wir mussen Dörfer finden, die Männer haben Hunger.

Gegen Mittag roch er den Rauch eines Feuers. Er ließ anhalten und schickte zwei Kundschafter nach vorn. Die anderen saßen ab, lockerten die Sattelgurte und ließen die

Pferde grasen. Viel Futter gab es auf dem mit Kiefernnadeln bedeckten Boden nicht. Hier und da ein Heidekraut und Moos, das war alles. Er sah die Tiere an. Sie waren abgemagert und ungepflegt. Höchste Zeit, dachte Stelling, dass sie Hafer auf die Rippen kriegen, sonst brechen sie unter uns zusammen. Er klopfte seinem Fuchs den Hals und kraulte ihn zwischen den Ohren, das hatte der Hengst gern. Er stieß seinen Reiter an, wenn er aufhörte, und forderte ihn auf, weiterzukraulen. Stelling ritt den Fuchs jetzt seit zwei Jahren. Er hatte das Tier mitten im Gefechtslärm von einem ungarischen Pferdehirten gekauft und damals seinen ganzen gesparten Sold dafür ausgegeben. Da er den fremdländischen Namen nicht aussprechen konnte, nannte er ihn ›Partner‹ und hatte nicht ein einziges Mal bereut, diesen Hengst gekauft zu haben. Er war zäh und fleißig. Das halbwilde Leben in der Puszta hatte ihn robust und widerstandsfähig gemacht. Die Zuneigung zwischen Pferd und Reiter beruhte auf Gegenseitigkeit, denn schon nach wenigen Tagen folgte ihm der Hengst wie ein Hund und die anderen Offiziere machten ihre Witze darüber.

Dann sah er seine beiden Kundschafter zurückkommen. Sie salutierten und meldeten: »Weiter vorn kampiert ein Schäfer am Waldrand. Etwa fünfzig Schafe, zwei Hunde, eine breite Ebene, und rund drei Kilometer entfernt ein Dorf, keine Truppenbewegungen zu erkennen.«

»Danke«, und zu Brosig gewandt, »reiten Sie hin und sorgen Sie dafür, dass er sich ruhig verhält. Wir reiten bis an den Waldrand und satteln ab. Die Pferde werden im Schatten der Bäume angepflockt und können grasen.« Als sein Unteroffizier weg war, befahl er aufzusitzen. »Wir rasten bis heute Abend und reiten nachts weiter. Wer kennt sich mit dem Schlachten von Schafen aus?«

Einer der Männer meldete sich. »Ich bin Schlachter, wir könnten den Hammel am Spieß braten.«

»Gut, ich werde dem Schäfer ein Tier abkaufen, sorgen Sie für den Rest und ein Feuer, das nicht kilometerweit zu sehen und zu riechen ist.«

»Jawoll, Herr Leutnant.«

Der Schäfer, entsetzt über das plötzliche Auftauchen der Soldaten, weigerte sich, eins der Schafe abzugeben. »Sie gehören mir nicht, ich muss sie nur hüten. Man vertreibt mich aus dem Dorf, wenn ich ein Schaf verliere«, jammerte er und versuchte, die aufgebrachten Hunde ruhig zu halten.

Stelling war wütend und wusste, dass er seine Macht ausspielen musste, seine hungrigen Männer beobachteten ihn argwöhnisch und waren nur zu bereit, Macht auf ihre Art zu demonstrieren.

»Ich bezahle den Hammel und gebe Ihnen einen Zettel, auf dem steht, dass Sie sich nicht wehren konnten.«

»Ich kann nicht lesen.«

»Die Dorfbewohner werden's können.« Während er dem Mann Geld und Zettel gab, befahl er seinen Männern, das kräftigste Tier auszusuchen und zu schlachten. Inzwischen suchten die Soldaten, die nicht beim Schlachten gebraucht wurden, Holz für das Feuer und bauten ein kräftiges Gestell für den Spieß. Stelling wandte sich an Brosig und zeigte auf den lamentierenden Schäfer. »Kümmern Sie sich um ihn, ich muss mich auf die Karten und den Kompass konzentrieren, damit wir nachts weiterreiten können.«

Brosig wartete schon lange auf so einen Befehl, sein Leutnant war viel zu höflich bei Verhandlungen, mit ihm würde der Alte nicht lange verhandeln. »Wo gibt's Brot, Mann, oder Kartoffeln?«

»Die Kartoffeln sind noch unreif, sie sind giftig, wenn man sie jetzt isst.«

»Und Brot?«

»Na ja«, grummelte der Alte, »früher gab's 'nen Bäcker im Dorf, jetzt aber schon lange nicht mehr. Jeder backt für sich selbst, wenn er was zum Backen hat.«

»Ihr hier auf dem Land habt doch Felder und Ernten.«

»Ja, aber keine Männer, die die Arbeit machen.«

»Und was ist mit den Frauen?«

»Es gibt ein paar, die Feldarbeit leisten –«

»– und sicher auch ein paar, die Brot backen. Also, reden Sie nicht drum herum, besorgen Sie Brot. Und zwar sofort.«

»Kein Mensch wird mir freiwillig Brot geben.«

»Ich schicke einen der Soldaten mit und Geld gebe ich ihm auch. Und kommen Sie ja nicht ohne Brot zurück.«

»Und was ist unterdessen mit meinen Schafen?«

»Die bleiben hier. Die Hunde werden sie zusammenhalten. Und noch was, bringen Sie 'ne Tüte Salz mit. Hammel ohne Salz schmeckt mir nicht.«

Missmutig stand der Alte auf, gab den Hunden einen Befehl und ging in Richtung Dorf davon. Er war klein, untersetzt, unrasiert und braun gebrannt. Obwohl es ein heißer Spätsommertag war, hatte er eine dicke, mit Schafsfell gefütterte Jacke an. Brosig schickte einen seiner Männer hinterher. »Nehmen Sie die Knarre mit, Mann, wer weiß, was Sie im Dorf erwartet.« Nicht weniger missmutig lief der Soldat hinter dem Hirten her. Er hätte lieber die müden Beine ausgestreckt, seinen letzten Rest Tabak in die Pfeife gestopft und an einen Baum gelehnt die Augen zugemacht. Aber nein, er musste in dieses blöde Dorf und die Frauen bedrohen. Und wenn er Pech hatte, verstand er als Berliner diesen Thüringer Dialekt überhaupt nicht.

Im Dorf war alles ruhig. Wie ausgestorben, dachte er. »Wo sind denn die Leute alle?«

»Die haben längst mitgekriegt, dass Ihr da am Waldrand lagert. Wir haben ein gutes Wachsystem. Schließlich sind wir hier mitten im Frontgebiet. Mal seid Ihr vorne, mal die anderen. Und dann die Flieger und diese Luftschiffe, die alles beobachten, da traut sich doch kein Mensch mehr auf die Straße.« Der Alte steuerte auf eine Kate zu und stieß die Tür auf. »Martha, wir brauchen Brot.«

Eine alte Frau kam aus einer Kammer. Sie hatte ein verwaschenes kariertes Männerhemd in ihren Rock gestopft und trotz der Hitze in der muffigen Kate ein Wolltuch um den Kopf gebunden. »Brot! Dass ich nich lache, Brot, was is'n das?«

»Red' nich rum, besorge Brot, sonst kracht's hier. Die Männer sind ausgehungert und zu allem fähig. Du kriegst Geld für dein Brot.«

»Geld, pah, was soll ich mit den Papierfetzen, die schon längst keinen Wert mehr haben. Und zu kaufen gibts hier auch nichts.«

Der Alte drehte sich zu dem Soldaten um. »Seh'n Sie, nichts zu machen.«

Aber der Soldat nahm das Gewehr vom Rücken, zielte auf die Frau und befahl: »Brot oder es knallt.«

Aufgeschreckt und vor sich hin fluchend schlurfte die Alte zurück in ihre Kammer und kam mit einem Laib Brot zurück. »Na also«, nickte der Soldat, »weiter, ins nächste Haus.«

Als er mit dem Hirten an den Waldrand zurückkam, trug der Alte in einem Sack acht Brote, manche noch ofenwarm, und er hatte eine Tüte Salz in der Tasche. Am Spieß drehte sich der Hammel. Der Schlachter rieb ihn kräftig mit Pfefferminze, die üppig und fast meterhoch am Wiesenrand wucherte, und mit Salz ein und die Männer teilten sich die Brote. Sie waren hungrig und konnten auf das Fleisch nicht warten.

Leutnant Stelling hatte seinen Fluchtplan fertig. Sie hatten Pfaffengrün und Neudörfel hinter sich und mussten als Nächstes südlich von Elsterberg und nördlich von Plauen die Weiße Elster überqueren. Wir werden in Richtung Bachhäuser reiten und dann einen Übergang suchen. Verdammt bergig, das ganze Gelände am Fluss entlang, dachte er und legte die zerfledderte Karte vorsichtig zusammen. Brosig brachte ihm ein Stück Brot und einen Batzen vom Hammel und reichte ihm die Feldflasche mit Wasser, die er bei der letzten Bachdurchquerung gefüllt hatte. »Guten Appetit, Herr Leutnant. Wie lange machen wir Pause?«

»Bis zum Einbruch der Dunkelheit. Über die Ebene vor uns müssen wir bei Nacht reiten.«

»Jawoll, Herr Leutnant, dann können die Männer noch gute drei Stunden schlafen.«

»Achten Sie darauf, dass die Pferde versorgt und die Hufe kontrolliert werden. Ich möchte kein Tier verlieren und keinen Fußgänger in meiner Truppe haben.«

»Jawoll, Herr Leutnant.«

Stelling beobachtete seinen Hengst. Er graste zufrieden zwischen den Sträuchern am Waldrand. Hin und wieder schüttelte er sich, um lästige Fliegen abzuwehren. Die Ohren spielten aufmerksam. Der ist wachsam wie ein Hund, dachte der Mann und spürte, wie er selbst schläfrig wurde. Er legte sich hin, streckte die vom stundenlangen Reiten verkrampften Beine aus und drehte sich auf die Seite. Er vergrub den Kopf im Heidekraut und roch die letzten Blüten, die Wurzeln, die Erde. Die Sonne schien durch das Gestrüpp, und die Welt schien um ihn herum zu versinken.

Stunden später schüttelte Brosig ihn an der Schulter. »Flugzeuge, Herr Leutnant, sie kommen schnell näher.« Stelling sprang auf. »Sind die Männer und die Pferde im Wald?«

»Alles gut versteckt, das Feuer wurde schon vor einer Stunde mit Sand gelöscht, der Rauch erstickt.«

Stelling sah über die Ebene. In Dreierformationen flogen neun Junker-F13-Maschinen in der Dämmerung über die Felder. Sie kamen im Tiefflug direkt auf den Wald zu. Hatten die Bauern sie verraten? Dann sah er die Hoheitszeichen unter den Flügeln. Deutsche Maschinen, dachte er, den Krieg gibt's also noch.

»Fertig machen zum Abreiten«, befahl er und sattelte sein Pferd. Die Tiere waren unruhig, tief fliegende Flugzeuge kannten sie nicht. Die Nacht brach schnell herein. Der Hirte war mit seiner Herde zum Dorf gezogen, die Hunde bellten und aus der Ferne antworteten andere. Stelling warf einen letzten Blick auf den Kompass. »Wir reiten südlich um das Dorf herum und treffen bei Lochhäuser auf eine kleine Brücke. Da müssen wir rüber. Sie übernehmen wieder die Rücksicherung, Brosig.«

»Jawoll, Herr Leutnant.«

Immer wieder trafen die Reiter auf einzelne Gehöfte, armselige Katen, größere Höfe, Weiler mit mehreren Häusern, und immer wieder trafen sie auf Hunde, die sie mit ihrem Gebell begleiteten und die Bewohner der Häuser weckten. Kurz vor Morgengrauen hatten sie Lochhäuser erreicht. Eine Kopfsteinpflasterstraße führte direkt zum Fluss. Stelling ließ die Männer absitzen und schickte zwei Kundschafter voraus. »Sichern Sie die Brücke und kontrollieren Sie das andere Ufer, ich möchte nicht in eine Falle geraten.« Brosig stellte sich neben ihn. »Was meinen Sie mit Falle, Herr Leutnant?«

»Alles was uns aufhalten könnte, Brosig. Den Feind haben wir wohl abgeschüttelt, aber ich möchte zu keiner Kehrtwendung gezwungen werden und wieder gen Osten ziehen müssen.«

»Wir sind also auf der Flucht vor allen.«

»Vor allen und jedem, Brosig.«

»Und wie weit fliehen wir noch?«

»Bis an die Elbe, dann kann jeder machen, was er will. Aber bis dahin habe ich die Verantwortung und die nehme ich sehr ernst.«

»Da kommen die Kundschafter zurück.«

»Alles in Ordnung, niemand zu sehen.«

»Gut, die Pferde werden geführt, geben Sie den Befehl weiter.«

Brosig ging zu den Männern, die in kleinen Gruppen miteinander flüsterten. »Los geht's. Die Pferde werden geführt.«

Als die Truppe am anderen Brückenende ankam, wurde es hell. Stelling ließ aufsitzen, und dann ging es in gestrecktem Galopp über Feldwege bis in den nächsten Wald.

Das Land wurde flacher, sie kamen gut voran. Aber Stelling wusste, dass vor ihnen große Teichgebiete und zwei Stauseen lagen, die umritten werden mussten. Vorsichtig führte er seine Truppe mal bei Tage im Wald, mal nachts über freies Land weiter nach Westen. Kamen sie in die Nähe eines Dorfes, wurden Lebensmittel und Futter für die Pferde requiriert. In Tegau trafen sie auf einen Schmied, der die Hufe der Pferde versorgen musste. Einige brauchten Eisen, andere mussten abgefeilt und zurechtgeschnitten werden. Von ihm erfuhr Martin Stelling auch, wie es um den Krieg bestellt war. »Alles ein großes Durcheinander, Herr Leutnant. In Frankreich fliehen die Deutschen, die Österreicher, die Bulgaren und die Türken haben einen Waffenstillstand ausgehandelt und hier bei uns wollen die Menschen durch revolutionäre Bewegungen in den großen Städten und verschiedene Parteien Friedensverhandlungen erzwingen. Aber da machen ein paar Offiziere nicht mit. Und so geht das immer hin und her.«

»Und wer wird gewinnen?«

»Die Revolutionäre, die sind in der Überzahl.«

»Und woher wissen Sie das alles?«

»Hier kommen Soldaten heim und Fremde durch, die erzählen von der Front und von den Parteien, und so kann man sich ein Bild machen. Sie sind doch auch auf einem Heimweg. Wohin soll's denn gehen?« Stelling hatte nicht vor, den Schmied in seine Pläne einzuweihen, wollte aber doch wissen, wie die Gegend vor ihm aussah. »Wir wollen weiter nach Westen. Mal sehen, wie weit wir kommen.«

»Da gibt's keine Schwierigkeiten, Herr Leutnant. Für uns hier ist der Krieg zu Ende.« Betrübt schüttelte er den Kopf. »Hier denkt jeder nur noch ans eigene Leid. Wissen Sie, wir haben eine große Hungersnot und die wird im Winter noch viel schlimmer. Und das Geld taugt auch nichts mehr, da versucht jeder, mit ein bisschen Kleinvieh und Feldarbeit zu überleben.« Er zeigte auf die Schmiede, in der viele alte Ackergeräte ausgebessert werden sollten. »Ich nehme schon lange kein Geld mehr für die Arbeit. Mich bezahlt man mit Eiern und Hühnern und Kartoffeln und Brot.«

»Damit kann ich Sie nicht bezahlen.«

»Das macht nichts, für Soldaten, die mich und meine Familie beschützt haben, arbeite ich umsonst.« Er winkte einem der Männer zu. »Hier, holen Sie Ihren Gaul, der Nächste soll kommen.« Und zu Stelling gewandt: »Ich war nicht im Krieg, ich habe früher in der Grube gearbeitet und jetzt habe ich 'ne Staublunge. Keine Chance, Soldat zu werden.«

Als der Trupp am nächsten Tag weiterzog, winkten die Dörfler hinter ihnen her. Die Soldaten hatten in den Häusern geholfen, wo die Männer noch fehlten. Sie hatten Dächer winterfest gemacht, Öfen repariert, Brunnen gereinigt, Möbel geschleppt und Wände verputzt. Dafür bekamen sie Lebensmittel und die Pferde Hafer und gewaschene Satteldecken. Drei Tage später erreichte Stelling mit seiner Truppe die Saale bei Saalburg.

Sechzehntes Kapitel

Leutnant Stelling beschloss, sich der Stadt mit seinem Reitertrupp vorsichtig zu nähern. Er wollte weder in eine Falle geraten, noch in ein militärisches Auffanglager. Er wollte seine Leute möglichst unversehrt nach Hause entlassen, jetzt, wo der Krieg doch eigentlich schon vorbei war. Also gab er den Befehl, den Ort weitläufig zu umreiten und den Fluss an einer Stelle zu erreichen, wo seine Männer mit wenig Verkehr rechnen und ausreichend pausieren konnten.

Auf der abgelegenen Straße kam ihnen ein Händler mit einem Karren voller leerer Käfige entgegen. Missmutig grüßte der Alte die Reiter und versuchte, schnell an ihnen vorbeizukommen.

Aber Brosig hielt ihn an: »Was ist los, warum so eilig und so unfreundlich?«

»Ich will nach Hause und ich will meine Käfige in Sicherheit bringen.«

Brosig lachte. »Haben Sie Angst, wir klauen Ihnen die dreckigen Kisten?«

»Heute is alles möglich«, knurrte der Mann, »die Dinger sind aus Holz, und Holz braucht jeder zum Feuern. Ich brauch' sie aber zum Transport meiner Hühner. Das Federvieh is mein Leben, ohne den Hühnerverkauf kann ich mich gleich einsargen lassen. Und meine Familie mit mir. Von dem Verkauf müssen wir leben.«

Brosig wurde hellhörig. Hühnchen am Spieß, dachte er, Hühner haben wir seit Urzeiten nicht mehr gegessen. Die

Männer sind hungrig, wir haben keine Verpflegung für heute Abend. Warum soll der Alte sein Vieh in der Stadt verkaufen? »Warten Sie mal, Mann, ich hab' da eine Idee.« Schnell ritt er nach vorne zu den anderen. »Herr Leutnant, der Alte lebt vom Hühnerverkauf, wir könnten doch welche gebrauchen, haben wir noch Geld?«

Martin Stelling grinste. »Für Verpflegung immer. Fragen Sie ihn, wo wir ungestört lagern können, der kennt sich hier aus, und dann soll er uns seine Hühner bringen. Mindestens eins für jeden Mann.«

»Jawoll, Herr Leutnant.« Und zu dem Mann gewandt: »Bringen Sie uns Ihre Hühner, mindestens zehn, aber dick und fett sollten sie sein, damit wir satt werden. Wir bezahlen gut für gute Qualität. Und dann verraten Sie uns noch, wo wir hier ungestört lagern können.«

Der Mann nickte zufrieden. »Mein Federvieh ist allerbeste Ware. Ich lebe mit meiner Familie sehr versteckt, deshalb kann ich in Ruhe meine Hühner groß füttern. Auf dem Markt in Saalburg bin ich der Größte. Und lagern können Sie da drüben hinter dem Wäldchen. Da ist das Schloss und zum Fluss sind's nur hundert Meter, und kein Mensch kommt da vorbei.« Er zeigte in die Richtung der abendlichen Sonne.

»Was für ein Schloss?«

»Na, der alte Saalehof. Is jetzt fast unbewohnt.«

»Was heißt fast?«

»Soviel ich gehört habe, hausen 'n paar Weiber in einem Gesindehaus, die freun sich über 'n paar Männer«, grinste er zweideutig.

»Warten Sie, ich muss mit meinem Leutnant sprechen.« Brosig ritt noch einmal an die Spitze des Trupps und erklärte seinem Leutnant die Lage.

Der nickte. »Versuchen wir's.« Und Brosig an den Alten gewandt: »Also gut, bringen Sie die Hühner zu dem Saalehof. Aber dalli, dalli. Wir haben Hunger. Und: Köpfe ab, gerupft und ausgenommen.«

Der Alte schüttelte zweifelnd den Kopf. »Also 'ne halbe Stunde hin, 'ne halbe Stunde zurück und zehn Hühner schlachten, das braucht 'ne Stunde. In zwei Stunden hab'n Sie Ihre Viecher. Schneller geht's nich. Und das Geld, wie sieht das aus? Papier will ich nich.«

»Unser Leutnant hat Silberstücke, und nun los.«

Die Kavalleristen ritten weiter, und der Alte schlurfte davon. Stelling studierte seine Karte. Ein Schloss ist nicht eingezeichnet, stellte er fest, wer weiß, was der Mann unter ›Schloss‹ versteht. Aber wenn es abseits liegt – vielleicht ist es ein gutes Versteck für ein paar ruhige Tage. Die Männer und die Pferde brauchen dringend eine Pause. Vielleicht gibt es sogar Ställe und Futter und ein Dach über dem Kopf für meine Leute.

Sie erreichten einen kleinen Wald und wenig später sahen sie die große Hofanlage. Eine hohe rote Ziegelmauer umgab die Gehöfte. Vorsichtig näherten sich die Reiter quer über ein Feld. Dann kamen sie auf eine Kopfsteinpflasterstraße und zu dem runden, gemauerten Torbogen, der ins Innere der Anlage führte. Rechts und links waren Ställe, Scheunen und Gesindehäuser an die Rückseite der Ziegelmauer angebaut. Dem Torbogen gegenüber stand das Wohnhaus, einstöckig, breit, behäbig, mit dunkelgrauem Walmdach aus Schindelbedeckung und mit zugeklappten Fensterläden. Menschen waren nicht zu sehen, auch die Stallungen schienen leer zu sein.

Stelling ließ absitzen und befahl den Männern, die Gebäude zu durchsuchen. »Nehmen Sie die Gewehre mit und achten Sie auf jedes Geräusch, ich möchte nicht in irgendeinen Hinterhalt geraten.«

Brosig teilte sie in vier Gruppen, ein Mann musste bei den Pferden bleiben. Aber es gab keine unliebsamen Überraschungen. Nach und nach kamen die Soldaten zurück und machten Meldung.

»Die Ställe sind leer.«

»In den Scheunen gibt's Heu und Stroh.«

»Eines der Gesindehäuser ist bewohnt, ist aber niemand da.«

»Das Wohnhaus ist verschlossen, sollen wir die Tür aufbrechen?«

»Ja«, gab der Leutnant den Befehl, »Brosig, übernehmen Sie das. Wenn wir kontrollieren, gehört das dazu.« Dann befahl er den Männern, die Pferde in einen Stall zu bringen und zu versorgen. »Wir werden bei den Pferden schlafen. Besorgen Sie ausreichend Heu und Stroh. Ich will, dass wir jeden Augenblick aufbruchbereit sind.«

Während die Männer die Pferde in die Ständer führten, näherten sich von draußen lachende, schwatzende Frauen. Martin Stelling wartete etwas versteckt unter einem der Scheunendächer. Dann sah er sechs Frauen auf den Hof kommen. Zwei trugen Bündel mit Brennholz in den hochgehaltenen Schürzen, eine hatte einen Wassereimer in der Hand, aus dem es heftig spritzte, zwei schleppten einen Bottich mit nasser Wäsche zwischen sich und eine hatte einen Korb mit frisch gesammelten Pilzen am Arm. Als sie zu ihrem Gesindehaus gingen, sahen sie an dem frischen Pferdemist, dass sie nicht allein waren. Erschrocken blieben sie stehen, flüsterten miteinander und sahen sich um.

Stelling trat aus seinem Versteck. »Sie brauchen keine Angst zu haben, wir machen hier nur Rast. Wem gehört der Hof und wo ist der Besitzer?«

Die Weiber knicksten und schoben die Frau mit dem Wassereimer nach vorn. »Geh Bertha, red du mit dem.«

»Außer uns ist keiner da«, versicherte Bertha ängstlich. »Wir gehören zum Gesinde. Die Männer sind alle Soldaten, auch der Herr Baron, und das gnädige Fräulein wohnt mit dem Hauspersonal in der Stadt.«

»Wer kümmert sich um den Hof?«

»Wir. Aber viel ist da nicht zu machen. Kein Vieh, keine Männer für die Feldarbeit, keine Aussaat und keine Ernte.«

»Und wovon leben Sie?«

»Von allem, was wir finden. Pilze, Beeren, Obst vom alten Garten, heute haben wir einen Fisch gefangen, und es gibt jede Menge Wildkaninchen, man muss nur genug Fallen aufstellen.«

»Die tauschen wir dann in der Stadt gegen Brot«, fügte eine andere hinzu. Langsam wurden sie gesprächig, der erste Schrecken war vorbei.

»Jede Menge Kräuter gibt's auch, die kann man auf dem Markt gegen was anderes tauschen.«

»Nur Wasser haben wir nicht. Der Brunnen ist ausgetrocknet, und wir können ihn nicht instandsetzen. Das Wasser müssen wir aus dem Fluss holen.«

»Ist das nicht sehr schmutzig?«

»Danach fragt keiner, wenn 'ner Durst hat.«

Stelling dachte an seine Männer. Die müssen unbedingt das Wasser abkochen, überlegte er und sah die Frauen an. »Kommen hier oft Fremde durch?«

»Nein, das Gut ist sehr versteckt, die Straße macht einen großen Bogen, und wer sich nicht auskennt, findet nicht her. Wie haben Sie uns denn gefunden?«

»Ein Hühnerhändler hat uns den Weg gezeigt.«

»Ach, der alte Urban«, kicherte eine der Frauen. »Der is hinter der Bertha her, aber die will nichts von ihm wissen.«

Vom Haus her kamen Brosig und zwei Soldaten zurück. »Wir haben die Tür geöffnet und reingekuckt. Alles finster wegen der Fensterläden und alles mit Tüchern zugedeckt. Kein Mensch zu sehen, Herr Leutnant.«

»Ach du meine Güte, wenn's das gnädige Fräulein erfährt, wird sie denken, wir sind eingebrochen.«

»Machen Sie sich darüber keine Sorgen, ich bringe das in Ordnung. Wie heißt denn das Fräulein und wie kann man die junge Dame erreichen?«

»Das ist die Baroness Bettina von Schalenburg und besonders jung ist die auch nicht mehr«, kicherte eine der Frauen.

Stelling überlegte: Keiner von meinen Leuten soll in der Stadt gesehen werden. Aber kann ich den Frauen trauen und eine zu dieser Baroness schicken? Nein, überlegte er, ich werde auf den alten Urban warten. Für blankes Geld übernimmt der einen Botendienst. Martin Stelling wollte unbedingt mit einem kundigen Einheimischen sprechen und etwas über den Kriegsablauf und die Situation der Bevölkerung erfahren. Außerdem brauchte er eine neue Karte, seine war hier zu Ende, und er wollte einen günstigen, kurzen und versteckten Weg nach Norden zur Elbe hin gezeigt bekommen. Wenn wir dem Fluss folgen, kommen wir durch große Städte und müssen lange Umwege reiten, weil die Saale endlose Schleifen dreht, es muss eine kürzere Strecke nach Norden geben. Ich werde dem Fräulein einen Brief schreiben und sie bitten herzukommen, sonst würde ich ihr Schloss ohne ihre Genehmigung nach Karten durchsuchen.

Die Pferde waren abgesattelt und wurden zur Tränke an den Fluss geführt. Dann bekamen sie Heu und frisches Stroh. Danach schleppten die Männer Strohballen heran und bauten sich ihr eigenes Lager. Die Frauen hingen ihre im Fluss gewaschene Wäsche unter dem Gespött der Männer auf die Leine, denn die Dessous dieser Mädchen waren museumsreife Trikotagen in unmöglichen Farben und Formen.

Brosig ließ auf dem Hofplatz ein Feuer entfachen und aus der Schlossküche Kessel und Kochtöpfe holen, um Wasser abzukochen. Dann bastelte er eigenhändig zwei Spieße, um später die Hühner zu braten.

Martin Stelling schrieb unterdessen im Schein des Lagerfeuers einen Brief für das Fräulein von Schalenburg.

Sehr geehrte Baroness, wir sind hier auf dem Saalehof, haben unsere Pferde in Ihren Stallungen stehen und uns erlaubt, die Tür zu Ihrem Wohnhaus zu öffnen. Wir sind Soldaten und sehen es als unsere Pflicht an, alle Gebäude nach Feinden zu durchsuchen, bevor wir irgendwo lagern. Da wir mit einem Geheimauftrag auf verdeckten Wegen unterwegs sind, können wir die Stadt nicht aufsuchen. Ich bitte Sie, hierher zu kommen und uns mit Rat und Tat zur Seite zu stehen. Anderenfalls müsste ich ohne Ihr Beisein Ihr Haus durchsuchen und Unterlagen beschlagnahmen, die wir benötigen.

Hochachtungsvoll Martin Stelling, Leutnant

Er las den Brief noch einmal durch, überlegte, ob er zu auffällig gelogen hatte, faltete das Blatt zusammen und versiegelte das Papier, indem er den Siegellackstift über dem Feuer wärmte und schließlich den Tropfen auf das Papier fallen ließ und mit seinem Ring festdrückte.

Trotz der späten Stunde herrschte reges Leben auf dem Hof. Die Soldaten hatten sich um das Feuer gelagert, aus dem Gesindehaus zog in dicken Schwaden der Geruch von gebratenem Saalefisch durch die Abendluft, und vom Tor her hörte man das Quietschen des alten Karrens. Der Hühnerhändler bog mit seinem Gefährt und einer Wanne voller geschlachteter und fertig gewürzter Hühnchen auf den Hof. Stelling bezahlte die Tiere, drückte dem alten Mann ein extra Silberstück für den Botengang und den Brief in die Hand und befahl ihm, die Nachricht so schnell wie möglich und vertraulich dem Fräulein von Schalenburg zu überbringen. Anderenfalls müsse er, der Händler, mit Sanktionen der Reitertruppe rechnen. Er überlegte noch einen Augenblick, ob er zu hart mit dem Mann umgegangen sei, entschuldigte dann aber seine Worte mit den besonderen Gegebenheiten eines Krieges und wartete geduldig auf sein Hühnchen, das sich mit den anderen gemeinsam an zwei Spießen über dem nächtlichen Feuer drehte.

Am nächsten Morgen, kurz nach Sonnenaufgang, kam Fräulein von Schalenburg mit einem Herrenrad auf den Hof geradelt. Martin, der im Fluss ein Bad genommen hatte, sah sie als Erster. Und was er sah, gefiel ihm. Die junge Dame hatte zwar Schwierigkeiten, in ihrem engen, langen Rock von dem Rad abzusteigen, löste das Problem aber geschickt, indem sie das Rad zwischen ihren Füßen zu Boden fallen ließ und dann einfach über das Gestänge hinwegtrat. Martin fuhr sich mit den Händen durch die Haare, stopfte das Hemd in die Uniformhose und zog den Gürtel enger. Mit dem nassen Handtuch um den Hals und den nackten Füßen sah er nicht gerade respekteinflößend aus. Die Baroness sah ihn naserümpfend von oben bis unten an und fragte sehr direkt: »Sind Sie dieser Mann, der mir geschrieben hat, dass er in mein Haus eingebrochen ist?«

»Genau der bin ich, mein Fräulein«, er verbeugte sich, »Martin Stelling, Leutnant.«

»Erstens bin ich nicht Ihr Fräulein, sondern Baroness Bettina von Schalenburg, und zweitens verschwinden Sie von meiner Hofanlage. Der Krieg ist aus, und Soldaten sind das Letzte, was wir jetzt hier sehen wollen.«

Stelling, zunächst verblüfft über die Unfreundlichkeit, hatte sich schnell gefasst. »Sie irren sich, Baroness, für mich ist der Krieg beendet, wenn ich meine Männer unversehrt in ihre Heimat entlassen habe. Und bis dahin ist es noch ein langer Weg, und für diesen Weg brauche ich Sie.«

»Ihre Fürsorge ehrt Sie, Herr Leutnant, aber rechnen Sie nicht mit meiner Hilfe. Soldaten haben wir hier und in diesem Krieg nicht erlebt, wir werden damit auch jetzt nicht anfangen. Diese Gegend ist friedlich und freundlich, verschonen Sie uns mit Befehlen und Hausdurchsuchungen.«

Stelling meinte: »Freundlich würde ich Ihre Begrüßung nun nicht unbedingt nennen, und Befehle wollte ich Ihnen eigentlich nicht erteilen. Ich wollte Sie nur um Hilfe bitten, aber ich kann mich auch anders ausdrücken, wenn Sie das wünschen – oder brauchen«, fügte er boshaft hinzu.

Um die beiden Menschen in der Hofmitte hatte sich ein Kreis von unausgeschlafenen Soldaten und kichernden Gesindefrauen gebildet. Brosig kam mit Stiefeln und dem Uniformrock eilig aus dem Stall gelaufen und hielt seinem Leutnant beides hin. Aber der schüttelte den Kopf. »Lassen Sie nur, Brosig, ich begebe mich jetzt ins Schloss und werde mich dort im Badezimmer – vorausgesetzt, es gibt so etwas – fertig machen. Bringen Sie bitte mein Rasierzeug, Wasser und meinen Kamm mit, ich habe das Bedürfnis, meine Körperpflege dort zu beenden.« Und zu den Soldaten gewandt: »Versorgen Sie Ihre Pferde, und dann empfehle ich auch Ihnen ein Bad im Fluss.« Ohne die Baroness anzusehen oder gar um Erlaubnis zu bitten, ging er zum Gutshaus und verschwand hinter der Tür, die laut ins Schloss fiel.

Er hatte gar nicht vorgehabt, das Haus auf dieses Weise in Besitz zu nehmen, aber die eingebildete junge Dame reizte ihn, und nun wollte er ihr zeigen, mit wem sie sich da einließ. Sie wollte nichts von Soldaten sehen und hören und dabei waren es Soldaten, Männer wie er und seine Truppe, die durch ihren mutigen Einsatz dafür gesorgt hatten, dass kein Feind die Ruhe dieser idyllischen Gegend störte, und als Dank dafür bekamen sie nun Hochnäsigkeit und Arroganz zu spüren. Na warte, dachte er, ich kann auch anders. Er brauchte in dem eingeschossigen Haus nicht lange nach dem Badezimmer zu suchen. Es roch muffig, war feucht und ungelüftet. So öffnete er als Erstes die Fenster und stieß die Läden auf. Brosig kam mit frischer Wäsche, geputzten Stiefeln und seinem Rasierzeug.

»Der hab'n ses aber gegeben, Herr Leutnant. So ein eingebildetes, hochnäsiges Wesen! Jetzt steht sie auf dem Hof und weiß nicht weiter. Und für so was haben wir gekämpft.«

Stelling nickte. »Hier ist meine Uhr, Brosig, in einer viertel Stunde holen Sie sie rein. Irgendwo wird es eine Bibliothek oder ein Büro geben, da finden Sie mich dann.«

»Jawoll, Herr Leutnant.«

Als er der Baroness später gegenübersaß, fühlte er sich der Situation wieder gewachsen. Mit nackten Füßen ist das so eine Sache, dachte er und schlug in eleganter Manier seine Beine in den blanken Stiefeln übereinander.

Verärgert und empört betrachtete die junge Frau den Mann in dem Sessel, in dem ihr Vater mittags sein Schläfchen hielt. Wie sollte sie sich verhalten, welche Macht hatte er wirklich, was konnte man ihm glauben? »Was wollen Sie von mir«, fragte sie unverblümt und ließ ihn ihren Ärger spüren.

»Von Ihnen persönlich gar nichts. Wir wollen auf diesem Anwesen nur ein paar Tage rasten. Wir sind seit Wochen unterwegs und die Pferde brauchen Ruhe. Und wir wollten das nicht ohne Ihre Einwilligung tun.«

»Und was ist mit dem Haus?«

»Nichts, wir kampieren im Stall. Aber ich brauche Landkarten, und ich nehme an, Sie haben entsprechendes Material.«

»Wohin wollen Sie?«

»Zur Elbe, auf dem kürzesten und heimlichsten Weg. Ich will vermeiden, dass meine Männer jetzt noch kriegsverrückten Offizieren oder marodierenden Revolutionären in die Hände fallen.«

Bettina von Schalenburg lehnte sich entspannt zurück. »Sie haben mir einen ganz schönen Schrecken eingejagt, Leutnant Stelling.«

»Wären Sie ohne diesen Schrecken so schnell hergekommen?«

»Nein, bestimmt nicht.« Sie stand auf und öffnete eine Schublade des Schreibtisches. »Hier sind alle Karten, die wir besitzen, suchen Sie sich aus, was Sie brauchen.« Sie reichte ihm mehrere Rollen, und Martin studierte die Gegenden, durch die sie reiten mussten. »Ich muss die Karten mitnehmen, aber ich schicke sie zurück, sobald ich Gelegenheit dazu habe. Danke für Ihr Entgegenkommen. Und nun verraten Sie mir noch, wie es um den Krieg steht. Wird noch irgendwo gekämpft?«

»Die Kämpfe sind zu Ende, aber der Bevölkerung geht es schlecht. Viele Arbeitslose, viele Soldaten, die als Krüppel zurückgekommen sind, und alle haben Hunger, aber Nahrungsmittel gibt es nicht. In den Städten soll es Aufstände und Revolutionen geben.«

Stelling stand auf und reichte ihr die Hand. »Ich danke Ihnen für die Auskunft. Sie können das Haus jetzt wieder verschließen, wir brauchen es nicht mehr.«

»Wie lange werden Sie hier bleiben?«

»Drei oder vier Tage. Heu und Stroh für die Pferde müssen wir beschlagnahmen, ich hoffe, Sie werden das verstehen.«

»Wir haben seit zwei Jahren kein Vieh mehr, und es wird wohl noch eine Weile dauern, bis der Hof wieder in Schwung kommt. Bis dahin wird es neue Ernten geben. Brauchen Sie mich noch?«

»Nein, und danke, dass Sie uns geholfen haben.«

Er sah ihr nach, wie sie über den Hof ging und das Fahrrad durch den Torbogen führte. Und zum ersten Mal seit langer Zeit spürte er, wie einsam er war, wie sehr er sich nach Gesellschaft, nach weiblicher Gesellschaft sehnte. Wann, um Himmels willen, bin ich endlich wieder zu Hause? Wann beginnt eigentlich mein Leben?

Siebzehntes Kapitel

Patrick Stelling war ein Frühaufsteher. Lange bevor sich im Haus etwas regte, hatte er im Sportraum im Keller Gymnastik betrieben und seinem Punchingball ordentlich zugesetzt, und wenn das Wetter es zuließ, lief er in den Parkanlagen der Außenalster ein paar Meilen – bespöttelt von frühen Spaziergängern, die ihre Hunde ausführten. Aber was in Hamburg noch ein unbekanntes Sportvergnügen war, wurde im New Yorker Central Park schon praktiziert, als er junger Schiffsbauer in Amerika war. Seit damals wusste er, wie gut ihm diese Bewegung tat, und seit damals nutzte er jede Gelegenheit, an der frischen Luft zu laufen.

Heute hatte er darauf verzichtet, der graue Novembertag war nicht einladend genug, und seine Zeit war an diesem Morgen zu knapp bemessen. Eine wichtige Sitzung im Rathaus stand an, in der er durchsetzen wollte, dass die Stadt in Zukunft mehr Platz für den ausgebaggerten Elbeschlick zur Verfügung stellte, denn mit dem Kriegsende wollte er mit dem Bau neuer und größerer Bagger sein altes Geschäft wieder aufnehmen und die Fahrrinne vertiefen.

Er verließ den Sportraum, nahm ein Bad und kleidete sich an. Sorgsam wie immer und dem trüben Herbstwetter angemessen wählte er einen dunkelgrauen Anzug von sportlicher Eleganz und war, fertig angekleidet, mit seinem Aussehen zufrieden. Mitte fünfzig und mir passen immer noch die Anzüge der letzten zwanzig Jahre, dachte er, wären sie nicht aus der Mode gekommen, ich könnte sie heute genauso tragen wie zur Jahrhundertwende.

Patrick verließ sein Ankleidezimmer und ging nach nebenan in das Zimmer seiner Frau. Regina war noch im Bett, aber wie an jedem Tag wartete sie mit einem Lächeln auf seinen Morgengruß.

»Wie geht es dir heute, mein Liebling?«

»Gut, ich habe fest geschlafen und bin erst aufgewacht, als Karl die Garagentore aufschob und den Wagen vor die Haustür fuhr. Und wie geht es dir, mein Schatz?«

»Gut. Ich werde Karl sagen, er soll die Tore später öffnen. Es genügt, wenn er den Wagen nach meinem Frühstück vorfährt.«

»Aber nein, sag ihm nichts. Ich freue mich, wenn ich höre, dass im Haus das Leben beginnt. Gleich kommt Selma mit dem Tee, und dann wird es auch für mich Zeit aufzustehen. Hast du schon etwas von Viktoria und ihrem Gast gehört?«

»Nein, sie werden noch schlafen. Das ist auch gut so, dann kann ich mein Frühstück ungestört einnehmen und die Morgenausgabe der Zeitung überfliegen. Du weißt, wenn unsere lebhafte Tochter am Tisch sitzt, ist es mit der Ruhe vorbei. Und wenn Holger dabei ist, nimmt ihr Redefluss kein Ende. Sie will ihn an allem teilhaben lassen, und das geht bei dem armen Menschen nur über das Gehör.«

»Macht seine Genesung denn in irgendeiner Richtung Fortschritte?«

»Ich weiß es nicht, ich möchte auch nicht zu oft fragen, das wäre unhöflich, und die beiden jungen Menschen könnten annehmen, dass uns ihre Anwesenheit nicht lieb ist. Das will ich auf gar keinen Fall.«

»Du bist ein wunderbarer Mann, ich liebe dich.«

»Und ich liebe dich. Auf Wiedersehen, mein Liebling, ich muss leider gehen.«

Patrick war mit seinem Frühstück fast fertig, als das Telefon im Flur läutete. Er stand hastig auf und ging zum Apparat. Er sah auf seine Taschenuhr. Kaum sieben, dachte er, wer ruft so früh schon an? Hoffentlich ist auf der Werft nichts passiert.

»Hier Stelling«, meldete er sich.

»Hallo, Vater«, hörte er die leise, brüchige Stimme eines Mannes.

»Ich bin wieder da, ich bin in Hamburg, aber du müsstest mich abholen.«

»Mein Gott, mein Junge, wo bist du denn?« Patrick musste sich zusammenreißen, um deutlich zu sprechen, die Freude und auch die Erleichterung machten ihn fast sprachlos.

»Ich bin am Binnenschiffer-Hafen, und ich habe mein Pferd dabei. Es lahmt, könntest du uns beide holen?«

»Ja, natürlich, ich fahre sofort los. Wo genau finde ich euch?«

»Wir sind im Baakenhafen am Grasbrook, ein Binnenschiffer hat uns mitgenommen. Und bitte, du müsstest ihm etwas Geld geben, er hat uns sehr geholfen.«

»Selbstverständlich. Ich bin schon unterwegs, mein Junge. Ich sage nur der Mutter Bescheid, sie wird sich so sehr freuen.« Er legte den Hörer auf die Gabel und stürmte, immer zwei Stufen auf einmal nehmend, nach oben. Wie gut, dass ich so sportlich bin, dachte er lachend, während ihm Tränen über die Wangen rollten. Dennoch öffnete er behutsam die Tür, er wollte Regina auf keinen Fall erschrecken. »Liebling«, rief er atemlos von der Tür her. »Martin ist wieder da.« Dann nahm er seine Frau in die Arme, drückte sie zärtlich an sich und flüsterte: »Er ist zurück, er ist gesund, er hat angerufen, er ist mit seinem Pferd im Binnenschiffer-Hafen, ich soll ihn abholen. Ist das nicht wunderbar?«

Regina schluchzte verhalten in seinen Armen. »Oh, mein Gott, nach all den Jahren. Ich habe jede Nacht um seine Rückkehr gebetet, ich bin so froh und so dankbar. Geh, fahr zu ihm, damit ihr so schnell wie möglich zurückkommt. Wir werden ein Fest feiern, wir sind wieder eine Familie, ich bin so glücklich.«

Patrick drückte sie noch einmal an sich. »Ich werde Erich mitnehmen, er muss uns bei dem Pferd helfen. Zum Glück haben wir noch den alten Pferdetransporter. Und Karl muss den Horch mit der Anhängerkupplung nehmen, in fünf Minuten sind wir unterwegs.«

So schnell er konnte, eilte er nach unten und nach draußen.

»Karl, lass den Mercedes stehen und nimm den alten Horch, wir müssen ein Pferd transportieren«, und zu seinem alten Kutscher: »Erich, du musst uns helfen. Martin ist im Hafen. Wir müssen ihn und sein Pferd holen. Beeile dich und komm mit.« Fünf Minuten später waren sie unterwegs, Erich vorn neben Karl, Patrick hinten im Fond, wo er immer saß.

Erich und seine Frau Selma gehörten seit mehr als zwanzig Jahren zum Hause Stelling in der Heilwigstraße. Einst aus dem Spreewald zugezogen, als Patrick in dem großen Haus allein wohnte und Hilfe brauchte, hatte Selma den Haushalt geführt und Erich die Pferde versorgt. Jetzt waren sie beide über sechzig und keiner dachte daran, dieses alte treue Ehepaar nach Hause zu schicken. Selma hatte einer jüngeren Haushälterin die Aufgaben übergeben und kümmerte sich nur noch um Regina, und Erich verrichtete leichte Arbeiten in Haus und Garten und war zur Stelle, wenn Regina ausfahren wollte. Dann fuhr Karl das Automobil und Erich den Rollstuhl, wenn seine Herrin Besorgungen oder Besuche machte.

Stolz und glücklich saß der alte Mann neben dem jungen Chauffeur, er kannte den kleinen Martin, der jetzt als Kriegsheld nach Hause kam, seit seiner Geburt. Er hatte ihn reiten und angeln und schwimmen gelehrt. Er hatte ihm gezeigt, wie man mit Hunden umgehen muss oder wie man Fledermäuse beobachtet. Ach Gott, dachte er, was haben wir alles zusammen gemacht und wie viel Angst hatten wir um ihn, wenn er krank wurde oder sich verletzte, weil er so schrecklich wild war. Furcht kannte der doch überhaupt nicht. Und dann kam die Sorge, weil er im Krieg war und weil er eben immer noch so wild war.

Erschöpft lehnte sich Erich zurück. Allein die Gedanken an den Wildfang regen mich auf, dachte er und beobachtete, wie sicher Karl das Automobil mit dem Transporter durch die Straßen lenkte. Gott sei Dank, dass ich mit diesen Fahrzeugen in dem dichten Verkehr nichts zu tun habe. Er studierte die Straßenschilder und versuchte, Karl zu helfen, das Ziel zu erreichen. Den Baakenhafen am Grasbrook hatten sie noch nie aufgesucht. Wir haben ja auch nichts mit Binnenschiffern zu tun. Wir baggern in Zukunft wieder die Elbe aus, damit die Überseeschiffe bis zum Hafen reinkommen können. Und wenn wir nicht wären, säßen sie alle fest, die großen Pötte, dachte er stolz und fühlte mit seinem Herrn.

Vorsichtig lenkte Karl das Fahrzeug durch die engen Straßen, dann über den Deichtorplatz zum Brooktorkai mit seinen kleinen Brücken und Kurven, bis sie endlich den Grasbrook mit seinen Hafenanlagen erreichten. Und dann sahen sie ihn vor sich, den Mann in der braungrauen, schmutzigen Uniform mit dem Goldfuchs am Zügel. Er stand mitten auf der Straße und winkte. Mein Gott, wie dünn er ist, dachte Erich, und wie müde er aussieht. Karl hielt, und Patrick sprang aus dem Wagen und umarmte den Sohn. Das Pferd scheute, aber da war Erich schon bei ihm und strich beruhigend über den schlanken Hals.

»Mein Junge, mein Martin, wie gut, dass du wieder da bist. Wir sind so froh, wir hatten solche Angst um dich.« Patrick hatte Mühe, seine Beherrschung nicht zu verlieren. Es war nicht seine Art, mitten auf einer fremden Straße Gefühle zu zeigen. So drückte er den Sohn nur noch einmal kräftig an sich und sah sich um. »Wo ist der Schiffer, der dich mitgenommen hat? Ich möchte mich bei ihm bedanken und ihm einen Beutel mit Goldmünzen überreichen, ich bin ihm unendlich dankbar.«

»Danke Vater, dass du so schnell gekommen bist. Der Janosch, so heißt der bömische Schiffer, ist dort drüben auf dem Boot.« Martin sah sich nach seinem Pferd um und begrüßte erfreut den alten Erich. »Bei dir weiß ich ihn in guten Händen, er heißt übrigens Partner, seinen ungarischen Namen konnte ich nicht aussprechen.«

»Partner ist doch ein prima Name für ein Pferd. Ich werde ihn hegen und pflegen, bis er wieder ganz gesund ist.«

Als Martin sein Pferd wohl versorgt wusste, ging er mit dem Vater zu dem Schiff, das bereits neue Ladung aufnahm.

»Hallo, Janosch, mein Vater ist gekommen.«

Der Schiffer kam über die schmale Planke und streckte Patrick fröhlich die Hand entgegen. »Wir haben ihn also wohlbehalten abgeliefert«, lachte er. Dann zeigte er auf Martin. »Der war ganz schön am Ende, als ich ihn aufgenommen habe. Aber nun geht's schon wieder, was, Herr Leutnant?«

Martin nickte. »Wir hatten schwere Wochen hinter uns, mein Pferd und ich, und als es vor Erschöpfung mich nicht mehr tragen konnte, wusste ich überhaupt nicht weiter. Und dann kam Janosch, und nun sind wir hier.«

Patrick nickte. »Gott sei Dank. Ich möchte Ihnen ein kleines Geschenk überreichen, das größere haben Sie natürlich mir gemacht.« Er überreichte dem Mann den Beutel mit den Goldstücken. »Ich denke, damit können Sie mehr anfangen als mit dem Papiergeld, das man einen Tag später zum Pfeifeanzünden benutzen kann, weil es nichts mehr wert ist.«

Freudig nahm der Schiffer den Beutel in beide Hände. »Mann, fühlt sich das gut an. Ich danke Ihnen. So was hatte ich noch nie in Händen. Danke nochmals. Und ich hab's gern gemacht. Der Herr Leutnant war ein netter Kerl, wir haben uns prima verstanden, stimmt's?«

Martin nickte. »Es war eine gute Fahrt, Janosch, ich danke dir.«

Die drei verabschiedeten sich, Martin nahm den Goldfuchs am Zügel und brachte ihn zu dem Transporter. Erich bestand darauf, die Rückfahrt mit dem Pferd zusammen zu machen. »Wer weiß, ob er nicht panische Angst bekommt, wenn sich der Wagen in Bewegung setzt. Ich bleibe hier hinten bei ihm, wir sind schon Freunde.«

Martin nickte. »Ich danke dir, Erich, er hat gute Freunde verdient. Er hat mich wochenlang überall hingetragen, bis er unter mir zusammengebrochen ist.«

Als er sich zum Vater in den Fond setzte, fragte er leise. »Wie geht es Mutter, ist sie noch immer an den Rollstuhl gebunden?«

»Ja, mein Junge, daran wird sich auch nichts mehr ändern. Aber wir haben uns damit abgefunden. Sie ist eine bewundernswerte und starke Frau.«

»Und wie geht es der kleinen Viktoria?«

»Auch sie ist eine starke Frau geworden. Sie hat in einem Lazarett an der Ostsee als Hilfsschwester gearbeitet und kam eines Tages mit einem sehr schwer verletzten Soldaten nach Hause. Sie wollte den heimatlosen Mann, der sein Augenlicht und sein Gedächtnis verloren hat, nicht allein lassen und hat ihn einfach mitgebracht. Er ist uns willkommen, du weißt, wir hatten schon immer ein offenes Haus für Menschen in Not. Also wundere dich nicht, wir nennen ihn Holger, weil er seinen Namen vergessen hat. Er ist ein stiller, angenehmer Mensch.«

Martin dachte eine Weile nach. »Wir haben alle viel durchgemacht, wir werden uns erst wieder hineinfinden müssen in ein normales Leben, Vater.«

Patrick nickte. »Aber dich hat es besonders getroffen, du warst viele Jahre an der Front, und du bist noch so jung. Wie hast du denn den Schiffer gefunden?«

»Es war anders herum, er hat mich gefunden, und ohne ihn säße ich jetzt Elbe abwärts und wüsste nicht, wie ich weiterkommen sollte. Ich wäre ja zu Fuß gegangen, aber das Pferd konnte vor Schwäche nicht mehr laufen. Und ohne den Fuchs wäre ich nicht zurückgekommen.«

Patrick legte seinem Sohn die Hand auf's Knie. »Ich weiß, wie du dich fühlst. Auch ich hätte nie ein Pferd verlassen, das mich über Jahre begleitet und getragen hat. Ich habe mich bei dem Janosch großzügig bedankt. Es reicht mindestens für ein neues Schiff, mein Junge. Er hat dich zurückgebracht, das ist mit Gold gar nicht zu bezahlen.«

Was Patrick Stelling am frühen Morgen gar nicht aufgefallen war, machte sich jetzt bemerkbar. Die Straßen waren überfüllt mit Menschen. »Was ist hier los, Vater? Warum sind all diese Leute auf den Beinen? So kenne ich die Hamburger gar nicht.«

Patrick sah sich um und rief dann dem Chauffeur zu: »Umfahren Sie die Innenstadt, da gibt es heute überall Trubel.« Und an den Sohn gewandt: »Seit Tagen haben wir hier revolutionäre Verhältnisse. Das fing am 5. November mit einem Aufstand der Kieler Matrosen, Soldaten und Arbeiter an und ging dann auf Hamburger Werftarbeiter und auf das ganze Land über, und nun wollen Beriebsdelegationen durch eine Resolution erreichen, dass der Kaiser nach der Unterzeichnung des Waffenstillstandsvertrages mit den Alliierten zurücktritt. Diese Revolution hat inzwischen auf ganz Deutschland übergegriffen. Das Volk will nun keine Hohenzollern mehr an der Regierung haben, sondern eine Demokratie.«

»Und was bedeutet das für uns, Vater?«

»Ich weiß es noch nicht, das Durcheinander ist zu groß. Meine Arbeiter sind bis jetzt ruhig, sie haben ihr Auskommen, und ich sorge für die Familien, wenn der Ernährer ausfällt. Aber ich weiß natürlich nicht, inwieweit sie beeinflussbar sind.«

»Und die Regierung im Rathaus? Die war doch immer stolz auf ihre Eigenständigkeit.«

»Soviel ich weiß, haben sich die Bürgerschaft und der Senat bereit erklärt, sich ›in den Dienst der neuen Zeit zu stellen‹, so hieß es in öffentlichen Mitteilungen. Offiziell hat sich im Rathaus noch nichts geändert. Die Revolutionäre haben Soldatenräte und Arbeiterräte gegründet und versprechen die Aufrechterhaltung von Recht und Ordnung. Wir haben hier eine wirre Zeit, aber man versucht, Normalität im Rathaus zu demonstrieren. Ich habe nachher auch ein Gespräch dort, ich hoffe, es findet statt.«

Das Gedränge wurde dichter. Karl hatte Mühe, den Wagen ungefährdet durch die Menschen zu bringen. Auf Schildern und Plakaten wurde dazu aufgerufen, den Elbtunnel und den Bahnhof zu besetzen, die politische Gewalt zu übernehmen und monarchistische Offiziere zu verhaften. Patrick sah seinen Sohn an.

»Zieh deinen Uniformrock aus, wir müssen die Rangabzeichen und die Kokarde abtrennen, sonst holt man dich aus dem Wagen.« Aber der Rat kam zu spät. Vor dem Auto blockierten grölende Männer die Straße, und Karl musste anhalten, um niemanden zu gefährden.

Im gleichen Augenblick stellte sich ein Soldat in einem grauen Militärmantel und roter Armbinde neben den Wagen und riss die Tür auf. »He, Offizier, wo willst du hin? Hier, zieh das über, dann gehörst du zu uns, wenn nicht, machen wir dir Beine.« Er reichte eine Armbinde in den Wagen. Martin wollte hinausspringen und auf ihn losgehen. Aber Patrick hielt ihn zurück und griff nach der roten Binde. »Geht in Ordnung«, rief er dem Soldaten zu und streifte Martin die Binde über den Arm. Der bewaffnete Mob, neugierig geworden, umringte das Auto. Einer rief: »Jetzt sind wir alle gleich. Keiner ist oben und keiner ist unten, wir sind alle Genossen mit denselben Rechten.« Ein anderer brüllte: »Wir stürzen die Welt, wir werden's euch zeigen, wer jetzt Herr im Hause ist.« Betrunken fuchtelte er mit der Bierflasche vor dem Auto herum, bis Patrick wutentbrannt rief: »Scher dich zum Teufel, Genosse. Verschwinde, sonst liegst du gleich in der Gosse.« Und zu Karl: »Gib Gas, fahr zu und überrolle den Pöbel, wenn er nicht zur Seite springt.«

Karl befolgte die Anweisung. Die Männer sprangen erschrocken zur Seite, und Martin schimpfte aufgebracht: »Und dafür habe ich nun vier Jahre lang meinen Kopf hingehalten.«

»Junge, du bist nicht der Einzige. Was glaubst du, wie unwillkommen die heimkehrenden Soldaten in der Stadt sind. Man hat Angst, sie nehmen den hiergebliebenen Männern die Arbeit weg, sie essen die kargen Lebensmittel auf, sie wollen wieder Positionen einnehmen, die längst andere besetzt haben. Und die meisten Frauen fürchten um die Selbstständigkeit, an die sie sich in den Kriegszeiten ohne Männer gewöhnt haben. Und nun rotten sich die Heimkehrer zu diesen Haufen zusammen und wollen die Welt stürzen. Es ist eine Katastrophe, und die Regierung ist machtlos.«

»Ich hatte keine Ahnung. Aber es ist maßlos ungerecht. Und wie geht es nun weiter?«

»Die Aufständischen werden sich beruhigen, du wirst zu Hause nicht viel davon spüren. Erst einmal musst du dich von den Strapazen des Krieges erholen und dann sehen wir weiter. Die Zukunft unserer Firma ist gesichert, wir werden die Wirtschaftskrisen überstehen.«

»Du bist nicht nur ein guter Schiffsbauer, sondern auch ein guter Geschäftsmann, Vater, das habe ich schon immer bewundert.«

»Ich orientiere mich an der Zukunft, Martin, ich versuche nach vorn zu schauen und eine vernünftige Richtung einzuschlagen, so schwer ist das gar nicht.«

»Ich hoffe, ich kann das alles einmal von dir lernen.«

Patrick lachte. »Von mir aus, Martin, können wir morgen damit anfangen.« Und im Stillen wunderte er sich, wie sehr sich der Sohn verändert hatte. Aus dem übermütigen Rebellen der Jugendzeit ist ein ernsthafter Mann geworden, der Verständnis zeigt und Interesse an meiner Arbeit. Vielleicht wird aus dem Jungen tatsächlich ein ernst zu nehmender Mann, den ich so formen kann, wie ich ihn brauche, überlegte er und lehnte sich erleichtert zurück. »Erzählst du uns, wie es dir in letzter Zeit ergangen ist, oder willst du lieber nicht daran erinnert werden?«

»Ich werde euch alles erzählen, aber lasst mich erst zur Ruhe kommen. Während der Schiffsfahrt hatte ich Gelegenheit, die letzten Wochen noch einmal zu überdenken, vor allem wollte ich sicher sein, alles richtig gemacht zu haben. Das war gar nicht so leicht, aber jetzt bin ich mit den Erinnerungen im Reinen.«

Karl überquerte die nebelverhangene Lombardsbrücke und bog in den Mittelweg ein. Die Menschenmassen mit ihren Sprechchören und ihren lautstarken Forderungen nach Veränderungen blieben zurück. Die elegante Straße mit den Häusern ihrer wohlhabenden Bewohner hatte sich kaum verändert. Dann erreichten sie die Heilwigstraße. Karl nahm die scharfe Rechtskurve sehr vorsichtig, um das Pferd nicht unnötig zu erschrecken, und bog dann nach links in die Auffahrt ein.

Kaum hatten sie gehalten, flog die Haustüre auf und Viktoria stürmte ins Freie. »Martin, Bruderherz, wie schön, dich endlich wieder zu haben. Hallo Vater, guten Morgen ihr zwei, mein Gott, bin ich froh, euch zu sehen.« Sie umarmte den Bruder, dann küsste sie den Vater auf die Wange und lief zu dem Anhänger. »Wo ist dein Pferd, Martin. Ich habe mit dem Gärtner eine Box hergerichtet. Im alten Stall stehen zwar jetzt die Automobile, aber in der Remise, wo früher die Kutschen und die Schlitten standen, ist Platz genug.« Zusammen mit Erich half sie dem verstörten Pferd von dem Transporter, während Patrick dem Sohn den Arm um die Schulter legte und ihn ins Haus führte. »Komm, mein Junge, die Mutter wartet auf dich. Mit dem Pferd werden die anderen schon fertig.«

Wie früher nahm Martin die Steinstufen mit einem Satz und lief in die Halle. »Mutter, ich bin so froh, wieder da zu sein. Wie geht es dir?«

Regina wartete im Rollstuhl mitten in der Halle und konnte kein Wort sagen. Sie breitete beide Arme aus und umschloss ihren Sohn mit all der Herzlichkeit, die sie für dieses Kind immer empfunden hatte. Schließlich brach es aus ihr heraus: »Mein Junge, heute bin ich der glücklichste Mensch der Welt, und da fragst du noch, wie es mir geht?« Martin kniete neben dem Rollstuhl und barg den Kopf in ihrem Schoß, wie er es früher immer getan hatte, wenn er ängstlich oder verletzt war. »Mutter, jetzt bin ich erst richtig angekommen.«

Achtzehntes Kapitel

Es dauerte fast eine Woche, bis Martin bereit war, über die vergangenen Monate mit der Flucht vor dem Feind und der Flucht vor Kriegstreibern zu erzählen. Er schlief viel, verbrachte einsame Stunden auf Spaziergängen, saß häufig mit Holger zusammen, bei dem er spürte, dass der ihn am besten verstand, und leistete der Mutter oft Gesellschaft, ohne viel zu sprechen. Regina wusste, dass er einfach ihre Nähe brauchte. Es waren stille Tage, von den Wirren in Stadt und Land spürte man in der Heilwigstraße nichts. Nur Patrick kämpfte gegen Widrigkeiten und mit den Veränderungen im Rathaus. Am 9. November wurde durch den Reichskanzler der Rücktritt des Kaisers verkündet. Wilhelm II. verließ Deutschland und ging in die Niederlande. Am 28. November verzichtete er dann offiziell auf den Thron. Am 11. November wurde der Waffenstillstand unterzeichnet, und der Hamburger Soldaten- und Arbeiterrat setzte Bürgerschaft und Senat ab, beauftragte sie aber sechs Tage später wieder, administrative Aufgaben zu übernehmen. Aber: Senat und Bürgerschaft standen jetzt im Dienst der Arbeiter.

Patrick versuchte so diplomatisch wie möglich Konfrontationen mit der neuen Regierung zu umgehen. Die Arbeiterschaft hatte ihre eigenen Ansichten über die Zukunft der Stadt. Da Stadt und Land nach Kriegsende hoch verschuldet waren, forderten die neuen Machthaber höchste finanzielle Abgaben von allen Bürgern. Auf das Schärfste wurde geprüft, wo Kapital zu holen war, und dann erwartete man freiwillige Spenden. Patrick hatte mit dem Bau der Korvetten gutes Geld verdient, ahnte aber, wie der Krieg enden würde und legte sein gesamtes Kapital nach und nach in Hafen-Grundstücken an. Da von ihm kein bares Geld zu erwarten war, geriet er sehr schnell in die Missgunst der Kapitaleintreiber und musste mit Schikanen und Behinderungen rechnen. Außerdem kämpfte er – wie alle Wirtschaftsunternehmen der Hansestadt – gegen die Depression, denn die Briten blockierten weiterhin die Nordsee.

In letzter Zeit hatte er sich angewöhnt, zweimal wöchentlich mit Freunden und Geschäftspartnern im Hotel Vier Jahreszeiten zusammenzukommen und die jeweilige Situation zu diskutieren. Das renommierte Hotel an der Binnenalster verfügte über angenehme Räumlichkeiten, in denen die Herren unter sich waren. Und nach wie vor wurden guten Bekannten kleine kulinarische Köstlichkeiten und edle Weine serviert. Obwohl die Herren sich fragten, wie der Hotelier es schaffte, sorgten diese feinen Kleinigkeiten immer wieder für eine optimistische Stimmung in ihrem Kreise. Angenehm gestärkt, nicht nur von den Köstlichkeiten, sondern auch von der gleichgesinnten Gemeinschaft und den Gesprächen, trennte man sich später. Vor allem war Patrick sehr angetan von Friedrich Haerlin, dem Besitzer dieses Hotels, der mit seiner Statur von ein Meter neunzig und dem gepflegten weißen Bart eine imposante Persönlichkeit war und allen Widrigkeiten zum Trotz sein Haus sicher durch die Wirren des Krieges geführt hatte. Manchmal nahm er teil an den Gesprächen, setzte sich mit in den Kreis und erzählte von seinen Problemen, das Hotel trotz Beschlagnahmungen, Einquartierungen und Besetzungen auf seinem Niveau zu erhalten und das Interieur vor Plünderern zu schützen.

Als Patrick an diesem Tag in den Neuen Jungfernstieg einbog, um sich mit seinen Freunden zu treffen, sah er mit Bestürzung seltsam uniformierte Männer vor der Eingangstür und auf dem Bürgersteig, die mit Fahnen und Gewehren hantierten und zum Weitergehen aufforderten. Er schickte Karl zu einigen Passanten, um zu erfahren, was da vor sich ging.

»Der Oberste Marinerat der Unterelbe hat das Hotel beschlagnahmt und zu seinem Hauptquartier gemacht, Herr Stelling.«

»Marinerat der Unterelbe? Davon habe ich noch nie etwas gehört.«

»Ich glaube, wir sollten uns hier nicht aufhalten«, erklärte Karl, »es soll sich um eine Verschwörung innerhalb der Soldatenräte handeln und der Mann, mit dem ich sprach, nannte die Gruppe ›revolutionäre Soldateska‹, der man besser aus dem Wege gehe. Schüsse seien auch schon gefallen, und das ganze Hotel sei besetzt.«

»Dann wenden Sie, und wir fahren nach Hause.« Als Patrick beim Abendessen davon berichtete und die Familie das Durcheinander in der Stadt diskutierte, sagte Martin zurückhaltend: »Wenn es euch recht ist, erzähle ich euch heute Abend von meiner Flucht.«

Die Eltern nickten. Sie hatten mehrfach ihre Besorgnis über die Schweigsamkeit des Sohnes ausgetauscht und wussten, dass Martin erst seine Erlebnisse loswerden musste, bevor er sich seiner Zukunft zuwenden konnte. »Ich möchte gern, dass auch Holger dabei ist, wir haben in den letzten Tagen oft über den Krieg und seine Folgen gesprochen.« Die Familie und der Gast setzten sich in der Bibliothek vor das wärmende Kaminfeuer, und Patrick holte eine Flasche Hamburger Rotspon aus dem Keller.

Martin erzählte von seinem Einsatz in Russland, von dem Krieg auf dem Balkan, von seinen Vorgesetzten und seinen

Untergebenen, von dem Durchmarsch in Ungarn, wo er mitten in der Steppe in einer großen Herde sein Pferd gesehen und gekauft hatte, von den Gefechten, bei denen keiner mehr wusste, wer ist Freund und wer ist Feind, von der Auflösung seines Regimentes und von den letzten Befehlen. »Und eines Tages saßen wir als versprengter Trupp von zehn Mann an einem Brückenkopf, den wir halten sollten und zu dem kein Mensch mehr kam. Trafen wir Zivilisten, so waren die wildesten Gerüchte im Umlauf, und schließlich wusste keiner von uns mehr, wo ist der Feind, wo ist der Freund, wo ist die Grenze und wo sind die Schlachtfelder. Der Geschützdonner wurde leiser und hörte irgendwann auf, ab und zu sah oder hörte man Flugzeuge, und dann war alles wieder still und friedlich.

Wir warteten einen Tag und eine Nacht auf einen Meldereiter mit neuen Befehlen, aber als der nicht kam, habe ich beschlossen, meine kleine Truppe heil und gesund nach Hause zu bringen. Wir ritten nachts und versteckten uns am Tage und erreichten Ende September die Saale. Jetzt wagten wir uns auch in die Nähe von Menschen, wir brauchten Lebensmittel, die Pferde brauchten auch mal Hafer und nicht nur Gras und Blätter, und ein Schmied musste sich um die Hufe kümmern. Wir haben aber nie geplündert. Ich hatte genügend Geld, das du mir für den Notfall mitgegeben hattest, Vater, und wir konnten immer alles bezahlen, wenn der Kauf auch manchmal zwangsweise erfolgte, weil sich die Bauern nicht von Schafen, Hühnern oder Broten trennen mochten. Aber wir hatten vier Jahre für diese Menschen und ihren Frieden gekämpft, da war es nur rechtens, dass sie uns verpflegten.

An der Saale haben wir eine längere Rast eingelegt. Wir mussten uns alle erholen, die Männer genauso wie die Pferde. Mein Plan war, saaleabwärts zu reiten, die großen Städte zu umgehen und an der Elbe die Soldaten zu entlassen. Einige waren aus Oldenburg, einige aus Berlin, andere aus Mecklenburg, es hatte keinen Zweck mehr, die Truppe zusammenzuhalten. Aber immer wieder, eigentlich all die Wochen hindurch, haben wir uns versteckt, zuerst vor dem Feind, dann vor deutschen Offizieren.

Als wir die Elbe und kurz darauf Barby erreichten, haben wir uns getrennt. Die Pferde waren am Ende und die Männer auch. Wir haben die Tiere auf Bauernhöfen untergebracht. Die Bauern versprachen, die Tiere zu pflegen und später in der landwirtschaftlichen Arbeit einzusetzen, aber ich bin sicher, dass sie die Tiere geschlachtet haben, sobald wir außer Sicht waren. Die Hungersnot war zu groß. Aber das konnte ich meinem Pferd nicht antun. Partner lahmte seit Tagen, sodass ich ihn am Zügel führen musste, wie die meisten von uns. Er hatte längst alle Eisen verloren, und nun brachen die Hufe auseinander. Eine Qual für das Pferd.

Ich beschloss in Barby, eine Rast einzulegen, die anderen Männer wollten so schnell wie möglich zu ihren Familien. Sie wanderten nach Zerbst, um von dort aus mit der Eisenbahn oder als Mitfahrer auf der Straße weiterzukommen. Ich suchte mir eine Wiese in Flussnähe, damit Partner grasen konnte, koppelte ihn an, damit er nicht fortlief, und ging in den Ort, um irgendwas Essbares aufzutreiben. Bei einer Bäuerin bekam ich eine Schüssel mit Kohleintopf und ein Stück Brot. Ihr gab ich mein letztes Geld. Auf dem Rückweg kam ich an einem Fähranleger vorbei. Der Fährmann erzählte, dass hin und wieder auch Flussschiffer an dem Steg anlegten, die bei Nacht nicht weiterfahren wollten. Da dachte ich zum ersten Mal daran, mit einem Schiff nach Hamburg zu gelangen.

Wir redeten noch eine Weile, dann holte ich Partner in die Nähe des Anlegers, koppelte ihn wieder an und legte mich in seine Nähe. Es war schon dunkel, und ich bin sehr schnell eingeschlafen. Am nächsten Morgen schüttelte mich jemand an der Schulter. Es war Janosch, der mit dem Fährmann gesprochen hatte und auf dem Weg nach Hamburg war. Er bot mir an mitzufahren und richtete sogar eine kleine Box her, in der Partner stehen konnte. Unterwegs haben wir oft miteinander gesprochen, über den Krieg und die Not der Menschen und das ganze Durcheinander mit dem Kaiser und den Offizieren, und ich erzählte ihm von der Flucht und dass ich die Verantwortung hatte. Die Situation war so schrecklich verworren, Vater, bin ich nun ein Deserteur?«

Voller Bestürzung sprang Patrick auf. »Aber nein, Martin, nein, auf gar keinen Fall. Wie kommst du denn darauf? Das ganze Heer hat sich in diesem Sommer und Herbst aufgelöst, es gab keine Führung mehr. Ein paar in den Krieg vernarrte Offiziere haben immer mal wieder versucht, diesen verdammten Krieg an seinem armseligen Leben zu erhalten, aber bereits Ende September verhandelte unser Reichskanzler Prinz Max von Baden mit dem amerikanischen Präsidenten Wilson über einen Waffenstillstand und über die Einleitung von Friedensverhandlungen. Die Deutschen mussten sich aus allen besetzten Gebieten zurückziehen. Du siehst, du hast mit deinem Rückzug genau die vorgeschriebene Strategie befolgt. Nein, mein Sohn, du hast richtig gehandelt, du bist ein verantwortungsbewusster Soldat und hast dafür gesorgt, dass deine Männer gesund nach Hause kamen. Ich bin unglaublich stolz auf dich.« Er umarmte seinen Sohn zutiefst gerührt, und auch die anderen hatten Mühe, ihre Ergriffenheit zu unterdrücken.

Viktoria hatte während der ganzen Stunde Holgers Hand gehalten, sie spürte, wie sehr ihn der Bericht des Kameraden aufwühlte. Plötzlich drückte er ihre Hand und flüsterte: »Ich hatte dauernd Momente, in denen blitzartig eine Erinnerung bei mir auftauchte. Ich sah Hafenanlagen, und einmal war da ein Krater in der Erde, in den ich hineinsprang, ein Mann redete mit mir, es könnte sein, dass es mein Vater war. Aber die Augenblicke waren zu kurz. Ich konnte sie nicht festhalten«, stöhnte er.

Viktoria umarmte ihn. »Holger, das ist der Anfang. Mutter, Vater, Holger hat kleinste Erinnerungen, ist das nicht wunderbar?«

Patrick setzte sich neben den blinden Mann. »Du musst Geduld haben. Der Arzt sagte, dass du viel Geduld haben musst. Aber es könnte durchaus sein, dass du dein Gedächtnis zurückerhältst. Versuche nichts zu erzwingen, strenge deinen Kopf nicht an, lass die Erinnerungen auf dich zukommen. Wenn du ruhig abwartest, Holger, kommen sie von ganz allein.«

Wie an jedem Abend begleitete Viktoria den blinden Freund bis in sein Zimmer. Er bewohnte den Raum, in dem vor Jahren der alte Maler Michael Stelling gelebt hatte und der für einen behinderten Mann eingerichtet worden war. Holger hatte ein eigenes Bad und er kam inzwischen sehr gut allein zurecht. Viktoria verabschiedete sich mit einem Kuss auf die Wange, strich einmal zärtlich über sein Haar und flüsterte: »Gute Nacht, mein Lieber, und träum von früher, ich freue mich so für dich.«

Holger, allein gelassen, tastete sich zu seinem Bett und setzte sich. Du lieber Himmel, die haben gut reden. Ruhe, Geduld, abwarten – seit Monaten tue ich nichts anderes. Er seufzte und legte das Gesicht in seine Hände. Wer bin ich, was bin ich, wie alt bin ich, wo ist meine Familie, habe ich überhaupt eine Familie? Bin ich verheiratet, wie sehe ich aus mit meinen blinden Augen und dem ständigen Verband, den Viktoria so liebevoll wechselt? Und Viktoria, wie mag sie aussehen, sie ist bestimmt eine Schönheit. Sie wird irgendwann einen wunderbaren Mann heiraten und mich verlassen. Was mache ich dann? Ich kann doch nicht hier bleiben und diesen netten Leuten zur Last fallen. Aber, wie kann ich jemals ohne Viktoria leben?

Holger warf sich auf's Bett und vergrub das Gesicht im Kopfkissen. Dann schlief er ein. Als er gegen Morgen erwachte und seine wirren Träume zu ordnen versuchte, wusste er plötzlich: Ich heiße Sebastian! Aber wie noch, ich muss doch einen Familiennamen haben? Aber das Gedächtnis ließ ihn wieder in Stich.

Viktorias Eltern machten sich Sorgen um die Tochter und um ihre Beziehung zu diesem blinden Mann. Patrick hatte mit Holger zusammen Ärzte konsultiert, die ihm zwar eine geringe Hoffnung machten, dass er sein Gedächtnis zurückerlangen könnte, die aber unmissverständlich sagten, dass für die Augen keine Chance auf Heilung bestehe.

»Er tut mir so Leid, wenn wir ihm doch nur helfen könnten«, meinte Patrick nachdenklich.

Regina bat: »Könntest du mir zurück in den Rollstuhl helfen?«

»Bleib noch ein wenig neben mir, ich glaube, wir müssen einmal ernsthaft über die Beziehung zwischen den beiden sprechen.«

Patrick legte großen Wert darauf, dass Regina, wann immer die Möglichkeit bestand, in einem Sessel oder so wie heute Abend neben ihm auf der Couch Platz nahm. Wie immer in all den Jahren, und vor allem wenn er sich hilflos fühlte, suchte er den Körperkontakt mit ihr und wollte sie fühlen. Und da war ihm dieser starre, hölzerne Rollstuhl sehr im Wege.

»Glaubst du, dass die beiden eine intime Beziehung haben«, fragte er unsicher.

»Nein, das glaube ich nicht. Viktoria ist sehr offen, wenn wir miteinander reden. Mit Sicherheit mag sie ihn sehr, aber ob es schon Liebe ist, die sie für ihn empfindet, wage ich nicht zu beurteilen.«

»Mein Gott, unsere kleine, fröhliche Viktoria und ein Leben an der Seite eines Blinden?« Große Angst und auch Trauer sprach aus seinen Worten.

Regina streichelte seine Hand. »Vielleicht ist es nur Mitleid, aber das glaube ich eigentlich nicht. Sie ist ein gefühlsbetonter Mensch und sie engagiert sich mit Leib und Seele für ihn.«

»Sollen wir einen Platz in einem Pflegeheim für ihn besorgen? Je länger sie hier zusammen leben, umso enger wird doch die Beziehung. Man könnte eine dringende medizinische Behandlung vorschieben.«

»Nein, Patrick, kein Pflegeheim. Es könnte sein, dass Viktoria dann ebenfalls auszieht und mit ihm geht. Wir haben, als sie hier ankamen, die beiden mit Herzlichkeit und Liebe aufgenommen, wir können sie jetzt nicht abweisend behandeln. Vielleicht ergibt sich die Gelegenheit, dass ich einmal mit Viktoria über ihre Zukunftspläne rede, aber das Gespräch darf dann in keiner Beziehung zu diesem Mann stehen.«

Ende November beschloss Regina, ein Fest zu Ehren von Viktoria und Martin zu geben. »Wir veranstalten eine kleine Adventsfeier, ihr dürft eure engsten Freunde einladen. Dazu kommen ein paar Verwandte und Freunde des Hauses«, erklärte sie glücklich. »Es soll kein großes Fest sein, einfach ein gemütliches Beisammensein mit Menschen, die uns nahe stehen. Schreibt mir die Namen auf, damit ich die Einladungen verschicken kann.«

Martin sah seine Mutter ratlos an. »Ich habe keine Ahnung, wen ich einladen könnte. Wo meine Freunde sind und ob sie überhaupt noch leben, weiß ich nicht.«

»Dann mach dich auf die Suche, mein Junge. Vielleicht sind sie genauso einsam wie du.«

Martin nickte. »Du hast Recht, Mutter, wenn ich nur hier herumsitze, finde ich sie nie. Gleich nach dem Mittagessen mache ich mich auf den Weg. Und was machst du, Viktoria?«

»Ich lade Friederike Bramfeld ein. Wir haben uns im Internat kennen gelernt und auch im Lazarett zusammen gearbeitet. Sie ist inzwischen zu Hause, das hat sie mir geschrieben. Aber sie hat ihren Freund im Krieg verloren, und ich weiß nicht, ob sie zu einem fröhlichen Fest kommen wird.«

»Ich werde ihr eine besonders herzliche Einladung schicken«, Regina notierte sich Namen und Anschrift und nickte ihren Kindern zu. »Wir wollen ja kein Tanzvergnügen veranstalten, dazu sind diese Zeiten viel zu ernst, aber ein kleines festliches Essen und eine gemütliche Runde am Kamin mit guten Gesprächen, dagegen kann keiner etwas haben.«

»Schade, dass wir für Holger – oh, Entschuldigung, ich vergesse immer, dass sein Name Sebastian ist – schade, dass wir für ihn keine Freunde einladen können. Er wird sich einsam fühlen.«

»Er kennt Friederike, wir könnten sie neben ihn setzen.«

»Vorausgesetzt, sie kommt«, sagte Regina skeptisch. »Aber wir können es versuchen.«

»Ich werde ihr die Einladung persönlich bringen, vielleicht kann ich sie ein bisschen überreden. Überhaupt, ich sollte mich wirklich etwas mehr um sie kümmern. Sie wird schrecklich traurig und einsam sein, und ich habe nie Zeit für sie.«

»Das ist ein guter Gedanke, mein Kind, in so schweren Zeiten müssen Freunde enger zusammenrücken. Ich schreibe gleich die Einladung, und du kannst sie heute Nachmittag hinbringen.«

»Wann soll denn das Fest starten?«, warf Martin ein.

»Ich denke an den zweiten Adventssonntag. Das ist in drei Wochen. Vater kann bis dahin seine Beziehungen zu dem

Förster spielen lassen, damit wir frisches Wildbret auf den Tisch bekommen, Erich kann in die Schwarzen Berge von Harburg fahren und uns für die Dekoration Tannengrün, Mistelzweige und rotbeerige Ilexäste holen, und alle geladenen Gäste haben Zeit, sich auf den Besuch einzustellen.«

Bevor Martin sich auf den Weg machte, ging er in den Stall, um nach seinem Pferd zu sehen, und wie an jedem Tag traf er Erich in der Box, der den Goldfuchs striegelte und streichelte. »Er ist sehr verstört, Martin, er braucht eine ruhige Hand, die ihn berührt, den Geruch eines vertrauten Menschen und eine bekannte Stimme. Inzwischen akzeptiert er mich.«

Martin strich dem Pferd über die Nüstern und kraulte den Hengst zwischen den Ohren. »Was machen seine Hufe?«

»Sie wachsen langsam nach, aber die ausgebrochenen Stellen und die Risse im Horn werden sich später auch durch Eisen nicht zusammenhalten lassen. Du wirst ihn nicht mehr reiten können, Martin, auch später nicht.«

»Ich weiß. Er musste zu lange ohne Eisen laufen, zuerst mit mir als Reiter, dann am Zügel neben mir. Erst als er auf dem Strahl lief, brach er zusammen. Aber ich konnte ihn einfach nicht irgendwo zurücklassen.«

»Ich weiß, er ist so ein schönes Tier und er strahlt so viel Kraft aus, er hätte dich bis zu seinem letzten Atemzug getragen.«

»Gott sei Dank habe ich früh genug die abgetretenen Hufe entdeckt. Aber was soll nun aus ihm werden? Er kann doch nicht immer nur hier in dem alten Stall stehen. Er braucht Artgenossen um sich herum, Weiden mit frischem Gras, Platz zum Toben.«

Erich strich sich durch seine grauen Haare und klopfte dem Pferd den Hals. »Du könntest ihn auf ein Gestüt bringen. Er ist ein prachtvoller Hengst, er könnte eine Menge Nachwuchs haben, und dafür braucht er keine starken Hufe.«

Martin nickte. »Das wäre eine Möglichkeit. Kannst du dich mal umhören, Erich? Irgendwas hier in der Nähe. Ich möchte ihn nicht ganz verlieren.«

»Ich werde mich darum kümmern, aber den Winter über sollte er bei uns bleiben. Er braucht viel Pflege, und gefrorener Boden würde alle Heilungschancen für die Beine zunichte machen.«

»Danke, Erich, ich weiß ihn bei dir in den besten Händen.«

Neunzehntes Kapitel

Friederike war müde und gereizt, als sie die Bank am Hopfenmarkt verließ. Sie hatte den ganzen Tag Kontobücher gelesen, Kalkulationen studiert und Abrechnungen geprüft. Sie hasste diese Arbeit, aber sie sah es als Pflicht an, ihr Versprechen einzulösen. Nur noch selten kam der Vater mit, er war müde, lustlos, auch launisch und kränkelte. Außerdem nahm er ihr übel, dass sie nicht bereit war, einen gut situierten Mann mit Interesse am Bankgeschäft zu heiraten. Jetzt nach dem Ende des Krieges kamen nach und nach die Söhne des Hamburger Geldadels zurück, und Friederike war nicht bereit, eine Einladung anzunehmen oder eine gesellschaftliche Veranstaltung zu besuchen.

Während sie an der Haltestelle auf ihre Bahn wartete, dachte sie an das Gespräch vom Vorabend. Der Vater verstand es, auf welchen Umwegen auch immer, sie an ihre Pflicht zu erinnern, endlich den Eltern einen passenden Mann zu präsentieren. Er akzeptierte zwar, dass sie das Bankgeschäft erlernte, aber er traute ihr nicht zu, diese alte, stadtbekannte Bank zu leiten.

»Warum gehst du nicht aus, Friederike?«, hatte er ganz harmlos gefragt.

»Aber Vater, der Krieg ist kaum zu Ende, es gibt wichtigere Dinge als Rendezvous und Gesellschaften. Die Menschen hungern, viele haben ihre Angehörigen verloren, wie kann man da an Amüsements denken.«

»Es gibt klassische Konzerte mit berühmten Künstlern und ernsthafte Theaterstücke. Gerade in dieser schweren Zeit kann man sich an diesen Abwechslungen aufrichten und neue Kräfte sammeln.«

»Und warum gehst du nicht in diese Konzerte und Theaterstücke? Dir täte etwas Abwechslung auch gut, und Mutter würde dich mit Begeisterung begleiten.«

»Ich habe den Kopf mit Sorgen voll, da passt nicht ein einziger anderer Gedanke hinein.«

»Tja, Vater, ich denke, mir geht es genauso. Also dränge mich nicht. Ich muss viel lernen und ich will mich durch nichts ablenken lassen.«

Wie kann er von mir erwarten, mich zu amüsieren, wenn ich abends todmüde nach Hause komme, schimpfte sie still vor sich hin und zwängte sich auf einen Sitzplatz in der elektrischen Schienenbahn. Erst die immer gleiche Arbeit in der Bank, dann der mühsame Heimweg mit Warten und Drängeln und Umsteigen, die unzufriedenen Menschen überall und danach die trübe Stimmung daheim, weiß Gott, mir steht der Sinn nicht danach, Männerbekanntschaften zu machen. Nur gut, dass sie zu Hause nichts von Rainer und meiner tiefen Trauer wissen, weder Vater noch Mutter würden Verständnis dafür haben. Für sie bin ich immer noch das kleine unmündige Kind, wohlbehütet in einem Internat, das sich nur aus einer Laune heraus zur Hilfsschwester gemeldet hat. Sie wollen oder sie können nicht akzeptieren, dass ich eine erwachsene Frau bin. Na schön, überlegte sie, vielleicht noch nicht mit dem entsprechenden Alter, aber in acht Wochen werde ich neunzehn und in den letzten Jahren habe ich Erfahrungen gesammelt und eine Menge geleistet.

Als sich die Bahn dem Hofweg und ihrer Haltestelle näherte, stand Friederike auf, rückte ihren kleinen, pelzbesetzten Hut zurecht und zwängte sich zur Türe durch. Endlich hielt die Bahn, zum Glück ist sie heute nicht von irgendwelchen Männern aufgehalten worden, die mit ihren Gewehren Leute kontrollierten, dachte Friederike und stieg aus. Es war dunkel, die Stadt musste sparen, und nur an den Straßenecken brannten die Laternen. Aber Friederike war nicht ängstlich. Furchtlos lief sie den Weg entlang zum Feenteich, vorbei an kaum erleuchteten Häusern – die Leute müssen auch sparen – dachte sie und hielt ihre Tasche fest unterm Arm.

Und dann, kurz vor der letzten Biegung, sprang ein Mann aus dem Gebüsch, packte sie mit einem Arm und hielt ihr mit der Hand den Mund zu. Er war groß, stark und roch nach Alkohol. Friederike wehrte sich, versuchte, in seine Hand zu beißen, ihn zu treten, ihre Hände freizubekommen. Es gelang ihr nicht. Erst als er versuchte, sie weg von der Straße zu zerren, konnte sie ihm gegen das Schienbein treten. Er schrie auf, ließ sie aber nicht los. Sie versuchte es ein zweites Mal, aber er war stärker und drängte sie tiefer und tiefer das Gebüsch hinein, sodass die Äste ihr das Gesicht zerkratzten. Dann drückte er sie auf den Boden, sie roch die nasse Erde, den Moder verrotteter Blätter und den Urin streunender Hunde. Ekel überkam sie, und sie musste sich übergeben. Wütend ließ er sie für einen Augenblick los. Friederike warf sich zur Seite und trat zu. Und gerade, als er über ihr war, traf sie ihn an seiner empfindlichsten Stelle. Brüllend wollte er sich auf die junge Frau werfen, aber Friederike war schneller, sprang auf, ergriff ihre Tasche mit beiden Händen und schlug sie ihm auf den Kopf. Sie wusste, dass der dicke, gläserne Briefbeschwerer, den sie dem Vater heute aus seinem Büro mitbringen sollte, ein gewaltiges Gewicht hatte. Lautlos sackte der Mann zusammen. Hoffentlich habe ich dich umgebracht, schrie sie und lief zur Straße zurück.

Zu Hause angekommen, stürmte sie ungesehen nach oben in ihr Zimmer, verriegelte die Tür und riss sich die Kleidung vom Leib. Während das Wasser in die Wanne floss, kontrollierte sie ihr zerkratztes Gesicht im Spiegel, betupfte die Wunden vorsichtig mit sauberen Tüchern und dann mit Jod. Dann stieg sie in das Wasser, und erst in diesem Augenblick kam der Schock. Sie weinte hemmungslos, bis die Mutter an die Tür klopfte.

»Bist du zu Hause, Kind?«, rief Sophie, erstaunt, dass Friederike sie nicht begrüßte, wie sie das an jedem Abend machte.

»Alles in Ordnung, Mutter, ich war so durchgefroren, ich wollte nur schnell ein Bad nehmen.«

»Komm bald nach unten, das Abendessen ist bereit.«

»Ja, Mutter, ich möchte mich nur erst erwärmen.« Ohne auf die Menge zu achten, streute sie Badesalz in das Wasser, aber sie konnte den Geruch und die damit verbundene Erinnerung nicht loswerden. Schließlich tauchte sie ganz unter, bis sie keine Luft mehr bekam. Das Gesicht brannte höllisch, und die Tränen kehrten zurück. Dann wusch sie ihr Haar und bürstete den ganzen Körper mit einer harten Wurzelbürste. Erst danach stieg sie aus der Wanne und hüllte sich in das Badetuch. Beim Blick in den Spiegel sah sie, wie die roten Kratzer ihr Gesicht überzogen. Vorsichtig tupfte sie es ab. Die Eltern werden entsetzt sein und Fragen stellen, dachte sie, ich muss unbedingt eine Ausrede erfinden, sonst lassen sie mich nicht mehr in die Stadt fahren. Dann kleidete sie sich an, kämmte die langen blonden Locken und band sie im Nacken zusammen, dann legte sie eine dicke Schicht Puder auf die Wangen und die Stirn, aber verbergen ließen sich die Wunden nicht. Langsam ging sie nach unten.

Sophie stand im Speisezimmer und sah über den dunklen Garten hinaus zum Feenteich. Als sich Friederike in der

Fensterscheibe spiegelte, drehte sie sich um, um ihre Tochter wie an jedem Abend zu begrüßen und in die Arme zu schließen. Aber entsetzt wich sie zurück. »Kind, was ist passiert? Wie siehst du aus?«

Friederike zuckte mit den Schultern. »Nichts Besonderes, Mutter, ich bin in der Dunkelheit etwas vom Weg abgekommen und in einen Gebüsch gelandet. Einfach dumm von mir.« Sie versuchte zu lachen. »Um diese Jahreszeit ist es einfach stockdunkel, und die paar Straßenlaternen an den Kreuzungen geben kaum Licht.«

Sophie trat näher und sah sie an. »Du und dumm? Zeig mal her.« Sie kontrollierte die Kratzer. »Hast du sie schon behandelt?«

»Ich habe sie gereinigt und mit Jod betupft, schließlich weiß ich mit Wunden umzugehen.« Sophie sah sie nachdenklich an. »Sagst du mir auch die Wahrheit?«

»Bei Tageslicht kann ich dir das Gebüsch zeigen. Aber nun lass uns essen, ich habe Hunger. Wo ist Vater?«

»Er war müde und hat sich schon zurückgezogen.«

»Immer diese Müdigkeit, Mutter, das ist doch nicht normal.«

»Ich weiß, mein Kind, aber ich kann ihn nicht zwingen, mit uns zu speisen.«

»Er lässt sich gehen, er lässt sich von seinen Launen unterkriegen. Er war doch früher anders.«

»Er leidet unter Depressionen, Kind, er ist ein alter Mann, ob wir das mögen oder nicht, und er wird mit den Schicksalsschlägen nicht fertig. Er glaubt, dass alles, was er und seine Vorfahren aufgebaut haben, in dieser Zeit untergeht.«

»Da könnte er tatsächlich Recht haben, wenn er nicht bald persönlich in die Misere eingreift.«

»Sei nicht ungerecht, er hat ein Leben lang gearbeitet, jetzt ist er müde. Ein ungeeigneter Zeitpunkt, aber wir können daran nichts ändern.«

»Und was sagt der Arzt, der jede Woche kommt?«

»Sein Leiden sei seelisch bedingt. Er brauche Zukunftsvisionen, Erfolge, um wieder auf die Beine zu kommen.«

»Ich tue, was ich kann, Mutter.«

»Ich weiß, mein Liebling.«

Die Mutter ging zu dem wie immer festlich gedeckten Tisch. Ein kleiner Strauß Hagebutten aus dem Garten statt Blumen aus der Gärtnerei, das Fürstenberg-Porzellan, das die Mutter so liebte, das alte Silberbesteck von den Großeltern und ein paar kostbare Gläser, auch wenn sie nur mit Wasser gefüllt wurden. Minna servierte Pastetchen aus alten Semmeln mit getrockneten Steinpilzen und Steckrübenmus mit getrockneten Kräutern aus dem Garten. Aber Friederike stocherte nur in ihrem Essen herum, sie kämpfte wieder mit der Übelkeit. Sophie beobachtete sie unauffällig. Irgendwas stimmt nicht mit ihr, dachte sie besorgt, wagte aber nicht zu fragen. Wenn sie mir nichts sagen will, muss ich sie in Ruhe lassen. Sie verschließt sich sofort, wenn man versucht, in sie zu dringen. Aber ab morgen wird Willi Wilde sie an der Haltestelle abholen.

Die Mutter versuchte, ein anderes Thema anzuschneiden und wollte wissen, wie die Bankgeschäfte gingen. Auch kein angenehmes Thema, dachte sie, aber es wird sie ablenken. So erzählte sie: »Ich habe heute in der Zeitung gelesen, dass die sozialen Leistungen für die Kriegsopfer und für die Hinterbliebenen den Staatshaushalt in immer größerem Ausmaß destabilisieren. Wie wirkt sich das auf unsere Bank aus?«

»Schlecht, Mutter, kein Mensch vertraut einem Geldinstitut das wenige wertbeständige Geld an, das er noch besitzt. Man hat Angst vor einem zwangsweisen Zugriff durch den Staat. Du müsstest unsere Schalterhalle sehen. Sie ist wie ausgestorben, und Vaters Stellvertreter will alle Angestellten entlassen, die an den Schaltern arbeiten. Wir können sie nicht mehr bezahlen.«

»Das ist ja furchtbar, was wird Vater dazu sagen?«

»Er wird sich damit abfinden müssen. Er kommt nicht in die Bank, um einzugreifen, also muss er sich mit dem abfinden, was sein zweiter Direktor anordnet.«

»Wann, um Himmels willen, ändert sich denn dies alles?«

»Wenn wir die Kriegsschulden bezahlt haben, Mutter, und das kann jahrelang dauern. Die Regierung druckt Tag und Nacht neues Geld, dumm ist nur, dass es am nächsten Tag keinen Wert mehr hat. Deshalb wollen die Leute ihren Lohn in Naturalien, aber die gibt es eben auch nicht.«

»Überleben wir diese Katastrophe?«

»Körperlich schon, Mutter, aber für die Bank sehe ich schwarz.«

»Das bringt den Vater um.«

Friederike schwieg. Es hatte keinen Zweck, all die Schwierigkeiten aufzuzählen. Sie seufzte. Hoffentlich nahmen das Gespräch und das Essen bald ein Ende. Sie wollte nicht unhöflich sein, aber sie wollte so schnell wie möglich in ihr Zimmer und noch ein Bad nehmen. Hoffentlich war noch genügend warmes Wasser vorhanden.

Als Friederike am nächsten Morgen zur Schienenbahn ging, standen Menschen vor dem Gebüsch und diskutierten heftig. Als sie näher kam, hörte sie, wie ein Mann einem anderen zurief. »Er ist tot, das sieht man doch. Er ist erstochen worden, das Messer steckt ja noch in seinem Rücken.«

»Aber man kann ihn doch hier nicht liegen lassen, die streunenden Hunde, man muss doch was tun.«

»Die Polizei ist unterwegs. Wir dürfen nichts berühren, haben die auf der Wache gesagt«, rief ein anderer.

»Typisch«, erklärte eine Frau, »am Hofweg prügeln sich die Betrunkenen und hier in der stillen Seitenstraße bringen sie sich um. Hier ist es dunkler und nachts menschenleer.

Man wagt sich kaum noch aus dem Haus.«

Friederike ging auf die andere Straßenseite. Sie verbarg ihr Gesicht hinter dem breiten Kragen ihres Mantels und lief schnell weiter. Auf keinen Fall wollte sie in die Diskussion hineingezogen werden. Trotzdem warf sie einen Blick auf das Gebüsch, aber von dem Mann waren nur die Füße zu sehen, die in schmutzigen, durchlöcherten Stiefeln steckten. Umgebracht hab' ich ihn also nicht, das hat ein anderer erledigt. Unter seinen Kumpanen hatte er wahrscheinlich auch Feinde, aber verdient hat er es. Der wird nicht noch einmal auf mich warten.

Dann dachte sie an die Mutter, die sie heute besonders liebevoll verabschiedet hatte und ihr erklärte, dass Willi Wilde sie ab sofort jeden Abend an der Haltestelle abholen würde. Sie hat mich nicht noch einmal gefragt, dachte Friederike, aber sie ist über mein Gesicht gefahren, als wüsste sie Bescheid.

Als sie an diesem Abend nach Hause kam, überreichte ihr die Mutter einen Briefumschlag. »Deine Freundin ist hier gewesen, die junge Dame, die du im Internat kennen gelernt hast.«

»Viktoria? Meine Güte, seit einer Ewigkeit habe ich nichts von ihr gehört.«

»Wir haben uns ein Weilchen unterhalten, und sie erzählte, dass sie eine Einladung für dich hätte.«

»Eine Einladung?«

»Ja, ihre Mutter beabsichtigt eine kleine Adventsfeier im engsten Familien- und Freundeskreis, und sie würden sich sehr freuen, wenn du zusagen könntest.«

»Gibt es einen besonderen Anlass?«

»Ja, der Bruder deiner Freundin ist aus dem Krieg zurückgekommen, und die Mutter möchte feiern, dass beide Kinder diese schrecklichen Jahre wohlbehalten überstanden haben. Die Einladung hat Regina Stelling geschrieben, so steht es hier auf dem Umschlag.« Sie reichte Friederike das Schreiben. »Bitte, mein Kind.«

Friederike öffnete den Umschlag und las laut den Inhalt des Briefes.

Sehr geehrtes Fräulein Bramfeld,
es ist mir eine große Ehre, die beste Freundin meiner Tochter zu einem kleinen Fest einladen zu dürfen. Wir möchten die Heimkehr unserer Kinder feiern und erlauben uns, Menschen einzuladen, die uns nahe stehen. Wir planen ein gemeinsames Essen, weihnachtliche Musik mit Freunden und gute Gespräche am zweiten Sonntag im Advent ab vierzehn Uhr. Über Ihre Zusage würde ich mich ganz besonders freuen.

Ihre Regina Stelling

»Was sagst du dazu, Mutter?«

»Ein reizender Brief. Du wirst doch hingehen?«

Friederike nickte. »Ja, ich bin froh, wieder Kontakt zu Viktoria zu bekommen. Sie stand mir sehr nahe, und dann habe ich sie fast verloren, weil sie sich nur noch um einen schwer verwundeten blinden Mann gekümmert hat und mit ihm auch in das Haus ihrer Eltern zurückgekehrt ist. Ich wollte mich nicht aufdrängen, aber ich wäre über eine engere Beziehung sehr glücklich.«

»Das freut mich für dich. Du kannst morgen zusagen, und dann schauen wir, ob wir aus deinen alten Kleidern eine standesgemäße Garderobe zaubern können.«

»Nur keine Aufregung, Mutter. Standesgemäße Garderoben sind heute überall Mangelware. Leider bin ich ziemlich groß geworden, sonst würde ich eins deiner Kleider anziehen. Du bist nach wie vor die am besten gekleidete Frau in Hamburg, aber leider nicht so groß wie ich.« Sie lachte fröhlich. Sophie vergaß die Sorgen, die sie sich am Abend zuvor gemacht hatte. »Ach Kind, seit vielen Jahren gibt es keine guten Stoffe zu kaufen. Da ist es nicht weit her mit der Garderobe.«

»Mutter, es kommt gar nicht so sehr auf die Stoffe an, sondern auf den guten Geschmack und auf die Art, ein schlichtes Kleid vornehm zu tragen. Und darin bist du einmalig.«

»Danke mein Liebling. So viele Komplimente an einem Abend, damit muss ich erst einmal fertig werden.« Gott sei Dank, dachte sie, Friederike hat den Schock von gestern Abend überwunden. Sie hatte von Willi Wilde erfahren, dass man ganz in ihrer Nähe einen erstochenen Mann in einem Gebüsch gefunden hatte. Ob Friederike damit etwas zu tun hat, überlegte sie? Aber ein Messer? Erstens hat sie kein Messer in ihrer Tasche und zweitens soll der Mann sehr groß gewesen sein. Diese Kraft hat mein Kind nicht, und ich glaube, so viel Mut auch nicht.

Aber in dieser Beziehung unterschätzte sie ihre Tochter vollkommen. Friederike war eine selbstbewusste, starke und auch mutige Frau geworden. Sie hatte unendliches Leid gesehen, und Leid stärkt einen Menschen, der gezwungen ist, damit fertig zu werden. Nicht nur die Trauer um Rainer und die Gewissheit, im Leben ohne ihn fertig werden zu müssen, sondern die Schicksale der Verwundeten, die ohne Arme oder Beine, ohne Augenlicht und Gehör ihr Leben meistern mussten, hatte sie zu dem Menschen gemacht, der sie jetzt war: Sie hatte ihr Herz mit einem Schutzwall umgeben und ihre Gefühle in der Tiefe ihrer Seele vergraben. Manchmal war sie erschrocken über ihren Mangel an Empfindungen, über die Gefühllosigkeit, mit der sie nun lebte, und über die fehlende Wärme in ihrer Beziehung zu anderen Menschen. Aber damit muss ich nun fertig werden. Das sind die Wunden, die mir der Krieg zugefügt hat, dachte sie und wandte sich wieder der Mutter zu, die auf der Suche nach einer neueren Modezeitschrift ihren Sekretär durchsuchte.

Als Sophie zwei Wochen später ihre Tochter verabschiedete, war sie mit dem Aussehen Friederikes überaus zufrieden. Die Schneiderin hatte aus den taubenblauen Vorhangstoffen ihres Boudoirs ein eng tailliertes Kostüm mit knöchellangem Rock und gefälteltem Schößchen gezaubert. Die Knöpfe für die zweireihig geschlossene Jacke hatte die Schneiderin von einem alten Gehrock Ferdinands abgetrennt und den kleinen Hut geschickt mit Taubenfedern verziert. Sophie war entzückt und sie hoffte, dass auch Friederike mit ihrem Aussehen einverstanden war. Es ist so schwierig, dem Kind ein Wort der Freude oder der Zufriedenheit zu entlocken, dachte sie und umarmte die Tochter.

»Ich wünsche dir ein paar schöne Stunden, mein Liebling, und dass du wieder einen engen Kontakt zu deiner Freundin knüpfen kannst. Komm, ich begleite dich nach draußen, die Droschke ist vorgefahren.«

Zwanzigstes Kapitel

Sophie bestand darauf, dass Friederike den umständlichen Weg zur Heilwigstraße in einer Droschke zurücklegte. Mit der Straßenbahn hätte sie unterwegs umsteigen und noch ein Stück zu Fuß gehen müssen. »Es schickt sich nicht für eine junge Dame, allein und mit einem öffentlichen Verkehrsmittel zu einer Festivität zu fahren. Wenn wir uns schon kein eigenes Auto mehr leisten können, dann aber wenigstens einen Mietwagen«, erklärte sie konsequent.

Friederike war dem Automobil nicht abgeneigt. Sie wusste zwar, dass überhaupt kein Geld für solchen Luxus zur Verfügung stand, war aber bereit, mit ihren dünnen Schuhen und in dem eleganten Kostüm die Annehmlichkeiten einer Autofahrt genießen und auf ihren altmodischen, abgetragenen Wintermantel verzichten zu können.

Es war ein typischer Dezembertag, als sie das Auto bestieg. Nebel, verbunden mit Nieselregen, hing über der Stadt. Die kahlen Bäume der Alleen tropften vor Nässe, und dicke schwarze Krähen, die in den Ästen hockten, schüttelten ihr Gefieder. Als sie die Krugkoppelbrücke überquerten, sah Friederike über die Außenalster hinweg zur sonst so eindrucksvollen Stadtsilhouette, aber die Häuser und Türme hatten sich im Schlechtwetterdunst versteckt.

Wenige Minuten später erreichten sie das Stadtpalais der Stellings. Das moosgrüne Haus mit den weißen Säulen neben dem Portal und den weißen Simsen war festlich erleuchtet. Warmer Lichtschein fiel aus allen Fenstern und obwohl es noch mitten am Tage war, hatte Friederike den Eindruck einer festlichen Soiree. Bevor sie die Wagentür öffnen und den Chauffeur entlohnen konnte, war das bereits geschehen. Ein Diener half ihr beim Aussteigen, hielt einen Regenschirm über sie und geleitete sie die zwei Stufen zur Eingangstür hinauf. Friederike bedankte sich höflich und lief direkt in die Arme von Viktoria, die sie mit einem fröhlichen Lachen begrüßte. »Wie schön, dass du gekommen bist. Ich freue mich so, dich wiederzusehen.« Sie küsste ihre Freundin liebevoll auf beide Wangen, nahm ihr Hut und Handschuhe ab und führte sie in einen großen Salon.

Friederike war fasziniert von dem eindrucksvollen Raum. Die klassischen Linien der Chippendale-Möbel verliehen ihm Stil und Eleganz, und die schweren silbernen Leuchter mit den duftenden Bienenwachskerzen hüllten ihn in einen dezenten weihnachtlichen Wohlgeruch. Trotz seiner erlesenen Einrichtung war der Salon gemütlich. Den auf Hochglanz polierten Holzfußboden bedeckte ein persischer Teppich – eine Sonderanfertigung, dachte Friederike, Teppiche in dieser Größe gibt es in Geschäften nicht zu kaufen. Wände mit kühlen, grünen Seidentapeten bildeten einen ruhigen Hintergrund für einige wundervolle Gemälde aus dem Umland der Stadt. Bevor sie näher treten und die Bilder anschauen konnte, fragte eine tiefe, männliche Stimme: »Gefallen Sie Ihnen?«

Sie drehte sich um und erkannte Viktorias Vater, der sie lächelnd anblickte, während die Freundin schon die nächsten Gäste begrüßte.

»Ja, sie gefallen mir sehr. Sie strahlen so viel Ruhe aus, man fühlt sich hineinversetzt in die Heidelandschaft, auf die Waldlichtung – Bilder zum Träumen«, fügte sie hinzu, »ja, ich mag sie.«

»Ein alter Onkel von mir hat sie gemalt. Ein Michael Stelling, leider fand er in Hamburg nie die Anerkennung, die er verdiente.« Er nahm galant ihren Arm. »Kommen Sie, ich möchte Sie meiner Frau vorstellen, wir beide kennen uns ja von der gemeinsamen Autofahrt nach Wolfenhagen.«

Er führte sie zu einer sehr schönen Frau in einem Rollstuhl. »Regina, das ist Friederike Bramfeld, Viktorias Freundin.« Bevor sie ihr die Hand reichte, verneigte sich Friederike mit einen tiefen Knicks vor der Dame des Hauses und bedankte sich für die Einladung. Noch ehe sie Regina Stelling näher kennen lernte, war Friederike bereits fasziniert von dieser beeindruckenden Frau, die so gar nicht behindert wirkte, sondern sie mit einem strahlenden Lächeln willkommen hieß. »Wir freuen uns sehr, dass Sie kommen konnten.«

»Danke, ich bin sehr froh, Viktorias Familie und dieses wunderschöne Haus kennen zu lernen.«

»Zur Familie gehört noch unser Sohn Martin, aber wie ich sehe, ist er bis jetzt nicht aufgetaucht. Nun, zum Essen ist er sicher pünktlich«, erklärte sie glücklich, »ich bin so froh, dass er unversehrt aus diesem schrecklichen Krieg zurückgekommen ist.«

Friederike nickte. »Ich freue mich für Sie.« Ein Diener brachte auf einem Tablett Gläser mit Aperitifs in bunten Farben, und Regina nahm zwei kleine Kelche und reicht einen davon Friederike. »Auf Ihr Wohl und Ihre Freundschaft mit Viktoria. Sie hat eine Freundin dringend nötig, sonst vergisst sie, dass es außer ihrem kranken Pflegling und ihrer Familie noch andere Menschen auf der Welt gibt.« Sie tranken sich zu, dann kamen andere Gäste, denen sich Regina Stelling widmen musste.

Friederike zog sich zurück und betrachte aus der Ferne die Frau in ihrem schlichten blauen Seidenkleid. Ihr dunkles, von ersten grauen Strähnen durchzogenes Haar trug sie hochgesteckt, die Ohren zierten schlichte Perlen und eine dreireihige Perlenkette ihr Dekolleté. Obwohl sie in einem Rollstuhl saß, wirkte sie groß und dominant. Friederike sah sich nach Viktoria um, aber die Freundin begrüßte in der Halle neue Gäste. Dann sah sie Holger, den blinden Gast der Stellings, der etwas abseits an der Tür zum Nebenzimmer lehnte und nicht wagte, weiter ins Zimmer zu gehen. Schnell ging sie zu ihm und begrüßte ihn herzlich. »Holger, wie ich mich freue, Sie wiederzusehen. Wie geht es Ihnen? Ich bin Friederike, die Hilfsschwester und Freundin von Viktoria.«

Langsam streckte er ihr die Hand entgegen. »Friederike, Ihre Stimme habe ich sofort erkannt. Es geht mir recht gut, und ich heiße jetzt Sebastian.«

»Oh, verzeihen Sie, aber das wusste ich nicht.«

»Ja, ich habe ein Stückchen meines Gedächtnisses wiedergefunden. Vielleicht geht es damit jetzt aufwärts.«

»Wie ist das geschehen? Gab es einen besonderen Anlass?«

»Ja, als Martin Stelling heimkam und in so ergreifender Weise von seinen Kriegserlebnissen erzählte, tauchten bei mir ähnliche Erinnerungen auf. Und dabei fiel mir plötzlich mein Name ein. Und jetzt bin ich Sebastian und irgendwann weiß ich hoffentlich auch, wie mein Familienname lautet, damit ich weiß, wohin ich gehöre.«

»Ich freue mich so für Sie. Möchten Sie etwas trinken, es gibt leckere Aperitifs?«

»Ja, gern, ich bin immer wieder erstaunt, welche Köstlichkeiten hier im Keller ruhen, Herr Stelling hat gut vorgesorgt. Würden Sie mir ein Glas holen?«

»Natürlich, ich bin gleich zurück.« Ohne dass er es merkte, betrachtete sie ihn. Er war ein gut aussehender Mann von stattlicher Größe und kräftiger Statur. Wäre der Verband vor seinen Augen nicht gewesen, hätte man ihn als schön bezeichnen können. Aber die Binde musste sein, um die Augenhöhlen zu schützen und sicherlich auch, um anderen Menschen den Anblick zu ersparen. Vielleicht können Augenärzte später künstliche Augen einsetzen, dachte sie, und ging mit dem Glas zu ihm zurück. »Hier, bitte.« Sie nahm seine Hand und führte das Glas zu seinen Fingern. »Der Inhalt ist goldgelb und duftet nach Aprikosen«, lachte sie, »aber das Riechen und Schmecken überlasse ich Ihnen.«

»Danke. Darf ich Sie etwas Persönliches fragen, Friederike?«

»Natürlich.«

»Warum sind Sie noch nie hier gewesen, Sie und Viktoria sind doch Freundinnen?«

Friederike überlegte einen Augenblick, sie konnte ihm schlecht sagen, dass er der Grund für die Trennung von der Freundin war. Vorsichtig erklärte sie: »Schuld daran war dieser Krieg. Er hat unser Leben sehr durcheinander gebracht. Viktoria ist mit Ihnen hierher gereist, um alles für Ihre Genesung zu tun. Das war die erste Trennung. Dann ist mein Freund gefallen, und ich wollte lange mit meiner Trauer allein sein. Dann kam ich nach Hause und fand einen kränkelnden Vater, eine hilflose Mutter und eine fast bankrotte Bank vor. Sie können mir glauben, ich hatte überhaupt keine Zeit, an eine Freundschaft zu denken.«

»Das tut mir Leid, vor allem, dass Sie Ihren Freund verloren haben und Ihr Zuhause in keinem guten Zustand vorfanden.«

»Ich musste unverzüglich die Ärmel aufkrempeln und arbeiten. Vom Vater brauchte ich die Erlaubnis, das Bankfach zu lernen, was er für unmöglich hielt, weil die Leitung einer Bank Männersache sei. Dann musste ich die Mutter aufrichten und ihr täglich Mut machen, und in der Bank mit den alten Angestellten als Lehrling zu arbeiten, war wirklich kein Vergnügen. Und zu allem Unglück verübelt mein Vater mir, dass ich nicht bereit bin, einen angesehenen Hanseaten zu heiraten, der die Bank weiterführen würde. In dem ganzen Chaos stecke ich noch mittendrin. Dieses Fest hier ist das erste, das ich seit dem Anfang des Krieges besuche. Ich gehe nie aus, ich habe gar keine Zeit dazu.«

»Dann muss sich das aber sehr schnell ändern«, hörte sie eine kräftige Männerstimme hinter sich. Erstaunt drehte sie sich um und sah in die tiefbraunen Augen eines Mannes, der Patrick Stelling wie aus dem Gesicht geschnitten war. Das dunkle, in der Mitte gescheitelte Haar, das ihm in leichten Wellen über die Ohren fiel, die scharfe gerade Nase, der klar gezeichnete Mund, seine Größe, mit der er sie ein ganzes Stück überragte – ein Frösteln überflog sie, während sie die Augen senkte und fühlte, wie eine leichte Röte ihr Gesicht bedeckte. Wie lange steht er hinter mir? Was hat er alles gehört?, überlegte sie und sah ihm wieder in die Augen. »Pirschen Sie sich immer von hinten an Menschen heran, wenn sie sich unterhalten?«

»Nicht immer«, lächelte er, »nur wenn es interessant zu werden scheint. Ich bin Martin Stelling.«

Sie warf ihm einen schnellen Blick zu. »Tatsächlich?«

Er nickte. Und Friederike sah, dass zwar die Lippen lächelten, die Augen aber keineswegs. Verwirrt schwenkte sie ihr kleines Glas, irgendetwas an ihm hatte sie durcheinander gebracht. Beherrscht ist er und gefährlich, dachte sie, und der Gedanke bereitete ihr leises Unbehagen.

Sebastian versuchte die freundschaftliche Intimität ihres Gesprächs zu erklären: »Wir kennen uns aus dem Lazarett, wir haben harte Wochen miteinander erlebt.« Er hob das Glas und trank ihr zu. »Wir müssen eine alte Freundschaft wieder zum Leben erwecken.«

Martin nickte und sagte etwas gereizt: »Dann viel Erfolg«, damit drehte er sich um und begrüßte neue Gäste.

»Er ist manchmal etwas schwierig«, versuchte Sebastian zu erklären, »Viktoria sagt, er sei schon als Kind problematisch gewesen.«

Friederike zuckte mit den Schultern. »Es ist nicht wichtig. Mich interessiert viel mehr, welche Pläne Sie haben.«

»Ich lerne im Augenblick die Blindenschrift. Und dann möchte ich in einem Büro arbeiten. Viktoria will mich von einem Arzt zum anderen bringen, aber ich weiß, dass ich nie wieder sehe, also muss ich mich entsprechend orientieren.«

»Sie möchte Ihnen helfen, Sebastian.«

»Ich weiß, aber sie macht mir den Weg unnötig schwer. Ich habe mich damit abgefunden, und sie steckt voller Hoffnungen.«

»Soll ich mit ihr sprechen?«

»Nein, ich schaffe das schon. Es gibt Umschulungsgruppen und Selbsthilfevereine für Kriegsversehrte. Da will ich mich anmelden. Und Viktoria wird feststellen, dass dies der richtige Weg für mich ist.«

»Solange Sie hier wohnen, wird sie nicht loslassen.«

»Ich weiß, aber wenn ich erst den Kontakt zu anderen Versehrten habe, finde ich auch ein Heim zum Wohnen. Ich bin ja kein Einzelfall. Mein Problem ist mein fehlendes Gedächtnis, das behindert mich mehr als die Blindheit. Wenn ich nur wüsste, wohin ich gehöre.«

»Machen Ihnen die Ärzte Hoffnung?«

»Ja, aber sie verlangen Geduld, und die habe ich nicht.« Friederike sah, dass Viktoria auf sie zukam, und sagte schnell: »Hallo, Viktoria, lassen dir die Gäste Zeit zum Luftholen?«

Viktoria lachte und sagte: »Sie sind so amüsant. Schau dir nur diese Kleider an, da waren der Fantasie keine Grenzen gesetzt.«

Leicht verstimmt sagte Friederike: »Vergiss nicht die vier Jahre Krieg und die Seeblockade. Ich hatte auch Probleme mit der Kleidung.«

»Ach, es war doch nur ein Scherz. Du siehst fabelhaft aus, und mein Bruder lässt dich nicht aus den Augen. Kommt jetzt, das Essen ist serviert.« Sie hakte sich bei Sebastian ein und reichte der Freundin die Hand. »Bitte, Friederike, ich möchte gern, dass du die Tischdame von ihm bist«, und leise fügte sie hinzu: »Man muss ihm beim Essen ein bisschen helfen, und ich muss mich um ein altes Ehepaar kümmern, das habe ich Mutter versprochen.«

»Natürlich, ich kümmere mich.«

Alle nahmen Platz. Der Tisch war weihnachtlich mit Tannengrün, roten Seidenschleifen und weißen Kerzen geschmückt. Ihr Licht spiegelte sich in wertvollem Porzellan, schwerem Silber und handgeschliffenen Gläsern. Bevor das Essen aufgetragen wurde, erhob sich Patrick Stelling, hielt eine kurze, humorige Rede und dankte allen für dieses Beisammensein.

Selma, die alte Haushälterin, servierte eine Pilzsuppe, später Karpfenfilets in Petersiliensoße und als Hauptgericht Hirschkeule mit Esskastanienpüree und Waldbeeren, die ein befreundeter Förster geschickt hatte. Dazu gab es Weißwein, später Rotwein und zum Dessert einen süßen Madeira.

Friederike half ihrem Tischherrn beim Zerlegen des Fleisches und reichte ihm die Platten und Schüsseln, damit er sich bedienen konnte. Dabei erzählte er ihr von der liebevollen Planung für dieses Fest, berichtete von der Fahrt nach Reinfeld, wo der Hausherr den frischen Fisch geholt und ihn mitgenommen hatte und von den Telefongesprächen mit dem Förster, damit Fleisch, Pilze und Beeren pünktlich geliefert wurden. »Herr Stelling hat überall Verbindungen und Freunde, die ihm helfen, weil er selbst so ein hilfsbereiter Mensch ist«, erklärte er, und Friederike spürte, wie sehr der Mann an ihrer Seite den Hausherrn schätzte. »Ich bin sehr froh, dass ich diese Familie kennen lernen durfte. Ich werde sie mein ganzes Leben lang als Vorbild betrachten. Schade, dass ich sie nie sehen werde.«

»Sie sehen alle beneidenswert gut aus, das kann ich Ihnen versichern«, lachte Friederike leise und riskierte einen schnellen Blick über den Tisch, wo ihr gegenüber Martin Stelling saß und sich mit einer jungen Frau lebhaft unterhielt.

Nach dem Essen nahm man im Wintergarten einen Kaffee aus gebrannten Gerstenkörnern zu sich, und Selma reichte eine Platte mit Weihnachtsgebäck herum, das sie von Verwandten aus dem Spreewald geschickt bekommen hatte. Dann spielte Regina auf dem Klavier Ausschnitte aus dem Weihnachtsoratorium von Bach, und später sangen alle bekannte Adventslieder. Der frühe Abend war längst hereingebrochen, als sich die ersten Gäste verabschiedeten. Auch Friederike bedankte sich herzlich bei den Gastgebern und verabredete mit der Freundin ein baldiges Treffen. »Damit wir uns endlich mal wieder ausklönen können«, wie Viktoria betonte. Als sie einen Diener bat, ihr eine Droschke zu besorgen, kam Martin und erklärte höflich: »Es wäre mir eine Ehre, die Freundin meiner Schwester nach Hause zu bringen.«

Friederike wusste nicht, ob sie aus den Worten Ironie oder Ernsthaftigkeit heraushörte, entschloss sich dann aber, das Angebot anzunehmen.

»Möchten Sie mit der Kutsche sofort oder mit dem Automobil etwas später fahren?« Als Friederike ihn fragend ansah, erklärte er: »Auf das Automobil müssen wir warten, bis der Chauffeur einige der Gäste nach Hause gebracht hat, das Pferd müsste ich nur anspannen lassen.«

»Gönnen Sie dem Pferd die Ruhe, ich habe es nicht so eilig.« Sie drehte sich um und ging wieder in den Salon zurück. Regina unterhielt sich mit ihrem Mann und Viktoria begleitete Sebastian zu seinem Zimmer. Fragend sah Patrick seinen Sohn an. »Ich warte, bis der Chauffeur zurück ist, dann bringe ich Fräulein Bramfeld an den Feenteich.«

»Sehr schön«, nickte Regina, »warum sollten Sie mit einer fremden Droschke fahren, mein Sohn ist ein guter Autofahrer, er wird Sie sicher nach Hause bringen«, und nach kurzem Zögern, »kommen Sie an meine Seite, dann können wir noch einen Augenblick plaudern.«

Friederike zog einen Sessel neben den Rollstuhl und setzte sich. »Ich bewundere Ihre Artikel in den Zeitungen, Frau Stelling, und noch viel mehr bewundere ich den Mut, mit dem Sie über viele kritische Zustände schreiben.«

Regina lächelte. »Ich war schon immer etwas aufmüpfig. Schon als junges Mädchen. Fragen Sie meinen Mann.«

Patrick sah seine Frau liebevoll an. »Sie hat in Hamburg den Hosenrock für junge Damen eingeführt, ausgerechnet am Tage meines größten Festes auf der Werft. Und dann hat sie für diesen Hosenanzug Messingknöpfe prägen lassen, die einen Anker und meine Initialen zeigten. Die Festgesellschaft war perplex und ich verloren. Ich habe ihr sofort den Hof gemacht, wenig später haben wir geheiratet.« Glücklich küsste er seiner Frau die Hand, und Friederike dachte: Wie liebevoll er mit ihr umgeht. Vater käme nie auf die Idee, seine Frau vor anderen Menschen zärtlich zu berühren.

Regina war ernst geworden. »Leider hat mir meine Courage dann den Rollstuhl eingebracht.« Patrick nickte. »Ei ne ehrliche Rede zur Frauenbewegung und ein verrückter Mann, der seine Rechte bedroht sah.«

»Furchtbar!«

Aber Regina sah die junge Frau an und schüttelte den Kopf. »Ich bin damit fertig geworden, und mein Leben hat sich nur äußerlich verändert. Sport kann ich nicht mehr treiben, und meine Bewegungsfreiheit ist eingeschränkt, aber ich lebe und ich lebe in einer glücklichen Familie, wer kann das schon von sich behaupten.«

Friederike nickte und dachte an ihre Mutter, die zwar ihre Beine gebrauchen konnte, aber in einem Gefängnis lebte, gefesselt an einen kränkelnden, unzufriedenen, alten Mann und behindert durch Armut. Sie nickte: »Ich bewundere Menschen, denen die Freiheit der Gedanken mehr bedeutet als die Freiheit der Beweglichkeit.«

Regina sah sie erstaunt an. »Ich freue mich, dass junge Frauen heute so modern denken, sie werden Schwierigkeiten damit bekommen, aber auch eine große Befreiung erfahren.« Sie sah zur Tür. »Mein Sohn kommt, um Sie zu holen, ich würde mich gern wieder einmal mit Ihnen unterhalten. Besuchen Sie uns bald.« Sie reichte Friederike die Hand und sah ihren Sohn lächelnd an. »Bring sie gut heim, mein Junge.«

Auf dem Weg zum Feenteich hielt Martin Stelling an einer geeigneten Stelle das Auto an, stellte den lauten Motor ab und drehte sich zu Friederike um. »Mein Wunsch, Sie nach Hause zu begleiten, war nicht ganz uneigennützig. Darf ich offen sein?«

»Natürlich, wenn Sie schon mit mir reden wollen, dann bitte offen und ehrlich.«

»Es geht um meine Schwester.«

»Ja?«

»Wir machen uns Sorgen um sie.«

»Inwiefern?«

»Ihre Verbindung zu Sebastian. Was geht da vor? Wie kam es zu dieser Beziehung, was soll daraus werden?«

Friederike konnte in der Dunkelheit seinen Gesichtsausdruck nicht sehen, aber sie hörte echte Sorge in seinen Worten.

»Es fällt mir schwer, über einen abwesenden Menschen zu sprechen und über meine Freundin erst recht. Außerdem kann ich nichts dazu sagen, ich habe Viktoria wochenlang nicht gesehen.«

»Aber Sie waren dabei, als die beiden sich kennen lernten.«

»Sebastian war schwerstverwundet und Viktoria seine Pflegerin.«

»Aber er war doch nicht der Einzige in dem großen Lazarett.«

»Für sie vielleicht doch. Sie hat ihn von Anfang an mit besonderer Fürsorge gepflegt. Er war so ein hoffnungsloser Fall. Dass er heute noch lebt, hat er Viktoria zu verdanken. Das verbindet.«

»Das weiß ich auch, aber irgendwann muss diese pflegerische Pflicht doch mal beendet sein.«

»Vielleicht, vielleicht auch nicht. Ich weiß es nicht.«

»Aber irgendetwas muss geschehen, Viktoria darf sich nicht an einen blinden Mann ketten.«

»Es ehrt Sie, dass Sie sich Sorgen um Ihre Schwester machen, aber Sie werden nichts ändern können. Mit dieser Situation müssen die beiden allein fertig werden.«

»Meine Eltern leiden unter der Angst, sie könnte sich auf immer mit Sebastian belasten.«

»Er ist ein sehr liebevoller Mann, bescheiden, klug und dankbar. Und er ahnt die Sorge Ihrer Familie. Überlassen Sie es ihm, den richtigen Weg einzuschlagen. Gegen Gefühle kämpfen Sie vergeblich.«

»Auf seine Ahnung möchte ich mich nicht verlassen. Könnten Sie nicht mit Viktoria sprechen?«

»Auf gar keinen Fall. Ich mische mich nicht in die Gefühle anderer Menschen. Aber ich kann Ihnen verraten:

Sebastian ist schon dabei, sich von Viktoria zu lösen. Er sucht nach einem eigenen Weg in seine Zukunft.«

»Hat er das gesagt?«

»Er möchte, dass sie ihn loslässt. Sie können ihm dabei helfen, denn ohne Hilfe schafft er das nicht.«

»Und was müsste ich tun? Viktoria verzeiht mir nie, wenn ich mich einmische.«

»Sebastian sucht Kriegsversehrtengruppen, die sich untereinander helfen. Aber wie soll er sie finden? Er möchte in einem Heim mit anderen Verletzten zusammen wohnen, aber woher bekommt er Adressen? Er sucht Arbeit, die für einen Blinden geeignet ist, wie kann er sie finden? Helfen Sie ihm beim Suchen, und Sie werden eine Lösung finden.«

Martin tastete nach ihrer Hand und drückte sie. »Danke, ich fange morgen mit der Suche an. Ich wusste, Sie würden mir helfen.«

»Ich helfe nicht Ihnen oder Ihrer Familie, ich helfe Sebastian, weil ich weiß, wie sehr er seine Eigenständigkeit braucht. Er will mit seinem Leben fertig werden, allein, und er wird es schaffen. Er ist ein starker Mann, das wusste ich vom ersten Augenblick an, als ich ihn im Lazarett sah und außer Viktoria kein Mensch irgendeine Hoffnung für ihn sah. Bei aller Hilflosigkeit ist er ein ehrlicher, stolzer Mann, er wird seinen Weg finden.«

Martin schwieg eine Weile, dann sagte er leise: »Ich wünschte, ich hätte auch so eine Fürsprecherin, eine Freundin, die so sehr von meinen guten Seiten überzeugt ist.«

Friederike lächelte. »Dann überzeugen Sie die Menschen von Ihren Qualitäten – und jetzt würde ich gern nach Hause fahren. Ich friere in dem kalten Auto.«

Einundzwanzigstes Kapitel

In der dritten Dezemberwoche erhielt Ferdinand Bramfeld einen Brief. Er saß mit seiner Frau im Frühstückszimmer, um ein bescheidenes Mahl aus Sauerteigbrot und selbst gekochter Hagebuttenmarmelade einzunehmen, als Willi Wilde den durch einen Boten gebrachten Brief überreichte. Es war ein grauer Umschlag aus billigem Papier mit einer unbekannten Handschrift. Zögernd drehte Ferdinand den Umschlag um und wusste zunächst auch nichts mit dem Absender anzufangen. Dann erinnerte er sich an den fernen Winterabend im Stadtteil Sankt Georg, als er auf der Suche nach seinem Freund frierend und traurig in der Kirche gesessen hatte und anschließend mit dem Pastor zum Haus für Obdachlose gegangen war, in der Hoffnung, dort Martin Brandner zu finden. Es musste dieser Pastor sein, der ihm jetzt geschrieben hatte.

Verehrter Herr Bramfeld,
ich weiß nicht, ob Sie sich noch an mich erinnern. Wir sind uns vor langer Zeit begegnet, und ich versprach, Ihnen bei der Suche nach Ihrem Freund zu helfen. Heute kann ich sagen, ich glaube, ihn gefunden zu haben.

Ein Amtskollege von mir, der im Hafen für Binnenschiffer als Seelsorger tätig ist, erzählte mir während einer Konferenz von einem Mann, auf den Ihre Beschreibung passen könnte. Dieser Mann ist mit einem Frachtschiff auf der Elbe zwischen Böhmen und Hamburg unterwegs und wenn er in der Hansestadt ist, besucht er regelmäßig die Gottesdienste meines Freundes. Dabei hat sich in einem seelsorglichen Gespräch herausgestellt, dass er verzweifelt nach seinen beiden Söhnen sucht. Der eine wurde kriegsversehrt aus dem Militärdienst entlassen und ist seitdem verschollen, der andere war als Matrose auf einem in Übersee beschlagnahmten deutschen Schiff und dort in der Gefangenschaft. Sobald dieser Schiffer nun in Hamburg ist, sucht er in allen Einrichtungen, die sich um vermisste Menschen kümmern, nach diesen Söhnen. Die erfolglose Suche treibt ihn dann immer wieder in die Gottesdienste meines Amtskollegen, wo er Rat und Trost sucht.

Ich denke, es könnte sich bei diesem Mann um Ihren Freund handeln. Wenn es Ihnen recht ist, sollten wir versuchen, mit diesem Schiffer Kontakt aufzunehmen. Er hält sich zurzeit im Hamburger Hafen auf.

Hochachtungsvoll Jürgen Gerber, Pastor

Nachdenklich legte Ferdinand den Brief auf den Tisch. Sophie sah ihn fragend an. »Was ist passiert?«

Er reichte ihr das Schreiben. »Ein Pastor, dem ich vor vielen Monaten auf der Suche nach Martin Brandner begegnet bin, hat mir geschrieben, dass er ihn vielleicht gefunden hat. Bitte lies den Brief, ich werde mich anziehen und ihn sofort aufsuchen. Diese Schiffe liegen immer nur für wenige Tage im Hafen, ich möchte nicht, dass er ein zweites Mal verloren geht.«

»Fühlst du dich stark genug für diesen Weg?«

»Ich werde eine Droschke nehmen, ich muss unbedingt zu diesem Pastor und mit ihm in den Hafen.«

»Soll ich dich begleiten?« Sophie hatte Angst um ihren so gebrechlich gewordenen Mann.

Aber Ferdinand winkte ab. »Nein, lieber nicht. Ich weiß nicht, wie Martin auf mich reagiert, unter Männern ist es sicher leichter, sich wiederzusehen und einen neuen Kontakt zu knüpfen.«

»Aber bring ihn mit, wenn er bereit ist zu bleiben. Er ist mir willkommen, das weißt du.«

»Er wollte mich erst wieder treffen, wenn er mir mein Geld zurückzahlen könne, hatte er damals geschrieben. Ich fürchte, als Matrose auf einem Binnenschiff hat er kaum Gelegenheit, ein reicher Mann zu werden.« Er strich über ihre Hand, die auf dem Tisch lag und den Brief hielt: »Danke, mein Liebling. Könnte Willi Wilde eine Droschke für mich besorgen?«

»Selbstverständlich.« Und während Sophie sich auf die Suche nach dem ehemaligen Chauffeur begab, stand Ferdinand mühsam auf, ging schweren Schrittes durch das Frühstückszimmer und die Treppe hinauf in sein Schlafgemach. Er war müde. Eigentlich war er immer müde, müde und erschöpft. Wo ist bloß mein Elan geblieben, dachte er zornig über sich selbst, war aber nicht bereit, an seinem träge gewordenen Lebenswillen etwas zu ändern. Martin arbeitet auf einem Schiff, eine körperlich sehr schwere Tätigkeit, dachte er, und dabei sind wir ein Jahrgang. Hoffentlich redet er mit mir, hoffentlich kann ich ihn überzeugen, dass er uns als Gast lieb und teuer ist.

Ferdinand, der nur noch selten das Haus verließ, war erschrocken über den Anblick der Straßen und der Menschen. Obwohl die Droschke nicht behindert wurde, spürte Ferdinand den Druck der Unzufriedenheit, der Ungewissheit, der Hoffnungslosigkeit, der auf den Leuten lastete. Straßenbahnen brachten Demonstranten aus den Außenbezirken in die Innenstadt, ein Lastwagen transportierte Kampflieder singende Marinesoldaten in heruntergekommenen Uniformen zum Rathaus, und ein Panzer, mit Soldaten auf der offenen Ladefläche, fuhr so nah an der

Droschke vorbei, dass der Chauffeur hart bremsen musste und lauf fluchte.

Vor Bäckereien standen frierende Menschen in langen Reihen und Gemüsehändler mit Rüben in ihren Körben schoben ihre Karren durch die Rinnsteine. Endlich erreichten sie den Kirchplatz und Ferdinand entlohnte den Chauffeur. Mühsam stieg er aus, ließ sich den Gehstock reichen und wandte sich dem Gemeindehaus zu. Langsam stieg er die Stufen zum Eingang hinauf und klingelte.

Eine junge Frau öffnete ihm. »Guten Tag, Sie wünschen?«

»Ich möchte bitte Pastor Gerber sprechen, mein Name ist Bramfeld.«

»Haben Sie einen Termin beim Herrn Pastor?«

»Er hat mir einen Brief geschrieben und wünscht, dass ich ihn kontaktiere.«

»Der Herr Pastor führt im Augenblick ein Trauungsgespräch, aber ich werde Sie melden, bitte kommen Sie herein.«

Ferdinand setzte sich im Vorzimmer auf einen Stuhl und legte Hut und Handschuhe auf den Tisch. Der nasskalte Morgen ließ kaum Licht durch die Fenster. Das Zimmer war ungeheizt, und Ferdinand fröstelte. Endlich ging die Bürotür auf. Ein fröhlich lachendes Pärchen ging an ihm vorbei. Pastor Gerber winkte ihm von der Tür aus zu. »Treten Sie ein, Herr Bramfeld, ich habe Sie erwartet. Darf ich Ihnen etwas anbieten? Einen heißen Tee vielleicht?«

»Danke, nein, ich würde gern unverzüglich in den Hafen fahren, wenn es Ihnen recht ist.«

Der Seelsorger nickte. »Ich denke, das ist vernünftig, da wir nicht wissen, wann die ›Emma Novak‹, so heißt das Schiff, Hamburg wieder verlässt. Die Liegeplätze im Hafen sind sehr teuer, und die Schiffer bevorzugen kurze Aufenthalte. Ich hole nur meinen Mantel, dann können wir aufbrechen.«

Wenig später nahmen die beiden Männer in einer Straßenbahn, die vom Bahnhof bis zum Binnenhafen fuhr,

Platz, und Gerber erklärte: »Wir müssen zunächst meinen Kollegen in seinem Büro aufsuchen, er muss uns begleiten, denn er hat Kontakt zu dem Mann, den Sie suchen.«

Sie fuhren bis nach Rothenburgsort, überquerten zwei Straßen und erreichten den Ausschläger Elbdeich, wo der Flussschifferpastor in einem Altenheim sein Gemeindebüro hatte. Nach einer kurzen Begrüßung gingen die drei Männer über die Straße, wo an der Kaimauer ein Binnenschiff neben dem anderen lag. Der Schifferpastor zeigte nach links. »Da hinten liegt die ›Emma Novak‹, das weiße Schiff mit dem braunen Deckaufbau. Der Ladekran arbeitet noch, wir haben Glück. Wenn es Ihnen recht ist, gehe ich erst einmal allein aufs Schiff.«

Gerber und Bramfeld beobachteten den Pastor, der über die Planke auf das Schiff ging und eine Frau begrüßte. Dann kam ein Mann hinzu und reichte ihm ebenfalls die Hand. Ferdinand seufzte. »Ja, das ist er, das ist mein Freund Martin. Mein Gott, wie sieht er aus.«

Jürgen Gerber tröstete ihn. »Er ist mitten bei der Arbeit unter Deck, anscheinend bunkern sie Kohle, keine sehr saubere Angelegenheit.«

»Es wird ihm peinlich sein, mir zu begegnen.«

»Müssen wir darauf Rücksicht nehmen?«

»Nein, eigentlich nicht. Gehen wir.«

Erschüttert und unschlüssig ging Ferdinand auf das Schiff zu. Martin Brandner erkannte ihn sofort, die Frau an seiner Seite sah fragend zu den Männern am Ufer hinüber. Dann streckte sie die Hand aus und rief: »Wie ich höre, bekommen wir Besuch. Treten Sie näher, meine Herren.«

Bramfeld und Gerber gingen über die Planke. Martin Brandner machte sie bekannt. »Mein Freund Ferdinand Bramfeld, die Schiffseignerin Luise Möhlbrand. Herr Pastor? – «

Jürgen Gerber stellte sich selbst vor. »Wir bitten um Entschuldigung für den Überfall, aber wir sind seit langer Zeit auf der Suche nach Ihnen, Herr Brandner, und wir wollten Sie erreichen, bevor das Schiff wieder ablegt.«

»Da haben Sie tatsächlich Glück gehabt, meine Herren, in einer Stunde sind wir nicht mehr hier«, lachte Luise Möhlbrand. »Und was wünschen Sie nun von uns?«

Ferdinand Bramfeld sah den Freund an: »Ich möchte Martin bitten, bei uns in Hamburg zu bleiben, bis er seine Söhne gefunden und Pläne für die Zukunft hat.«

Aber die Schiffseignerin schüttelte lächelnd den Kopf. »Er wird nicht wollen, er hat einen Vertrag mit dieser Witwe. Keinen Vertrag auf gestempeltem Papier, sondern einen zwischen zwei Herzen.« Schelmisch blinzelnd sah sie ihn an und legte den Arm um seine Schulter: »Der Martin und ich, wir sind ein Paar, meine Herren, und wenn das den Pastoren nicht gefällt, dann können wir das auch nicht ändern. Solange der Martin diese so genannte Ehefrau an der Riviera nicht erreichen und nicht loswerden kann, sind wir ein Paar ohne Trauschein und himmlischen Segen, aber glauben Sie mir, es lässt sich auch so sehr gut leben.«

Der Mann an ihrer Seite nickte zustimmend. »Wir haben uns kennen und lieben gelernt. Uns haben harte Arbeit und kleine Erfolge, schwere Stunden und glückliche Momente zusammengeführt. Wir meistern die Gegenwart und planen gemeinsam unsere Zukunft.«

Und an den Freund gewandt: »Störe uns nicht, Ferdinand, unser Weg ist nicht leicht, aber er ist begehbar. Vielleicht können wir eines Tages unser Zusammensein legalisieren, aber was bedeutet schon so ein Stück Papier im Leben?« Er lächelte die Frau an seiner Seite liebevoll an. »Irgendwann, Ferdinand, werden wir bessere Zeiten haben, größere Aufträge, mehr Erfolg. Daran arbeiten wir, bis ich dir dein Geld zurückzahlen kann, und dann werden wir mit Freuden Gast in deinem Hause sein.«

Ferdinand nickte. »Wahrscheinlich hast du Recht, aber vergiss nicht, ich habe nie eine Rückzahlung erwartet. Es ist ganz allein dein Wunsch.« Und zu Luise Möhlbrand gewandt: »Er ist sehr eigensinnig und was er sich einmal in den Kopf gesetzt hat, ist da drinnen felsenfest verankert. Ich wünschte, dass nicht dieses Geld zwischen uns steht, unsere Freundschaft ist viel wertvoller als jeder Schatz im Banktresor. Helfen Sie ihm, das zu verstehen.«

Sie lachte fröhlich die vier Männer an. »Könnten wir nun endlich in die Kombüse gehen und ein Glas Hamburger Rotspon trinken? Ich möchte auf diese Freundschaft anstoßen und erwarte, dass Sie uns Glück wünschen.«

Nach dem Anstoßen erklärte Jürgen Gerber: »Ich möchte auch gern etwas sagen. Sie haben uns Ihr Leben und Ihre Pläne geschildert und ich habe nicht nur von harter Arbeit und notwendigen Erfolgen gehört, sondern auch von Liebe und Gemeinsamkeit und von einem Zusammenleben ohne Trauschein und himmlischem Segen. Ich möchte daran etwas ändern.« Alle hörten ihm aufmerksam zu. »Ich kann Ihnen keinen Trauschein besorgen, aber für den himmlischen Segen bin ich zuständig. Wie wäre es, wenn wir drüben in dem Altenheim, in dem mein Kollege sein Büro und einen Andachtsraum hat, einen kleinen Gottesdienst mit dem kirchlichen Segen für diese beiden Menschen und ihre gemeinsame Zukunft abhalten?«

Martin nahm die Hände von Luise und sah sie glücklich an. »Was meinst du, sollen wir's wagen?«

Sie nickte. »Es ist eine wunderbare Idee.« Dann lächelte sie die Männer am Kombüsentisch an. »Aber umziehen möchte ich mich schon, und meinem Martin täten Wasser und Seife auch gut. In einer halben Stunde sind wir drüben im Heim.« Und an Martin gewandt: »Sag bitte dem Bootsmann, dass wir eine Stunde später auslaufen, die Tide ist dann noch ausreichend, und wir kommen gut raus auf die Elbe.«

Die kleine Feier, an der auch zahlreiche Bewohner des Altenheims, dankbar für die Abwechslung, teilnahmen, verlief sehr harmonisch. Vor dem Gottesdienst führten die beiden Pastoren ein kurzes Gespräch mit Martin Brandner und Luise Möhlbrand, dann spielte der Flussschifferpastor auf dem Harmonium den Choral ›Nun danket alle Gott‹ und Pastor Gerber hielt eine Ansprache. Nach einem zweiten Lied und einem Gebet erteilten beide Pastoren den Segen über die kleine Gemeinde und über ein glückliches Paar.

Dann blieb keine Zeit mehr für lange Gespräche, denn der Wechsel der Gezeiten mit dem Tidenhub bestimmte die Flusstiefe und damit die Ausfahrt. Dennoch gelang es Ferdinand, kurz mit dem Freund zu sprechen. »Martin, versprich mir, dass ihr zu uns an den Feenteich kommt, sobald ihr in Hamburg seid. Ich werde in der Zwischenzeit die Suche nach deinen Söhnen übernehmen.«

Martin reichte ihm dankbar die Hand. »Ich verspreche es, aber es wird eine Weile dauern, bis wir wieder diesen Hafen anlaufen. Wir sind von den Aufträgen abhängig.« Er umarmte kurz seinen Freund. »Hoffentlich hast du mehr Glück bei der Suche nach Sebastian und Heinrich. Ich habe die Hoffnung fast aufgegeben.« Ein stummes Schluchzen erschütterte den Mann, der so kraftvoll seine Zukunft plante und so wenig Hoffnung hatte. Luise nahm ihn an die Hand. »Komm, mein Lieber, es wird Zeit, an Bord zu gehen.«

Die drei Zurückbleibenden winkten, bis die ›Emma Novak‹ die Hafenbucht verlassen und die Elbe erreicht hatte. Dann verdeckten Lagerschuppen die Sicht auf das Schiff. Ferdinand verabschiedete sich dankbar von den Pastoren. Er wollte allein sein und winkte nach einer Droschke. Er fühlte sich plötzlich gestärkt und zuversichtlich.

Zweiundzwanzigstes Kapitel

Ende Februar 1919 wurde die Situation im Haus am Feenteich bedrohlich. Ferdinand Bramfeld begann nach der Begegnung mit dem Freund im Dezember mit der Suche nach Brandners Söhnen.

Er scheute keine Ausgaben und war von morgens bis abends unterwegs. Er suchte in kirchlichen Einrichtungen und in städtischen Institutionen, er wandte sich an den Arbeiter- und Soldatenrat, an Krankenhäuser und Versehrtenheime, an die neue Stadtregierung und private Hilfsorganisationen. Aber er hatte nirgends Erfolg, denn die deutschen Schiffe in Übersee erreichten wegen der britischen Seeblockade die heimatlichen Häfen nicht, und die Organisationen in Hamburg waren überlastet und so kurz nach Kriegsende mit solchen Auskünften überfordert.

Sophie versuchte, seine Exkursionen bei Wind und Wetter zu unterbinden, und Friederike sträubte sich, die letzten persönlichen Geldmittel für diese Suche zur Verfügung zu stellen. Aber Bramfeld pochte auf seine Rechte: »Ich bin der Herr im Hause, was ich sage, wird gemacht. Ihr Frauen versteht nichts von Ritterlichkeit und Ehrgefühl. Was ein Mann verspricht, muss er halten, und ein Ehrenwort, das ein Hanseat dem anderen gibt, wird niemals angezweifelt.«

»Aber du ruinierst deine Gesundheit, und damit ist keinem Menschen geholfen«, jammerte Sophie, und Friederike bekräftigte: »Und unsere Existenz ruinierst du auch.«

»Ich muss ein Versprechen einlösen, und daran ist nicht zu rütteln.« Mit erstaunlicher Kraft drehte sich der seit Jahren kränkelnde Mann um und rief: »Wilde, meinen Mantel und die Droschke.«

Als der Mietwagen vorfuhr, nahm er Hut und Handschuhe, den Gehstock und einen Stadtplan und erklärte: »Ich suche heute in Blankenese. Ich speise unterwegs, wartet nicht auf mich.«

Sophie wollte sich ihrem Mann in den Weg stellen, aber Friederike hielt sie zurück. »Nicht doch Mutter, du erreichst gar nichts, er wird nur noch eigensinniger, und was er im Zorn alles macht, wage ich mir nicht vorzustellen.«

Draußen fuhr der Wagen davon. Willi Wilde schloss die Türen und drückte sich verlegen an den beiden Frauen vorbei. Er kannte die Situation, aber er wollte sich nicht gegen seinen Herrn stellen. Wenn der ihn aus dem Hause warf, hatte er kein Dach mehr über dem Kopf. Also hielt er lieber den Mund und ging hinunter in die Küche, neben dem Salon der einzige Raum, in dem es warm war.

»Er holt sich den Tod«, jammerte Sophie, »den ganzen Sommer bleibt er im Haus, um sich nur nicht zu erkälten, und jetzt ist er trotz Sturm und Regen ständig in diesen offenen, ungeheizten Automobilen unterwegs.«

Friederike nahm sie in den Arm. »Komm Mutter, es hat keinen Zweck sich aufzuregen. Wenn wir ihn in seinen Plänen behindern, wird er nur noch eigensinniger.«

»Aber Kind, so geht es nicht weiter, irgendwas müssen wir tun.«

»Ich weiß, Mutter, ab morgen bekommt er kein Geld mehr. Ich habe nichts mehr. Unsere private Kasse ist leer.«

»Oh Gott, und wovon sollen wir leben? Was wird aus der Bank?«

»Komm, setz dich erst einmal hin, ich muss mit dir reden.« Sie führte Sophie in den Salon und setzte sich ihr gegenüber in den Sessel.

»Mutter, wir sind finanziell am Ende. Ich muss dir leider diese Wahrheit sagen. Ich muss dieses Haus verkaufen, damit wir die Bank behalten können.«

»Um Gottes willen, Kind, dieses Haus, wo sollen wir denn leben?«

»Es gibt Mietwohnungen, Mutter.«

»Das wird dein Vater niemals erlauben, Friederike.«

»Dann müssen wir uns von der Bank trennen.«

Sophie weinte. »Aber wie ist das möglich, andere Banken überleben doch auch diese Inflation.«

»Viele Banken schließen, Mutter, und die, die überleben, haben Kapital im Rücken und tatkräftige Direktoren mit einträglichen Verbindungen im Ausland. Ich habe seit meiner Arbeit in der Bank Einblicke in unsere Bücher und in unsere Verbindungen, und ich musste feststellen, dass Vater ein sehr lascher Bankier war.«

»Wie meinst du das?«

»Er verlässt sich auf das, was seine Vorfahren erreichten, und hofft anscheinend, es geht immer so weiter. Er engagierte sich nicht für moderne Methoden, knüpfte keine neuen Verbindungen, riskierte nie den Einstieg in einträgliche Geschäfte und warb nicht um neue Kunden. Stillstand bedeutet das Aus im Bankgeschäft, Mutter.«

»Aber er war ein angesehener Bankier, die Menschen vertrauten ihm.«

»Ja, Mutter, das ist aber auch alles. Und das reicht schon lange nicht mehr.«

Sophie schluchzte. »Und nun, Kind?«

»Das Haus oder die Bank, vielleicht sogar beides. Für das Haus mit dem Seegrundstück können wir gutes Geld verlangen, für die bankrotte Bank keinen Pfennig. Das alte Gebäude und das kleine Grundstück wird in dieser Zeit kein Mensch kaufen. Und ich würde das Haus am Hopfenmarkt gern behalten. Vielleicht ändern sich die Zeiten einmal, und dann hätten wir wieder eine Existenz.«

»Wir müssen mit Vater darüber sprechen, er wird einen Weg finden.«

»Darauf sollten wir uns nicht verlassen, Mutter. Er verrennt sich in die Suche nach diesen vermissten Männern, er steckt seine ganz Kraft in diese Aktion, sie ist wie ein Lebenselixier für ihn, sie hält ihn aufrecht und gibt ihm Kraft, aber wie lange noch?«

Sophie stand auf und trat zum Fenster. Draußen prasselte ein Hagelsturm mit dichten, eisigen Schleiern über die Alster. Vom Garten und vom Wasser war kaum etwas zu sehen. »Wir lieben dieses Haus so sehr, Friederike. Du bist hier geboren und aufgewachsen. Wir hatten so viele glückliche Stunden hier, wir können es doch nicht einfach verkaufen. Hier haben wir unsere Wurzeln, Kind, die kann man doch nicht einfach ausreißen.«

»Ach Mutter«, sie war aufgestanden und neben Sophie getreten.

»Eine starke Pflanze kann überall neue Wurzeln schlagen, aber tote Wurzeln rettet niemand mehr. Sieh mal, ich bin bereit zu kämpfen, ich will nicht aufgeben, ich möchte retten, was zu retten ist – und das ist die Bank, wenn ich viel Glück habe und einen guten Käufer für das Haus finde.«

»Und Vater? Er wird niemals seine Zustimmung geben.«

»Ich weiß, das macht ja alles so kompliziert. Fragt sich nur, was ihm wichtiger ist, die alte Familienbank oder dieses schöne Haus.«

»Vielleicht die Bank«, flüsterte Sophie traurig, und Friederike sah enttäuscht hinüber zu ihrer Sonnenuhr, die sie kaum noch erkennen konnte.

Draußen klingelte das Telefon. Die beiden Frauen hörten, wie Willie Wilde sich meldete. Dann klopfte er an die Salontür. »Fräulein Bramfeld, da ist ein Doktor am Telefon, der Sie sprechen möchte.« Friederike meldete sich und hörte dann zu. Als sie schließlich den Hörer an die Wand hängte, hatte ihr Gesicht alle Farbe verloren. Fragend und beunruhigt sah Sophie sie an. »Es war ein Arzt aus einem Krankenhaus in Rissen. Man hat Vater dort eingeliefert, es geht ihm schlecht.«

Sie nahm die Mutter in den Arm. »Es wird bestimmt alles wieder gut. Der Arzt sagt, es sei ein Schwächeanfall. Vater ist auf dem Verwaltungsamt in Blankenese zusammengebrochen, und man hat ihn in das nächstgelegene Krankenhaus nach Rissen gebracht. Er hat das Bewusstsein noch nicht wiedererlangt.«

»Oh, mein Gott, was machen wir denn jetzt?«

»Wir fahren hin und holen ihn nach Hause. Trotzdem musst du Sachen für ihn einpacken. Vielleicht wollen sie ihn auch ein paar Tage zur Beobachtung dort behalten.«

In großer Eile packte Sophie einen kleinen Koffer, dann zogen sich die beiden Frauen an, und Wilde bestellte einen Mietwagen.

»Ausgerechnet Rissen«, stöhnte Friederike, »es kostet ein Vermögen, dorthin zu fahren.«

»Sei still, Kind, nichts ist wichtiger, als so schnell wie möglich beim Vater zu sein.«

Als sie endlich die kleine Stadt am Unterlauf der Elbe erreicht hatten, war es dunkel. Der Chauffeur musste mehrmals nach dem Weg fragen. Als sie schließlich vor dem erleuchteten Eingang hielten, waren die Frauen völlig durchgefroren und konnten kaum aussteigen.

Eine Schwester nahm sie in Empfang und führte sie in ein Wartezimmer. Nach kurzer Zeit kam ein Arzt und stellte sich vor: »Ich bin Doktor Hake, ich behandle Ihren Mann.«

Sophie sprang auf. »Wie geht es ihm? Was ist überhaupt passiert? Was fehlt ihm denn?«

»Herr Bramfeld ist ohnmächtig geworden und ein herbeigerufener Arzt stellte bedrohliche Unregelmäßigkeiten beim Herzschlag fest. Mit dieser Diagnose wurde er hierher gebracht. Inzwischen hat er aber das Bewusstsein wiedererlangt.«

»Ist das alles gefährlich?«

»Wir müssen den Patienten beobachten. Herr Bramfeld macht einen sehr geschwächten Eindruck, ich glaube, er mutet sich im Augenblick viel zu viel zu.«

»Das stimmt leider«, nickte Friederike. »Er ist geradezu besessen von der Idee, einem alten Freund bei der Suche nach seinen vermissten Söhnen zu helfen. Wir können ihn nicht zurückhalten.

Sophie unterbrach die beiden. »Wie geht es ihm jetzt? Können wir ihn mit nach Hause nehmen?«

Der Arzt schüttelte den Kopf. »Auf gar keinen Fall, gnädige Frau. Wir müssen ihn beobachten, ein zweiter Anfall könnte ihm das Leben kosten.«

»Oh, mein Gott, wie lange muss er hier bleiben?«

Der Arzt zuckte mit den Schultern. »Zwei Wochen? Zwei Monate? Sie müssen auch die positive Seite sehen. Er wird sich hier erholen, zur Ruhe kommen, Kräfte sammeln. Vielleicht diese Suche aufgeben?«

Er nahm Sophies Arm. »Kommen Sie, ich begleite sie zu ihm. Und sagen Sie ihm, dass wir ihn hier behalten. Er muss das einsehen und dem zustimmen, sonst schlägt die Behandlung nicht an.«

Er sah Friederike an. »Kann ich mich darauf verlassen?«

»Ja, selbstverständlich«, nickte sie und betrat mit der Mutter das Krankenzimmer. Es war ein abgedunkelter, spärlich möblierter Raum mit einem Einzelbett, und es roch nach Krankheit, Medikamenten und Desinfektionsmitteln: ein sehr bekannter Geruch, der sie an die Leidenszeit im Lazarett erinnerte. Sie flüsterte dem Arzt zu: »Ich habe in einem Kriegslazarett gearbeitet, mein Vater hätte zu Hause die beste Pflege.«

»Ausgeschlossen, er würde in diesem Zustand nicht einmal den Transport überstehen.«

»Dann ist es sehr ernst!«

Der Arzt nickte. »Ich wollte vor Ihrer Mutter nicht zu deutlich werden, aber ich mache mir große Sorgen.«

Friederike atmete tief durch. »Ich verstehe.« Dann drehte sie sich zum Bett um, unterdrückte die Angst und fragte: »Was machst du für Sachen, Vater, wie fühlst du dich jetzt?«

»Es geht schon wieder, mein Kleines, Hauptsache ihr seid gekommen, um mich zu holen.«

Friederike setzte sich auf den Rand des Bettes und ergriff die Hand des Vaters. »Wir dürfen dich noch nicht mitnehmen, Vater, du musst etwas Geduld haben. Draußen ist ein schreckliches Wetter, dem können wir dich nicht aussetzen.«

Er entriss ihr die Hand. »Unsinn, so ein bisschen Wetter. Ich komme mit und morgen fahre ich wieder nach Wedel. Was man anfängt, muss man auch beenden.«

»Nein Vater, du wirst hier bleiben und gesund werden. Die Ärzte haben die Verantwortung und sie erlauben die Reise nicht.«

»Kommt nicht infrage. Ich bin für mich selbst verantwortlich und sonst niemand. Ich will ...«

Ein schwerer Hustenanfall unterbrach seine Worte. Der Arzt stützte ihn. Als der Anfall vorbei war, flüsterte der Kranke kaum verständlich: »Wie kommt ihr denn nach Hause?«

»Unsere Droschke wartet draußen, aber es ist ein an den Seiten offenes Automobil, und die Fahrt ist eisig kalt. Morgen nehmen wir einen anderen Wagen, aber heute hatten wir gar keine Zeit für eine lange Suche.«

»Morgen kommt ihr wieder?« Die Worte waren kaum noch zu verstehen.

»Natürlich, morgen früh, wenn du wach wirst, sind wir wieder hier.«

Sophie beugte sich über ihn und verabschiedete sich mit einem Kuss auf die von kaltem Schweiß bedeckte Stirn. Friederike drückte seine Hand und strich liebevoll über sein Haar. Dann drehte sie sich schnell um, damit er die Tränen nicht sah, die sie nicht mehr zurückhalten konnte. Sie ahnte, dass sie ihn zum letzten Mal lebend sah.

Als am nächsten Morgen das Telefon klingelte, wusste sie, was der Anruf bedeutete: Ferdinand Bramfeld war tot.

Die Trauer im Haus am Feenteich war tief. Sophie, die so fest an eine Genesung geglaubt hatte, wurde von Weinkrämpfen geschüttelt und machte sich heftige Vorwürfe, ihren Mann gegen seinen Willen in Rissen gelassen zu haben. Sie war stundenlang nicht ansprechbar und für Friederike eine große Belastung. Aber sie ließ der Mutter die Stunden der tiefen Verzweiflung.

Sie selbst hatte wenig Zeit, um über den Verlust des Vaters nachzudenken und zu weinen. Sie musste sich um die Beerdigung kümmern, einen Sarg aussuchen, die Benachrichtigung von Freunden und Verwandten in die Wege leiten und vor allem musste sie die Kosten so gering wie möglich halten. Sie wusste, dass sie Geld brauchte, und das musste sie beschaffen. Da sie sich scheute, irgendwo Geld zu leihen, wollte sie die wertvollen Antiquitäten verkaufen, die ihre Eltern im Lauf der Zeit gesammelt hatten. Noch bevor der Vater beerdigt war, ließ sie einen ihr bekannten

Antiquar Morenius aus der Amelungstraße kommen und regelte mit ihm den Verkauf der Bildersammlung Monets, die der Vater in den guten Zeiten vor dem Krieg angelegt hatte. Dann musste sie die Mutter beinahe zwingen, sich von einem Teil ihres Schmuckes zu trennen, und bot außerdem einige antike Stilmöbel, die Sophie mit in die Ehe gebracht hatte, zum Verkauf an. Bedingung, die kostbaren Utensilien zu erhalten, war die sofortige Bezahlung. Markus Morenius, ein alter Geschäftsfreund Ferdinands, willigte ein und überwies, um Friederike zu entlasten, die Krankenhauskosten und die Ausgaben für die Beerdigung direkt von seinem Büro aus.

Ferdinand Bramfeld wurde am dritten März im Kreise zahlreicher Menschen in der Familiengrabstelle auf dem Niendorfer Friedhof, wo seit Jahrhunderten alte Hanseaten ihre letzte Ruhe fanden, bestattet. Mit Dankbarkeit sah Friederike, dass sie alle gekommen waren: die alten Freunde des Vaters, seine Kunden und Angestellten, ferne Verwandte der Eltern aus Schleswig-Holstein und Mecklenburg, zahlreiche Honoratioren der Stadt und Vertreter der Bürgerschaft. Als sie nach dem Zeremoniell kamen, um der Mutter und ihr das persönliche Beileid auszusprechen, sah sie, dass sogar Viktoria und Sebastian gekommen waren. Viktoria nahm die Freundin in den Arm und entschuldigte ihren Bruder und den Vater: »Sie sind seit zwei Monaten in Schweden und von Mutter soll ich dich auf das Herzlichste grüßen.« Sebastian, einen Hut tief in die Stirn gezogen, um die Augenbinde zu verstecken, reichte ihr mit einer tiefen Verbeugung wortlos die Hand. Ganz zum Schluss kam Martin Brandner mit einer fremden Frau an seiner Seite und bekundete sein Mitgefühl. »Ich bin zutiefst betrübt«, stammelte der alte Freund, und Friederike sah Tränen in seinen Augen. Das also war der Mann, für den der Vater sein Vermögen, seine Gesundheit und dann sogar sein Leben geopfert hatte.

Die Trauergemeinde löste sich auf. Die Gäste gingen über die nassen Wege dem Ausgang zu. Friederike nahm die Mutter in die Arme und blieb einen Augenblick vor der noch offenen Gruft stehen, um einen letzten Blick auf den geschmückten Sarg zu werfen, bevor der Abschied endgültig wurde und die Grabarbeiter die schwere Steintür verschlossen.

Sie hatten den Ausgang neben der achteckigen Barockkirche fast erreicht, als Friederike einen Schrei hörte. Entsetzt sah sie zu einem der Nebenwege, wo sich eine Gruppe von Menschen zusammendrängte. Sie sah Viktoria und Sebastian, der mit seinem Hut alle überragte, und dann sah sie Martin Brandner, der auf Sebastian zurannte und ihn in seine Arme schloss. Stimmengewirr, Leute, sie sich um die Gruppe scharten, riefen, lachten, weinten – ein Vater hatte seinen verlorenen Sohn wiedergefunden.

So ist Vaters Tod nicht ganz umsonst gewesen, dachte Friederike und führte die Mutter fort.

Sehr viel später an diesem Tag fand Friederike Zeit, um ihre Gedanken zu ordnen. Sie lag in ihrem Bett, hörte den Regen auf das Dach prasseln und dachte an Viktoria, mit der sie noch ein paar ruhige Minuten geplaudert hatte, als alle Gäste gegangen waren. Die Freundin erzählte ihr, dass Sebastian durch die Hilfe ihres Bruders in ein Heim umgezogen war und eine Blindenschule besuchte.

»Weißt du«, hatte die Freundin gesagt, »zuerst war ich schrecklich wütend auf Martin, der sich einfach in mein Leben einmischte. Dann habe ich aber gesehen, wie glücklich Sebastian wurde, als er sein Leben selbst in die Hand nehmen konnte. Ich habe ihn oft in seinem Wohnheim in der Bäckerstraße besucht, wir machten Spaziergänge, haben uns viel unterhalten und ganz allmählich hat er sich geöffnet und mir von seinen Plänen erzählt.«

»Und was für Pläne sind das?«

»Er möchte, sobald er die Blindenschrift beherrscht und die Prüfung besteht, eine Blindenschule eröffnen. Er sagt, unzählige Männer seien blind zurückgekehrt. Wenn man ihnen nicht hilft, hätten sie endlose Jahre des Leidens vor sich. Ihnen möchte er helfen.«

Friederike nickte. »Er hat dieses Leid und die Ungewissheit einer Zukunft in totaler Dunkelheit am eigenen Leib erfahren. Er weiß, wovon er spricht. Ich finde seine Idee bewundernswert.«

Viktoria strich ihr über die Hand. »Der Krieg hat so viel vernichtet, viel mehr, als wir überhaupt ahnen. Vor allem hat er unsere Zukunft zerstört, ich weiß nicht, ob wir jemals aus diesem Dilemma herauskommen, Friederike.«

»Das glaube ich schon, fragt sich nur wann und wie.«

»Was wirst du denn jetzt machen, ich meine, ohne den Vater und mit der Bank, die nichts mehr einbringt?«

»Ich verkaufe dieses Haus, damit wir Geld zum Leben haben und damit ich wenigstens die Bausubstanz der Bank erhalten und die ständig fälligen Abgaben für das Grundstück am Hopfenmarkt bezahlen kann. Vielleicht kommt ja irgendwann der Tag, an dem ich die Bank wieder eröffnen kann.«

»Und wo wollt ihr wohnen, wenn du dieses Haus verkaufst?«

»Vielleicht in der Bank. In der obersten Etage ist eine freie Wohnung, wir müssten keine Miete bezahlen. Ich muss aber erst noch meine Mutter davon überzeugen.«

»Du bist sehr mutig, Friederike.«

»Ich habe gar keine andere Wahl. Ich muss schließlich für meine Mutter sorgen. Und was machst du?«

»Ich weiß es nicht. Ich war zu lange auf Sebastian konzentriert. Irgendwie hat mir seine Selbstständigkeit den Boden unter den Füßen fortgezogen. Ich weiß es wirklich nicht.«

»Lass dir Zeit. Du hast deine Eltern und dein Zuhause, du wirst schon einen Weg finden.«

»Meine Mutter hofft, ich werde eines Tages wie sie und trete ihre Nachfolge an, aber das liegt mir nicht. Ich habe keine Lust auf Kämpfe, auf Emanzipation und Frauenwahlrecht. Ich bin ganz altmodisch und würde gern heiraten und eine Familie gründen.« Sie lachte: »Aber der passende Mann muss erst noch geboren werden, mir ist er nämlich noch nicht begegnet.«

»Du hast ja auch nicht gesucht, solange Sebastian in der Nähe war.«

Dann lachten sie beide, sehr leise, denn im Hause herrschte Trauer.

Dreiundzwanzigstes Kapitel

Ende Mai wurde die Villa am Feenteich verkauft. Auf Anraten von Viktoria, die die Freundin jetzt oft besuchte und ihr eine gute Ratgeberin war, beauftragte Friederike die ›Baumwall-Immobilien‹ mit dem Verkauf. Es handelte sich um eine alteingesessene Hamburger Firma, die entfernt mit Viktorias Familie verwandt war.

»Da wirst du wenigstens nicht übervorteilt«, hatte Viktoria beteuert und sie an den Baumwall begleitet. Die Geschäftsleitung hatte nach einer Ortsbesichtigung zugestimmt, sich aber völlig freie Hand bei den Verkaufsgesprächen erbeten, denn Friederike wollte das Haus zusammen mit vielen wertvollen Möbeln verkaufen, was auf Schwierigkeiten stoßen konnte. Aber in der Vier-Zimmer-Wohnung am Hopfenmarkt konnte sie einen großen Teil des Mobiliars nicht unterbringen und außerdem versprach sie sich von dem Verkauf der teilweise antiken Möbel eine zusätzliche Einnahme.

Lange hatten die Gespräche mit der Mutter gedauert und von Friederike viel Überzeugungsarbeit gefordert. Sophie konnte oder wollte die Notwendigkeit dieses Verkaufs nicht einsehen. Ihr war es egal, was mit der Bramfeld-Bank im Stadtzentrum geschah, sie hatte keine Beziehung zu dem alten Gebäude. Ihr geliebter Mann war tot und mit ihm war ihr Interesse an den Familientraditionen der Bramfelds gestorben. Sie sah auch die Notwendigkeit nicht ein, auf eine vage Zukunftschance hin mit der Wiederbelebung des Bankgeschäftes zu rechnen. Sie liebte das Haus am Feenteich und sie wollte es behalten. Erst als Friederike ihr tief greifende Veränderungen ankündigte, »Mutter, wir können das Haus nicht behalten. Minna müssten wir entlassen und Willi Wilde auch. Und dann müssen wir fremde Leute hereinnehmen, die uns Miete bezahlen, damit wir wenigstens ein Minimum an Bargeld zum eigenen Leben in den Händen haben«, machte sich Sophie mit dem Gedanken an einen Umzug vertraut.

»Aber wie wird sich unser Leben am Hopfenmarkt entwickeln, Kind? Die Gegend ist so kleinbürgerlich, kein Mensch wird uns besuchen, wir werden vollkommen isoliert von dem gesellschaftlichen Leben in der Stadt sein. Und dann dieses große leere Gebäude und wir allein da oben im dritten Stockwerk, ich werde mich bei jedem Geräusch zu Tode fürchten.«

Aber Friederike ließ diese Klagerei nicht zu. Sie wusste, dass ihre Mutter im Grunde eine optimistische, tatkräftige Frau war, die zurzeit ein tiefes Tal durchschreiten musste. Also setzte sie alles daran, den Lebenswillen der Mutter wieder zu stärken. Zuversichtlicher als ihr selbst zumute war, schilderte sie der Mutter das neue Leben.

»Sieh mal, die Gegend um den Hopfenmarkt gehört zum Bankenviertel der Stadt. Da verkehren nur gut situierte Bürger. Du drehst dich um und bist auf dem schönen, neuen Rathausmarkt und zwei Schritte weiter erreichst du die eleganten Arkaden an der kleinen Alster.« Sie überlegte einen Augenblick, entschloss sich aber dann, noch deutlicher zu werden. »Und, Mutter, wenn du das gesellschaftliche Leben ansprichst, wann hast du daran eigentlich zuletzt teilgenommen? In all den vergangenen Jahren, als Vater kränkelte und deine ganze Sorge sich um ihn drehte, bist du nicht mehr aus dem Haus gegangen. Keine Besuche bei Freunden, keine Besuche von Freunden, keine Theaterpremieren, keine Konzerte, war das etwa ein gesellschaftliches Leben?«

»Es war meine Pflicht, an der Seite deines Vaters zu sein, und wir hatten Krieg, wer dachte da schon an ein Amüsement? Die Umgebung des Bankenviertels nützt mir wenig, wenn ich mich in dem großen Haus fürchte.«

»Wir nehmen Willi Wilde und die Minna mit. Wir richten zwei Wohnräume für die beiden unten in der Bank ein und Willi ist gleichzeitig so etwas wie ein Nachtwächter. Und wenn du willst, schaffen wir auch noch einen Hund an. Du siehst, es gibt überhaupt keinen Grund, sich zu fürchten. Außerdem ist das Bankenviertel das am besten bewachte Gebiet in der ganzen Stadt.«

»Aber der Markt unten vor der Tür, er zieht die zwielichtigsten Gestalten an und macht nur Lärm und Schmutz. Und überhaupt, was gibt es denn zu kaufen, wenn alle am Hungertuch nagen?«

»Der Krieg ist zu Ende, und irgendwann wird alles besser, dann bringen dir die Vierländer Bauern die frischeste Ware direkt vor die Tür und wenn der Markt nachmittags schließt, wird er von Straßenreinigern sauber gekehrt. Außerdem hast du die großartige Nikolaikirche direkt vor der Tür. Der neugotische einhundertfünfundvierzig Meter hohe Turm ist der dritthöchste von ganz Deutschland.«

Aber die Mutter konterte: »Was nützt mir der höchste Kirchturm einer für mich fremden Kirche. Wir fühlen uns zu St. Michaelis gehörig, da habe ich mich immer wohl gefühlt.«

»Und der Michel ist nur wenige Schritte entfernt. Wir können ihn zu Fuß erreichen, wenn wir in den Sonntagsgottesdienst gehen. Und den Türmer mit seinen schönen Chorälen hörst du am Hopfenmarkt aus nächster Nähe.«

Ja, es war mühsam, Sophie Bramfeld vom Hausverkauf am Feenteich zu überzeugen und ihre Zustimmung zu erhalten, denn Friederike war noch nicht mündig und brauchte die Genehmigung der Mutter. Letztlich aber hatte sie sich durchgesetzt.

Da sie die Hälfte der Summe bei Vertragsabschluss verlangte und die andere Hälfte nach dem Verlassen des Hauses, hatte sie genügend Geld, um im Bankhaus einige Umbauten vornehmen zu lassen, einen umsichtigen Spediteur mit dem Umzug zu betreuen und der Mutter eine kleine Kur in Boltenhagen zu finanzieren. Sie sollte sich dort mit einer Cousine treffen und den Umzug nicht mitmachen. Friederike wusste, dass es zu neuen Klagen kommen würde, wenn die Mutter erlebte, dass sie auch einen großen Teil ihres geliebten Mobiliars nicht mitnehmen konnte.

Viktoria hatte ihr zwar geraten, die wertvollsten Stücke unten in der Bank einzulagern, aber Friederike war auf den Verkaufserlös angewiesen und trennte sich konsequent von allem, was Geld einbrachte. Als persönliche Erinnerung nahm sie selbst nur die Sonnenuhr aus dem Garten mit. Willi Wilde musste sie von ihrem Sockel lösen und bei einem Schmied eine Öse anlöten lassen, damit sie die schwere Schale in ihrem Zimmer an die Wand hängen konnte.

Schwieriger als der Hausverkauf war die Schließung der Bank. Die Direktionsmitglieder wehrten sich bis zum Schluss dagegen und wollten die Notwendigkeit der Stilllegung dieses traditionsreichen Geldinstituts nicht akzeptieren. Aber Friederike hatte einen guten Anwalt hinzugezogen und setzte mit Zustimmung der Mutter die Schließung durch. Sie erklärte die Bank für zahlungsunfähig und entließ alle Angestellten. Den Kunden gegenüber brauchte sie keine Erklärungen abzugeben, denn es gab kaum noch welche und die Konten der wenigen, die noch vorhanden waren, wurden ohne Verluste aufgelöst. Damit ging Friederike schuldenfrei aus der Bankrotterklärung hervor, eine Tatsache, die sie mit großer Befriedigung und mit Mut für die Zukunft erfüllte.

Sie bemühte sich sofort um einen neuen Ausbildungsplatz in der von Hamburger Großkaufleuten 1870 gegründeten Commerzbank, die bei den alteingesessenen Handelsfirmen trotz der suspekten Inflationslage einen ausgezeichneten Ruf genoss. Und sie erlebte mit Erstaunen und mit Entsetzen, wie altmodisch die Arbeitsmethoden in der Bramfeld-Bank gewesen waren.

Anfang Juni war der Umzug vollzogen. Mithilfe von Viktoria hatte sie die Zimmer nach ihren Wünschen ausgestattet. Nur den Schlafraum der Mutter hatte sie nicht eingerichtet, Sophie sollte ihn nach ihrem Geschmack arrangieren. Mit Viktoria zusammen hatte sie Tapeten ausgewählt, die mit den vorhandenen Teppichen harmonierten, passende Vorhangstoffe gekauft und die Zimmer mit den alten Möbeln so optimal wie möglich hergerichtet.

»Ich bin zufrieden«, erklärte sie eines Abends, als sie mit Viktoria zu einer letzten Besichtigung durch den Salon, das Speisezimmer und ihr Schlafzimmer gegangen war. »Minna und Willi Wilde haben ihre Möbel aus dem alten Haus mitgenommen und für die Küche habe ich einen neuen, modernen Herd spendiert.«

Müde setzte sie sich nach dem Rundgang mit Viktoria in den Salon, wo Minna ihnen gekühlten Tee aus getrockneten Hagebutten und eine Schale harter Haferflockenplätzchen servierte. Erschöpft knabberte sie an dem trockenen Gebäck und sah die Freundin an. »Glaubst du, es wird jemals wieder anders?«

»Was meinst du?«

»Alles. Den Hunger, die Armut, die Ungewissheit – diese ganze freudlose Zeit.«

»Aber Friederike, was ist los? So kenne ich dich gar nicht.«

»Früher habe ich immer etwas gehabt, worauf ich mich freuen konnte. Ein neues Kleid, ein Ausflug, ein Fest bei Freunden, selbst im Internat hatten wir unseren Spaß bei den kleinen Heimlichkeiten. Heute weiß ich nicht einmal, wann ich zuletzt richtig gelacht habe.«

»Friederike, wir haben eine schwere Zeit hinter uns, da ist allen Menschen das Lachen vergangen. Aber jetzt geht es bergauf. Du wirst sehen, jeden Tag wird das Leben ein bisschen leichter.«

»Daran möchte ich glauben können.«

»Daran musst du glauben. Meinst du, für mich waren die letzten Monate leicht? Erst die Sorge um Sebastian und die ständigen negativen Arztberichte, dann sein plötzlicher Wunsch, selbstständig irgendwo, irgendwie zu leben, und dann die Trennung von dem Dickkopf, der einfach fort wollte.« Gedankenverloren sah sie aus dem Fernster. »Ich will nicht sagen, dass ich mich in ihn verliebt hatte, aber ich mochte ihn. Er bestimmte meinen ganzen Lebensrhythmus, und dann plötzlich zieht er davon. Das war nicht leicht für mich, aber ich musste mich damit abfinden. Ich wollte keine Klette sein. Jetzt treffen wir uns manchmal in diesem Heim, aber es sind distanzierte Begegnungen, und nie sind wir allein.« Sie drehte sich energisch um und sah Friederike ernsthaft an: »Da habe ich beschlossen, mich nach neuen Möglichkeiten umzusehen. Und dich nehme ich mit. Wir werden gleich morgen damit anfangen. Ich habe eine Einladung zu einer Soiree, und du kommst mit. Nichts Großartiges, aber man kommt mal unter Leute.«

Unschlüssig sah Friederike die Freundin an. Draußen klingelte es. Sie hörten, wie Willi Wilde die Treppen hinunterging. Wenig später kam er zurück und klopfte.

»Herein.«

Wilde hatte ein großes, flaches Paket in den Händen. »Das wurde für Sie abgegeben, Fräulein Bramfeld.«

Erstaunt sah sie die Freundin an. Noch nie hatte jemand ein Paket für sie geschickt. Die Eltern bekamen öfter einmal Geschenke, aber sie selbst? »Was kann das sein? fragend sah sie die Freundin an.

»Pack es aus, dann weißt du's.«

Willi überreichte ihr einen Brief, auf dem in großen Buchstaben ihr Name stand. »Danke, Willi, bitte entfernen Sie die Schnüre und das Papier.« Gespannt sah sie zu und dann wieder auf den Brief in ihrer Hand. Ein Absender war nicht vermerkt. Unter dem dicken, braunen Packpapier verhüllte ein weiches Seidentuch das Geschenk. Friederike stand auf und entfernte die letzte Hülle. In den ausgebreiteten Armen hielt Willi Wilde ein Gemälde, das ihr bekannt vorkam. Viktoria rief »Ach«, und dann betrachteten beide die Waldlichtung, durch die ein sonnendurchfluteter Sandweg führte.

»Donnerwetter!«, war alles, was Viktoria sagte, und Friederike wusste plötzlich, wo sie das Bild schon gesehen hatte. Es war jener Adventsabend im Hause der Stellings, an dem sie entzückt vor diesem Bild gestanden hatte und so sehr beeindruckt von der Ruhe war, die es ausstrahlte. »Gefällt es Ihnen?«, hatte Viktorias Vater sie gefragt, und später hatte sie mit seinem Sohn noch einmal das Bild betrachtet. Es war der Abend, an dem sie Martin Stelling kennen lernte. Der Abend, an dem er sie nach Hause brachte und ein wenig von seiner Sehnsucht nach einem verständnisvollen Freund sprach. Seit dem Abend hatte sie nie wieder etwas von ihm gehört.

Sie stellte das Bild auf einen Stuhl und rückte ihn so, dass die letzte Abendsonne durch das Fenster auf diese Waldlichtung fiel.

»Es ist wunderschön«, sagte sie leise, öffnete den Umschlag und las den Brief.

Liebe Friederike Bramfeld – ich darf Sie doch so ansprechen, obwohl wir uns kaum kennen?

Ich denke oft an unser Gespräch an jenem kalten Dezemberabend im Auto und an die Vertrautheit, die durch unsere Worte zwischen uns wuchs. Mit diesem Bild möchte ich Ihnen eine Freude machen und Sie in Ihrem neuen Heim begrüßen. Ich weiß, dass Ihnen das Bild gefällt, dass Sie beeindruckt waren von der wohltuenden Ruhe, die es ausstrahlt und die Sie jetzt brauchen. Sie haben sehr schwere Wochen hinter sich, Wochen, die ich in Schweden verbrachte und in denen ich keine Möglichkeit hatte, Ihnen mein Mitgefühl zu zeigen. Nehmen Sie das Geschenk, so wie es gemeint ist: Wir wünschen Ihnen einen glücklichen Start in einen neuen Lebensabschnitt. Ich brauchte meine Eltern nicht zu überreden, Ihnen mit dem Bild eine Freude zu machen, sie haben meinem Plan voll zugestimmt und schließen sich meinen Wünschen an.

Martin Stelling

Friederike reichte der Freundin das Billett. »Hast du das gewusst?«

Viktoria las die wenigen Sätze. »Keine Spur, ich hatte keine Ahnung. Die beiden Männer haben nach ihrer Rückkehr nach dir gefragt, das war alles. Sie wussten durch Mutter vom Tod deines Vaters und vom Verkauf deines Hauses.«

Friederike sah wieder auf das Bild. »Kann ich so ein Geschenk annehmen, Viktoria?«

»Aber ganz bestimmt. Man will dir eine Freude machen und Freude kannst du doch nicht zurückschicken.« Sie lächelte. »Mein Bruder! So viel Einfühlungsvermögen hätte ich dem gar nicht zugetraut. Was war denn das für ein Gespräch, das er erwähnt, und was für eine Vertrautheit? Ich werde neugierig.«

Friederike wusste, dass sie jetzt vorsichtig sein musste, schließlich hatten sie über Viktorias Beziehung zu Sebastian gesprochen. »Dein Bruder brachte mich nach Hause, und ich hatte das Gefühl, dass er trotz seiner wunderbaren Familie einsam war. Er wünschte sich einen Freund, der ihn verstand und den er wohl noch nicht gefunden hatte. Ein Gespräch über persönliche Gedanken oder Wünsche erzeugt immer eine gewisse Vertrautheit, das ist alles.«

»Das muss ja eine tief gehende Unterhaltung gewesen sein, wenn er sich heute noch daran erinnert. So kenne ich ihn gar nicht.« Friederike versuchte abzulenken: »Vor allem war es ein entsetzlich kaltes Gespräch. Ich habe furchtbar gefroren in meinem dünnen Kostüm aus Vorhangseide und ohne Wintermantel.«

Viktoria umarmte die Freundin lachend. »Du Ärmste. Da können selbst die heißesten Worte nicht helfen.«

»Von wegen heiße Worte. Es war ein lockeres Gespräch wie unter flüchtigen Bekannten, aber das Gefühl einer winzigen Freundschaft hat mir gefallen. Und wenn ich ehrlich bin: Genau aus diesem Grunde freue ich mich über das Bild. Zufrieden?«

»Vollkommen«, lachte Viktoria und dachte: So, so, mein Bruder und Friederike? Sie verabschiedete sich und erinnerte die Freundin an die Soiree: »Wir sehen uns morgen, und die Kleidung ist ganz zwanglos, kein Umstand, kein Aufsehen, nichts Außergewöhnliches. Ich hole dich um sieben Uhr ab.«

Friederike setzte sich wieder in den Salon und betrachtete das Bild. Die Hamburger Abendsonne war hinter dem Michel untergegangen, aber die Waldlichtung hatte sie eingefangen und festgehalten. Warm und golden lag da ein Weg vor ihr, der in die Sonne führte. Wie ein Symbol, dachte sie verträumt – oder wie ein Versprechen?

Sie dachte an den fernen vorweihnachtlichen Abend: Zum ersten Mal seit langer Zeit war sie ausgegangen, zum ersten Mal hatte sie so eindrucksvolle Stunden erlebt, so interessante Menschen kennen gelernt. Es war ein schöner Abend und dann kam die Autofahrt und dieses vertrauliche Gespräch. Allein zu Hause am Feenteich, hatte sie noch lange an die Worte gedacht, die ein ihr beinahe fremder Mann sagte. Hatte sie zu viel hineininterpretiert? War sie deshalb so enttäuscht, nie wieder etwas von ihm zu hören? Sie hatte sich unter dem Bruder der Freundin, die ihn immer als chaotisch und leichtsinnig bezeichnete, einen unbesonnenen Mann vorgestellt, der mit Gefühlen spielte und menschliche Tiefe vermissen ließ. Aber an jenem Abend hatte sie einen nachdenklichen, um die Schwester besorgten und persönlich einsamen Mann kennen gelernt. Und dann war er weg. Bis heute hatte sie nichts von ihm gehört und wenn sie sich selbst gegenüber ehrlich war, musste sie sich eingestehen, dass sie verletzt war. Und dann hatte die Zeit die kleine Episode ausgelöscht. Und nun trat dieser Mann wieder in ihr Leben. Aber diesmal würde sie sich hüten, Erwartungen oder gar Gefühle zu entwickeln, sie hatte keine Zeit für solche Spiele und auch keine Lust.

Später, als auch der letzte Lichtschein im Salon und auf dem Bild erloschen war, inspizierte Friederike ihren Kleiderschrank. Groß war die Auswahl an Garderobe wirklich nicht und außergewöhnlich oder gar Aufsehen erregend schon gar nicht. Ich werde morgen überlegen, was ich anziehe, jetzt bin ich zu müde.

Aber am nächsten Tag kam sie nicht mehr dazu, über Kleider und Soireen nachzudenken.

Wie so oft in diesen Sommertagen, ging Friederike sehr früh aus dem Haus, um das schöne Wetter zu genießen, bevor sie die große Halle der Bank betrat und mit der Arbeit begann. Meist machte sie Umwege, um Stadtteile zu erkunden, die jetzt ihre neue Heimat waren: ein kurzer Besuch in der nahen Nikolaikirche, die der Londoner Pastorensohn und Architekt Scott in Anlehnung an den Kölner Dom und das Straßburger Münster gebaut hatte, ein Bummel am Hafen entlang oder ein kurzer Spaziergang über die Wallanlagen, die Binnenalster war gut zu erreichen und die Mönckebergstraße mit ihren neuen Kontorhäusern und Geschäften. Während sie heute durch die Poststraße bummelte, erinnerte sie sich an den Besuch mit den Eltern im neuen Einkaufstempel von Rudolph Karstadt vor vielen Jahren und wie sie, um den Vater zu ärgern, zwei Bücher über Haushaltsführung und Gartenarbeit gekauft hatte, statt schöne Kleider oder Schmuck oder Accessoires auszusuchen. Sie wollte die Eltern ärgern, die sie einfach in ein Internat geschickt hatten. Versonnen lächelte sie und dachte, wie dumm das war und wie sie doch die erste Zeit an der Ostsee genossen hatte, bis der Krieg alles so grausam veränderte.

Sie sah auf ihre Uhr und stellte fest, dass sie noch genug Zeit für einen kurzen Spaziergang durch die Neustadt hatte. Hier hatten die Stadtplaner neue Straßen quer durch alte Wohngebiete angelegt. In der Zeitung wurden diese Straßen hochgelobt und auch verteufelt. Regina Stelling hatte in einem Artikel von der Armut in diesen Gängevierteln geschrieben. Neugierig ging Friederike an den neuen, protzigen Kontorhäusern vorbei, bis sie einen Torbogen fand, der sie zu den kleinen, oft schiefen und baufälligen Häuschen der armen Leute führte. Die Gänge waren so schmal, dass kaum ein Handkarren hindurchfahren konnte, und die heruntergekommenen Hütten nahmen einander Licht und Luft. In diesen Stadtvierteln ist also damals die Cholera ausgebrochen, dachte Friederike und ging vorsichtig weiter, denn es gab schlafende Katzen, Hundekot und stinkenden Unrat auf den Pflastersteinen. Hin und wieder erwischte sie einen Blick in ein offenes Haus, wo auf engstem Raum die Familien lebten. Viele hatten sogar, für eine geringe Miete, Einlogierer oder Schlafburschen aufgenommen.

Friederike erinnerte sich an Zeitungsartikel, in denen man diese auf ehemaligem Gartenland wild gewachsenen Viertel abreißen wollte, weil man hier eine Brutstätte von Seuchen und Kriminalität, von Prostitution und Sittenverderbnis vermutete. Andere Artikel wiederum wiesen darauf hin, dass die kleinen, zweistöckigen Buden mit ihren geringen Mieten für die arme Bevölkerung unverzichtbar seien. Hin und wieder gelang ihr ein Blick in einen Hinterhof, wo entweder weitere, noch ärmlichere Buden standen oder Ziegen, Hühner und Kaninchen in kleinen Verschlägen gehalten wurden.

Was Friederike aber am meisten beschäftigte, waren die vielen Kinder, die unbeaufsichtigt in den engen Gängen und Höfen spielten oder vor Türen hockend in der Sonne vor sich hindösten. Gehen die denn nicht in die Schule, überlegte sie, oder sind sie noch zu jung dafür? Wir haben seit fünfzig Jahren die achtjährige Schulpflicht, kommt denn kein Mensch hierher, um diese Kinder in die Schule zu bringen? Sie erinnerte sich an eine Untersuchung über Kinderarbeit, bei der festgestellt wurde, dass die meisten der befragten Jungen und Mädchen arbeiteten, um die Eltern finanziell zu unterstützen. Und was noch schlimmer war, viele Erwachsene sahen in der Kinderarbeit nichts Verwerfliches, denn die Kinder wurden dadurch angeblich zu Sauberkeit, Pünktlichkeit und regelmäßiger Arbeit erzogen. Aber dann wurde die Arbeit von Kindern unter zwölf Jahren verboten – und nun sitzen sie hier herum und wissen nichts mit sich anzufangen, dachte sie. Außer einigen sehr alten Männern und Frauen sah sie keine Erwachsenen. Sie werden wohl arbeiten, überlegte sie, und sie müssen ihre Kinder hier allein zurücklassen. Friederike war tief betroffen.

Arbeit? Sie sah auf ihre Uhr. Sie hätte längst mit ihrer Arbeit in der Bank beginnen müssen. Aber sie konnte sich nicht losreißen und lief weiter und weiter. In der Speckstraße stand sie plötzlich vor dem Geburtshaus von Johannes Brahms. Sie hatte einmal eine Zeichnung des Hauses in einer Zeitung gesehen und erkannte das hohe Fachwerkhaus sofort. Auch er war ein Kind aus dem Gängeviertel. Aber was hat er alles daraus gemacht, dachte sie und ging weiter. Dann erreichte sie die neue, breite, komfortable Kaiser-Wilhelm-Straße, der so viele ärmliche Behausungen weichen mussten.

Unschlüssig blieb sie stehen. Ich kann jetzt nicht in diese elegante Schalterhalle der Commerzbank gehen. Was mache ich da überhaupt? Dieses Rechnen und Kalkulieren, dieses Zählen von Millionen, Billionen, Trillionen – Die Druckmaschinen können den Werteverlust dieser Hyperinflation nicht einmal durch vermehrten Notendruck ausgleichen, und wir ersticken in diesen Papierbergen, die eigentlich Zahlungsmittel sein sollen.

Müde von dem weiten Weg, setzte sie sich auf eine Bank. Sie dachte an den letzten Gottesdienstbesuch: Als der Pastor zum Abschluss um eine Kollekte bat, musste er statt des Klingelbeutels einen Wäschekorb hinhalten, um das viele und doch so wenige Geld aufzunehmen! Gott sei Dank, dass mein Immobilienmakler beim Hausverkauf auf der wertbeständigen Zahlung mit amerikanischem Dollar bestand, dachte sie dankbar, viele Immobilien werden durch Notveräußerungen heute geradezu verschleudert. Die jammernden Eigentümer traf sie in der Commerzbank fast täglich.

Sie streifte die Schuhe von den müden Füßen, nahm sie aber auf den Schoß, denn Spitzbuben und Kriminelle wurden auf ihren Beutezügen immer radikaler und stahlen nicht mehr nur Geldbörsen, sondern alles, was zu gebrauchen war. In der Zeitung wurde beinahe täglich berichtet, dass sie ihre Opfer nach jeglichen Wertsachen durchsuchten.

In Gedanken sah sie wieder die Kinder im Gängeviertel vor sich. Die Armut dort ist die reinste Brutstätte für Diebe, überlegte sie und dachte an die vielen leer stehenden Räume zu Hause. Sie schloß die Augen und stellte sich spielende, lachende, fröhliche Kinder vor, die durch die ehemaligen Schalterhallen tobten. Man müsste sie jeden Tag an den Hopfenmarkt bringen. Aber wer sollte sie holen, mit ihnen spielen und sie abends wieder heimbringen? Ich habe überhaupt keine Ahnung, wie man mit Kindern umgeht.

Sie dachte an Viktoria, aber bei diesen Überlegungen konnte ihr die Freundin auch nicht helfen. Aber wie war das mit Viktorias Mutter? Aufgeregt zog sie ihre Schuhe wieder an, schaute auf die Uhr und stellte fest, dass sie die Heilwigstraße noch vor dem Mittagessen erreichen konnte. Man wird mir den Überfall hoffentlich nicht übel nehmen, dachte sie und machte sich kurz entschlossen auf den Weg zum Gänsemarkt. Von dort konnte sie die elektrische Bahn durch den Mittelweg nehmen und den Rest würde sie laufen, das war dann nicht mehr weit.

Regina Stelling, überrascht und erfreut von dem unerwarteten Besuch, lud Friederike zum Mittagessen ein. »Ich bin heute ganz allein, da ist es doch wunderbar, dass Sie hier sind. Meine Männer sind auf dem Werftgelände, um ihr Hab und Gut zu schützen, und Viktoria besucht eine frühere Schulfreundin.«

Friederike nahm die Einladung dankend an, erkundigte sich dann aber besorgt, ob es auf dem Werftgelände der Stellings Schwierigkeiten gab. »Warum müssen Sie Ihr Hab und Gut schützen, droht Gefahr?«

»Nicht direkt Gefahr, aber die Eisenbahngesellschaft will ihren Rangierbahnhof in Rothenburgsort erweitern und möchte ein Stück Land von meinem Mann. Er ist auch bereit, einen Teil abzugeben – immerhin bekommt er dadurch einen zweiten Gleisanschluss –, er möchte dafür aber ein anderes Gelände, und das will die Bahn nicht hergeben. Also muss verhandelt werden. Aber ich bin sicher, zum Schluss hat mein Mann das neue Land, und die Bahn ist trotzdem zufrieden.«

»Ein guter Abschluss also.«

»Ich hoffe es. Mein Mann ist bei seinen Verhandlungen sehr geschickt und ruhig, aber auch sehr konsequent.«

Während des Essens, das auf der Terrasse serviert wurde, erzählte Friederike von ihrem Besuch des Gängeviertels in der Neustadt, von den Kindern, die sie beobachtet hatte, und von ihrer vagen Idee, die Kinder tagsüber in den Räumen ihrer leer stehenden Bank zu betreuen. »Ich möchte sie aus dem Viertel herausholen, ich möchte sie sinnvoll beschäftigen, ihnen eine Möglichkeit geben, etwas zu lernen, aber ich habe keine Ahnung, wie ich das anfangen soll.«

Regina sah sie aufmerksam an. »Und Ihre Bankausbildung? Ihre Pläne für eine Wiedereröffnung des Familienunternehmens?«

Friederike zuckte mit den Schultern. »Die Ausbildung muss ich fortsetzen, aber was aus der Bank einmal wird, das steht wohl in den Sternen. Diese ganz Nachkriegsentwicklung ist heute doch noch gar nicht abzusehen. Und in der Zwischenzeit verkommen Kinder in ihrer Armut.«

Regina nickte. »Ich verstehe Sie, aber wer soll das alles finanzieren? Die Gesundheitsbehörde hat Forderungen, die Schulbehörde wird mitreden wollen, und vor allem müssen die Eltern davon überzeugt werden. Und wer soll die Kinder betreuen? Das alles kostet Geld, viel Geld.«

Mutlos nickte Friederike. »Ich weiß, und Geld habe ich nicht.«

Sie überlegte einen Augenblick. »Da gab es doch im letzten Jahrhundert diesen Pastor Wichern, wie hat der das denn gemacht?«

»Er hatte seine Frau als Hilfe, die Kirche als Stütze und eine strohgedeckte Kate mit einem Garten drum herum.«

»Das Haus habe ich auch.«

Regina sah sie unschlüssig an. »Ich schlage vor, wir fragen im Rauhen Haus um Rat.«

»Sie würden mir helfen?«

»Ratschläge kosten nichts. Und das Rauhe Haus ist mächtig gewachsen, sie bilden dort inzwischen Erzieher aus, die dann in Kirchengemeinden arbeiten. Vielleicht verrät man uns, wie man ein Kinderasyl aufbaut. Schließlich hat das Rauhe Haus inzwischen eine siebzigjährige Erfahrung.«

»Und Sie würden mit mir dorthin fahren?«

»Mit Vergnügen, Friederike, ich muss nur dafür sorgen, dass mein Mann mir ein Auto und einen Chauffeur zur Verfügung stellt. Aber das dürfte nicht schwer sein.« Sie sah sich um. »Können Sie mich in die Bibliothek fahren?«

»Selbstverständlich.«

»Ich habe dort ein Buch, das Sie interessieren dürfte. Kommen Sie.« Friederike schob den Rollstuhl bis vor ein Regal, dann bat Regina: »Dort oben der grüne Lederband ist es.«

Friederike betrachtete das Buch und Regina Stelling nickte ihr zu: »Nehmen Sie es mit. Die Italienerin Maria Montessori hat es geschrieben. Sie ist Ärztin und Pädagogin, arbeitete als Professorin in Rom, setzt sich sehr für die Emanzipation der Frauen und für die Abschaffung der Kinderarbeit ein und lehrt ganz neue Methoden in der Betreuung. Eine starke, inzwischen weltweit bekannte Erzieherin. Sie sollten ihr Buch lesen, bevor wir ins Rauhe Haus fahren.«

Friederike nickte dankbar. »Ich werde sofort damit beginnen.«

Sie war sehr erleichtert, als sie sich auf den Heimweg machte. Plötzlich nahmen ihre unklaren Vorstellungen Gestalt an. Kinderasyl statt Geldinstitut, lachte sie vor sich hin, das könnte mir gefallen.

Aber nach dem Besuch im Rauhen Haus wusste sie, dass sie ihre Pläne begraben musste. Es fehlte nicht an Ideen, an Engagement, an Begeisterung, es fehlte ganz einfach am Geld. Pastor Heilmann, der Leiter der Einrichtung, der das Engagement der jungen Frau durchaus zu schätzen wusste, gab ihr zu verstehen, dass ihre Pläne so nicht zu realisieren waren. »Ich schätze Ihre Idee sehr, Fräulein Bramfeld, aber ein Bankgebäude in einen Kindergarten umzufunktionieren, kostet ein Vermögen. Allein die Umbaukosten für die benötigten Waschräume, für die vorgeschriebenen Toiletteneinrichtungen, für eine funktionierende Küche verschlingen horrende Summen. Sie verzeihen mir«, er wandte sich auch an Regina Stelling, die aufmerksam zuhörte und sich Notizen machte, »wenn ich ganz offen bin: Ich wünsche mir so sehr, dass Kinder eine gute Betreuung und eine gediegene Ausbildung erhalten, aber ich weiß aus unserer Erfahrung, wie kostspielig das ist. Nach den Baumaßnahmen kommt der Unterhalt der Einrichtung. Heizung, Wasser, Elektrizität, die tägliche Reinigung und die Versicherungen sind nur einTeil der laufenden Unkosten. Wer bezahlt die Erzieherinnen und die Helferinnen? Wer holt die Kinder morgens und bringt sie abends heim? Wer überzeugt die Eltern, dass sie sich bereit erklären, die Kinder wegzugeben?«

Friederike sah ihn betroffen an. »So schwer habe ich mir das nicht vorgestellt. Wie löst denn das Rauhe Haus die Probleme, wie hat Herr Wichern das geschafft?«

»Wichern hat ganz klein mit wenigen Jungen angefangen. Aber Sie wollen ja gleich die Kinder eines ganzen Stadtteils in Ihre Obhut bringen. Wichern war Theologe und hatte die Kirche im Rücken. Er war ein bekannter Mann in einer reichen Stadt und konnte um Spenden bitten. Das können Sie in dieser Zeit, in der die Armut das Leben dirigiert, nicht.«

»Und wie erhalten Sie heute Ihre Einrichtungen?«

»Fräulein Bramfeld, wir kämpfen jeden Tag ums Überleben. Die Zeiten sind unerträglich hart geworden. Glauben Sie mir, ich verneige mich vor Ihrem ehrenwerten Vorhaben, aber ich sehe keine Chance für ein Gelingen.«

Zutiefst deprimiert schüttelte Friederike den Kopf. »Dann muss ich Ihnen wohl glauben. Verzeihen Sie die Störung, Pastor Heilmann.«

Später im Auto sagte Regina: »Es tut mir so Leid, Friederike, was werden Sie jetzt machen?«

»Ich mache meine Bankausbildung und hoffe auf bessere Zeiten. Aber ich glaube, einen Spaziergang durch die Gängeviertel werde ich demnächst nicht mehr machen.«

Regina legte ihr den Arm um die Schultern. »Nicht doch, Friederike, Sie sind eine wunderbare junge Frau, ich wünschte, ich könnte aufstehen und mit Ihnen durch diese armseligen Gassen gehen. Eine Möglichkeit zum Helfen findet man dort immer. Besuchen Sie die Kinder, lassen Sie Vertrauen wachsen, schenken Sie Ihnen ein wenig von Ihrer Zeit, ein Lächeln hin und wieder –«

Der Chauffeur brachte sie bis zum Hopfenmarkt. Als Friederike sich von Regina Stelling verabschiedete, hatte sie neuen Mut gefasst. Genauso würde sie es machen: Sie würde die Kinder besuchen, mit ihnen spielen, ihnen Geschichten vorlesen und Märchen erzählen und mit ihnen die alten Lieder singen, die sie selbst schon beinahe vergessen hatte.

Vierundzwanzigstes Kapitel

Als Sophie Bramfeld Ende September nach Hause kam – sie hatte ihre kleine Kur in Boltenhagen immer wieder verlängert, weil sie sich von dem eleganten und trotz aller Wirtschaftskrisen sehr noblen Seebad nicht trennen mochte – brachte sie eine sehr unerfreuliche Nachricht mit.

Friederike, glücklich, die Mutter wiederzusehen, und überrascht, wie gut Sophie sich erholt hatte und mit welchem Elan sie das Haus am Hopfenmarkt betrat, holte die letzte Flasche Hamburger Rotspon aus der Vorratskammer, um mit der Mutter auf den neuen, durch den Umzug so sehr veränderten Lebensabschnitt anzustoßen und das Wiedersehen zu feiern. Sie zeigte der Mutter die Wohnung, erklärte, dass sie ihr bei der Einrichtung des eigenen Schafzimmers nicht vorgreifen wollte, und stellte bestürzt fest, dass die Mutter sehr wenig Interesse an allem zeigte. Als man schließlich im Salon Platz nahm und Friederike ihr Glas hob, um der Mutter zuzutrinken, winkte Sophie lächelnd ab.

»Bevor wir auf irgendetwas anstoßen, möchte ich mit dir sprechen, mein Kind, denn in meinem Leben wird sich einiges ändern.« Sie stand auf, trat ans Fenster und drehte der Tochter den Rücken zu. »Ich werde hier nicht leben. Du weißt, ich hasse dieses Haus und ich würde mich hier nie wohl fühlen.«

»Aber Mutter, es ist doch jetzt unser Zuhause, und wir können es uns schön und gemütlich machen.« Alles war ihr unverständlich. Friederike stand auf und trat neben die Mutter, noch immer ihr Glas in der Hand.

»Ich habe lange überlegt und auch mit meiner Cousine Erika, mit der ich diese Erholungskur gemacht habe, gesprochen und wir haben uns gemeinsam entschlossen, in Zukunft in Boltenhagen zu leben.«

»Aber Mutter –«, wollte Friederike sie unterbrechen, doch Sophie winkte ab. »Lass mich ausreden, Kind. Hamburg ohne deinen Vater und ohne unser Haus am Feenteich bedeutet mir nichts mehr. Ich bin nicht gewillt, hier am Hopfenmarkt ein langweiliges, gesellschaftlich unbeachtetes Leben zu führen. Ich bin jetzt achtundfünfzig Jahre alt und ich denke, es ist nie zu spät, noch einmal ganz neu zu beginnen. Für mich wird es nie mehr einen anderen Mann geben, das weiß ich, aber eine Veränderung in meinem Leben ist jetzt notwendig. Erika und ich, wir haben beschlossen, ein kleines Hotel in Boltenhagen zu eröffnen. Kein extravagantes, sondern ein überschaubares Haus, in dem die Gäste sich wohl fühlen.«

»Aber Mutter –«, versuchte Friederike noch einmal, jetzt fassungslos, die Mutter zu unterbrechen. Aber wieder winkte Sophie ab. »Ich bin noch nicht fertig, Kind. Also, wir haben uns in dem vor allem von Berliner Gästen sehr bevorzugten Seebad umgesehen und ein passendes Haus gefunden. Die betagten Vorbesitzer möchten es aus Altersgründen abgeben, und jetzt zum Saisonende bekommen wir es zu günstigen Konditionen. Es ist ein solides Haus von guter baulicher Substanz und komplett eingerichtet. Selbstverständlich haben wir alles von Experten prüfen lassen, und jeder hat uns zu dem Kauf gratuliert. Ich hoffe, du freust dich mit mir – und nun darfst du deine Fragen stellen.«

Friederike starrte die Mutter an. »Und wie willst du das bezahlen?«

»Aber Liebling, von dem Verkaufserlös der Villa am Feenteich natürlich.«

»Mutter, dieses Geld ist unsere Lebensgrundlage für die nächsten Jahre.«

»Ja, eben, und wenn ich in Boltenhagen lebe, werde ich das Geld für mein neues Leben dort benutzen.«

»Aber wenn du einen Hotelkauf davon finanzierst, wovon willst du leben?«

»Erika bringt auch ein kleines Vermögen mit. Unsere Wohnung haben wir im Haus kostenlos, und dann werden die Gäste unsere Ausgaben finanzieren.«

»Jetzt? Der Winter steht vor der Tür!«

»Winterkuren sind sehr beliebt, wurde uns versichert.«

Friederike versuchte, ihr Entsetzen zu verbergen. »Und an welche Summe hattest du gedacht? Auch wenn du nicht hier bist, geht das Leben auch in diesem Haus mit all seinen Unkosten weiter.«

»Hör mir einmal gut zu, mein Liebling. Du möchtest hier wohnen und die Bank erhalten. Sie ist für dich ein Vermächtnis deines Vaters. Ich verstehe das. Ich weiß aber auch, dass dieses Haus und das Grundstück einen großen finanziellen Wert haben. Ich erhebe keinen Anspruch darauf. Aber den Verkaufserlös vom Haus am Feenteich beanspruche ich für mich. Das ist eine gerechte Teilung, da wirst du mir zustimmen.«

Friederike schüttelte den Kopf. »Gerecht vielleicht, Mutter, aber wovon sollen wir hier leben? Wir können doch nicht Ziegelsteine essen. Wovon soll ich Heizungskohle und Lebensmittel bezahlen, die Elektrizität, die ständigen städtischen Gebühren, den Lohn für Minna und Willi, den Telefonanschluss und was sonst noch alles nötig ist?«

»Liebling, es gibt sicher Dinge, auf die du verzichten könntest. Die Telefonleitung brauchst du gewiss nicht, und wenn du im Winter nur dein persönliches Zimmer heizt, wird das nicht viel kosten. Übrigens: Willi Wilde und Minna werde ich mit nach Boltenhagen nehmen. Das sind zwei hungrige Menschen weniger für dich. Und für deine Arbeit in der Commerzbank wirst du doch ein kleines Entgelt bekommen? Das sollte für einen allein stehenden jungen Menschen reichen.«

»Mutter, wo lebst du nur? Ich muss froh sein, dass ich für meine Ausbildung nicht Geld hinzubezahlen muss.«

»Vielleicht könntest du ja nebenbei etwas arbeiten, Kind, die Zeiten sind nun einmal schwer.«

»Das musst du mir ausgerechnet sagen. Weißt du, wie viele Arbeitslose wir hier in Hamburg haben?«

»Dann schlage ich vor, du kommst mit nach Boltenhagen. Erika und ich, wir haben uns zwar vorgenommen, keine Familienangehörigen mitzubringen oder aufzunehmen, aber im Hotelgewerbe findet ein junges Mädchen in einem Kurbad immer Arbeit. Außerdem könnten wir das Haus hier verkaufen und meinen Start in Boltenhagen üppiger finanzieren.«

Immer noch fassungslos sah Friederike ihre Mutter an. War das noch die Frau, die sie so liebte, die sie bewunderte, weil sie stark und zuversichtlich war, die zärtlich sein konnte und sehr hilfsbereit? Was oder wer hatte sie so verändert?

Jetzt erst erhob Sophie Bramfeld ihr Glas und hielt es Friederike entgegen. »Komm, Kind, stoß mit mir an und freu dich, dass ich wieder Lebensmut geschöpft habe. Man darf sich niemals aufgeben, das habe ich in diesen Sommerwochen gelernt. Erika und ich, wir haben viele Gespräche geführt, uns gegenseitig bemitleidet und aufgerichtet, wir haben Menschen kennen gelernt, die uns Mut gemacht und uns bedauert haben, wir haben Höhen und Tiefen erlebt, aber wir haben sie überwunden, und allein das zählt.«

Sie lächelte ihre Tochter fröhlich an und sagte dann ganz resolut: »Und morgen gehen wir zu unserem Anwalt, regeln die finanzielle Seite, und übermorgen bin ich schon wieder weg.« Ohne dass Friederike mit ihr angestoßen hatte, trank sie ihr Glas aus und verließ froh gestimmt und optimistisch den Salon. »Ich muss Minna und Willi Wilde bitten zu packen, damit sie sich morgen dann um meine Sachen kümmern können.« Dann fiel hinter ihr die Tür ins Schloss.

Sophie Bramfeld setzte ihre Pläne konsequent in die Tat um. Zwei Tage später war sie mit Minna, Willi Wilde und einem Karren voller Gepäck abgereist. Zurück blieb eine betroffene Tochter, die erst langsam begriff, dass sie nicht nur beide Eltern, sondern auch ihre Lebensgrundlage verloren hatte. Friederike schloss das große, leere Haus am Hopfenmarkt, mietete ein kleines Zimmer in der Nähe der Commerzbank, um Fahrkosten zu sparen, und arbeitete abends in einer Gastwirtschaftsküche, wo sie einen geringen Lohn und Essen bekam. Neben ihrer Kleidung hatten nur ihr Bett, ein Schrank, ein Tisch, ein Stuhl, die Sonnenuhr und das Bild mit der Waldlichtung den Umzug mitgemacht. Friederike zog sich für viele Monate aus dem gesellschaftlichen Leben in der Stadt zurück. Sie war zutiefst verletzt. Der ehrenwerte Name Bramfeld galt auf einmal nichts mehr. Hätte die Mutter neben ihr gestanden und mit ihr gekämpft, wie sie das erwartet hatte, wären die Probleme und Fragen, die sie jetzt hatte, nicht aufgetaucht. Sie hätten gemeinsam die Widrigkeiten überwinden und diese Talfahrt des Lebens meistern können. Nun musste sie versuchen, den Absturz allein zu überstehen. Und sie würde ihn überstehen – das nahm sie sich fest vor.

Nur die Mitarbeiter in der Personalabteilung der Bank und Viktoria kannten ihre neue Anschrift. Man bedauerte und bewunderte sie und rümpfte nur hin und wieder die Nase, wenn ihre Kleidung nach Küchengerüchen roch.

Viktoria, die nicht begreifen konnte, weshalb sich Friederike nicht helfen ließ, weihte schließlich ihre Mutter in die veränderte Situation der besten Freundin ein.

»Ich begreife nicht, warum Friederike so stur ist. Sie könnte doch bei uns wohnen, Mutter, sie verkommt in dem primitiven Zimmerchen und sie stinkt nach Küchenarbeit. Wenn erst einmal die Kunden in der Bank sich über ihre Gerüche beschweren, verliert sie auch noch ihre Ausbildungsstelle.«

Aber Regina Stelling schüttelte den Kopf. »Friederike verkommt nicht und sie geht auch nicht unter. Ich kenne sie und halte sie für eine sehr starke Frau. Die beißt die Zähne zusammen und kämpft ums Überleben. Störe sie nicht, für diesen Kampf braucht sie ihre Kräfte. Lass sie einfach in Ruhe, sie wird's überleben, trotz allem.«

Viktoria hielt sich an den Rat der Mutter. Sie besuchte Friederike seltener, weil sie spürte, dass die Freundin sich wegen ihrer Armut schämte, und sie ließ nie Mitleid oder unangebrachten Optimismus spüren. Sie diskutierte mit der Freundin kleine Probleme, bot ihr aber nie finanzielle Hilfe an, weil sie damit die Freundschaft gefährdet hätte. Sie akzeptierte den ›Absturz in die Armut‹, wie Friederike ihre Situation bezeichnete, und sie akzeptierte die Sorgen der Freundin.

Und dann stand plötzlich Martin Stelling vor Friederikes Zimmertür. Die Vermieterin weigerte sich zunächst, ihn in die Wohnung zu lassen. »Herrenbesuche sind hier nicht erwünscht. Wir sind ein anständiges Haus.«

»Gnädige Frau, daran habe ich auch nie gezweifelt. Aber nachdem ich heute erfuhr, dass meine Cousine hierher umgezogen ist, möchte ich ihr in aller Form meine Aufwartung machen. Ich sehe es als meine Pflicht an, ihr meinen Schutz und meine Hilfe anzubieten. Sie werden verstehen, dass eine junge Frau in einer so großen Stadt den Schutz ihrer nächsten Verwandten braucht.«

Und als die Frau immer noch zögerte: »Sie dürfen gern an unserem Gespräch teilnehmen, wenn das Ihrem Wunsch nach ehrbarem Benehmen entspricht.«

Als er spürte, dass die Frau unschlüssig wurde, setzte er seinen ganzen Charme ein: »Sehen Sie, gnädige Frau, ich bin außerordentlich glücklich, meine Cousine in einem so wohl behüteten Hause vorzufinden. Und ich danke Ihnen aus tiefstem Herzen, dass Sie sich so mütterlich um meine Verwandte kümmern.«

Endlich öffnete die Vermieterin die Wohnungstür etwas weiter und ließ ihn eintreten. »Dort hinten die letzte Tür auf der rechten Seite. Das Fräulein ist gerade nach Hause gekommen. Ich denke, zehn Minuten genügen für ein Gespräch.«

Martin ging eilig den Flur entlang. Er hoffte, dass die Wirtin seine Begrüßung nicht hörte, denn es wäre ihm schwer gefallen zu erklären, warum er seine Cousine mit Fräulein ansprach. Andererseits konnte er nicht ein fremdes Zimmer betreten und Friederike Bramfeld mit ›du‹ und ›liebe Cousine‹ überfallen.

Zum Glück folgte ihm die Frau nicht. Er klopfte höflich an und drängte, als Friederike ihm die Tür öffnete, die junge Frau schnell vom Eingang fort. »Verzeihung, aber Ihre Wirtin wacht wie ein Drachen, und ich musste lügen und habe gesagt, ich bin Ihr Cousin, sonst hätte sie mich nie hereingelassen.«

Friederike, verblüfft zwar, aber auch belustigt, lächelte ihn an. »Schön, Cousins habe ich mir schon lange gewünscht. Woher kennen Sie meine Adresse?«

»Ich bin zweimal Viktoria gefolgt, es war also nicht schwer, Sie zu finden.«

»Und was führt Sie her?«

»Ich wollte Sie einfach wiedersehen.« Er sah sich in dem kleinen Zimmer um. »Schön ist es hier nicht, aber gemütlich. Und mein Bild hat den Umzug mitmachen dürfen?«

Friederike nickte. »Es schenkt mir die Sonne, die ich hier vermisse. Ich hoffe, Sie haben den Brief mit meinem großen ›Dankeschön‹ im letzten Sommer erhalten?«

»Ja, natürlich, und schon damals habe ich mir ein Wiedersehen gewünscht. Aber ich war viel auf Reisen, mein Vater spannt mich mächtig in seine Geschäfte ein.« Er sah auf seine Taschenuhr. »Viel Zeit haben wir auch jetzt nicht, der Drachen draußen hat mir nur zehn Minuten zugebilligt, und ich möchte so vieles mit Ihnen besprechen.«

»Ich wüsste nicht, was wir zu besprechen hätten.«

»Aber ich, nur, unter solchem Zeitdruck fange ich damit gar nicht erst an. Wann und wo könnten wir uns einmal treffen?«

»Am Sonntag ist die Bank geschlossen, und im Restaurant bin ich erst abends.«

»Gut, dann hole ich Sie um drei Uhr ab. Ist es Ihnen recht, wenn wir nach Blankenese fahren? Ich kenne unten am Strandweg ein Restaurant, in dem man gute alte Hamburger Aalsuppe bekommt. Darf ich Sie dazu einladen?«

Friederike zögerte. Sie fühlte sich überrumpelt. Was wollte er besprechen? Was hatten sie überhaupt miteinander zu tun? Sie hatte ihn nur einmal gesehen, und das war vor fast einem Jahr. Andererseits war es damals ein gutes Gespräch, und sie erinnerte sich noch gern an die kleine Vertraulichkeit, die in dem kalten Auto geherrscht hatte. Kurz entschlossen nickte sie. »Ja, ich komme mit. Die Gegend westlich von Hamburg kenne ich kaum.«

»Fein, dann warte ich am Sonntag unten vor der Haustür. Ich freue mich.« Er nahm ihre Hand, küsste sie und verließ den kärglichen Raum.

Friederike schloss die Tür und drehte sich um. Plötzlich sah sie das Zimmer mit seinen Augen. Ich könnte es ein bisschen netter ausstatten. Ich hole mir ein paar bunte Kissen vom Haus am Hopfenmarkt und eine Vase für Herbstlaub, überlegte sie. Die kleine Brücke aus dem Salon würde ganz gut zwischen Tisch und Tür passen, und meine braune Wolldecke könnte mein Bett tagsüber in ein Sofa verwandeln.

Sie nahm die Sonnenuhr von der Wand und legte sie vor sich auf den Tisch. »Dich habe ich auch vernachlässigt«, flüsterte sie und versuchte mit einem weichen Tuch die stumpf gewordene Bronzefläche zu polieren. »Kein bisschen Sonne mehr in deiner Schale, nur noch Schatten – wie ich dich auch drehe und wende«, sagte sie leise und begann, mit aller Kraft zu reiben. Später ging sie in die Küche, die sie mitbenutzen durfte, und wärmte sich den Labskaus, den man ihr in der Gaststätte überlassen hatte. Das Pökelfleisch fehlte, und Salzfisch mochte sie überhaupt nicht, aber das aus Resten bestehende Seemannsgericht war eine warme Mahlzeit und sie hatte längst gelernt, Speisen als Lebensnotwendigkeit zu betrachten.

Martin Stelling war pünktlich. Mit tuckerndem Motor stand der Wagen vor der Haustür. »Wenn ich ihn ausstelle, weiß ich nicht, ob er wieder anspringt«, erklärte er lachend und entschuldigte sich, dass er nicht aussteigen und die Tür für sie öffnen konnte. »Er hat so seine Mucken, der Alte, aber mit dem großen Wagen sind meine Eltern heute unterwegs, da musste ich nehmen, was übrig war. Und mit einer Panne möchte ich unseren Ausflug nicht beginnen.« Er reichte ihr die Hand. »Fein, dass Sie da sind. Wie Sie sehen, habe ich bestes Wetter bestellt.«

Friederike nickte. »Es ist wirklich schön und für einen Herbsttag richtig warm.«

Sie verließen die engen Stadtstraßen, fuhren an der Michaeliskirche vorbei und dann durch St. Pauli bis ins angrenzende Altona, der größten preußischen Stadt in Schleswig-Holstein. Friederike sah mit Erstaunen, wie groß dieser dänisch-preußische Ort geworden war. Martin, der Friederikes Interesse bemerkte, fuhr langsam und zeigte ihr den schönen weißen Bau des Rathauses, der ursprünglich als Kopfbahnhof für die Eisenbahnlinie Altona–Kiel gebaut worden war, deutete auf die Giebelfiguren, die unter Mitarbeit von Ernst Barlach geschaffen wurden, zeigte ihr gleich daneben am Eingang zur Christianskirche die Grabstätte der Familie Klopstock und wenig später in der Elbchaussee das Heinrich-Heine-Haus.

»Ich wusste gar nicht, dass so berühmte Literaten hier ihre Spuren hinterlassen haben. Wir haben doch am Jungfernstieg das schöne Heine-Haus.«

»Das ist das Haus des Bankiers Salomon Heine, der sich vom Hausierer zum millionenschweren Bankier hochgearbeitet hat. Er war der Onkel von Heinrich und unterstützte ihn finanziell, akzeptierte aber seine literarische Tätigkeit nicht. Er wollte einen Kaufmann aus ihm machen, obwohl Heinrich kein Talent für Geschäfte hatte.«

»Und nun ist Heine einer der berühmtesten Söhne Hamburgs.«

Martin schüttelte den Kopf. »Ja und nein, der Literat war in Hamburg nicht beliebt. Seine Schriften waren dem Senat zu politisch. Später hat man sogar verboten, sein Denkmal öffentlich aufzustellen. Es bekam einen Platz in einem Park auf Korfu und kam 1910 nach Hamburg in den Hof des Bankhauses an der Mönckebergstraße. Wer weiß, wie lange es da geduldet wird.«

»Was Sie alles wissen.« Friederike war überrascht und zeigte das auch. »Ich bin neulich bei einem Spaziergang am Brahmshaus vorbeigekommen. Hamburg hat wirklich eine große Anzahl berühmter Menschen aufzubieten.«

Martin nickte. »Ja, das stimmt, nur, viele wurden nicht anerkannt und verließen enttäuscht die Stadt.«

»Aber weshalb?«

»Die Stadtrepublik wurde nie von Fürsten oder Königen beherrscht, die als Geldgeber die Kunst gefördert hätten und stolz auf namhafte Künstler gewesen wären. Hamburg schätzte seine bürgerliche Freiheit und verzichtete auf das Mäzenatentum adliger Herren.«

»Schade.«

»Na ja, ein paar sind uns ja auch geblieben. Lessing – aber nur für ein Jahr –, Claudius, Telemann, Klopstock, der Verleger Julius Campe, der Heine förderte, und noch einige, deren Namen ich vergessen habe.«

»Aber auch in Ihrer Familie gab es Künstler.«

»Sie meinen Michael, den Maler?«

»Ja, er hat doch wunderschöne Bilder gemalt.«

»Die in Hamburg keine Erfolge erzielten.«

»Und dann gab es im Mittelweg einen Literatur-Zirkel.«

»Ich glaube, ein Onkel meines Vaters hat ihn gegründet und eine Cousine später weitergeführt. Aber diese Julia Stelling hat das nicht nur wegen der Kunst gemacht, sondern vor allem wegen der Hilfsbedürftigkeit der Künstler. Sie waren weder erfolgreich noch anerkannt und litten sehr unter ihrer Armut.«

»Umso beachtenswerter, dass sich diese Frau um sie kümmerte. Lebt sie noch?«

»Ja, sie hat immer noch einen kleinen Zirkel.«

»Wie schön. Solche Frauen imponieren mir.« Friederike schaute nach draußen. »Ich sehe die Elbe. Wie breit und gewaltig sie aussieht.«

»Ja, sie ist gewaltig und ihre Kraft auch. Sie verführt Menschen, und das ist gefährlich.«

»Wie meinen Sie das?«

»Nun ja, sie weckt die Sehnsucht nach der Ferne.«

»Ihre auch?«

»Nein. Ich bin ein bodenständiger Mensch. Ich habe hier meine Wurzeln. Ein Teil meiner Familie hängt an der Seefahrt, und ein paar sind ihr zum Opfer gefallen. Ich habe lieber festen Boden unter den Füßen.«

Friederike sah ihn nachdenklich an. Dann sagte sie leise: »Ich auch.« Martin zeigte auf ein weißes Palais am Elbehang. »Die Besitzerin fiel dieser Sehnsucht auch zum Opfer. Viktoria Stelling war eine Großtante von mir und geriet in Fernost Piraten in die Hände. Jetzt wohnen ihre Nachkommen hier.« Dann zeigte er auf die andere Straßenseite. »Das ist der Park von Caspar Voght, der sich sehr um das Allgemeinwohl kümmerte und die Armenfürsorge förderte. Heute gehört das Anwesen einer Familie Jenisch.«

»Ein herrliches Gelände und dann dieser Ausblick auf das breite Flusstal.« Während die Elbchaussee bisher oberhalb des Flusses verlaufen war, ging es jetzt bergab bis zur Wasserhöhe. Mitten auf dem Strom war eine Fähre unterwegs. Friederike sah Ausflügler mit Fahrrädern und Kinderkarren. Fröhlich winkten die Menschen den am Ufer Wartenden zu. »Jetzt sind wir in Teufelsbrück«, erklärte Martin. »Was für ein unheimlicher Name«, lachte Friederike.

»Früher gehörte das Land hier einem Baumschulbauern mit dem schönen Namen ›Düwel‹. Dann entstand ein Dorf mit dem gleichen Namen, und nun ist es ein Fähranleger für kleine Flussschiffe nach Hamburg oder elbabwärts und hinüber nach Cranz, ins Alte Land zu den Obstbauern.«

Martin musste sich auf den Verkehr konzentrieren. Zahlreiche Menschen genossen das schöne Wetter und waren auf der Straße unterwegs. Als sie die alte Fachwerkkirche von Nienstedten passierten, schlug es gerade zwölf. »Hier ist übrigens eine Kantate von Telemann aufgeführt worden, als die Kirche eingeweiht wurde. Heute heiraten hier viele Brautpaare, weil sie einen besonders schönen Innenraum hat.«

Wenig später hatten sie Blankenese erreicht. Sie fuhren den Mühlenberger Weg hinunter bis zum Strandweg, wo Martin den Motor abstellte. »Von hier aus sind es nur ein paar Minuten zu Fuß. Nach der langen Fahrt tut uns etwas Bewegung bestimmt gut. Darf ich?«

Damit nahm er Friederikes Arm und führte sie auf dem schmalen Bürgersteig bis zum Schiffsanleger. Sie schritten über die leicht schwankenden Holzplanken bis vorn zum Wasser. Ein alter Mann mit einem noch älteren Fahrrad stand am Geländer und wartete auf Kunden. In einem Karton auf dem Gepäckträger lagen Rauchaale in Bündeln zu zweit oder zu dritt.

Martin führte Friederike zurück. »Dort vorn ist schon das Restaurant mit seiner berühmten Suppe. Wenn Sie mögen, setzen wir uns in dem kleinen Vorgarten unter einen Sonnenschirm.«

»Ja gern, das schöne Wetter muss man wirklich ausnutzen.«

Sie hatten Glück und bekamen den letzten freien Tisch. Es war ein schöner Platz mit freiem Blick über den Fluss. Rot-weiß karierte Decken lagen auf den Tischen und passende Kissen auf den Stühlen. Eine Bedienerin in einem Blankeneser Trachtenkleid und einem handgestickten Häubchen fragte nach ihren Wünschen. Martin sah Friederike fragend an.

»Bitte wählen Sie, Herr Stelling. Und ich hätte gern ein Glas Wasser, wenn's recht ist.«

Martin nickte: »Selbstverständlich.« Und dann bestellte er die Aalsuppe, dazu Brot mit Butter und eine Flasche Wein.«

Friederike sah ihn erstaunt an. »Und das alles bekommt man hier? Das ist ja wie vor dem Krieg.«

»Ja. Deshalb bin ich hergefahren. Aber bei der Flasche Wein müssen Sie mir helfen. Ich möchte mit Ihnen anstoßen, und das geht nicht mit Wasser.«

»Und worauf wollen Sie anstoßen?«, fragte sie leicht amüsiert.

»Als Erstes: Ich möchte, dass Sie Martin und ›du‹ zu mir sagen.«

»Und zweitens?«

»Das erkläre ich nach dem Essen.«

»Einverstanden. Ich heiße Friederike, aber das wissen Sie längst.«

»Zum Wohl, Friederike, und auf unsere Freundschaft.«

»Zum Wohl, Martin.«

Die Suppe war köstlich. Sie wurde in zwei Terrinen gereicht. Die eine enthielt die enthäuteten, gekochten Aalstücke, die man zunächst auf dem Teller zerkleinern konnte, dann gab man die Bouillon mit den vielen Kräutern und fein geschnittenen Gemüsen darüber. Martin richtete zuerst Friederikes Teller an, dann den eigenen. Sie freute sich über seine Fürsorge und Aufmerksamkeit, und sie fühlte sich wunderbar. Noch nie in ihrem Leben hatte ein Mann sie so liebevoll bedient. Und bestimmt trug der köstliche, kühle Wein zu ihrem Wohlbefinden bei.

Fünfundzwanzigstes Kapitel

Martin Stelling ließ sich Zeit mit dem Gespräch. Er wollte, dass Friederike erst einmal ihre Mahlzeit genießen konnte und Freude an dem Ausflug hatte. Dass ihr das Ambiente dieses bescheidenen Gasthauses gefiel, merkte er in ihren Bewegungen, an den Blicken, die so begeistert die Umgebung musterten, und an dem sichtbaren Genuss, den ihr das Essen bereitete. Sie hat ein bisschen Abwechslung verdient, dachte er, wer weiß, wann sie einmal Zeit und Gelegenheit zu einem Ausflug hat. Er sah ihre wohlgeformten Hände, die trotz aller Pflege harte Küchenarbeit verrieten. Er sah es an der abgetragenen Kleidung, die bestimmt nicht nur eine Folge nachkriegsbedingten Stoffmangels war, sondern fehlenden Geldes. Ihr Kleid, sauber und sorgfältig gebügelt, war alt, altmodisch, um genau zu sein. Die Zeit der Rüschen und Volants war vorbei, die jungen Damen trugen heute eng anliegende, wadenlange Hängekleider mit heruntergezogenen Taillen und allenfalls ein paar Fransen am Saum. Die Kleidung sollte praktisch, sportlich, einfach, eindrucksvoll und elegant sein. Das Gleiche galt für die Hüte. Monumentale, üppig dekorierte Gebilde mit Federgestecken und Schleiern waren engen, runden Glockenhüten mit bescheidenen, schnörkellosen Verzierungen gewichen.

Martin kannte sich in Modefragen aus. Nicht, dass er großen Wert auf modische Neuerungen legte, aber verglichen mit Viktoria wirkte Friederike wie eine Fee aus längst vergangenen Zeiten. Seine Schwester war eine der Frauen, die in der Hamburger Modewelt den Ton angaben. Das hatte sie von der Mutter übernommen, denn wie er wusste, war Regina jene Hamburgerin, die einst den Hosenrock bei den steifen Hanseatinnen eingeführt hatte. Er wusste aus eigener Erfahrung, dass man mit gutem Geld längst wieder alles kaufen konnte, was das Herz begehrte, auch so ein Essen hier, dachte er. Und als er Friederike anschaute, sah er in dem hübschen Gesicht seines Gastes Anstrengung und Übermüdung.

Martin wusste Bescheid. Er hatte zu Hause keine Gelegenheit verpasst, die Gespräche zwischen Mutter und Schwester über die gemeinsame Freundin zu belauschen. Er wusste, dass sie ihm gegenüber nie etwas über Friederike verraten hätten, denn es schickte sich in ihren Kreisen nicht, über Abwesende zu reden. Aber er wollte über Viktorias Freundin alles erfahren, was es zu wissen gab, und das nicht nur aus purer Neugier, sondern weil er ganz bestimmte Pläne mit der reizenden jungen Dame hatte.

So begann er das Gespräch auch nicht mit den Wünschen, die ihm am Herzen lagen, sondern mit behutsamen Erkundigungen über ihr Leben und ihre Pläne. Dass sie empfindlich reagieren würde, wenn er neugierig wirkte, bedachte er und wählte seine Worte deshalb so vorsichtig wie möglich. In seiner Familie galt er als Draufgänger und Tausendsassa, weil er leicht ungeduldig und oft auch unsensibel reagierte, wenn etwas nicht nach seinem Willen ging. In Wirklichkeit aber war er ein gefühlsbetonter Mann, der es allerdings verstand, Emotionen zu verbergen.

Als die Bedienerin das Geschirr abgeräumt hatte und nur noch die Karaffe mit dem kühlen Wein zwischen ihnen stand, schenkte Martin noch einmal ein und hob sein Glas. »Und jetzt möchte ich auf einen glücklichen Ausgang unseres Gespräches trinken.«

Friederike sah ihn fragend an. »Soll ich auf etwas anstoßen, was ich gar nicht kenne?«

»Du sollst mir vertrauen, weiter nichts.«

»Einverstanden«, lächelte sie, »aber nun raus damit, seit deinem Besuch vor drei Tagen kündigst du etwas an, und ich bin eine neugierige Person.«

»Du hast Recht. Zunächst etwas über mich, damit du mich besser verstehst. Also, wie du weißt, bin ich der einzige Sohn meiner Eltern. Sie sind sehr modern und fortschrittlich, nur in einer Beziehung lassen sie nicht mit sich reden: Ich soll die Stelling-Werft übernehmen und ich habe nicht die geringste Lust, Bagger zu bauen. Schiffe, ganz gleich welcher Art, interessieren mich nicht. Ich bin auch nicht technisch begabt oder experimentierfreudig. Ich habe mit Sicherheit zwei linke Hände, wenn ich mit Messlatte, Zirkel oder Zeichenstift umgehen soll.«

»Dann hast du ein Problem.« Friederike sah ihn ernsthaft an. »Aber ich verstehe auch deine Eltern.«

»Natürlich, ich verstehe sie ja auch, aber es muss doch eine Lösung geben.«

»Und woran hast du gedacht?«

»Es gibt genügend talentierte Schiffsbauer, die mit bestem Können und großem Elan die in Hamburg so dringend benötigten Bagger weiterbauen können, wenn mein Vater sich einmal zur Ruhe setzt. Ich zähle eben nicht dazu. Aber ich bin bereit, meinen Namen einzubringen, als stiller Teilhaber im Hintergrund zu arbeiten oder die Geschäfte von einem Büro aus zu führen. Um es kurz zu sagen, ich bin ein Geschäftsmann und kein Ingenieur. Auf den vielen Reisen, die ich mit meinem Vater in den letzten Monaten machen musste, wurde mir klar, wie wichtig es ist, in so einem Betrieb etwas von Geld zu verstehen. Da fehlt meinem Vater nämlich das Wissen und die praktische Erfahrung. Wäre ich nicht dabei gewesen, hätte er manchen finanziellen Misserfolg einstecken müssen.«

»Dann sollte er dir doch dankbar sein.«

»Mein Vater hat kein Verhältnis zum Geld. Er hat ein riesiges Vermögen geerbt und nie Angst haben müssen, das Geld einmal zu verlieren. Er hat es auch gut angelegt, er hat abgelegene Grundstücke, alte Industrieanlagen, leer stehende Häuser sehr günstig erworben – aber es ist totes Geld, es arbeitet nicht für ihn. Er sieht nur die Bagger und wie sie wachsen, das allein ist ihm wichtig.«

»Und deine Mutter?«

»Sie liebt ihn, alles, was er macht, ist für sie richtig. Sie will nur sein Glück und dazu gehört, dass ich seine Wünsche erfülle. In meiner Familie galt ich immer als ein schwieriges Kind, während Viktoria der Liebling der Eltern war. Das hat sich bis heute nicht geändert.«

Friederike sah ihn ratlos an. Warum erzählte er ihr das alles, warum verriet er Probleme, die nur seine Familie angingen. Er kannte sie doch kaum, was wollte er von ihr?

Martin unterbrach ihre Gedanken. »Ich sehe, wie du dich fragst, warum ich dir das alles sage. Es gibt zwei Gründe: Ich wüsste niemanden, mit dem ich offen darüber reden könnte, denn der Krieg hat alte Freundschaften zerstört, und neue konnte ich noch nicht aufbauen, und ich weiß, dass du eine kluge, weitsichtige und tatkräftige Frau bist. Außerdem habe ich Pläne, die ganz eng mit dir zusammenhängen.«

Friederike schüttelte den Kopf. »Gütiger Himmel, du hast ja keine Ahnung, wie ängstlich und unsicher ich bin. Sieh doch nur, was aus mir geworden ist.«

»Genau das sehe ich, eine Frau, die sich nicht unterkriegen lässt, die das Leben anpackt. Friederike, wir beide könnten ein starkes Duo werden.«

»Und wie soll das in der Praxis aussehen?«

»Du hast die Bank und ich das Geld.«

»Wie stellst du dir das vor? Meine Bank ist ein totes Haus und ihr Stellings habt eure Konten in Amerika.«

»Das werden wir ändern. Deine Ausbildung ist fast abgeschlossen, und ich werde meinem Vater beweisen, wie man mit Geld arbeitet. Ich habe Geschäftsverbindungen und ich habe mich umgehört: Die Regierung bereitet eine Währungsumstellung vor, wir haben das Schlimmste hinter uns, Friederike. Und wenn wir endlich eine gesunde Währung haben, öffnest du deine Bank wieder. Du hast die Sachkenntnis, ich habe die Visionen und einen nicht unerheblichen Anteil am Erbe meines Großvaters.«

»Ich habe eine gute Ausbildung, Martin, aber sie wird niemals ausreichen, Kunden in eine Bank zu locken, die von einer Frau geführt wird.«

»Das ist doch nur eine Frage der Zeit. Seit dem Krieg, in dem die Frauen Männerarbeit leisten mussten, drängen sie nach vorn. Sie wollen studieren, sie wollen Verantwortung tragen und zeigen, dass sie fähig sind, beruflich an die Stelle von Männern zu treten und nicht nur Lücken zu füllen. Bis es so weit ist, stellen wir einen kompetenten Mann in den Vordergrund, und du hältst die Fäden hinter ihm zusammen.«

»Ach Martin, das sind doch wirklich nur Visionen. Ich müsste noch so viel lernen.«

»Dann tu's doch. Lass die Küchenarbeit und vertiefe dich in Fachbücher. Geh zurück an den Hopfenmarkt, damit das Haus lebendig ist. Zeig dich in der Gesellschaft, damit der Name Bramfeld wieder zu einem Begriff wird.«

Friederike sah Martin verständnislos an. Wusste er nicht, dass sie keinen Pfennig Geld zum Leben hatte? Was sollte sie essen, wenn sie nicht mehr in dem Restaurant arbeitete, wovon sollte sie neue Kleidung bezahlen, sich Fachbücher für die Fortbildung kaufen? Er war in einem Hause aufgewachsen, in dem es nie am Nötigsten fehlte, er konnte sich überhaupt nicht hineinversetzen in ihre Lage, das verstand sie, aber sie akzeptierte es nicht.

Martin sah genau, was in ihr vorging. »Wenn wir erfolgreich werden wollen, müssen wir gemeinsam antreten. Ich sagte doch schon, du hast die Bank, ich hab' das Geld. Das gleicht sich doch vollkommen aus.«

»Du willst mich bezahlen?« Sie war entsetzt.

»Nein, Friederike. Ich will mit dir für unsere Zukunft kämpfen. Schau mich an«, er nahm ihre Hand, die auf dem Tisch lag, und begann mit dem Daumen ihre Handfläche zu streicheln, »schau mich an und sag mir, dass du nicht kämpfen willst. Dass du mich für verrückt hältst, dass meine Pläne Hirngespinste sind.«

Sie nickte, reden konnte sie nicht, zu stark stieg ein körperliches Verlangen in ihr auf, wie sie es noch nie verspürt hatte. Langsam entzog sie ihm die Hand, die er noch immer streichelte. »Du hast vollkommen Recht, du bist verrückt und deine Pläne sind Hirngespinste – aber ich könnte mir einen Erfolg vorstellen.«

Sie sah Glück in seinen Augen, Dankbarkeit und pure Freude, sie konnte seinen Blick nicht ertragen, sie war sich ihrer Gefühle noch nicht sicher. So sah sie hinüber zum Fluss, auf den sich der matte Schein des Abends niederlegte. Noch leuchtete der Himmel in strahlendem Türkisblau, aber aufsteigendes Violett ließ die nahende Nacht erahnen. Am nahen Ufer hörte man kleine, sanfte Wellen, die auf den Sand plätscherten, wenn ein Schiff vorüberfuhr. Der Mann mit den Räucheraalen schob sein Fahrrad zurück zur Straße. Ein paar alte Männer grüßten ihn und gingen auf den Anleger.

Martin ließ ihr Zeit. Nach einer Weile sagte er: »Die Blankeneser nennen den Anleger ›Op'n Bulln‹. Der ›Bulln‹ ist ein Schiffstyp und kein Rindvieh«, er lächelte, »die wenigsten wissen, dass Blankenese einmal ein Zentrum der Segelfrachtschifffahrt mit mehr als hundert Schiffen war. Außerdem gab es bis 1901 Badeschiffe für Damen und Herren,

Wallensteins Truppen setzten hier über die Elbe, und seit frühester Zeit der Hanse gibt es Fährschiffe für Ochsen und Post.«

»Also doch Rindviecher«, lachte Friederike.

Martin sah sie an. Wie schön sie ist, wenn sie lacht, dachte er, sie lacht viel zu selten.

Friederike wurde schnell wieder ernst. »Und wie soll das nun in der Praxis vor sich gehen?«

»Ich miete die Bank, zahle auf dein Konto den Pachtzins und stelle ein Hausmeisterpaar am Hopfenmarkt ein. Ich kümmere mich um einen modernen Innenausbau, damit wir einen fortschrittlichen Eindruck machen, und du suchst nach Mitarbeitern. Wenn du deine Ausbildung beendet und die Prüfungen hinter dir hast, öffnen wir das Haus. Ich werde als Erster ein Konto einrichten und ich werde meine Verbindungen nutzen und um Kunden werben. Mein Vater wird mit Sicherheit seine Geschäfte über die Bramfeld-Bank abwickeln, und haben wir ihn, haben wir viele andere Geschäftsleute.«

»Dein Vater wird verärgert sein, wenn er hört, dass du keine Schiffe bauen, sondern Geschäftsmann werden willst.«

»Er ahnt es schon längst, schließlich habe ich mein Talent auf unseren Reisen bewiesen.«

Verträumt sah Friederike über das Wasser. »Es hört sich alles so einfach an, wenn du darüber sprichst. Ich habe noch nie erlebt, dass irgendwas einfach ist.«

Martin beugte sich über den Tisch. »Ich möchte dir etwas sagen, und ich glaube, es wird diesen hilflosen Ausdruck in deinen Augen wegwischen. Ich möchte dir nämlich sagen, dass ich mich sehr zu dir hingezogen fühle.« Er nahm ihr Gesicht in seine Hände und flüsterte: »Ich habe überhaupt keine Erfahrung mit derartigen Gesprächen, du musst bitte Geduld mit mir haben, aber du sollst wissen, dass ich jetzt überaus glücklich bin. Und nicht nur wegen der geschäftlichen Pläne.« Sie sah ihn überrascht und betroffen an. »Ich will damit sagen, Friederike, ich bin immer für dich da.« Er beugte sich über den Tisch, ohne die Hände von ihrem Gesicht zu lösen, und gab ihr einen leichten Kuss, einen ganz leichten, um sie nicht zu erschrecken. Ihr Mund war warm, und es fiel ihm schwer, sich von ihren Lippen zu lösen, aber er wusste, dass er behutsam und sanft mit ihr umgehen musste.

Die Bedienerin kam und stellte Kerzen in Windgläsern auf die Tische. Der Fluss war in die Dunkelheit abgetaucht. Einzelne Gaslaternen beleuchteten den Strandweg, in den Häusern oben am Hang gingen die ersten Lichter an. Die Gäste des Nachmittags verließen den Garten, die ersten Abendgäste trafen ein. Der laue Abend lockte die Menschen ins Freie. Vielleicht waren es die letzten Sommerstunden, die das Jahr ihnen anbot.

Friederike wurde unruhig. Martin legte seine Hand auf ihren Arm. »Was ist los?«

»Ich müsste längst an meinem Arbeitsplatz sein. Sie brauchen mich in der Küche und werden warten.«

»Nein, Friederike, du wirst nie mehr dort arbeiten. Ich werde telefonieren und Bescheid sagen, damit sie eine andere Küchenhilfe suchen. Ab sofort bist du die Geschäftsführerin der Bramfeld-Bank. Komm, schlag ein.« Er reichte ihr die Hand, und sie schlug ein. Dann stand er auf und ging in die Gastwirtschaft.

Friederike sah ihm nach, wie er mit kräftigen Schritten, aufrecht und mit einem gewissen Maß an Selbstverständlichkeit an den Menschen vorbei zur Tür ging. Wie gut er in den modischen Knickerbockers mit dem sportlichen Jackett aussieht, dachte sie und lächelte. Schön, dass er im Unterschied zu den meisten anderen Männern keinen Bart trägt und die Haare leicht und gelockt bis über die

Ohren fallen lässt. Diese kurz geschnittenen, gescheitelten und geglätteten Haare würden ihm die ganze Lockerheit nehmen, die ich an ihm so mag.

Friederike war froh, einen Augenblick allein zu sein. Sein Blick nahm sie zu sehr gefangen, seine Gedanken waren zu forschend, seine Hände – nein, darüber wollte sie jetzt nicht nachdenken, obwohl ihr seine Hände sehr gefielen. Aber sie lösten Empfindungen in ihr aus, die sie nicht kannte und mit denen sie noch nicht umgehen konnte. Für einen Moment dachte sie an Rainer, dann war der Augenblick vorbei. Das ist so lange her, sinnierte sie, und irgendwie waren wir zu jung für eine ernsthafte Beziehung. Und Martin? Mein Gott, ich kenne ihn überhaupt noch nicht. Aber er imponiert mir. Seine Kraft, die Sicherheit, die er ausstrahlt, sein Optimismus – wenn einer Pläne verwirklichen kann, dann ist er es. Warum soll ich mich nicht anschließen? Was habe ich zu verlieren?

Der neue Start des Autos bereitete Schwierigkeiten. Wie schon in Hamburg befürchtet, hatte der Motor seine Mucken und wollte nicht anspringen. Schließlich musste Friederike das Gaspedal bedienen, während Martin vorn die Kurbel drehte. Nach einigen Versuchen hatte sie den richtige Druck heraus, und dann sprang auch der Wagen an. Sie warf sich auf den Beifahrersitz, Martin sprang auf seinen Platz, und schon rollte der Wagen mit wachsendem Tempo den Strandweg entlang, an der Franzosenpappel vorbei und dann durch die schmalen Dorfstraßen hinauf zur Elbchaussee.

Martin musste sich auf den Verkehr konzentrieren, und Friederike kuschelte sich in das Plaid, das Martin ihr vorsorglich gereicht hatte. Sie genoss die nächtliche Fahrt und auch das Schweigen. So konnte sie die Gedanken wandern lassen und ein paar eigene Träume haben. Kurz vor ihrem Domizil hielt Martin an, stellte aber den Motor nicht ab.

»Ich würde gern noch ein paar Schritte mit dir gehen, aber der Motor nimmt mir das mit Sicherheit übel, und ich werde mich hier von dir verabschieden. Wann verlässt du morgen die Commerzbank?«

»Gegen sieben Uhr.«

»Dann werde ich draußen auf dich warten. Es wäre schön, wenn wir zusammen zum Hopfenmarkt gehen können, damit ich mir ein Bild über eventuelle Umbaumaßnahmen machen kann.« Er legte ihr den Arm um die Schulter und zog sie vorsichtig an sich. »Wir schaffen das, Friederike. Man muss sein Schicksal selbst in die Hand nehmen, dann gehorcht es den geheimsten Wünschen. Seit jenem fernen Winterabend in einem anderen Auto habe ich davon geträumt, eines Tages mit dir zusammen Pläne zu haben und sie in der Zukunft zu verwirklichen. Mein Traum ist wahr geworden, weil ich ihn nie aus den Augen verloren habe. Von heute an gehen wir gemeinsam, einverstanden?«

»Einverstanden, Martin.« Sie nickte und versuchte die Tür an ihrer Seite zu öffnen. Martin beugte sich über sie, um ihr zu helfen. Es war ihr Geruch, der das Verlangen in ihm weckte, der ihn alle Vorsicht vergessen ließ. Vom ersten Berühren ihrer Lippen an lag Begehren in diesem Kuss. Unendliches Begehren. Es war kein vorsichtiges Herantasten, kein behutsamens Erkunden, es war sinnliches Verlangen. Friederike erwiderte diese aufflammende Leidenschaft und strich ihm mit den Händen über den Rücken. Nichts Weiches schien an ihm zu sein. Sein Körper war straff, die Umarmung hart und versprach ihr doch unendliche Geborgenheit. Dann löste Martin seine Lippen unvermittelt und sah sie an. In seinen Augen konnte sie keine Frage und keine Antwort erkennen, nur ihr eigenes Spiegelbild, als er leise sagte: »Du hast mir gefehlt. Es ist so, als ob du mir mein ganzes Leben lang gefehlt hast.«

Friederike, erschrocken über die Heftigkeit ihres eigenen Verlangens, flüsterte beschämt: »Ich habe das noch nie erlebt. Es ist ein wunderbares Gefühl.«

»Für mich auch, mein Liebling. Geh jetzt, wie sehen uns morgen.« Er öffnete ihre Tür, strich ihr noch einmal über das erhitzte Gesicht und fuhr davon. Er hatte Angst, die Kontrolle über seine Gefühle zu verlieren. Es war die bedingungslose Zärtlichkeit, die von ihr ausging, dieses Suchen und Finden, dieses Geben und Nehmen, das sie so einzigartig machte. Er hielt mitten auf der Moorweide an, legte den Kopf auf die Hände, die das Steuerrad hielten, und ließ seinen Tränen freien Lauf. Es waren Tränen unvorstellbarer Freude und Dankbarkeit.

Sechsundzwanzigstes Kapitel

Der Umbau in der Bramfeld-Bank ging langsam voran. Nach der Besichtigung mit Friederike und einem Innenarchitekten entschloss sich Martin für eine moderne, helle Schalterhalle, die vor allem junge Kunden anziehen sollte. »Sie sind die Kapitalisten von morgen«, erklärte er, »die müssen wir für uns gewinnen. Die alten Kunden werden sich kaum von ihren traditionsreichen Bankhäusern trennen, wenn es mit der Wirtschaft endlich wieder aufwärts geht, aber die jungen Reichen mit ihrer Energie und dem Willen nach Aufschwung und Fortschritt werden nicht nur das Geld haben, sondern auch den Einfluss und die Macht.«

Friederike und der Architekt stimmten zu, und so wurden aus den dämmerigen, mit fast schwarzem Holz getäfelten und mit dunklen Buntglasfenstern versehenen Räumen lichtdurchflutete Hallen mit vielen grünen Pflanzen, eleganten Sitzgruppen und versteckten Nischen für vertrauliche Gespräche zwischen Kontenführern und Kunden.

Martin stellte ein Hausmeisterehepaar ein. Sie beaufsichtigten die Bauarbeiter, hielten das Gebäude sauber, bewachten das Haus und wohnten im Souterrain. Friederike bezog ihre alte Wohnung, beendete ihre Ausbildung und legte in der Handelskammer ein Examen ab. Von der Miete, die Martin regelmäßig auf ihr Konto einzahlte, konnte sie gut leben und ließ sich von einem Privatlehrer in englischer und französischer Sprache und in Deutschkunde unterrichten. »Weißt du, der Krieg hat große Bildungslücken bei mir hinterlassen«, erklärte sie Martin. »Wir mussten uns mit Stallarbeit und Krankenpflege befassen statt mit Fremdsprachenkonversation. Ich muss viel nachholen, und das Lernen macht mir Spaß.«

Martin beobachtete mit Freude und Genugtuung diese Entwicklung. Friederike zeigte endlich Interesse an Theatervorstellungen und Konzerten, an Dichterlesungen und Museumsbesuchen, an Ausstellungen und modischen Neuheiten, wurde fremden Meinungen gegenüber aufgeschlossen und tolerant und entwickelte eine gesunde Menschenkenntnis. Er ging sehr rücksichtsvoll mit ihr um und überforderte sie in keiner Weise. Aber er führte sie aus, besuchte mit ihr bei offiziellen Anlässen sein Elternhaus und war gern Gast in ihrem gemütlichen Salon. Er zeigte selten seine Gefühle, gab ihr aber immer die Gewissheit von Geborgenheit.

Als die Regierung nach zähen Verhandlungen, zahlreichen Gebietsabtretungen in Ost und West und Reparationszahlungen an die Alliierten, wie der Versailler Vertrag es forderte, die Rentenmark einführte, als diese abgrundtiefe, kriegsbedingte Misere der Wirtschaft beendet war, öffnete die Bramfeld-Bank am Hopfenmarkt im November 1923 ihre Türen.

Patrick Stelling war der erste Kunde. Er hatte seinen Sohn ein ganzes Jahr lang kritisch beobachtet und war eigentlich dagegen, als Regina ihr gesamtes, auf dänischen Konten deponiertes Vermögen dem Sohn für seine Pläne zur Verfügung stellte. Jetzt aber wollte er zeigen, dass er an die Geschäftstüchtigkeit Martins glaubte. Er richtete ihm nicht nur das moderne Büro im Bankhaus ein, sondern auch ein zweites auf der Werft, damit der Sohn in Zukunft auch seine geschäftlichen Interessen vertrat.

Zwei Wochen nach der Eröffnung erhielt Friederike einen Brief. Zunächst konnte sie mit dem Absender nichts anfangen. Er war in Ungarn aufgegeben und trug den Namen Brandner. Dann erinnerte sie sich: Viktorias Freund Sebastian hieß Brandner, und dessen Vater war einst der beste Freund ihres Vaters. Die Bürgschaft damals, dachte sie, die Bürgschaft vor dem Krieg hatte die einzige Ehekrise ihrer Eltern ausgelöst und war schließlich mit schuld am Bankrott der Bank. Neugierig öffnete sie den Umschlag und las:

Sehr geehrtes Fräulein Bramfeld,
es ist mir ein Bedürfnis und eine Freude, Ihnen heute schreiben zu können, dass ich in der glücklichen Lage bin, Ihnen jenes Geld zurückzuzahlen, das mir Ihr Herr Vater seinerzeit zur Verfügung stellte, um den Untergang meiner Firma zu vermeiden.

Ich bedauere es außerordentlich, dass mein Freund Ferdinand das nicht mehr erleben darf, habe aber die Zuversicht, dass Sie die gerechte Empfängerin sind, denn mein Sohn Sebastian hat mir mitgeteilt, dass Sie die Bramfeld-Bank wieder eröffnet haben.

Meine Lebensgefährtin Luise Möhlbrand und ich, wir haben unser Geschäft mit der Binnenschifffahrt von der Elbe auf die Donau verlegt, um den Inflationswirren in Deutschland zu entgehen, und befahren seit Jahren die Donau zwischen Wien und dem Schwarzen Meer. Wir konnten unser Geschäft sehr profitabel ausbauen und verfügen nun über eine kleine Flotte von Binnenschiffen. Unser erstes und größtes Anliegen in der Vergangenheit war, eben jenes Geld zu ersparen, das mir Ihr Herr Vater zur Verfügung stellte, und nun bin ich in der Lage, Ihnen die Summe zurückzugeben. Das Geld wird zugleich mit diesem Brief an Sie gerichtet auf Ihrer Bank eintreffen.

Wir beglückwünschen Sie zur Neueröffnung der Bramfeld-Bank und danken Ihnen.

Hochachtungsvoll Martin Brandner
und Luise Möhlbrand

Friederike war tief gerührt. Sie dachte an die Eltern, die damals diesen fürchterlichen Streit hatten, weil der Vater die Mutter nicht gefragt hatte, ob er das private Familienvermögen als Bürgschaft einsetzen dürfe. An das böse Schweigen im Elternhaus, das sie schließlich beenden konnte. Sie dachte an die beginnende Armut, als das Geld eingefordert wurde und sie Dienstboten entlassen und die eigenen Lebensgewohnheiten einschränken mussten. Sie dachte auch daran, dass sie dieses Geld eigentlich teilen musste, beschloss aber, der Mutter vorerst nichts davon zu schreiben.

Ich will es ja nicht für mich, überlegte sie, ich will es für die Bank und mit der will Mutter nichts zu tun haben. Sie ist nicht einmal zu unserer Eröffnungsfeier gekommen.

Friederike war noch immer verärgert, dass die Mutter eigene Interessen vorgeschoben hatte und in Boltenhagen geblieben war. »Ich kann nicht kommen, mein Liebling, wir sind mitten in einer Umbruchsphase«, hatte sie geschrieben, »aber wir wünschen dir viel Glück und Erfolg.«

Es war eine schöne kleine Eröffnungsfeier gewesen. Die Stellings waren gekommen und Viktoria hatte Sebastian mitgebracht. Die neuen Mitarbeiter waren dabei und Direktor Bronner, den Martin nach langem Suchen in Lübeck fand und für geeignet hielt, mit ihr gemeinsam die Bank zu leiten. Regina hatte ihr ein in Leder gebundenes Gästebuch mit Goldprägung geschenkt, auf dem die Silhouette der Bramfeld-Bank eingeprägt war, und Patrick Stelling hatte eine Rede gehalten und die Tradition erwähnt, die diese Bank auszeichnete. Woher er wohl die ganzen Informationen hatte, sinnierte Friederike und dachte an Gespräche mit Viktoria, die in letzter Zeit ziemlich oft nach der Geschichte der Bank und der Familie gefragt hatte.

Friederike lächelte bei dem Gedanken an ihre Freundin. Gott sei Dank lässt sie sich wieder öfter sehen, dachte sie und freute sich über die guten Beziehungen zu der Familie. Was sie allerdings gar nicht verstehen konnte, war die Zurückhaltung Martins. Er führte sie oft aus, besuchte sie häufig in ihrer Wohnung, unterhielt sich gern mit ihr und benahm sich überaus höflich. Zu höflich, dachte sie. Seit dem Ausflug nach Blankenese hat er nie wieder Gefühle für mich gezeigt. Bedauert er seine Worte von damals? Hat er andere Frauen kennen gelernt? Habe ich mich verändert, mag er mich nicht mehr?, fragte sie sich immer öfter, und nach jedem Zusammensein mit ihm blieb sie enttäuscht zurück. Dabei verstehen wir uns doch gut, wir haben die gleichen Interessen, wir können über alles reden, seine Eltern mögen mich, das spüre ich bei jedem Besuch in der Heilwigstraße. Warum ist er nie zärtlich, warum berührt er mich nicht mehr? Friederike war nicht nur enttäuscht, sie war verunsichert und wusste nicht, wie sie sich verhalten sollte.

Weihnachten stand vor der Tür. Die Mutter hatte sie eingeladen, mit ihr in Boltenhagen zu feiern. »Wir werden Wintergäste haben«, hatte sie geschrieben, »aber wir werden trotzdem sehr romantisch und wie in alten Zeiten feiern. Einen Tannenbaum haben wir in der Försterei bestellt und die Weihnachtsgänse beim Bauern in Klein-Niederklütz. Minna ist schon sehr aufgeregt, sie hat zwar Küchenhilfen, aber die Verantwortung liegt bei ihr. Gott sei Dank ist die Zeit des Hungerns und Verzichtens vorbei. Ich würde mich freuen, wenn du kommst, hätte aber gern eine zeitige Zusage, damit ich ein Zimmer für dich freihalten kann.«

Friederike hatte keine Lust, im Winter an die Ostsee zu reisen. Aber sie bewunderte die Mutter, die diese vergangenen vier schweren Jahre sehr souverän gemeistert hatte, denn mit einem gut durchdachten Trick hatte sie ihr Hotel bewirtschaftet: Es wurden nur Gäste aufgenommen, die in

Naturalien bezahlten. Ein Leiterwagen mit Holz für die Heizung, ein Fässchen Salzheringe, ein Sack Kohlköpfe, aber auch Tischwäsche, eine hübsche Lampe oder ein Tafelservice waren als Zahlung willkommen. »Es sind wohlhabende Leute vor allem aus Berlin, die hier Urlaub machen möchten. Sie haben die Möglichkeit, eigene Wertgegenstände zu tauschen und uns mit brauchbaren Gütern zu bezahlen«, hatte sie geschrieben und mit diesen Naturalien das Hotel durch die inflationären Jahre geführt. Raffiniert, dachte Friederike, aber vertretbar.

Sie selbst erwartete das erste gute Weihnachtsgeschäft in der Bank und wollte die Mitarbeiter nicht allein lassen. Sie hoffte vor allem aber auf ein Zusammensein mit Martin. Um auf eine Einladung vorbereitet zu sein, ließ sie sich ein festliches Kleid nähen. Sie hatte königsblauen Samt gekauft und zahlreiche Modezeitungen gelesen, um einen Schnitt zu finden, der schlicht und vornehm war und ihre Figur zur Geltung brachte. Sie dachte auch daran, einen Frisör aufzusuchen, um sich von ihrer Lockenpracht zu trennen und die Frisur dem modernen Schnitt anzupassen, denn unter die schmalen Glockenhüte gehörten eng anliegende Bubiköpfe. Als sie dann aber vor dem Spiegel stand und mit den Händen versuchte, die Haare nach hinten zu drehen, war sie von ihrem Aussehen nicht überzeugt. Ein Bubikopf würde ihr weitaus weniger stehen. Auch ein Lockenkopf passt unter einen Glockenhut, erklärte sie ihrem Spiegelbild und setzte den zur Kleiderfarbe passenden neuen Hut auf. Zu meinem Glück fehlte eigentlich nur noch Martin, dachte sie, aber dieser Gedanke war ihr gar nicht mehr vertraut.

Martin wusste, dass Friederike auf eine Klärung ihrer Beziehung wartete. Seit Monaten verschanzte er sich hinter dringenden Geschäften, Reisen und notwendiger Aufbauarbeit. Er wusste aber auch, dass das alles vorgeschobene Entschuldigungen waren, um einer endgültigen Entscheidung aus dem Weg zu gehen. Er liebte Friederike, er war gern mit ihr zusammen, er genoss die gemeinsamen Stunden, die Gespräche, ihre Nähe – er wusste aber auch, dass er seine Gefühle nicht beherrschen konnte, sobald er sie berührte. Wenn er sich entschied, dann sollte sie ihm gehören, sofort und bedingungslos.

Die Eltern hatten eine familiäre Feier mit einigen Verwandten für Heiligabend geplant: ein gemeinsames Essen, weihnachtliche Lieder, ein gemütliches Zusammensein am Kamin und um Mitternacht den Besuch des Gottesdienstes in der St. Johanniskirche.

Regina fragte ihn: »Ist es dir recht, wenn wir Friederike einladen?«

Martin nickte erfreut. »Es wäre sehr schön, warum fragst du?«

»Ich weiß nicht, wie ich es ausdrücken soll. Irgendwie gehört sie zur Familie und dann wieder nicht. Du hast sie doch gern?«

»Selbstverständlich, Mutter, sehr sogar.«

»Warum fragst du sie dann nicht, ob sie dich will?«

»Aber das weiß ich doch.«

»Und trotzdem gibt es eine Mauer zwischen euch, die ich nicht verstehe.«

»Es ist meine Schuld, Mutter, ich fürchte diese endgültige Entscheidung.«

»Das begreife ich nicht.«

»Was soll ich machen, wenn sie ›Nein‹ sagt?«

»Ach Junge, du verstehst die Frauen wirklich nicht. Sie wird nicht ›Nein‹ sagen, verlass dich drauf.«

»Es fällt mir schwer, über Liebe mit ihr zu reden.«

Regina lächelte: »Nimm sie einfach in die Arme, sie weiß dann schon, was du ihr sagen willst.«

Martin nickte. »Ich werde sie nachmittags besuchen und dann kommen wir gemeinsam.«

»Gut, ich schicke heute die Einladung ab. Wir freuen uns, wenn ihr mit uns feiert. Wir haben Friederike sehr gern.«

Martin nutzte die Tage bis zum Fest für Vorbereitungen. Er konnte sich endlich ein eigenes Automobil leisten und war tagelang unterwegs, um Händler aufzusuchen und Autos auszuprobieren. Die Grenzen waren wieder offen, er konnte zwischen deutschen und ausländischen Fahrzeugen wählen und entschied sich für den Ford ›Tin Lizzy‹, der in Deutschland ›Blechliesel‹ genannt wurde und nicht sehr teuer war. Dass er ihn nur in schwarzer Farbe bekommen konnte, störte ihn nicht. Friederike erzählte er nichts von seinem Kauf, er wollte sie am Heiligen Abend damit überraschen, wenn er sie abholte und mit dieser Fahrt das Auto einweihte.

Zwei Tage vor dem Fest bestellte er ein Blumenbouquet aus weißen Christrosen beim Blumenhändler Petzold, dem besten Gärtner Hamburgs, suchte den renommierten Juwelier Herbert Wempe in den Alsterarkaden auf und kaufte in der Parfümerie Petrellie ein Parfüm, das nach Sommerblumen duftete. Als alles erledigt war, hatte er sich für den Weihnachtsnachmittag am Hopfenmarkt angesagt.

Friederike hatte den Teetisch in ihrem Salon mit altem Fürstenberg-Porzellan gedeckt, duftende Bienenwachskerzen aufgestellt, feinstes Teegebäck von Leysieffer in einer Schale arrangiert und mit frischem Tannengrün für weihnachtlichen Duft gesorgt. Das königsblaue Kleid saß hervorragend, die Schneiderin hatte sich selbst übertroffen. Knöchellang und schmal wie ein Etui, hochgeschlossen und mit langen Ärmeln brachte es ihre schlanke Figur voll zur Geltung. Trotz der dezenten Goldstickerei am

Saum, an den Manschetten und am schmalen Kragen war es ein sehr schlichtes Kleid und genau deshalb so beeindruckend.

Sie hatte sich über Reginas Einladung gefreut, sich höflich bedankt und ihr Kommen mit Freuden zugesagt. Aber noch mehr als über die Einladung freute sie sich auf den Besuch von Martin, der sie dann später in sein Elternhaus begleiten wollte. Trotz aller Distanz zog sie die Gespräche mit dem Freund allen anderen Festlichkeiten vor.

Auch er hatte sich festlich gekleidet und zum ersten Mal sah sie ihn in einem ›Stresemann‹, der ihm ausgezeichnet stand. In dem schwarzen Sakko, mit der grauen Weste und gestreiften Hose wirkte er fremd. Bis jetzt waren sie bei ihren Treffen immer sehr leger gekleidet. Aber sie überwand schnell die kleine Distanz. »Komm herein, ich freue mich, dass du da bist.« Sie öffnete weit die Tür und trat zurück.

Aber Martin kam nicht näher. Er hielt den Christrosenstrauß vor sich und sah sie an. »Du bist sehr schön!« Zwischen Tür und Rahmen griff er nach ihrer Hand – wenigstens die wollte er berühren, er konnte nichts dagegen tun. Friederike sagte nichts, schloss die Tür und ließ ihm die Hand, die er vorsichtig streichelte und dann an die Lippen führte, um die Handfläche zu küssen. Es war eine überaus zärtliche Geste, die mehr sagte als eine stürmische Umarmung oder eine wortreiche Erklärung.

Schweigen senkte sich zwischen sie, als er weiterhin ihre Hand hielt und ihr in die Augen schaute. Dann streifte er ihren Ärmel ein kleines Stück nach oben, während er ihr Handgelenk küsste. Friederike spürte, wie die Erregung sie ergriff und Röte ihr Gesicht überzog. Diese zarten Berührungen waren so stark, dass sie nur mit Mühe ein Stöhnen unterdrücken konnte. Sie wünschte sich so sehr seinen Kuss, seine Berührung, dass ihre Lippen zitterten. Endlich nahm er ihr Gesicht in seine Hände und bedeckte es mit Küssen. Seine Stimme war dunkel und rau, als er sagte: »Ich liebe dich so sehr, willst du meine Frau werden?«

Friederike fühlte, wie eine wunderbare Schwere sich ihrer bemächtigte. Sie sah ihn an und nickte, sprechen konnte sie nicht. Dann nahm er sie in die Arme und küsste sie voller Begierde und heftigem Verlangen. Und sie spürte, wie ein Begehren sie durchströmte, erregend und mit nichts vergleichbar.

Er hob die Hand und streichelte ihr Gesicht und während er ihr in die Augen sah, strich er mit dem Daumen über die Lippen. Leise bat er: »Komm, sag es mir, ich muss es hören.«

»Ja, Martin, ich will von Herzen gern deine Frau werden.« Dann trafen sich ihre Lippen und in der Art, wie sie sich berührten und wieder trennten und wieder berührten, lag eine Leidenschaft, die an Verzweiflung grenzte. Dann ließ er sie los, strich ihr Kleid glatt und ordnete den zerdrückten Christrosenstrauß. Als er ihr in die Augen blickte, sah er das gleiche Verlangen, das ihn beherrschte, aber auch eine tiefe Verwundbarkeit. Sie ist so wehrlos, dachte er, ich brauche sie nur zu nehmen, jetzt, hier, und sie gehört mir. Er legte ihr den Arm um die Schulter, spürte ihr leises Zittern und flüsterte: »Sei unbesorgt, mein Liebling, ich werde dich ein Leben lang beschützen.«

Die Kerzen brannten herunter, der Tee wurde kalt, die Welt versank um sie herum. Aneinander gelehnt saßen sie auf dem Kanapee und liebkosten sich mit Worten, mit Lippen und mit den Händen. Später überreichte Martin ihr das kleine Etui. Vorsichtig entfernte Friederike das Seidenpapier, sah Martin einen Augenblick an und öffnete das Kästchen. Martin nahm den Ring heraus und streifte ihn über ihren Finger. »Fröhliche Weihnachten, mein Liebling«, flüsterte er und nahm sie wieder in die Arme.

Nach dem festlichen Essen bei den Eltern standen Friederike und Martin auf und stellten sich als Verlobte vor. Lächelnd sagten sie: »Wir haben uns entschlossen, gemeinsam durchs Leben zu gehen. Wir möchten am Ostersonntag heiraten und bitten euch um euren Segen.« Lachend, fragend und fröhlich gratulierten Regina und Patrick, Viktoria und Sebastian und die anderen Gäste.

Aber das war nicht die einzige Überraschung dieses Heiligabends, denn als die Gratulationen und Umarmungen beendet waren, schenkte Patrick Champagner ein, hob sein Glas und sagte: »Auch Regina und ich haben eine kleine Überraschung. Damit ihr nicht lange sucht und bei der Hochzeit ein Dach über dem Kopf habt, schenken wir euch das Haus am Feenteich. Ich habe es damals gekauft und inzwischen renovieren lassen. Ihr braucht es nur noch einzurichten.«

Mit diesen Worten überreichte er Friederike ein Päckchen und als sie es öffnete, hielt sie den alten, geliebten Haustürschlüssel in der Hand. Mit Tränen in den Augen umarmte sie Patrick und bedankte sich bei Regina.

Unbemerkt von den anderen hatten sich Sebastian und Viktoria zurückgezogen. Als sie wieder kamen, war eine Veränderung mit ihnen vorgegangen. Viktorias Gesicht glühte, und Sebastian hielt sie ganz fest im Arm. »Auch wir haben eine Überraschung für euch«, lächelte Sebastian und legte seine Hand Halt suchend auf Viktorias Schulter. »Wir sind zwar nicht verlobt und verheiratet sind wir auch nicht, aber wir schenken euch das erste Enkelkind.«

Für einen Augenblick herrschte Schweigen, dann rief Regina: »Welch eine wunderbare Nachricht. Wann wird es so weit sein?« Viktoria kniete neben der Mutter, barg den Kopf in ihrem Schoß, wie sie es als Kind immer getan hatte, und flüsterte: »Im Mai, Mutter. Ich habe gewusst, dass du dich freust, ich danke dir.«

Regina war ernst geworden. »Kind, du lebst in einer toleranten, modernen Familie, vergiss das nie.«

Patrick reichte ihr die Hand und half ihr beim Aufstehen. »Wir freuen uns für euch, und ich akzeptiere euren Entschluss. Ihr macht uns ein herrliches Geschenk.«

Viktoria trat wieder neben Sebastian. Im Frühjahr sind wir fertig mit unserer Ausbildung. Dann hat Sebastian seine Blindenschule und ich mein juristisches Examen. Und wenn die Berufsplanung beendet ist, denken wir an eine Lebensplanung. Nur« – sie lächelte – »das Baby wollte einfach nicht so lange warten.«

Patrick nahm beide die Arme: »Ihr seid uns immer willkommen.«

Siebenundzwanzigstes Kapitel

Martin fühlte sich wie neu geboren. Er war rundum glücklich. Eine über alles geliebte Frau war bereit, mit ihm ihr Leben zu teilen. Die Geschäfte, die er für den Vater abwickelte, liefen hervorragend, die Bank am Hopfenmarkt hatte Hochkonjunktur und die Wirtschaft holte auf, was in den Kriegs- und Inflationsjahren versäumt worden war. Ganz besonders Mutige kündigten die kommenden Jahre als die Goldenen Zwanziger an und er gehörte mitten hinein.

Am Neujahrsmorgen überraschte er Friederike mit einer Idee, die sie fast zu Tränen rührte. »Komm, mein Liebling, wir fahren an den Feenteich und bringen deine Sonnenuhr an ihren angestammten Platz. Das Wetter ist schön, und sie kann zeigen, ob sie ihres Namens würdig ist.«

Er nahm die schwere Schale von der Wand und hüllte sie in eine Decke. Dann half er Friederike in den Mantel, reichte ihr Handschuhe und Muff, kniete nieder, um ihr die Schnüre der Stiefeletten zu binden, und lächelte ihr zu, als sie den kleinen Hut auf ihre Locken setzte. Wie immer hatte sie Schwierigkeiten, die goldene Fülle unter der kleinen Glocke unterzubringen.

Es war ein angenehmer Morgen. Sie fuhren an der Alster entlang. Feiertäglich gekleidete Spaziergänger promenierten am Ufer und genossen die schwachen Strahlen der winterlichen Sonne. Kinder mit Rollern und Reifen probierten die Weihnachtsgeschenke aus, und Hunde tobten über die Wiesen der kleinen Parks rechts und links vom See. Friederike war sehr aufgeregt. Nie wieder nach dem Verkauf des Elternhauses 1919 hatte sie den Feenteich aufgesucht. Der Anblick des verkauften, fremd gewordenen Hauses wäre zu schmerzlich gewesen. Sie hatte auch nie nachgeforscht, wer der Käufer war. Der Immobilienmakler hatte sich freie Hand ausbedungen, und sie hielt sich in all den Jahren daran. Jetzt aber konnte sie es kaum erwarten, die weiße Fassade mit den graublauen Fensterrahmen und Türen zu sehen.

Der Schnee, der im Dezember die Stadt überzogen hatte, war geschmolzen und ein feuchtes Graugrün auf den Rasenflächen wartete auf den fernen Frühling. Martin fuhr langsam, er wollte, dass Friederike, die so selten das Bankgebäude verließ, Freude an der Fahrt hatte. In sanften Windungen führte die Straße am Ufer entlang. Von Harvestehude her kamen ein paar Reiter über die Krugkoppelbrücke, um den Neujahrstag mit einem Spazierritt zu krönen, aber in den roten Gesichtern spiegelte sich die Winterkälte. Dann hatten die Verlobten den Feenteich erreicht. Martin half seiner Braut aus dem Wagen, öffnete das Tor und ließ Friederike den Vortritt. Beinahe andächtig betrat sie den Garten und blieb stehen, um das alte, vertraute Bild in sich aufzunehmen. Die weite Rasenfläche bis hinunter zum Wasser, der stille See jenseits des kleinen Dammes, der Alster und Feenteich trennte, und weit entfernt am anderen Ufer die Villen der reichen Reeder und die Kirche im Hintergrund.

Auch Martin blieb stehen und warf einen Blick über das Wasser. Im Süden die Silhouette der Stadt im fahlen Licht der tief stehenden Wintersonne, im Norden die kahlen Bäume der Alleen, die den See säumten. Er atmete tief den Duft dieses kalten Wintertages ein. Der Geruch von Erde und Wasser tat ihm gut. Er träumte einen Augenblick vor sich hin, sah Kinder auf der Wiese spielen und ihre Mutter mitten zwischen ihnen. Lächelnd drehte er sich um, nahm Friederike in die Arme und gestand: »Hier werden wir sehr glücklich sein, ich spüre das. Vom ersten Augenblick an fühle ich mich hier zu Hause.«

Friederike nickte wortlos. Sie war unendlich dankbar. Dann ging Martin und holte die Sonnenuhr aus dem Wagen. Der Sockel war gereinigt, die Schale mit dem langen Zeiger glänzend poliert und liebevoll strich Friederike über die Bronze, während Martin die Schale am Sockel befestigte. »Sie ist wieder blank wie früher, die Schatten sind verflogen, Martin, das ist dein Werk, ich danke dir.« Sie umarmte den Mann und schmiegte sich eng an ihn. »Ich bin so froh, dass es dich gibt.« Sie lächelte auf eine Weise, die seinen Atem schneller gehen ließ. Er ergriff ihre Hand, streifte den Handschuh ab und küsste zärtlich ihre Fingerspitzen. »Komm, lass uns ins Haus gehen, ich möchte wissen, wie unser Heim von innen aussieht.« Langsam steckte sie den Schlüssel ins Schloss und drehte ihn um. Wohlige Wärme schlug den beiden entgegen. Auf einem antiken Konsoltisch in der Diele fanden sie ein Tablett mit einem Brief, Gläsern und einer Flasche Champagner. Ungläubig öffnete Friederike den Umschlag, während Martin ihr über die Schulter schaute.

Ein gutes Neues Jahr für euch und Gottes Segen für dieses Haus. Wir denken, dass euch der Weg heute an den Feenteich führt und heißen euch herzlich willkommen. Erich hat eingeheizt und Selma einen Imbiss in der Küche vorbereitet. Genießt euer neues Domizil, auch wenn außer Friederikes kostbaren Antiquitäten noch keine Möbel im Haus stehen. Wir wünschen euch alles Glück der Welt.

Regina und Patrick

Friederike sah sich um. »Wirklich, sie sind alle noch da, und ich dachte, ich würde die Chippendale-Tische und die Rokoko-Kommoden meiner Mutter niemals wiedersehen.

Wenn es dir recht ist, möchte ich sie ihr zurückgeben. Sie war diejenige in unserer Familie, die mit Hingabe die alten Sachen gesammelt hat.«

»Selbstverständlich mein Liebes, es ist dein Haus mit allem, was dazugehört.«

»Oh, nein, Martin. Das ist unser Haus und wäre dein Vater nicht gewesen, wer weiß, wer jetzt darin wohnte. Ich bin sehr dankbar, dass er es für uns erhalten hat, aber ich würde überall mit dir wohnen.«

Martin nahm sie in die Arme. »Ich weiß, mein Liebes, ich würde sogar in einer Hundehütte mit dir leben, auch wenn's da drin ein bisschen eng wäre.«

Friederike neckte ihn. »Zu eng? Ich kann mir kaum vorstellen, dass dich das stört.«

Martin lachte und löste sich von ihr. »Ich glaube, wir stärken uns jetzt erst einmal, dann können wir über eine akzeptable Enge diskutieren.« »Du hast Recht, es ist Mittagszeit, und ein Imbiss tut gut. Und danach werden wir zu deinen Eltern fahren und uns für diese wunderbare Überraschung bedanken.«

»Gleich nach dem Imbiss?«

Friederike sah ihn an und lachte. »Na ja, irgendwo müsste eine alte Ottomane stehen, sie eignet sich vielleicht zum Diskutieren.«

»Nur zum Diskutieren?«, scherzte Martin, wusste aber ganz genau, dass er die Gelegenheit nicht ausnutzen würde. Friederike war so vertrauensvoll, und er hatte geschworen, sie zu behüten. Daran würde auch eine Ottomane nichts ändern.

Nach dem Besuch in der Heilwigstraße und als sie wieder allein in ihrer Wohnung war, setzte sich Friederike an ihren Schreibtisch, um der Mutter zu schreiben. Sie sollte endlich erfahren, dass ihre Tochter verlobt war, dass sie das Haus am Feenteich besaß und mit Martin im März nach Boltenhagen kommen würde, um ihr den Verlobten vorzustellen. Es fiel ihr schwer, die rechten Worte zu finden, und sie stellte fest, dass die Entfremdung zwischen ihr und der Mutter größer war, als sie gedacht hatte. Sie hat mich zu oft allein gelassen, sie hat zu oft die eigenen Interessen in den Vordergrund gestellt und wenig Anteilnahme an meinem Leben gezeigt, stellte sie fest. Sie entschuldigte die Mutter aber auch und dachte daran, wie schwer sie es mit dem so viel älteren Ehemann gehabt hatte und mit wie viel Willenskraft sie sich durch die schweren Zeiten nach seinem Tod gekämpft hatte. Sie nahm sich vor, alle Enttäuschungen beiseite zu schieben und zu versuchen, den Kontakt nach Boltenhagen enger zu gestalten. So schrieb sie sehr einfühlsam:

Geliebte Mutter,
heute schicke ich dir mit meinen herzlichen Grüßen gute Nachrichten. Martin Stelling – der Bruder meiner Freundin Viktoria – und ich haben uns verlobt. Wir kennen uns schon seit ein paar Jahren und haben uns lieben gelernt. Nun möchten wir ein gemeinsames Leben führen und zu Ostern heiraten. Die Familie Stelling hat mich sehr liebevoll aufgenommen, und ich bin rundum glücklich. Zur Verlobung schenkte uns Patrick Stelling das Haus am Feenteich, das er heimlich gekauft hat. So kann ich dir heute sagen, das ich in jenem Haus leben werde, in dem ich geboren wurde und eine so glückliche Kindheit mit dir und Vater verleben durfte. Ich hoffe, du freust dich mit mir.

Wenn es dir recht ist, möchten Martin und ich dich im März besuchen, damit ich dir den Mann meines Lebens vorstellen und dich zu unserer Hochzeit am Ostersonntag einladen kann. Wir hoffen, dass bis zu unserer Fahrt die ländlichen Straßen bei euch schneefrei und gut passierbar sind. Bevor wir eintreffen, melden wir uns aber noch einmal bei dir, damit du uns Quartiere besorgen kannst.

Ich bin unendlich glücklich und sehr dankbar und hoffe, du teilst meine Freude mit mir. Ich liebe dich sehr.

Deine Tochter Friederike

Die Tage bis zum März vergingen wie im Fluge. Wann immer Martin und Friederike etwas Zeit hatten, besprachen sie mit einem Innenarchitekten die Einrichtung des Hauses, bestellten Möbel, suchten Dienstpersonal und planten die Fahrt nach Boltenhagen. Sophie Bramfeld hatte überrascht und leicht distinguiert geantwortet, Zimmer reserviert und mit gedämpfter Freude zur Verlobung gratuliert. Sie fühlte sich übergangen, obwohl sie in den letzten Jahren so selten Interesse am Schicksal ihrer Tochter gezeigt hatte.

Martin tröstete Friederike. »Lass nur, das arrangiert sich alles wieder, sie fühlt sich vielleicht übergangen, vielleicht ist sie ein wenig neidisch auf dein neues Leben. Vielleicht wäre sie jetzt gern wieder in dieser aufblühenden Stadt.«

»Aber sie wollte doch fort. Sie hielt den Hunger, die Armut, die kleine Wohnung am Hopfenmarkt nicht aus.«

»Aber jetzt hat sich das alles zum Guten gewendet.«

»Vielleicht hast du Recht. Ich liebe meine Mutter und ich achte sie, ich möchte aber auf keinen Fall, dass sie nach Hamburg zurückkommt. Sie würde sich von morgens bis abends in mein Leben einmischen und immer behaupten, es nur gut mit mir zu meinen.«

»Aber du bist jetzt eine erwachsene Frau, das muss sie doch sehen.«

»Das hat sie nie wahrhaben wollen. Für meine Eltern war ich immer das kleine Mädchen, das behütet werden musste.«

»Und jetzt ist ein anderer da, der dich behütet. Das werde ich schon deutlich machen.« Martin wechselte das Thema und erzählte von einer Rathaussitzung, in der es um den für die kommenden Jahre geplanten freien Außenhandel Deutschlands ging. »Wenn die Hamburger Handelshäuser erst wieder Zugang zu den afrikanischen Märkten und zum China-Handel haben, erholt sich unsere Wirtschaft in kürzester Zeit. Du wirst sehen, bald hast du einen internationalen Devisenhandel und musst Fachleute für Im- und Export-Konten einstellen.«

Friederike hörte interessiert zu. Sie liebte es, wenn er über Geschäfte sprach und für die Zukunft plante. Dabei war er nicht nur ernst, sondern konnte sehr witzig und amüsant von Menschen berichten, die er bei seinen Geschäften kennen lernte.

Martin wiederum liebte die Gespräche mit Friederike, denn sie war eine gute Zuhörerin, und wenn sie Fragen stellte, waren sie intelligent und treffend. Noch nie hatte er sich mit einem Menschen so gut unterhalten und er wusste, dass dies allein ein Verdienst Friederikes war. Ihre Natürlichkeit, Aufrichtigkeit und Liebenswürdigkeit faszinierten ihn. Wenn sie an einem Winterabend in ihrem Salon vor dem lodernden Kaminfeuer saßen, er in einem Ohrensessel, der wohl einmal dem Vater gehört hatte, sie auf dem kleinen Sofa mit hochgezogenen Füßen, vor sich Teetassen oder Rotweingläser, dann war selbst ein entspanntes Schweigen so angenehm.

Martin rutschte tiefer in den Sessel hinein, streckte die Beine aus und kreuzte die Füße. »Wann, meinst du, fahren wir nach Boltenhagen?«

»Es liegt an dir. Sobald die Straßen schneefrei sind.«

»Mein Vater gibt mir seinen schweren Horch. Er meint, mit der ›Blechliesel‹ kämen wir nicht weit.«

Friederike nickte. »Da hat er wohl Recht. Bis Lübeck ist die Straße gut ausgebaut, aber was danach kommt, weiß man nicht. Ich habe früher an der Ostsee gelebt, da hatte unser Chauffeur ab Lübeck so seine Probleme.«

»Inzwischen sind ein paar Jahre vergangen, an den Straßen hat sich allerdings wenig geändert. Ich kenne das von den Reisen nach Dänemark. Wir müssen es eben drauf ankommen lassen.«

»Wenn du willst, melde ich uns für das erste Wochenende im März an.«

»Es ist mir recht, Liebling. Schreib ihr, dass wir gegen Abend eintreffen, ich glaube, das ist selbst auf schlechten Straßen zu schaffen.«

Wie schlecht die Straßenverhältnisse wirklich waren, hätten sie sich nicht träumen lassen. Sie fuhren sehr früh morgens ab und kamen problemlos nach Lübeck. Da aber begannen die Schwierigkeiten. Sie mussten über Schlutup fahren, und bereits in Selmsdorf begann es zu schneien. Als sie nachmittags kurz vor Dassow waren, überlegte Martin, ob sie weiterfahren oder umkehren sollten. Eine dicke Schneeschicht bedeckte Land und Straße, und ein stürmischer Wind häufte Schneewehen auf, die das Auto nur noch passieren konnte, weil es sehr hoch gebaut war. Außerdem war es bitterkalt im Wagen, und die Fenster waren bis auf zwei Gucklöcher in der Frontscheibe, die Friederike ständig freimachte, zugefroren. Als sie Dassow erreichten, wurde es bereits dunkel. Kein Schneeflug war zu sehen, und sogar auf den Straßenschildern klebte eine Schneeschicht.

Martin fuhr langsam in den Ort. »Es hat keinen Zweck, Friederike. Ganz gleich, ob wir weiterfahren oder umkehren, wir kommen auf jeden Fall in die Nacht, und die Straßenverhältnisse werden immer schlechter.«

Friederike fror erbärmlich. »Wir sollten hier bleiben. Vielleicht gibt es ein Hotel oder eine Gastwirtschaft mit Fremdenzimmern.«

Martin fuhr den Wagen vorsichtig an die rechte Straßenseite und stellte den Motor ab. Tiefe Stille umfing sie. Kein

Mensch war zu sehen. Einige wenige Gaslaternen beleuchteten die verschneite Straße. Aus den Fenstern fiel warm und anheimelnd gedämpftes Licht nach draußen. Im Schein der Lichter sah man, wie dicht das Schneetreiben geworden war.

»Ich werde aussteigen und fragen, ob es hier ein Hotel gibt. Willst du warten oder mitkommen?«

»Ich bleibe lieber hier«, meinte Friederike zitternd, »aber bitte beeile dich, sonst bin ich erfroren«, versuchte sie zu scherzen. Martin gab ihr einen Kuss auf die Wange, beteuerte, »Ich bin sofort zurück«, und legte ihr seinen Mantel um die Schultern. Als sie protestieren wollte, stieg er schnell aus und verschwand im Schneetreiben.

Als er sehr viel später wiederkam, war sie eingeschlafen. Martin hatte am anderen Ende des Ortes nach langem Suchen ein Gasthaus gefunden, in dem sie übernachten konnten. Der Wirt gab ihm einen Schlitten und den Hausburschen mit, um Friederike und das Gepäck zu holen. Behutsam weckte Martin sie. »Komm, Liebling, ich habe ein Quartier gefunden.«

Friederike brauchte einen Augenblick, um sich zu besinnen. Sie nickte. »Kannst du mir beim Aussteigen helfen? Ich bin ganz steif.« Martin reichte ihr beide Hände und half ihr aus dem Auto. Aber sie fand keinen Halt, die Füße versagten ihr den Dienst. Bevor sie fallen konnte, hatte Martin sie aufgefangen. »Komm, mein Liebes, setz dich auf den Schlitten, ich ziehe dich, und der Bursche trägt das Gepäck.«

Er legte seinen Mantel enger um sie und ohne Rücksicht auf die Kälte, die ihn umgab, zog er den Schlitten quer durch den Ort, den Burschen mit den Koffern ein paar Meter hinter sich.

Als sie das Gasthaus mit dem kuriosen Namen ›Bleibtreu‹ erreichten, war Martin nass vor Schweiß und keuchte vor Anstrengung. Der Wirt kam heraus, half ihm, Friederike ins Haus zu bringen und zeigte ihm die Zimmer, die inzwischen hergerichtet waren. In den Kachelöfen loderten zwar Feuer, aber die Zimmer waren noch kalt und feucht. »Ein bisschen braucht's noch mit der Wärme, wir waren so spät nicht mehr auf Gäste eingerichtet. Ich schicke Ihnen erst mal die Magd rauf mit Glühwein, dann wird's Ihnen gleich von innen wärmer.«

Bevor er selbst die verschwitzte Kleidung auszog, half Martin Friederike, löste die Ösen der Stiefeletten und zog ihr Schuhe und Strümpfe aus. Dann massierte er die eiskalten Füße, bis das Blut wieder zirkulierte, und sie die Zehen bewegen konnte. Immer wieder mahnte sie ihn: »Martin. Geh in dein Zimmer und zieh dich um. Dein Hemd ist tropfnass, das ist gefährlich bei der Kälte.«

Martin wischte sich den Schweiß aus dem Gesicht. »Ich bin gleich wieder da. Ich will nur fragen, ob es heißes Wasser zum Baden gibt.« Aber der Wirt winkte ab. »Tut mir leid, mein Herr, aber der Kessel wird nur geheizt, wenn wir auf Gäste vorbereitet sind. Aber wer kommt schon im Winter hierher. Ich schicke den Burschen mit heißem Waschwasser rauf, aber baden können Sie leider nicht.«

Als Martin zurückkam, hatte sie sich ausgezogen, in ihren flauschigen Hausmantel gehüllt und mischte den Glühwein mit Zucker und Rum. »Danke, das tut gut.« Martin setzte sich auf den Rand ihres Bettes und schlürfte vorsichtig das heiße Getränk. Friederike setzte sich neben ihn. »Ein schreckliches Wetter, meine Mutter wird in größter Sorge sein. Ob ich sie von hier aus anrufen kann?«

»Ich werde den Wirt fragen.« Aber als er wiederkam, schüttelte er den Kopf. »Es gibt zwar ein Telefon, aber die Leitung funktioniert nicht. Der Wirt sagt, dass der Schnee wohl die Überlandleitung gestört habe. Das komme hier im Winter häufig vor.« Er sah sich um. Möchtest du etwas essen, Friederike?« Aber sie schüttelte den Kopf. »Ich werde noch ein Glas von dem heißen Wein trinken und dann sofort unter die Decke kriechen. Hoffentlich können wir morgen weiterfahren.« Martin half ihr, bis sie sich wohlig in ihrem Bett ausstreckte. Ein heißer Stein, sorgsam in ein Handtuch gehüllt, wärmte ihr die Füße, und der Glühwein mit Zucker und Rum sorgte für die tiefe Müdigkeit, in die sie sich dankbar fallen ließ.

Am nächsten Morgen schien die Sonne. Der Schneesturm war vorbei und der Wirt versicherte, dass Schneepflüge ihre Arbeit aufgenommen hätten. Martin hatte eine schlechte Nacht hinter sich. Er wälzte sich schlaflos in seinem Bett, Schweißausbrüche und Schüttelfrost wechselten einander ab und als er schließlich aufstehen musste, hatte er starke Kopfschmerzen. Dennoch ließ er sich nichts anmerken, frühstückte mit Friederike und brachte sie dann zum Auto, um die Fahrt fortzusetzen. Er hatte zwar überlegt, ob es nicht besser wäre, nach Hamburg zurückzufahren, verwarf den Gedanken aber wieder, weil er wusste, wie viel Friederike an dem Treffen mit der Mutter lag. Er hatte mit dem Wirt die beste Route erörtert und hoffte, in zwei bis drei Stunden Boltenhagen zu erreichen, vorausgesetzt, die Straßen waren geräumt.

In Hohen Schönberg bemerkte Friederike seine zitternden Hände am Lenkrad. »Was ist los, Martin, fühlst du dich nicht gut?«

Er schüttelte den Kopf. »Es hat nichts zu bedeuten, ich friere etwas, aber wir sind ja bald da.« Sie beobachtete ihn aufmerksam. »Aber Liebling, dein Gesicht ist schweißnass.«

»Das macht nichts. Noch eine Stunde, dann haben wir es geschafft.« In Klütz bekam Friederike Angst. »Martin, du siehst so elend aus. Lass uns halten und einen Arzt aufsuchen.«

»Aber nein, Friederike, wir sind doch sozusagen vor der Haustür. Hilf mir nur, die Wegweiser zu lesen, dann sind wir gleich da.« Der Schweiß lief ihm in die Augen und brannte so sehr, dass er ständig blinzeln musste. Friederike nahm ihr Taschentuch und begann vorsichtig sein Gesicht trockenzutupfen. Nach kurzer Zeit war das Tuch durch und durch nass. Da sie kein zweites griffbereit hatte, nahm sie ihren Seidenschal vom Hals und tupfte ihn damit ab. Dann, nach fast drei Stunden, kam der erste Wegweiser nach Boltenhagen. Friederike nahm den Brief der Mutter zur Hand, die ihr eine genaue Straßenbeschreibung geschickt hatte. Vorsichtig dirigierte sie Martin durch die kleinen Straßen. Bloß jetzt keine Umwege fahren, dachte sie und sah gleich darauf das kleine Hotel, das die Mutter beschrieben hatte. Es war ein zweigeschossiges, weiß gestrichenes Holzhaus mit Türmchen und geschnitzten Balkongeländern und stand an der Strandstraße gleich hinter den Dünen. »Da ist das Haus, Martin. Und da ist auch ein Platz zum Parken.«

Vorsichtig lenkte Martin das Auto auf den freien Platz und stellte den Motor ab. Mit einem tiefen Seufzer lehnte er sich zurück und nahm die Hände vom Lenkrad, das er in der letzten Stunde fest umklammert gehalten hatte. »Tut mir Leid, Liebling, dass ich in einer so schlechten Verfassung bin. Deine Mutter wird entsetzt sein.«

»Sie wird Verständnis haben, wenn ich ihr erzähle, wie es uns ergangen ist.«

»Gibt es einen Hausdiener, der sich um unser Gepäck kümmern kann? Ich glaube, ich bin zu schwach dafür.«

»Ja, natürlich. Bleib hier sitzen, ich geh hinein und hole Hilfe.«

In Flur kam ihr Sophie entgegen. »Liebling, ich hatte solche Angst um euch, warum kommt ihr jetzt erst?«

»Wir sind in diesen Schneesturm geraten und mussten in Dassow übernachten. Und die Telefonleitungen waren gestört.«

»Und wo ist der Herr Verlobte jetzt?«

»Es geht ihm nicht gut, Mutter. Habt ihr einen Burschen, der das Gepäck hereinholen kann?«

»Natürlich.« Sophie klingelte und gleich erschien ein Mann in der obligatorischen grünen Schürze, ein Putztuch in den Händen.

Sophie befahl ihm, sich um den Herrn im Auto und dann um das Gepäck zu kümmern. Mit seiner Hilfe betrat Martin schließlich die Halle, sank in einen Korbsessel und bat: »Entschuldigen Sie mich bitte, gnädige Frau, ich bin leider in einer schlechten Verfassung.«

»Das sehe ich«, Sophie war zwar etwas verärgert über diese Umstände, ergriff aber sofort die Initiative. »Sie gehören ins Bett. Das Zimmer ist vorbereitet, der Bursche kann Sie begleiten und Ihnen behilflich sein, während ich einen Arzt anrufe.« Und zur Tochter gewandt: »Friederike, dein Zimmer ist ein Stockwerk höher. Ich begleite dich, sobald ich telefoniert habe.«

Aus einem angrenzenden Zimmer waren Stimmen zu hören. »Wir haben ein paar Gäste«, erklärte Sophie, »meine Cousine plant mit ihnen eine winterliche Fahrt mit dem Pferdeschlitten. Sie werden in einigen Minuten das Haus verlassen und kehren erst abends zurück. Es wäre mir lieb, wenn niemand erfährt, dass dein Verlobter krank ist. Das macht in einem Hotel keinen guten Eindruck.«

»Selbstverständlich, Mutter. Ich kümmere mich erst einmal um Martin. Später kannst du mir mein Zimmer zeigen.«

»Du kümmerst dich um ihn? Soll das heißen, du hilfst ihm beim Auskleiden? Das schickt sich nicht, und das dulde ich nicht.«

»Du vergisst, dass ich einmal Krankenschwester war, Mutter, die Zeiten, wo man so prüde war, sind vorbei.«

»Ich muss Rücksicht auf meine Gäste nehmen, sie sollen den besten Eindruck von diesem Haus haben.«

»Mach dir keine Sorgen, Mutter, ich weiß, wie ich mich zu verhalten habe. Also bis später, ich melde mich bei dir, wenn ich Martin versorgt weiß, und bitte, ruf als Erstes einen Arzt an.«

Friederike kümmerte sich vorbildlich um den Kranken. Sie wusch ihn, bettete ihn um, wenn sein Bett verschwitzt war, legte ihm kühlende Tücher auf die Stirn und streichelte beruhigend seine Hände. »Mach dir keine Sorgen, Liebster, in ein, zwei Tagen bist du wieder gesund. Du hast dir gestern in dem Schneesturm eine schlimme Grippe geholt, aber mithilfe eines Arztes werden wir dich ganz schnell wieder auf die Beine stellen.«

»Ruf bitte in Hamburg an und sag Bescheid, dass wir gut hier angekommen sind«, flüsterte Martin mit rauer Stimme, »aber, Friederike, kein Wort über meine Krankheit. Ich will nicht, dass sich meine Eltern unnötig Sorgen machen.«

»Natürlich, Martin, ich kümmere mich darum. Jetzt versuche zu schlafen, wer weiß, wann ein Arzt kommt, und Schlafen ist immer die beste Medizin.«

Friederike erreichte Regina. Sie berichtete von der Fahrt, dem Schneesturm, der Übernachtung und der Ankunft in Boltenhagen. Mit keinem Wort erwähnte sie Martins schlechten Zustand. Aber eine Mutter lässt sich nicht so schnell täuschen. »Es ist lieb von dir, Friederike, dass du uns Nachricht gibst. Aber weshalb ruft Martin nicht an?«

»Er war nach der anstrengenden Fahrt sehr müde und schläft erst einmal.«

»Ein Telefongespräch mit mir hätte höchstens fünf Minuten gedauert. Was ist los, Friederike?«

»Es ist alles in Ordnung, er ist nur etwas abgespannt.«

»Martin und abgespannt, das gibt es doch gar nicht. Bitte sag mir die Wahrheit, ich fühle doch, dass etwas nicht stimmt.«

»Er hat sich gestern in dem Schneesturm erkältet, und ich habe ihn ins Bett gesteckt. Das ist alles.«

»Habt ihr einen Arzt?«

»Meine Mutter ruft ihn an.«

»Also doch etwas Ernstliches.«

»Bitte, es ist nur eine Erkältung.«

»Auch mit einem Schnupfen kann man telefonieren.«

»Ja, aber ich wollte ihm das abnehmen.«

»Ruf mich an, wenn der Arzt da war, und gib mir bitte eure Telefonnummer.«

Friederike gab Regina die Nummer und legte mit schlechtem Gewissen den Hörer auf die Gabel. Einer Mutter kann man nichts vormachen, dachte sie. Selbst auf diese weite Entfernung spürt sie, wenn mit ihrem Kind etwas nicht in Ordnung ist. Ob das bei meiner Mutter auch so ist? Nein, überlegte sie, so sensibel war meine Mutter nie.

Als sie zu Martin zurückkam, schlief er. Leise verließ sie das Zimmer, um Sophie zu suchen. »Ich kann den Arzt nicht erreichen«, gestand sie. »Er macht Hausbesuche und ist auf den Dörfern unterwegs, sagt seine Frau.«

»Habt ihr hier nur einen einzigen Arzt?«

»Im Winter ja, während der Saison kommen zwei Ärzte aus Berlin hinzu.«

»Martin schläft jetzt, ich werde meinen Koffer auspacken und mich umziehen. Dann bin ich wieder bei ihm. Vielleicht kann uns eines deiner Küchenmädchen etwas heiße Bouillon bringen. Ein bisschen Wärme von innen könnte nicht schaden.«

»Ich sage in der Küche Bescheid. Kann ich sonst irgendwie helfen?«

»Hast du ein Fieberthermometer?«

»Ich bringe es gleich. Und bitte, Friederike, eine Grippe ist infektiös, sei vorsichtig, damit du niemanden ansteckst.«

»Selbstverständlich, Mutter.« Ob ich mich anstecke, ist ihr ziemlich egal, dachte Friederike, Hauptsache, die Gäste werden geschont. Dann schalt sie sich selbst. Ich bin ungerecht, sie muss Rücksicht auf die Fremden nehmen, es ist ihr Beruf, und sie sind ihre Existenz.

Während sie in der Halle auf das Thermometer wartete, betrat ein älterer Herr das Haus. Er sah sich kurz um, nickte ihr zu und legte Hut, Handschuhe und Mantel ab. Dann zog er sich die Gummigaloschen von den Schuhen und streifte den Schnee von den Hosenbeinen. Er kennt sich hier aus, dachte Friederike und sah zu, wie er die nasse Kleidung zu einer Garderobe brachte, die man auf den ersten Blick nicht sehen konnte. Dann kam die Mutter, warf dem Fremden einen überraschten Blick zu und sah Friederike warten. Als der Fremde auf sie zutrat, hob sie die Hände, als wollte sie eine intime Begrüßung abwehren, und deutete auf die Tochter. »Maximilian, darf ich dir meine Tochter vorstellen?«

»Friederike, das ist Herr von Wrede, ein Nachbar.«

»Guten Tag, gnädiges Fräulein, ich wusste, dass Sie erwartet werden.«

»Guten Tag«, nickte Friederike etwas erstaunt über den vertrauten Ton zwischen der Mutter und Herrn von Wrede. »Wir haben uns verspätet. Der Schneesturm hat uns aufgehalten.«

»Ich hoffe, Sie hatten trotzdem eine angenehme Reise. im März sind so heftige Stürme bei uns eher selten.«

Sophie griff ein. »Der Verlobte meiner Tochter ist leider erkrankt, und ich kann den Arzt nicht erreichen. Wir sind etwas in Sorge.«

»Und du weißt nicht, wo er sich aufhält?«

»Er ist auf den Dörfern unterwegs.«

»Ich werde mich darum kümmern, könnte ich bitte telefonieren?«

»Ja, selbstverständlich.«

Maximilian von Wrede rief seinen Chauffeur an und beorderte ihn mit dem Auto vor die Hoteleinfahrt. Dann zog er seine nassen Sachen wieder an und erklärte: »Ich frage in der Praxis nach der Route und fahre die Strecke ab. Irgendwo werde ich ihn finden, sein knallrotes Auto ist ja nicht zu übersehen.«

Friederike war überrascht und sehr dankbar. So viel Verständnis und Entgegenkommen hätte sie von diesem Fremden nie erwartet. Wrede, der sie beobachtete, lächelte. »Wissen Sie, gnädiges Fräulein, hier in dieser Einöde muss man zusammenhalten. Da hilft jeder jedem. Ist doch kein Problem für mich, eine Überlandpartie zu machen. In einer Stunde bin ich mit dem Arzt hier. Versprochen.« Friederike reichte ihm spontan die Hand. »Danke, ich bin Ihnen sehr dankbar.«

Als er fort war, sah sie die Mutter fragend an. »Ein sehr hilfsbereiter Mann. Kennst du ihn näher?«

Sophie nickte. »Ja, ich kenne ihn näher. Er wohnt zwei Häuser von hier entfernt und besucht uns oft. Er ist Justiziar und hat uns beim Kauf des Hotels geholfen. Im Laufe der Zeit sind wir Freunde geworden.«

»Wie schön für dich. Und was sagt deine Cousine zu deiner Freundschaft?«

»Sie ist sehr gehemmt und sagt kaum ein Wort, wenn er hier ist. Aber sie akzeptiert die Freundschaft, weil er uns damals uneigennützig geholfen hat.«

Als Friederike wieder zu Martin ins Zimmer kam, hatte sich sein Befinden erheblich verschlechtert. Er hustete, klagte über Atemnot und über Schmerzen im Brustkorb. Friederike war voller Sorge. Sie holte Kissen, die sie ihm in den Rücken stopfte, damit er etwas sitzen und leichter atmen konnte, maß Fieber und stellte fest, dass die kleine Quecksilbersäule fast vierzig Grad anzeigte. Mit fiebrig glänzenden Augen sah Martin sie an. »Was ist denn bloß los, Friederike, ich fühle mich so schlecht wie noch nie in meinem Leben«, flüsterte er und griff mit seiner Hand nach der ihren.

»Du hast eine böse Erkältung, Martin, aber der Arzt ist schon unterwegs. Ich mache dir jetzt Wadenwickel, damit das Fieber sinkt.«

Sie holte Handtücher und eine Schüssel mit Wasser. »Ich soll dich von deiner Mutter grüßen. Sie wünscht dir gute Besserung.«

»Hast du erzählt, dass ich krank bin? Ich wollte doch ...«

»Beruhige dich, Martin, sie war besorgt, weil du nicht selbst angerufen hast. Ich habe ihr gesagt, dass du eine Erkältung hast und nach der anstrengenden Fahrt etwas schlafen wolltest. Sie hat es mir geglaubt.«

»Du kennst meine Mutter nicht«, ein Hustenanfall schüttelte ihn, »Mütter haben einen Instinkt, auch in der Entfernung.«

»Mach dir jetzt keine Gedanken darüber, sie hat die Telefonnummer vom Hotel und ruft an, wenn sie sich Sorgen macht.«

Ein starker Schüttelfrost erfasste seinen Körper. Friederike legte zwei weitere Decken über das Bett und setzte sich auf den Rand, um ihn zu stützen, und beruhigte ihn. Dann schlief er wieder ein. Draußen wurde es dunkel. Schneefall hatte wieder eingesetzt, und in Friederike wuchs die Angst. Wo bleibt der Arzt, dachte sie, wenn es so weiterschneit, sind die Straßen sehr schnell wieder zugeweht.

Leise verließ Friederike das Krankenzimmer, um endlich ihr Reisekleid auszuziehen und sich etwas frisch zu machen. Dann hörte sie auf der Straße Motorengeräusch. Sie sah aus dem Fenster und beobachtete zwei Fahrzeuge, die vor dem Hotel hielten. Das muss der Arzt sein, stellte sie fest und lief nach unten.

Maximilian von Wrede hatte tatsächlich den Doktor gefunden und überreden können, mit nach Boltenhagen zu kommen. Als sich die Herren in der Halle den Schnee von den Mänteln klopften, kam auch Sophie und begrüßte beide. Friederike stellte sich vor, erklärte kurz den Verlauf der Krankheit und begleitete den Arzt in Martins Zimmer. »Ich wurde im Krieg als Hilfsschwester ausgebildet und habe in einem Lazarett gearbeitet. Wenn Sie Hilfe brauchen, ich stehe zur Verfügung.«

»Danke. Aber jetzt möchte ich erst einmal den Patienten allein ansehen.« Als er nach einer Weile Martins Zimmer verließ, sah er sehr besorgt aus. Er kam nach unten in die Diele, wo Friederike mit den anderen ungeduldig wartete. »Es tut mir Leid, ich habe keine gute Nachricht, der Patient hat eine schwere Bronchitis, die sich leicht zu einer Lungenentzündung ausweiten kann. Ich müsste ihn in ein Krankenhaus überweisen, aber bei diesem Wetter ist ein Transport unmöglich. Wir müssen unbedingt eine Lungenentzündung vermeiden.« Und zu Friederike gewandt: »Machen Sie weiterhin Wadenwickel, um das Fieber zu senken. Sollte er aber frieren, müssen die Wickel sofort entfernt werden. Er braucht viel Wärme. Sorgen Sie dafür, dass er viel trinkt, Kamillentee, Lindenblütentee oder Holunderblütentee mit Honig sind geeignet. Auch heißer Holundersaft ist sehr gut. Ich schreibe Ihnen Tabletten gegen die Hustenanfälle und Salbe zum Einreiben der Brust auf. Aber die Apotheke ist heute leider schon geschlossen. Und wenn sich der Zustand verschlechtert, müssen Sie mich unbedingt anrufen.« Er zog seinen Mantel wieder an und verabschiedete sich. »Ich bin in Eile, ich habe noch Krankenbesuche zu machen, aber ab zehn Uhr bin ich zu Hause zu erreichen. Guten Abend.«

Schon war er fort. Sophie ergriff als Erste das Wort. »Ich kümmere mich um die heißen Getränke. Friederike, du wirst die Pflege übernehmen, und du, Maximilian, darfst die Gäste ablenken, sie werden jeden Augenblick hier eintreffen.«

Aber Maximilian von Wrede schüttelte den Kopf. »Ich werde den Apotheker aufsuchen, er ist ein Freund von mir und er wird mir die Medikamente auch so geben, wenn ich ihn darum bitte.«

Auf dem Konsoltisch an der Wand klingelte das Telefon. Sophie meldete sich und hörte einen Augenblick zu. Dann sagte sie: »Ich hole meine Tochter an den Apparat, einen Augenblick bitte, Herr Stelling.«

Friederike fühlte sich sehr beklommen, als sie den Hörer in die Hand nahm. Dann sagte sie ehrlich: »Es geht ihm nicht sehr gut. Wir hatten soeben den Arzt hier und der hat eine schwere Bronchitis diagnostiziert und Medikamente verschrieben, die gerade aus der Apotheke geholt werden.«

Aber Patrick ließ sich nicht so schnell beruhigen. »Besteht eine ernsthafte Gefahr, Friederike, ich will die Wahrheit wissen.«

»Wir müssen vermeiden, dass sich die Lunge entzündet. Aber ich pflege ihn und ich tu alles, um ihn zu schützen. Und der Arzt kommt jederzeit, wenn wir ihn brauchen.«

»Friederike, ich bin morgen Abend in Boltenhagen.«

»Aber es schneit schon wieder, die Straßen werden unpassierbar sein.«

»Ich nehme den großen Firmenwagen und den Chauffeur, wir kommen durch, verlass dich drauf. Soll ich noch etwas mitbringen?«

»Ja bitte, Wäsche für Martin.«

»Danke, Friederike, und mach dir nicht zu große Sorgen. Morgen bin ich da und kümmere mich um euch beide. Grüß Martin von mir, sag ihm aber nicht, dass ich komme, es würde ihn nur beunruhigen.«

»Ja. Und danke, jetzt fühle ich mich schon viel besser.«

Am nächsten Abend traf Patrick Stelling in Boltenhagen ein.

Achtundzwanzigstes Kapitel

Patrick Stelling kam nicht allein. Er hatte seinen Hamburger Hausarzt Doktor Brückner, einen Pfleger und einen Karton voller Medikamente mitgebracht. Friederike war sehr erleichtert, als sie ihn sah, und Sophie fasziniert von dem gut aussehenden Mann, der nur zwei Jahre älter war als sie selbst. Sie öffnete einen Teil des Hotels, der sonst im Winter unbenutzt war, ließ Zimmer für die neuen Gäste herrichten und bemühte sich sehr, ihr Haus in bestem Licht darzustellen.

Mit Befremden beobachtete Friederike das eifrige Gehabe ihrer Mutter und bat schließlich darum, auch die Zimmer von Martin und ihr eigenes in den abgelegenen Teil des Hauses zu verlegen.

»Deine Gäste werden dann nichts von Martins Krankheit merken, und wir müssen keine Rücksicht nehmen.«

Sophie überlegte einen Augenblick. »Du hast Recht, die Krankheit deines Verlobten wird sicher noch eine Zeit lang unser Leben hier bestimmen. Meine Gäste wären ungestört und ihr habt eure Ruhe, ich werde alle nötigen Zimmer herrichten lassen. In zwei Stunden könnt ihr umziehen.«

Doktor Brückner untersuchte Martin gründlich, telefonierte mit Doktor Ebermann, der ihn bis jetzt behandelt hatte, und kam zur gleichen Diagnose. Beide befürchteten eine Lungenentzündung und besprachen die Therapie. Dann wurde Martin in das neue Zimmer gebracht, Friederike folgte mit ihren eigenen Sachen und kurz vor Mitternacht kehrte Ruhe im Seitenflügel ein. Minna hatte ein spätes Abendessen für die neuen Gäste serviert, und Patrick traf sich danach mit Friederike im Kaminzimmer.

»Ich bin froh, dass du mir die Wahrheit gesagt hast.«

»Und ich bin froh, dass ich nicht mehr allein die Verantwortung habe.«

Dann erzählte sie ihm, was während ihrer Fahrt nach Boltenhagen passiert war. »Und ich bin schuld an allem. Ich wollte unbedingt hierher. Martin wäre sicher umgekehrt, aber er wollte mich nicht enttäuschen. Und dann sind wir in diesen Schneesturm vor Dassow geraten. Er hat mir seinen Mantel gegeben, um mich zu schützen, und ist selbst schutzlos in der Kälte herumgelaufen.« Sie brach in Tränen aus. »Es ist alles meine Schuld.«

Patrick setzte sich neben sie und legte den Arm um ihre Schulter. »Unsinn, Friederike. Martin ist ein erwachsener Mann, der im Krieg viel schlimmere Erfahrungen mit solchem Wetter gemacht hat. Er wusste, dass der Rückweg ebenso gefährlich war wie der Weg hierher. Und es war wirklich die kürzere Strecke, die ihr gewählt habt.«

Aber Friederike schüttelte den Kopf. »Wenn er wenigstens seinen Mantel anbehalten hätte.«

Patrick lächelte: »Da kennst du uns Männer aber schlecht. Der Beschützerinstinkt schaltet ganz einfach den Verstand aus. Beruhige dich, Friederike, du hättest daran gar nichts ändern können.«

»Ich mache mir solche Vorwürfe.«

»Das brauchst du nicht. Und nun gehst du schlafen. Du hast die letzte Nacht durchgewacht, jetzt bin ich an der Reihe.«

»Ich möchte aber noch einmal nach ihm sehen, bitte.«

»Natürlich, komm.«

Im Haus war alles still. Die Gäste hatten sich in ihre Zimmer zurückgezogen, das Personal schlief. Nur der Nachtportier an der Rezeption nickte ihnen zu, als sie vorbeigingen, und in ihrem kleinen Büro saß Sophie noch an ihrem Schreibtisch und sortierte Papiere. Patrick klopfte leise an die Glastür und trat ein.

»Wir möchten uns bedanken und gute Nacht sagen, gnädige Frau. Sie haben viele Umstände durch uns.«

Sophie stand auf und kam zu ihnen. »Ich bin eine Mutter, und wenn meine Kinder in Not sind, dann weiß ich, was zu tun ist.« Sie lächelte. »Hätten Sie als Vater anders gehandelt?«

Patrick verneinte und küsste ihr die Hand. »Ich danke Ihnen.« Und mit einem Blick auf die Uhr über dem Schreibtisch: »Sie arbeiten viel zu lange, gnädige Frau.«

»Ich warte immer, bis meine Gäste wohl versorgt sind. Ich hoffe, Sie haben eine ruhige Nacht trotz der Sorgen um Ihren Sohn.«

»Ich werde die Nachtwache übernehmen. Wenn ich neben Martin sitze und ihn beobachten kann, bin ich beruhigt.«

Friederike umarmte die Mutter, wünschte ihr gute Nacht und folgte Patrick. Der Pfleger saß bei dem Kranken und legte kühlende Umschläge auf die fieberheiße Stirn. Martin schlief, wälzte sich aber unruhig hin und her. »Doktor Brückner hat ihm vor zehn Minuten ein Schlafmittel gegeben. Er wird gleich ruhiger.«

»Danke.« Patrick zog sich einen Stuhl neben das Bett und knipste die kleine Nachtlampe an, während Friederike das große Licht löschte. Dann beugte sie sich über Martin, küsste ihn behutsam auf die Stirn und flüsterte: »Schlaf gut, mein Lieber.« Dann verließ sie mit Tränen in den Augen das Zimmer.

Am nächsten Tag gegen Mittag trat die Krise ein. Martin hatte fast vierzig Grad, litt unter Atemnot, Hustenanfällen und Schüttelfrost. Beide Ärzte und der Pfleger wachten an seinem Bett. Sie hatten alle aus dem Zimmer geschickt und gaben ihm kreislaufstärkende Infusionen, hüllten ihn in wärmende Decken, kühlten gleichzeitig das Gesicht und flößten ihm vorsichtig Tee und Hustenmedizin ein.

Patrick ging müde und grau im Gesicht auf dem Flur hin und her. Friederike saß in ihrem Zimmer, hatte aber die Tür weit offen, um jedes Geräusch zu hören, das aus dem Krankenzimmer kam. Sophie setzte sich zu ihr. »Mach dir nicht solche Sorgen, Kind, es sind zwei gute Ärzte, die sich um ihn kümmern.«

»Aber ich habe solche Angst, Mutter.«

»Ich weiß, diese Angst ist furchtbar. Aber er ist ein starker Mann, er wird mit dieser Krankheit fertig.«

»Ich könnte es nicht ertragen, ihn zu verlieren, Mutter.«

»Ja, mein Kind, ich weiß, wie du dich fühlst.« Sie nahm Friederike in die Arme, zum ersten Mal seit vielen Jahren, und streichelte ihr Gesicht. »Es wird alles gut, mein Mädchen, sei unbesorgt.«

Weiter vorn im Flur ging eine Tür. Friederike sprang auf. Beide Ärzte kamen aus dem Zimmer, müde, abgespannt und lächelnd: »Wir haben es geschafft«, erklärte Doktor Brückner. »Er schläft jetzt tief und fest, das Fieber ist gefallen. Wecken Sie ihn nicht, auch wenn er bis morgen durchschlafen sollte. Der Körper braucht diesen Schlaf jetzt.«

Patrick umarmte Friederike und gemeinsam betraten sie das Krankenzimmer. Der Pfleger hatte die Wäsche gewechselt und das Fenster einen Spalt geöffnet.

Martin erholte sich sehr langsam. Patrick und Doktor Brückner fuhren zurück, der Pfleger blieb noch eine Woche in Boltenhagen. Maximilian von Wrede übernahm die Regie. Vorsichtig führte er Martin wieder in den Alltag zurück, fuhr ihn täglich nach Klütz, wo er Bäder und Massagen bekam und inhalieren musste, um die Lungen zu stärken, machte mit ihm die ersten kleinen Spaziergänge und sagte in der vierten Woche zu Friederike: »Jetzt bekommen Sie ihn zurück. Gehen Sie vorsichtig mit ihm um, aber jetzt will er keine Bäder mehr und mich schon gar nicht, jetzt will er Sie.«

Friederike hatte jede Gelegenheit genutzt, mit Martin zusammen zu sein, hatte sich aber bereitwillig den Anordnungen Maximilians gefügt, weil sie spürte, dass er es gut mit ihnen meinte.

Das Wetter wurde freundlicher, der Frühling mit seinen ersten Sonnenstrahlen sagte sich an, und in den geschützten Vorgärten der Häuser konnte man die ersten Schneeglöckchen und Krokusse sehen. Der März hatte dem April Platz gemacht, und an windstillen Tagen gingen die Verlobten am Strand spazieren, beobachteten die ersten Vogelschwärme, die aus dem Süden kamen und gen Norden weiterflogen. Sie saßen an geschützten Stellen zwischen den Dünen, führten sehr innige Gespräche und verrieten einander die große Angst, die sie gehabt hatten. »Einmal träumte ich, wir gingen durch eine Eiswüste, Friederike, du vor mir und ganz langsam bist du in diesem Eis versunken. Ich wollte dir helfen, aber ich kam keinen Schritt voran, ich wollte dich rufen, aber meine Stimme versagte. Es war furchtbar. Dann bekam ich einen Hustenanfall und ich erwachte. Ich glaube, das war der Augenblick, in dem mir unbewusst klar wurde, dass ich kämpfen musste.«

Friederike legte den Kopf an seine Schulter. »Ohne dich wäre ich gestorben, Martin.«

Ostern kam und ging vorüber. Das Fest, an dem sie heiraten wollten, verlief still und besinnlich. Patrick und Regina waren gekommen, und gemeinsam mit Sophie und Maximilian von Wrede besuchten sie den Gottesdienst.

Als sie später für einen kurzen Augenblick allein waren, fragte Martin: »Bist du sehr traurig, dass wir heute nicht heiraten konnten?«

»Ach, Martin, wie kannst du von Trauer reden. Es geht mir doch so gut. Ich bin umgeben von den liebsten Menschen, die ich habe, wie sollte ich traurig sein. Wir werden einen anderen Termin suchen und mitten in den Sommer hinein heiraten.«

Martin nahm sie in die Arme. »Ich bin schon ein wenig traurig, mein Liebes, jetzt, genau um diese Zeit hätte ich dich über die Schwelle getragen, und unser gemeinsames Leben hätte begonnen.«

»Du wirst nicht mehr lange warten müssen. In drei Wochen fahren wir zurück, und dann wird Hochzeit gefeiert.«

»Warum eigentlich erst in drei Wochen? Wir könnten doch mit den Eltern zusammen fahren.«

Aber Friederike schüttelte energisch den Kopf. »Doktor Brückner hat gesagt, jeder Tag in diesem Klima sei ein Gottesgeschenk für dich, also nimm es dankbar an.« Martin lachte: »Ich weiß, ich weiß, aber ich kann mir auch noch andere Gottesgeschenke vorstellen, und die wünsche ich mir mehr als alles andere.«

Die Spaziergänge dehnten sich aus. Martin hatte sich gut erholt. Sein Gesicht war von der Sonne gebräunt und voller geworden, seine Schritte kraftvoll und zielstrebig. Die beiden Verliebten entwickelten eine große Routine im Aufspüren von stillen, geheimen kleinen Tälern in den Dünen, in denen sie sich ungestört umarmen konnten.

Friederike wusste, dass sie Martin Freiheiten gestatten musste, die unter normalen Umständen nicht angemessen waren. Aber was war schon normal in ihrer Situation? Sie tauschten Zärtlichkeiten aus, die ihn und auch sie in höchstes Glück versetzten.

Was sie in diesen Dünen erlebten, war das Ende einer Anspannung, die sie seit Monaten ertrugen, die Befreiung von unsäglichen Ängsten, die Freude darüber, dass sie einander begehrten – und eine unbeschreibliche Lust. Martin war rücksichtsvoll und zärtlich, aber auch voll männlichem Verlangen. Sie lag in seinen Armen, und seine Liebe erreichte ihr Herz. Und sie lag im warmen Sand, sah ihm halb lachend, halb weinend in die Augen, und fühlte sich beglückt und unendlich aufgehoben.

Sophie beobachtete das alles mit Sorge. Noch waren Martin und Friederike nicht verheiratet. »Jetzt ist es an der Zeit, dass Martin eine Frau an seiner Seite hat«, erklärte sie Maximilian, »wir sollten mit beiden reden.«

»Auf keinen Fall. Sie sind erwachsene Menschen. Wir werden eine Lösung suchen.«

Und so kam es, dass Sophie und Maximilian die Verlobten zu einem Gespräch in den kleinen Salon baten. »Wir haben eine Überraschung und eine Bitte«, begann Sophie und Maximilian fuhr fort, »ihr werdet in wenigen Tagen zurück nach Hamburg fahren. Ich habe mit Doktor Brückner telefoniert, und er sagte, dass er keine Bedenken mehr gegen Martins Rückkehr habe.«

»Ja« fuhr Sophie fort, »und da haben wir eine Bitte.«

»Macht es doch nicht so spannend«, unterbrach Friederike die Mutter lachend.

»Ja, und nun möchten wir euch bitten, unsere Trauzeugen zu sein. Wir wollen übermorgen heiraten.«

Stille breitete sich aus. Dann sprang Friederike auf, umarmte die Mutter und rief: »Welch eine herrliche Nachricht. Herzlichen Glückwunsch.« Sie umarmte Sophie und dann Maximilian, und auch Martin gratulierte beiden. Sophie fuhr fort. »Wir haben aber noch eine Überraschung, wir haben Martins Eltern eingeladen, an unserem kleinen Fest teilzunehmen. Sie kommen morgen, und mit ihnen könnt ihr dann zurückfahren.«

Friederike war sprachlos. »Aber das ist ja wunderbar. Dann braucht Martin nicht den weiten Weg zu chauffieren.«